KB075168

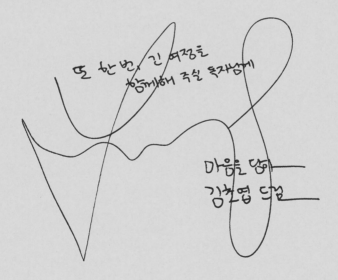

또 한 번, 긴 여정을
함께해 주실 독자님께

마음을 담아
김초엽 드림

파—견
자—들

김 초 엽

장 편 소 설

파—견
자—들

퍼블리온
Publion

차
/
례

그 애는 겨울에 도착한 불청객이었다.

반년 전, 그 애가 여기 맡겨질 거라는 소식을 들을 때까지만
해도 선오는 조금 들떠 있었다. 델마 할머니가 "걱정이긴 하다
만, 그 여자애도 네가 있던 곳에서 온다는구나" 하고 말했을 때
도 그랬다. 할머니는 그 애가 여기 적응할 수 있을지 염려하는
것 같았지만 선오는 드디어 '같은 경험'을 공유할 친구가 오는
거라고 생각했다. 지하의 공기에서 느껴지는 불편한 감각에 대
해 이야기하거나 벽을 타고 전해지는 소리를 듣는 법을 나눌 수
있는, 아니면 함께 숨은 지름길을 가로질러 도시 곳곳의 비밀스
러운 장소로 갈 수 있는 친구가 생기는 거라고. 선오는 잘해줄
자신이 있었다. 아무래도 낯선 곳에 오면 불편할 테니까 마음을
열 때까지 기다릴 참이었다. 하지만 정작 이곳에 온 그 애는, 선
오와 아무것도 나눌 생각이 없어 보였다.

선오는 오늘도 방을 난장판으로 만들어놓고는 지쳐 잠이 든

그 애를 바라보았다. 왜 델마 할머니도, 자스완도 저 애의 투정을 받아주고만 있는 걸까. 이제는 선오도 그 애와 잘 지내보려는 생각을 접었다. 잘해주려는 마음도 상대가 받아줘야 가능한 거지. 상대는 고마워할 생각도 없는데 혼자 잘해줘봐야 뭘 한담.

처음 왔을 때도 그랬지만 두 달 전부터 그 애는 유독 더 예민해졌다. 자스완의 말로는 그 애가 '시술' 부적응증에 시달리고 있다고 했다. 베누아 사람들은 대부분 받는다는 머리에 보조 장치를 박아넣는 그 시술일 텐데, 보통은 일곱 살 때 마치는 것을 열두 살이 넘어서 했으니 적응하기 어려운 것도 당연했다. 누가 시켜서 한 것도 아니었다. 그 애 스스로, 자스완은 한사코 뜯어말리는 것을 우겨서 했다.

성공 가능성도 낮은, 위험한 시술을 굳이 왜 했을까? 쉽게 답이 나왔다. 역시…… 그 사람 때문이겠지.

처음 만났을 때, 소중한 무언가를 잃어버린 듯 비참한 눈빛을 하고 있던 그 애가 기억났다. 자정이 가까울 무렵, 초인종이 울려 현관문을 열자 두툼한 옷을 여며 맨 조그만 여자애가 깡마른 남자 옆에 서 있었다. 남자는 자스완과 몇 마디 짧은 대화를 나누고는 처치 곤란한 쓰레기를 버리고 가듯 재빠르게 자리를 떠나버렸다. 그 애는 자스완이나 선오가 묻는 말에도 제대로 대답을 않고는 방구석에 틀어박혀서 며칠이나 밖에 나오질 않았다. 델마 할머니는 곤란한 표정을 하고는, "참 어쩌면 좋아. 애야, 저 아이도 너와 비슷한 일을 당했다는데 둘이 마음이 통하는 부분이 있지 않겠니?" 하고 선오에게 속삭였다.

선오가 그 애와 마음이 통할 일은 없었다. 그 애는 모든 종류의 대화를 거부했다. 자스완이 그 애를 달래기 위해 방에 들어갔을 때도 그랬다. 곧 이제프가 자신을 데리러 올 거라고 주장하며 입을 꾹 다물었다. 델마 할머니가 물고 온 소문에 따르면 이제프라는 여자는 얼마 전 지상으로 떠나버린 파견자였고, 몇 년 뒤에야 지하 도시로 돌아올 수 있을 거라고 했다. 그러니까, 그 애는 버려진 것이다. 선오는 그렇게 이해했다.

그 애의 하루 일과는 그저 침대에서 훌쩍이거나 창문 앞에서 누군가를 기다리는 것뿐인 듯했다. 선오는 그 아이에게 재밌는 걸 알려주고 싶었다. 무엇보다 그 애가 정말 자신과 '동족'인지 알고 싶었다. 그렇게 일주일쯤 지났을 때 선오는 방문을 열어젖히고는, 텅 빈 눈빛을 하고 쪼그려 앉아 있는 그 애 앞에 가서 섰다.

—있잖아. 너, 나랑 같이 밖에 나가지 않을래?

그 애는 냉담한 시선으로 선오를 올려다보았다. 누군가 말을 거는 것 자체가 달갑지 않아 보였다. 선오는 아랑곳하지 않고 말을 이었다.

—밖으로 가자. 네가 살던 베누아와는 다르지만 이 동네도 재밌어. 내가 벽 소리랑 바닥 소리 듣는 법 알려줄게. 정비 통로를 찾아내는 법도. 그걸 알면 아주 멀리 나가도 길을 찾을 수 있는데……

그 애는 말도 안 되는 소리를 듣는다는 듯 미간을 조금 찡그리더니 힘없이 등을 돌렸다.

—싫어?

―필요 없어. 이제프가 오면 여길 바로 떠날 거야.

선오는 눈썹을 찌푸렸다.

―있잖아, 그건 어려울걸. 그 사람은 너 못 데리러 와.

―……왜?

―파견자는 아이를 못 키우거든. 당연히 입양도 못하고.

―아니야. 거짓말하지 마!

거의 즉각적인 반응에 선오는 조금 놀랐다.

―약속했어. 날 데려갈 거라고 했어!

―하지만 난 사실을 말했을 뿐인걸.

―그럼 자스완은? 자스완 아저씨도 파견자라고, 그래서 날 맡아주는 거라고 이제프가 말했어!

―자스완은 이제 파견자 아냐. 그리고 그 얘기 하면 안 돼. 자스완은 자기가 파견자였던 거 얘기하기 싫어하니까.

선오가 침착하게 대꾸하자 아이는 여전히 화가 난 채로, 무언가 반박하고 싶어하는 얼굴로 선오를 노려보았다. 선오는 어깨를 으쓱하고 나와 문을 닫았다.

이후로도 내내 그런 식이었다. 대체 언제 이곳에 적응할 생각인 걸까? 곧 떠날 사람처럼 그 애는 이 동네에 아무런 관심도 보이지 않고 답장도 오지 않는 편지만 줄곧 써댔다. 그러더니 급기야는 파견자가 되겠다고 자스완과 델마 앞에서 선언했다.

두 달 전, 그 애가 무리해서 뉴로브릭 시술을 한 것도 아카데미 기초 과정에 입학하기 위해서였다. 그 애는 이제프라는 사람과 함께 살 수 없다는 걸 못 받아들인 나머지, 스스로 파견자가 되려는 모양이었다. 물론 자스완은 그 애를 말렸다. 때늦은 시술도 위험했지만, 무엇보다 자스완은 파견자라는 직업을 경멸했다. 자세한 사정은 물어본 적이 없지만 자스완이 그렇게 싫어할 정도라면 파견자라는 이들이 어떤 자들인지는 안 봐도 뻔하다고 선오는 생각했다.

그래도 뭔가 있겠지. 선오가 잘 모르는, 선오는 겪지 않아서 알 수 없는 무언가가 그 애에게 파견자가 되고 싶다는 마음을 품게 했겠지. 선오는 열린 문 틈으로 새근새근 잠든 그 애를 물끄러미 바라보다가, 갑자기 거실 건너편에서 들려온 목소리에 벽 뒤쪽으로 몸을 숨겼다.

"자스완, 이것 좀 읽어보겠나?"

델마가 품안에서 무언가를 꺼내 자스완에게 내밀었다. 종이가 바스락거리는 소리가 났다.

"이게 무엇이죠?"

"저 아이가 쓴 거야. 방 청소를 하다가 발견했는데, 내용이 참 이상하단 말이지. 어린애가 무슨 고민이라도 있나 싶어 들여다보았는데……"

선오는 호기심에 귀를 쫑긋 세우고 들었다. 쪽지 내용은 알 길이 없었지만 자스완이 당황한 듯 끄응, 앓는 소리를 내는 것이 들렸다.

"이게 대체 무슨 이야기일까요. 도무지 감이 잡히질 않네요."

"그러게 말이야. 옛 시대의 동화라도 읽은 건가 싶었어. 꼬마 아가씨가 참으로 조숙해. 어려운 말도 벌써 많이 알더라니. 대체 무슨 일을 겪고 온 건지 알 수가 없어."

"옛 시대의 동화가 이렇게 섬뜩한 내용이었습니까?"

"한때는 그랬다지. 지금 남은 것은 그렇지 않지만. 그래도 아이들은 오히려 무딘 어른들보다 세상의 이치에 예민하니 말이야……"

선오는 숨을 죽이고 두 사람의 대화가 이어지기를 기다렸다. 하지만 자스완은 깊은 생각에 빠지기라도 했는지 침묵을 지켰다.

델마 할머니가 가게를 봐야겠다며 아래층으로 내려간 이후에도, 자스완은 한동안 쪽지를 들여다보며 거실 가운데 우두커니 서 있었다. 그러더니 그는 그 애가 잠들어 있는 방으로 들어갔다. 서랍을 여는 소리가 들려왔고, 다시 밖으로 나온 자스완은 빈손이었다. 선오는 자스완이 식당으로 내려갈 때까지 기다리다가 방 안으로 얼른 들어갔다.

깊이 잠든 그 애를 깨우지 않게 조심하면서 선오는 서랍을 하나씩 열어보았다. 세번째 서랍에 쪽지가 있었다. 선오는 재빨리 쪽지를 꺼낸 다음 거실로 나와 불빛에 비춰 보았다. 쪽지에는 분명 그 애가 쓴 듯한 삐뚠 필체로 무언가가 적혀 있었다.

나는 너의 일부가 될 거야. 어떤 기억은 뇌가 아니라 몸에 새겨질 거야. 너는 나를 기억하는 대신 감각할 거야.

사랑해. 그리고 이제 모든 걸 함께 잊어버리자.

내용은 아주 이상했다. 델마 할머니와 자스완이 이걸 보고 심각해진 것이 이해가 될 만큼.

선오는 쪽지를 뒤집어 보았다. 잉크가 번진 흔적이 있었다. 모든 걸 함께 잊어버리자니, 이게 무슨 뜻일까. 대체 누구에게 말하는 것일까. 전혀 짐작할 수 없었다.

멍하니 쪽지를 들여다보고 있을 때, 갑자기 계단을 오르는 발소리가 들려왔다. 발소리만 듣고도 선오는 자스완이라는 걸 알 수 있었다. 깜빡 놓고 간 게 있는지 다시 집으로 돌아온 모양이었다.

선오는 의미 없이 글씨를 문질러보았다. 잉크는 바짝 말라 있었다. 자스완이 알아차리기 전에, 선오는 방으로 들어가 쪽지를 서랍 안에 던져넣고 빠져나왔다.

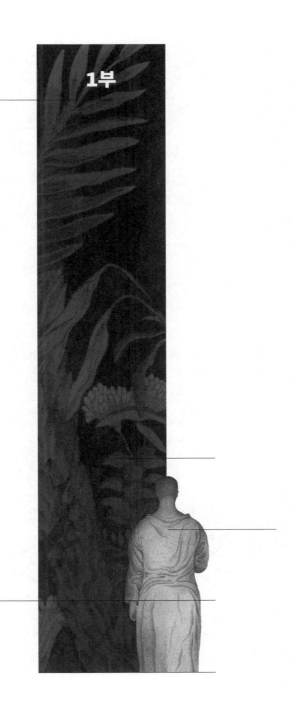

1부

1

　─라라라 라라라 라부바와 수다쟁이 루벅스! 안녕하세요. 〈오
후의 수다쟁이 루벅스〉 오늘도 비정규 게릴라 방송입니다. 우리
청취자분들은 오늘 하루 어떻게 지내셨나요? 아무리 바쁜 하루
를 보내셨어도 까먹지 마세요, 저희는 루벅스가 아니라 루와 벅
스라는 것을! 오늘도 퀴퀴하고 질척한 지하 도시의 이야기를 산
뜻하게 전합니다. 그럼 루가 먼저 첫번째 사연을 읽어드리겠습
니다……

　도대체 누가 이렇게 이른 아침에, 라디오를 저렇게 시끄럽게
틀어놓고 듣는 걸까. 태린은 미간을 찌푸리며 칼을 도마 위로 탁
탁 내리쳤다. 다 말라붙어 쪼그라든 야채가 태린의 칼질에 힘없
이 조각났다. 라디오 소리에 맞춰 탁탁 타닥, 수다쟁이 루벅스는
계속해서 지하 도시 서쪽에서 일어난 시시한 사건들을 읊어댔
고, 태린은 다 자른 야채를 냄비 안으로 털어넣었다. 태린 자신
은 물론이고 누구의 입맛조차 돌게 하지 못할 것 같은 정체불명
의 죽이 냄비 안에서 부글부글 끓고 있었다.

—쿠니트 시장에 유통되던 시금치에서 광증 아포芽胞가 검출되어 연구원들이 조사에 나섰다고 하네요. 도시에서는 극미량이어서 섭취해도 괜찮다고 발표했지만, 대체 어느 멍청한 시민이 그걸 믿겠어요? 그렇죠, 벅스?

아직 한 번도 본 적 없는 옆집 사람의 얼굴이 처음으로 궁금해졌다. 얼마 전부터 이랬다. 정확히는 기억나지 않지만 열흘 전쯤, 아니, 한 달 전에도 비슷한 일이 있었던 것 같기도 하고. 어쨌든 이웃집에서 라디오를 너무 크게 틀어두어 태린의 하루를 방해하고 있었다. 매일 온 도시의 시시콜콜한 사건 사고들을 들으며 식사 준비를 하자니 그다지 유쾌한 기분은 아니었다.

오염된 시금치 뉴스 다음으로, 의문의 실종자에 대한 뉴스가 이어졌다. 라부바와에서 가장 낙후된 이 지역에 하필이면 희망이라는 뜻의 '하라판'이라는 이름이 붙은 건, 아마 이전 문명에서도 흔히 반복되어왔을 농담 같은 것이겠지. 그럼에도 실종 사건이 이렇게 자주 일어나는 건 의아한 일이었다.

—번잡한 일상 속에서도 작은 쉼표를 만들어주는 것이 필요한데요. 다음은 청취자 사연입니다! 오늘 들려드릴 사연은, 쓰레기 죽을 마구 먹다가 죽기 직전까지 간 적난초 거리의 한 소녀에 대한 이야기입니다. 너무 안타까운 이야기죠? 도시의 한심한 보급정책 때문에 하라판 거리의 많은 시민들이 고통받고 있지만, 정말 배고파도 쓰레기 죽을 먹는 건 참 위험한 일이랍니다.

지난해 태린이 기숙사에서 쫓겨났을 때, 자스완과 선오는 당연히 그가 적난초 거리로 돌아오리라 예상했다. 하지만 그랬다간 파견자 시험 준비를 제대로 하지 못할 게 뻔해서, 태린은 없는 돈을 탈탈 털어 겨우 이 작은 방을 얻었다. 최저의 비용으로는 최저의 기쁨조차 얻지 못한다는 세상 물정을 보여주듯, 방음은 끔찍했다. 사방에서 노부부가 드잡이질하며 싸워대는 소리, 지팡이로 바닥을 탁탁 치는 소리, 문을 쾅 닫는 소리 따위가 돌림노래처럼 들려왔다.

아무리 그래도 그렇지, 이건 좀 심했다. 이 거리에는 뉴로브릭 시술을 하지 않은 사람이 많아서, 다들 옛 시대의 전자음악이나 폭탄이 펑펑 터지는 영화 따위를 스피커로 틀어대고 있지만, 이렇게 문장 하나하나가 귀에 또렷하게 들어올 만큼 크게 틀어둔 라디오는 처음이었다.

마침 태린은 냄비에 찬밥과 가짜 달걀, 시든 야채 따위를 다 집어넣고 죽 비슷한 무언가를 만들고 있었기에, 라디오에서 쓰레기 죽 운운하는 소리에 기분이 좀 상했다. 사람이 먹는 음식을 두고 쓰레기 죽이라니! 누구는 쓰레기 죽을 먹고 싶어서 먹나? 태린은 한 숟갈 떠서 간을 보고는 결론을 내렸다.

"솔직히 이 정도면 쓰레기 죽은 아니지."

솜씨가 좋다고 말하기는 어렵지만, 자스완 아저씨의 식당 일을 도우며 배운 게 있어 생존 요리 정도는 할 줄 아니까. 게다가 이렇게 죽 비슷한 것이라도 아침으로 먹을 수 있는 건, 아직까지는 운이 좋다는 뜻이었다. 학생들의 고발로 더는 아카데미 식당에 몰래 들어가 잔반을 훔쳐 올 수 없게 된 이후로, 태린의 식단은 계속 형편없었다. 채광창 아르바이트라도 하던 때는 괜찮았지만 지상에 한 달 내내 장대비만 이어지던 지난 우기에는 정말이지……

"아냐. 됐고, 버섯을 어디 뒀더라?"

희멀건 죽에 더 넣을 게 없나 생각하다가, 태린은 그저께 배달 심부름을 하고 받아온 버섯 한 줌을 떠올렸다. 냉장고를 뒤져서 이미 시들시들해진 버섯을 냄비에 투하하려고 할 때 또다시 라디오 소리가 귓속을 파고들었다.

—〈오후의 수다쟁이 루벅스〉가 버섯 섭취시 주의 사항을 알려드려요! 버섯은 반드시 센다완 지역의 인증 마크가 찍혀 있는 상품을 구입해야 한답니다. 불법 재배된 버섯은 섭취 후 중독될 수 있고, 심지어 광증 아포에 오염된 것일 수도 있어요. 의심되는 재료를 아예 섭취하지 않는 것이 가장 권장된답니다. 인증 마크가 없다면 버섯을 피해야……

"시금치도 버섯도 안 돼? 대체 뭘 먹으라고."

태린이 중얼거리며 국자로 죽을 휘저었다. 지하 도시에서 버섯은 매우 중요한 영양 공급원이다. 그 버섯이 어떻게 길러지는지를 생각하면 비위가 상하기는 했지만, 어차피 근원을 따져서는 여기서 먹을 수 있는 음식이 별로 없었다. 그나저나 별것도 아닌 라디오 소리가 이렇게 신경이 쓰이다니, 사실은 긴장한 걸까. 그야 중요한 시험이 당장 코앞이니, 누구라도 그렇겠지만……

—아악, 악! 제발 먹지 말아요!

다 익었는지 살피기 위해 버섯을 입으로 가져가는 순간, 날카로운 목소리가 들려왔다. 마치 고전 영화 속 배우가 과장된 톤으로 귀에다 소리를 치는 듯했다. 어디서 나는 소리지? 텔레비전도, 스피커도 꺼져 있었다.

태린은 침대로 가서 이불을 확 들춰 보았다. 아무것도 없었다.

옷장 문을 열고, 조리대 위의 찬장도 열었다. 익숙한 곰팡이와 먼지 냄새만 훅 풍겨올 뿐이었다. 물때로 더러워진 욕실 타일과 밖이 흐릿하게 보이는 뿌연 창문. 모두 평소와 같았다. 삐그덕대는 현관문을 벌컥 열어 보았지만 그 앞에도 아무것도 없었다.

"헛것을 들었나."

태린은 다시 눈을 크게 뜨고 방 안을 둘러보았다. 아무도 없는 건 분명했다. 고작 태린의 한 몸 누울 만한 크기의 작은 방. 누가 숨을 만한 공간은 아니었다. 정말 시험 때문에 신경이 날카로워진 모양이었다.

그새 입맛을 잃어버린 태린은 죽을 그릇에 대충 덜었다. 맛이야 어쨌건 여섯 시간짜리 시뮬레이션을 버티려면 뭐라도 먹어야 하니까.

그때 또다시 옆방에서 라디오 소리가 들려오기 시작했다.

─오늘은 청취자 돌라님께서 보내주신 이야기를 읽어드릴게요. 돌라님은 최근 하라판의 청열매 골목에서 아주 이상한 장면을 목격하셨다고 해요. 근처 선술집에서 일하는 돌라님이 아침에 퇴근을 하다가 술에 잔뜩 취해 뒷골목에 늘어져 있던 한 남자를 봤는데, 갑자기 감시 기계들이 다가오더니…… 광증 발현 경보음을 마구 내더라는 거죠!

태린은 선 채로 죽을 한입 먹다가, 자신도 모르게 라디오 소리에 집중했다.

—돌라님은 얼른 달려가 감시 기계들에게 항의를 했대요. 아니, 이 사람은 어젯밤부터 우리 가게에 있던 걸 내가 봐서 안다. 그냥 만취한 거다…… 그런데 아랑곳하지 않고 감시 기계들이 그 남자를 들쳐업고 가버리더라는 거예요! 여러분, 이것뿐만이 아니랍니다…… 요즘 하라판에서는 감시 기계가 행인들에게 대뜸 채혈침을 찔러대고 있잖아요. 정말, 하라판 주민들을 무시해도 정도가 있지!

"……이상한데."

언젠가 이 뉴스를 들은 적이 있었다. '돌라'라는 잊기 힘든 이름의 제보자, 그리고 광증 발현자가 아닌데도 잡혀간 남자. 그는 감시 기계에게 잡혀간 이후로 다시는 돌아오지 않았다. 그리고 그 일 이후로 감시 기계들이 하라판을 유독 엄격하게 감시하기 시작했다.

하지만…… 그건 삼 년 전에 있었던 사건이잖아? 저 옆방 사람, 삼 년 전 방송을 왜 지금 듣고 있지?

태린은 오늘 날짜를 확인해보았다. 당연히 시간이 삼 년 전으로 돌아가 있거나 하지는 않았다. 날짜는 태린이 기억하는 그대로였다. 차라리 삼 년 전으로 돌아갔으면 좋았으려나. 아카데미 수업이라도 더 열심히 들었을 텐데. 방금 그건 그냥 착각일지도 모른다. 최근에 또 비슷한 사건이 일어난 것인지도……

태린은 고개를 흔들었다. 얼른 나가서 정신을 환기해야 했다.

이론 시험을 준비하느라 좁은 방에 며칠 내내 처박혀 있어서 정신 상태가 엉망이었다. 태린은 그릇과 냄비, 조리 도구 따위를 서둘러 개수대 안에 던져넣고, 찬장에서 초콜릿바 하나를 꺼내 입에 물었다. 그러곤 마지막으로 방을 휙 둘러보고, 아무도 없다는 걸 다시 한번 확인한 이후에 밖으로 빠져나왔다. 순간 어디선가 불어온 바람 때문에 문이 쾅 닫히고 말았다.

복도 끝에 서 있던 노인이 기겁하더니 신경질을 냈다.

"아이고, 저년이 또! 누가 보면 건물 혼자 쓰는 줄 알겠네!"

알아들을 수 없는 사투리 섞인 욕설을 계속해대는 노인을 뒤로 한 채 태린은 복도 반대편으로 달렸다. 저 할머니가 옆방의 그 엄청난 라디오 소리에 대해서도 좀 신경질을 내주면 참 좋을 텐데.

거리에는 지하 도시 라부바와 특유의 퀴퀴하고 눅눅한 공기가 깔려 있었다. 낡고 투박한 건물들 앞으로 초췌한 얼굴을 한 사람들이 짐을 나르고 있었다. 햇빛 한 줄기 제대로 들지 않는 뿌연 거리, 그 위로 바쁘게 오가는 사람들의 발소리와 셔틀 트레인의 경적 소리 같은 것이 겹겹이 쌓였다. 노인의 욕설도, 이상한 라디오 소리도 이제 들리지 않았다. 태린은 심호흡을 크게 했다.

지체할 시간이 없었다. 태린은 거리를 가로질러 뛰기 시작했다.

*

"그러니까 말이지…… 그 신호는 쿵쿵, 쿵, 하는 패턴이 있는데 베누아의 암호학 전문가에게 물어봐도 이 패턴은 아무 의미가 없다고 말하더라니까. 그런데 아무리 들어봐도 난 그게 뭔가 말하는 것처럼 들렸어. 일종의 구조 신호? 그냥 평범한 지반 진동이라면 그런 패턴을 가질 리가 없는 데다가, 그 진동은 지금 도시의 확장 공사나 굴착 지역과는 전혀 상관없는 방향에서 오고 있거든. 그러니까 수상한 건 확실해. 내 생각에는 센다완에서 바투마스 지역을 가로질러 가는 것 같아. 가끔 벌레들이 진동을 따라 움직이거든. 그래서 말인데……"

북적거리는 테이블 사이를 오가며, 도저히 한 번에 이해할 수 없는 이야기를 일방적으로 쏟아내는 선오의 뒤통수에다 대고, 태린이 크게 외쳤다.

"제발 그거 다 내려놓고 말해! 접시 탑 무너지겠다."

선오가 뒤돌아 태린을 보더니 한 손으로 오케이 사인을 해 보이고는 다시 앞을 보았다. 다시 말해, 선오는 지금 한 손으로 스무 개의 접시를 지탱하고 있었다. 그리고 다른 손으로는 테이블마다 맥주잔을 재빠르게 회수해 쟁반의 남는 공간에 올리는 기이한 묘기를 선보이고 있었다. 휘청거리는 접시 탑을 능숙하게 운반하는 선오를 보며 손님들이 껄껄 웃어댔다. 조그만 여자애가 거의 동물적인 균형 감각으로 접시를 수십 개씩 나르는 모습은 제법 신기한 볼거리여서, 다들 선오가 나와 있으면 은근히 서빙을 기대하곤 했지만…… 굳이 저렇게 나서서 묘기를 부릴 정도로 바쁜 시간대는 아닌데, 아마 쇼맨십 같은 거겠지.

태린은 미간을 찌푸리며 선오의 뒷모습을 흘겨보다가, 한숨을 쉬고는 테이블에 머리를 처박았다. 오래된 나무 테이블에 밴 음식 냄새가 훅 풍겨왔다.

한 차례 서빙의 파도가 지난 다음에야 선오는 다시 태린 앞으로 돌아왔다. 바로 직전 자스완이 지나가다 태린을 발견하고는 "아이고, 우리 꼬맹이, 왜 이렇게 볼이 푹 패었냐!" 하며 머리를 완전히 헝클어놓아서 태린은 머리카락이 다 뒤집힌 상태였다. 그런 모습으로 힘없이 굴라시를 퍼먹고 있자니 거지꼴이 따로 없을 것 같았다. 자스완이 '애정을 담아' 손수 만들었다고 주장하지만 언제나 그렇듯 부적절한 맛이 나는 굴라시였다. 시험을 앞둔 태린의 기운을 죽여서 탈락하게 만들려는 음모가 아닐까 싶을 정도였다.

맞은편 의자를 끌어당겨 앉으며 선오가 다짜고짜 이야기했다.

"그러니까 너도 나랑 같이 가보자."

태린은 나무 스푼을 씹을 뻔하다 겨우 대꾸했다.

"뭐, 어딜 같이 가?"

"조사하러 나랑 같이 가자고."

뻔뻔한 태도에 태린은 말문이 막혔다.

"나 파견자 시험 코앞인 거 알지."

"으음, 알지. 그게 왜?"

"바쁘다고. 그런 거 신경쓸 겨를이 없다고. 일생일대의 중요한 시험이 눈앞에 다가와 있다고! 내 인생을 바꿀 시험이."

"그렇지만, 이쪽도 흥미로운데?"

태린은 이마에 잡힌 주름을 풀지 않은 채 선오를 노려보았다. 선오는 아직도 태린을 라부바와 곳곳을 쏘다니며 탐정 놀이를 하던 어린아이라고 믿고 있는 게 분명했다.

"열네 살 때였다면 그렇겠지."

"지금은 아니야?"

"지금도…… 그래, 솔직히 궁금하긴 해. 나도 네가 말한 그 진동, 느꼈으니까. 조사해보는 건 네 맘이지. 그렇지만 난 안 돼. 지금 난 내 인생을 좌지우지할 시험이 더 흥미롭거든."

태린이 대답했다. 선오가 히죽 웃으며 말했다.

"파견자 같은 시시한 일보단 이쪽이 더 흥미롭지."

예전 같으면 화가 났겠지만 태린은 이미 선오가 이런 식으로 구는 것에 익숙했다.

"으응, 그래…… 난 그 시시한 게 될 거니까. 말리지 마라."

"굳이 파견자가 되지 않아도 지상에 갈 수 있는걸."

"와, 어떻게? 광인이 되어서?"

태린이 빈정거리는데도 선오는 그저 씩 웃을 뿐이었다. 문득 이 대화를 자스완이 들었을까봐 태린은 고개를 돌려 주방을 흘끗 보았다. 다행이라고 해야 할지 잠깐 사이에 손님들이 우르르 몰려와서 자스완은 술을 따르느라 바빠 보였다.

홀 서빙을 맡은 직원들은 선오에 비하면 서툴렀고, 지금이야말로 그가 필요한 시점이었다. 하지만 여전히 눈앞에 앉아 있는 걸 보면 선오는 진심으로 태린을 조사에 데려가고 싶은 것 같았다. 일부러 파견자 시험에 훼방이라도 놓으려는 걸까. 익숙한 일이긴 해도 이해는 안 됐다. 왜 선오까지 파견자가 되는 것에 그렇게 부정적인 걸까. 자스완이라면 모를까.

태린의 법적 보호자이자 어린 태린과 선오를 혼자 키워낸 '아버지'인 자스완은 원래 유능한 파견자였다고 한다. 동생과 관련된 명령 때문에 상부에 강경하게 맞서는 바람에 파면되기 전까지는 말이다. 동생의 죽음도 파견 본부와 관련되어 있었다. 태린이 선오와 하라판을 돌아다니며 수집한 정보에 따르면 그랬다. 자스완은 절대 파견자 시절의 이야기를 들려주지 않았으니까.

그후 자스완은 파견자에게 주어지는 명예와 부를 모두 빼앗긴 채 라부바와에서 가장 낙후된 이곳, 하라판 지구로 왔다. 그의 요리 실력은 그때도 형편없었지만, 그럼에도 먹고살 만큼은 손님을 받을 수 있었는데 그건 식당에 '범람화'된 식재료가 절대 유입되지 않기 때문이었다. 자스완은 파견자로서 범람체를 가려내는 것만큼은 도시 최고 수준으로 훈련받았으니.

이따금 자스완은 거실 장식장 위에 놓인, 동생과 찍은 유일한 사진을 물끄러미 보곤 했다. 파견자 시절 함께 찍은 사진이었다. 동생은 자스완의 온화한 호박색 눈을 빼닮아 누가 보아도 둘은 형제 같았다. 사진 속에서 동생은 누가 시킨 것처럼 어색한 미소를 짓고, 젊은 자스완은 그 옆에서 동생의 어깨에 손을 올린 채 환히 웃고 있었다. 그저 태린의 상상에 불과했을지도 모르지만, 그 사진 앞에서 자스완은 마치 다짐하는 것처럼도 보였다. 결코 파견자로 돌아가지 않겠다고, 혹은 절대 그 일을 잊지 않겠다고. 식당이 라부바와 단속반에 억울하게 걸려 폐업 위기에 처했을 때도, 감시 기계들 때문에 적난초 거리가 쑥대밭이 되어 한 달 내내 파리만 날리던 때도 자스완은 그 사진을 보았다.

그러니 태린은 자스완을 이해할 수 있었다. 어쨌든 태린을 아끼는 자스완에게, 파견자라는 직업은 소중한 딸에게 권하고 싶은 일이 아닐 것이다. 하지만 선오는?

너도 나처럼 지상을 원하잖아. 태린은 눈앞의 선오에게 하고 싶은 말을 꾹 참았다. 선오 역시 지상을 갈망했다. 그런 점에서 두 사람은 비슷한 부류였다. 하지만 태린과 달리 선오는 파견자가 되기를 원치 않았고, 지상으로 갈 편법만 찾아다녔다. 선오는 라부바와에서 지상을 가장 많이 밟아본 녀석일 것이다. 고작해야 단단한 벽으로 사방이 막힌 채광창 위에서 동물의 사체를 치우거나 벽을 타고 올라가 그 너머를 내다보는 정도였지, 지상을 자유롭게 누비는 일은 아니었지만.

아마 몇 달 전부터 몰두 중인 엉뚱한 진동 이야기도, 그 편법의 연장선상에 있을 터였다. 그건 지상에서 오는 것이니까.

아직 기대하는 표정으로 앉아 있는 선오에게 태린이 물었다.

"그래서, 혼자서라도 조사하러 가려고?"

"당연히 너랑 같이 갈 건데?"

"누가 같이 가준대?"

태린이 기가 차서 되묻자 선오가 배시시 웃었다. 턱끝에 닿을 듯 말 듯 한 길이로 짧게 자른, 옅은 갈색 머리를 귀 뒤로 쓸어넘기며 선오는 다시 지상에서 온 신호에 대해 열변을 토하기 시작했다. 태린은 인상을 쓰며 들었다. 평소라면 선오는 원래 이러니까, 하며 넘길 텐데 지금은 다른 일 때문인지 잠자코 듣고 있기가 힘들었다.

결국 태린은 선오의 말을 자르며 화제를 돌렸다.

"나 묻고 싶은 게 있었는데,"

"응, 뭔데?"

"너도 〈오후의 수다쟁이 루벅스〉 듣지?"

"으음. 그거야……"

선오가 눈을 가늘게 뜨며 가게 천장의 스피커를 가리켰다.

"듣는 건 아니지만 듣고 있지."

하긴, 하라판에서는 루벅스를 듣기 싫어도 듣게 된다. 모두가 그걸 틀어놓으니까. 그런데 그건 왜, 하고 선오가 입을 떼려고 할 때 태린이 물었다.

"혹시 삼 년 전쯤의 방송 내용 기억나?"

"삼 년 전?"

선오가 멀뚱히 되물었다. 태린은 괜히 주위를 둘러보았다. 다행히 두 사람이 앉아 있는 자리는 창고 바로 앞쪽이라 다들 시선을 두지 않았고, 가게는 태린의 말에 누구도 귀를 기울이지 않을 만큼 시끄러웠다.

"옆방에서 라디오를 엄청 시끄럽게 틀어둬서 내 방까지 들려. 그런데 그게 하필이면 삼 년 전 방송이더라. 루벅스는 매일 새로운 방송을 하는데 굳이 예전 걸 틀어두다니, 너무 이상하잖아."

"그게 예전 방송인 줄은 어떻게 알았는데?"

태린은 돌라라는 이름의 제보자, 그리고 그 제보 이후로 급증했던 하라판의 실종 사건을 이야기했다. 또 찾아보니 쿠니트 시장에서 광증 아포에 오염된 시금치가 유통된 건 이 년 전이었다는 것도. 무엇보다 태린을 감시하고 있던 것처럼, 버섯을 죽에 넣을 때 버섯 섭취시 주의 사항이 흘러나왔던 것도 이상했다고 말했다. 이쯤 되면 선오가 흥미를 보이거나 아니면 소름 끼쳐 할 줄 알았는데, 의외로 그는 무덤덤한 표정이었다.

"어…… 그게 정말 라디오 방송인 건 맞아?"

"아니면 뭔데?"

"환청이라든지."

"내가 시험 준비하다가 미쳐버렸단 거야?"

"어, 꼭 미친 사람들만 환청을 듣는 건 아니야. 나도 듣는데."

태린은 어이가 없어 선오를 노려보았다. 선오는 평소처럼 진지한 표정을 하고 있었다. 농담인지 진담인지 알 수가 없었다.

"뭐, 선오 네가 제정신이 아닌 건 나도 알지만, 환청 내용이 이상하잖아. 너도 라디오 방송을 환청으로 들어?"

"난 아니지만 그런 사람도 있지 않을까?"

"으이구, 정말 도움이 안 되네."

애초에 늘 나사가 빠진 사람처럼 구는 선오에게 도움을 기대한 게 잘못이었다. 태린이 고개를 저으며 다시 굴라시를 먹는 데 집중하려고 하자, 선오가 어깨를 으쓱했다.

"근본 원인을 확인해보면 되지."

"어떻게?"

"오늘 가서 옆집 문을 두드려. 그리고 사람이 나오면 물어봐. 왜 당신은 삼 년 전 라디오 방송을 듣고 계십니까?"

"그으래, 참 좋은 방법이네."

태린은 퉁명스레 대꾸했다. 진작 그렇게 해보지 않은 건 당연하게도 태린의 집이 치안이 나쁘기로 유명한 동네에 있기 때문이었다. 하필 태린은 자스완과 선오 몰래 따로 집을 구하고 나서야 그 사실을 알았다. 그래도 다 같은 하라판이니 괜찮지 않을까 싶었지만 경악할 만한 사건들이 하루가 멀다 하고 일어났다.

"원인도 확인하고, 겸사겸사 사건 사고의 일부가 될 수도 있겠어. 운이 좋으면 〈오후의 수다쟁이 루벅스〉에 제보되어서 삼 년 뒤 옆방 라디오 소리로 재생되겠네. 의문의 이웃 살해! 아직도 풀리지 않은 미스터리!"

태린의 빈정거림을 알아차리긴 한 건지, 선오가 다시 입을 열려는 순간이었다. 갑자기 가게 밖에서 비명소리가 들려왔다. 태린의 시선이 먼저 문 쪽을 향했고, 선오도 말을 멈춘 채 뒤를 돌아보았다.

저마다 자리에서 일어난 사람들이 밖을 구경하고 있어 무슨 일인지 잘 보이지 않았다. 태린이 사람들 사이를 헤치고 가보니, 눈에 띄는 백금발의 중년 여자가 감시 기계와 실랑이를 하고 있었다. 그 옆엔 사색이 된 노인이 서 있었다. 자스완 식당의 단골인 쿠자이였다. 중년 여자는 쿠자이의 딸 같았다. 태린이 제 옆에 선 남자에게 물었다.

"무슨 일이죠?"

"감시 기계에게 걸렸나봐. 아이고, 저 여자가 겉으로 보기에는 아주 멀쩡해 보이는데. 두 달 전에 딸 아이사를 치료소에 뺏겼대. 그 이후로 정신이 나간 건지 아니면 정말 광증인지 모르겠어. 어쩌다 기계에게 걸려서는 말이야."

아이사는 어린 나이임에도 손재주가 좋아서 동네의 고장난 장비들을 곧잘 고쳐주던 활달한 여자애여서, 그 애가 치료소로 끌려간 일은 동네에 이미 소문이 났다. 저 중년 여자까지 기계에게 끌려가면, 쿠자이는 딸과 손녀를 모두 잃는 셈이었다.

쿠자이가 감시 기계를 당겨보기도 하고 막아서기도 했지만 소용이 없었다. 자스완 식당의 손님들은 다들 혀를 차거나 안타까워했지만, 거리를 지나치며 이렇게 소리치는 청년도 있었다.

"미친 여자 따위, 빨리 잡아가!"

손님 하나가 에라, 몹쓸 놈, 하며 그 청년에게 포크를 던지자 그는 재빨리 달아나버렸다.

그렇지만 쿠자이 외에는 누구도 섣불리 끼어들 생각은 하지 못했다. 그게 어떤 의미인지 모두가 알고 있었기 때문이다. 광증 발현자를 감싸면 처벌받는다는 것. 감시 기계에게 끌려간 지인을 두고 있는 건 이 구역 사람들의 공통된 경험이었다. 저항하거나 도망치면, 다음날 더 많은 기계들이 찾아왔다.

어느새 다가온 선오가 태린의 어깨를 톡톡, 가볍게 건드렸다. 기계를 따라가보자는 뜻이었다. 내키지 않았다. 파견자 시험이 곧인데 트집을 잡혀서 자격을 잃거나 괜한 소리를 듣고 싶지 않았다. 무엇보다 파견자에게는 의무가 있었다. 광증 발현자를 신고하고 격리 수용에 협조하여 미발현자를 보호해야 했다.

하지만 울부짖는 쿠자이를 도저히 못 본 척할 수 없었다. 게다가 아직 태린은 파견자가 아니었다. 그래, 아직은 아니다.

선오가 작은 목소리로 물었다.

"할 거지?"

대답 대신 태린은 앞장섰다. 동시에 선오가 감시 기계의 뒤쪽으로 갔다. 태린은 기계에 바짝 붙어 선 다음 전방 카메라 앞으로 손바닥을 휘휘 움직이며 주의를 끌었다.

"이보세요, 지금 이거 영업 방해예요. 단속할 거면 사람들 안 지나다니는 데서 해야지 이게 뭐예요? 오늘 장사 망치면 당신들이 책임질 거예요? 이거 봐, 입구를 다 막고 있잖아. 저 뒤에 손님들 못 들어오는 거 안 보여요? 하필이면 또 오늘이야. 그동안 식재료가 제대로 안 들어와서 영업을 못했어요. 그러다가 드디어 들어온 게 오늘인데, 이렇게 방해하면 어째요? 당신들 단속 좀 하자고 남의 생계를 끊겠다는 거예요? 봐요, 저 뒤쪽이요!"

기계가 카메라를 움직여 그쪽 방향을 보는 사이, 태린이 기계의 팔을 철사로 쿡 찔러 붙잡힌 여자의 옷자락을 풀어주었다. 얼른 가라고 속삭였지만 여자는 멍한 표정을 지은 채 움직이지 않았다. 태린은 그를 옆으로 살짝 떠밀었다. 그때 기계 옆에 쌓여 있던 빈 술통이 와르르 무너졌고, 몰려 있던 사람들이 비명을 지르며 뒤로 물러났다.

자스완 식당 앞은 난장판이 됐다. 태린은 여자의 손목을 붙잡고 술집 옆 골목으로 마구 뛰었다. 철망을 내려 골목 진입로도 닫아버렸다. 다음 일은 선오가 알아서 해줄 것이다. 감시 기계들을 엉뚱한 장소로 유인하는 일만큼은 기가 막히게 잘하니까.

태린은 여자의 손목과 손바닥을 확인했다. 다행히도 아직 스캔 당한 흔적은 없었지만 감시 기계들은 여자의 특징을 기억할 터였다.

"그 머리, 아예 밀어버리세요. 할 수 있으면."

태린은 여자의 백금발을 눈짓하며 말했다. 여자는 눈이 여전히 풀려 있었고 고개도 끄덕이지 않았다. 태린이 보기에 여자는 벌써 광증이 발현되었다. 자아가 해체되고 자신이 이 현실에 있다는 것을 '깜빡' 잊어버리는, 꿈과 현실을 분간하지 못하는…… 그러다 결국 미쳐버리고, 사나워지고, 때로 끔찍한 일을 벌이기도 하겠지. 언제까지 여자는 기계들로부터 숨을 수 있을까? 주위 사람들을 해치지 않는다고 확신할 수 있을까? 설령 숨는 데 성공한다고 해도 그 끝이 멀쩡하긴 할까?

밀려드는 의문을 애써 떨치며 태린은 여자를 골목 바깥으로 떠밀었다. 광증이라고 해도 지금 기계들에게 끌려가선 안 됐다. 그건 마지막 인사를 나눌 기회조차 없는 끔찍한 이별을 의미했으니까.

여자가 완전히 골목을 떠난 것을 확인하고 태린은 식당 앞으로 돌아왔다. 선오가 바닥에 나뒹구는 빈 술통을 쌓고 있었다. 식당 안은 무슨 일이 있었냐는 듯 다시 시끌벅적했다. 주위를 둘러보니 쿠자이도 사라지고 없었다.

선오를 도우려고 팔을 걷어붙이는데 그가 씩 웃으며 말했다.

"기계 두 녀석을 혼란 상태에 빠뜨렸어. 이틀은 제 기능 못할 걸."

"너 그러다가 경찰한테 끌려간다."

"곧 파견자가 될 동생도 있는데 몇 번은 봐주겠지."

"내가 네 동생이라고? 아닌데. 게다가 봐주기는, 오히려 더 엄격해지면 모를까⋯⋯"

태린은 투덜거리다가 문득 선오의 얼굴에서 완전히 웃음기가 사라져 있는 것을 알아차렸다.

"아까 무슨 일 있었구나?"

"쿠자이도 발현됐어. 눈이 은회색으로 빛났어."

선오가 목소리를 잔뜩 낮춘 채 속삭였다. 태린은 입을 다물었다. 라부바와는 광증으로부터 사람들을 보호하는 도시이지만, 하라판의 사람들은 이상하리만치 그 위험에 자주 노출되었다. 거리의 사람들이 자꾸 사라지고 있었다. 가족 전체가 한순간에 사라지는 일도 드물지 않았다. 이상한 것은 광증이 제 모습을 드러내기도 전에, 그들이 깨끗하게 사라진다는 사실이었다. 마치 그런 위협이 이 거리에 애초부터 존재하지도 않았다는 것처럼⋯⋯

갑자기 크고 두툼한 손이 태린의 머리 위에 얹혔다. 화들짝 놀라 뒤돌아보니 자스완이 큰 손으로 태린의 머리카락을 마구 헤집어놓고 있었다.

"으악, 자스완 아저씨!"

"요 녀석들아, 왜 아직도 여기 있어. 애들은 얼른 들어가야지."

성년이 된 지가 언제인데 아직도 어린애 취급이냐고 투덜거리다보니 태린의 마음속 불안도 잦아들었다. 새로운 손님들이 하나둘 식당으로 모여들고 있었다. 손님을 맞이하는 직원들의 인사 소리가 가게 바깥까지 울려퍼졌다.

　태양을 흉내낸 중앙 조명이 어두워지며 저녁이 밤으로 접어드는 시간, 하라판 거리에 늘어선 가로등이 깜빡이며 거리에 기묘한 활력을 더했다. 한 사람이 영영 사라질 뻔했던 일은 마치 없었던 것처럼. 이상한 활기 속에서 태린은 선오와 잠시 눈이 마주쳤다. 그러다 이내 시선을 돌렸다.

2

학술원 로비에 날 선 긴장감이 감돌았다. 서로 가볍게 인사를 건네던 학생들도 분위기를 파악하고는 이내 웃음을 거두었다. 그 사이에 태린은 가만히 앉아 이름이 불리기를 기다렸다. 자신에게 향하는 따끔한 시선을 느끼면서.

"정태린, 이쪽으로."

조교가 드디어 이름을 불렀을 때는 반가운 마음마저 들 정도였다. 광증 저항성 검사 장소로 가는 동안, 동기들의 차가운 시선이 태린에게 향했다가 흩어졌다. 경멸과 불평, 시기가 뒤섞인 눈빛들.

파견자 자격 시험은 상대 평가였다. 여기까지 오기 위한 아카데미 과정도 혹독했다. 미성년일 때 기초 과정을 마친 후 스무 살이 되면 총 삼 년간의 본 과정을 이수할 수 있지만, 끝까지 수료하는 사람은 적었다. 반기별 시험으로 다수의 학생이 걸러졌다. 유급자에게는 다시 기회가 주어지지 않았다. 자격 시험도 단 한 번뿐이었다. 물론 파견자 시험에서 탈락한 학생들은 다른 분야로 갈 수 있었다. 원한다면 연구든 행정이든 길은 많았다. 하지만 파견자를 꿈꾸는 이들은 오직 파견자에게만 주어지는 것들을 갈망했다. 명예나 부, 은퇴 이후에 오는 안정적인 삶이든, 혹은 지상을 밟을 특권 그 자체이든. 파견자가 되기로 이미 결심한 이들에게 그 외의 것들이 눈에 들어올 리는 없었다.

그러니 아카데미에 있는 동안 태린이 내내 따가운 시선을 받았던 것도 어쩌면 당연했다. 태린은 뉴로브릭 부적응자로서는 드물게 아카데미 과정에 입학했다. 여러 차례 유급 위기를 겪었지만 힘겹게 이를 넘겼다. 그 과정이 오직 태린의 실력만으로 가능했던 것이냐고 묻는다면, 솔직히 확신은 없었다. 이제프가 뒷배를 봐주었다는 이야기는 그저 소문에 불과한 걸까? 물론 태린은 그게 헛소문이라고 생각했다. 이제프는 공과 사를 철저하게 구분하는 사람이었으니까. 하지만 정황상 소문이 사실처럼 보이는 건 어쩔 수 없었다. 헛소문이라는 걸 보여주려면, 이번에 증명하는 수밖에 없다.

"눈 감고 스캐너 앞에 서세요."

조교의 지시와 함께 광증 저항성 부스의 문이 닫혔다.

태린은 암흑 속에 갇혔다. 불길한 기계음이 미세하게 울렸다. 다음 순간 끔찍하게 날카로운 소리가 귀를 찔러대기 시작했다. 눈을 질끈 감자, 그다음으로는 망치로 치는 듯한 커다란 진동이 머리를 울렸다. 광증 발현자라면 낮은 단계도 버티지 못하고 날뛸 것이다. 광증 인자에 취약한 이들 역시 단계가 높아질수록 버티기 어려워했다. 하지만 태린은 지금까지 한 번도……

―아악, 나를 먹지 말아요!

섬광이 눈앞에 번쩍였다. 머리를 쾅 치는 듯한 충격. 터질 것 같이 심장이 빠르게 뛰었다. 태린은 안간힘을 쓰며 똑바로 서 있었다. 아니야. 제발, 이건 아무것도 아니야.

영원같이 긴 시간이 흐르고 달칵, 부스 문이 열렸다.

조교는 식은땀을 흘리는 태린을 미심쩍은 듯 위아래로 훑어보았다. 그러곤 스크린에서 점수를 확인하더니 태린의 서류에 무언가를 휘갈겨 쓰고 도장을 찍었다.

태린은 점수를 확인했다. 최고 점수였다. 늘 그랬던 것처럼.

"다음 검사 장소로 가시면 됩니다."

아무렇지 않은 척 서류를 받아들고 태린은 다시 걷기 시작했다.

뉴로브릭 부적응자인 태린이 페널티에도 불구하고 아카데미 본 과정을 마칠 수 있었던 건 일반적이지 않은 수준의 저항성 덕분이었다. 지금까지 태린은 자신이 왜 그렇게 저항성이 높은 건지, 그 점수가 사실이긴 한 건지 의심한 적이 없었다. 하지만 지금 이 순간 처음으로 그것이 이상하게 느껴졌다. 왜 나는 미치지 않는 걸까? 아니, 미치지 않은 게 맞나? 낯선 목소리가 아주 선명하게 들려오고 있는데도.

―방금 뭘 한 거야?

뒤돌아보았지만, 아무것도 없었다. 태린은 눈을 질끈 감았다가 떴다. 정신을 차려야 했다. 빠르게 걸었다. 생각에 깊이 잠길 새도 없이 다음 검사실에서 태린의 이름이 불렸다. 차례로 매달리기와 높이뛰기, 실내 암벽 오르기, 단거리 달리기, 상체 근력과 하체 근력 측정을 받았다. 평소에는 하지 않던 실수를 두 번이나 했다.

"중앙 강당으로 가세요. 시험 오리엔테이션이 있습니다."

강당은 응시생들로 북적이고 있었다. 아직도 태린은 자신에게 찾아온 이상한 목소리에 정신이 팔려 있었다. 잘못 들은 거야, 아무것도 아니야, 되뇌어봤지만 불안감을 떨치기는 힘들었다.

하지만 단상 옆 문이 열리고 한 사람이 모습을 드러내자 잡생각이 한순간에 달아났다. 그다지 신경쓰지 않은 듯하지만 깔끔한 옷차림에, 길고 붉은 머리카락을 대충 묶어 등뒤로 늘어뜨린 여자가 단상을 가로질러 걸어왔다. 누군가의 탄성이 들려왔다.

"교관님이잖아!"

태린은 황급히 시선을 떨구었다. 왜 하필이면, 이제프가 여기에. 조교가 이제프 파로딘을 소개하고 있었다. 하지만 소개는 필요 없었다. 여기 모인 학생들 중 그를 모르는 사람은 없을 테니까.

"반갑습니다, 다들."

조용해진 강당에 중저음의 목소리가 천천히 울려퍼졌다.

"본부에서 절 부르더니, 여러분을 위해 오늘 격려의 말을 좀 전해달라 하더군요."

이제프는 강당을 찬찬히 둘러보며 학생들과 하나하나 눈을 마주쳤다. 학생들은 숨소리도 내지 않고 이제프를 보고 있었는데, 대부분 동경 어린 눈빛을 하고 있었다. 태린은 그게 왠지 짜증이 났는데, 스스로도 짜증이 나는 이유를 알 수 없어서 더 신경이 쓰였다. 태린은 다시 무릎 위로 시선을 내렸다.

"여러분에게 지금 필요한 건 격려가 아니라 최후의 경고겠지만. 그래도 뻔한 말을 하는 건 지루하겠죠."

이제프는 나른한 어조로 말을 이어갔다. 강당 앞에 선 이제프는 어딘가 이 상황을 몹시 귀찮아하는 기색이 역력했다. 여러모로 위엄 있는 모습은 아니었다. 그렇지만 이곳에 있는 이들이라면 모두 알고 있을 것이다. 이제프가 파견자로서 세운 업적들과, 연구자로서 해낸 성취들을. 이제프는 모두가 동경하는 위치에 있었다. 그러니 이제프가 오늘 응시생들을 격려하러 이 자리에 온 건, 그리고 모두가 눈을 반짝이며 그를 보고 있는 건 당연한 일이었다.

그런데 어째서 지금 이 순간이 불편하게 느껴질까. 태린은 계속 이제프를 흘끔 보았다가 다시 시선을 돌렸다. 이제프의 말이 귀에 잘 들어오지 않았다. 파견자가 되는 일의 어려움에 대해서라면, 태린은 이미 그에게 수십 번도 넘게 들어온 터였다.

지금은 그저 이 자리를 빨리 벗어나고 싶었다. 화장실이라도 가겠다고 핑계를 대며 나갈까, 뒷문을 슬쩍 돌아보았지만 그럴 분위기가 아니었다. 다시 저 앞에 선 이제프를 보니 설명할 수 없는 기분으로 심란해졌다. 태린은 자리를 피하는 걸 포기하고, 이제프를 똑바로 보았다. 이번에는 일부러 눈을 마주치려고 애썼다.

"파견자는 매료와 증오를 동시에 품고 나아가는 직업입니다. 무언가를 끔찍하게 사랑하면서도, 동시에 불태워버리고 싶을 만큼 증오해야 합니다. 그걸 견딜 수 있는 사람만이 파견자가 될 수 있을 겁니다."

그 순간 태린은 이제프와 눈이 마주친 것 같았다. 이제프가 멈칫하는 게 느껴졌다. 아니, 착각이었을까? 이제프는 태린을 무시하듯 빠르게 고개를 돌려버렸다. 태린은 괜히 부아가 치밀었다.

"최선을 다하세요. 뛰어난 동료로서 만날 수 있다면 얼마든지 환영이니까. 못하겠다면, 그냥 더 나은 길을 찾아봅시다."

다음 순간, 이제프가 잠깐 태린 쪽을 보며 슬쩍 미간을 찌푸린 것 같다고 느꼈다면, 그것 또한 오해일까?

"……그럼 이상."

이제프는 고개를 까딱하고, 학생들이 반응할 틈도 주지 않고 단상을 터벅터벅 걸어 앞문으로 획 나가버렸다. 학생들의 뒤늦은 박수가 떠나버린 이제프를 뒤따르다가 곧 사그라들었다.

―하지만 왜 증오를 품어야 해?

또 그 목소리였다. 이번에 태린은 뒤를 돌아보지도 않았고 옆을 살피지도 않았다. 목소리는 바깥에서 오는 것이 아니라 태린의 머릿속에서 들려왔다. 양 눈 사이, 뒤통수 어딘가쯤에서. 소년 같기도 하고, 소녀 같기도 한 모호한 목소리는 이상하게도 익숙했다. 이미 오래전에 들어본 것처럼.

정말 미치지 않은 게 맞을까? 이런 환청을 듣고 있는데도?

태린이 다시 강당 앞을 보았을 때, 조교는 홀로그램 스크린을 띄워놓고 시험 절차를 설명하고 있었다. 이론 시험과 실험실 동정 시험, 생존 시뮬레이션…… 태린은 조교의 목소리에 집중하려고 했다. 그러나 생각이 다른 길로 자꾸 새어나갔다. 이제프에 대한 알 수 없는 마음과, 또다시 들려오기 시작한 이상한 목소리 때문에.

왜 증오를 품어야 하느냐고? 살면서 한 번도, 왜 범람체에 대해 증오를 품어야 하는지 물어본 적이 없다. 그건 마치 인간을 절멸에 이르게 한 거대한 지진이나 해일 따위를 왜 증오하느냐고 묻는 것이나 다름없었다. 이유를 설명할 필요도 없이 당연하게 느껴졌다. 그것이 사람들을 죽였으니까. 문명을 말살했으니까. 자유를 빼앗아갔으니까. 우리를 지하 세계에 가뒀으니까. 그리고 또……

"시험 절차는 여기까지입니다. 질문 있으신 분?"

조교가 강당을 둘러보았다. 누군가 시험 규칙에 대해 묻기 시작하자 저마다 손을 들었고, 강당은 작은 실수라도 미리 조심하려는 응시생들의 질문으로 가득찼다. 하지만 태린은 도저히 그 대화에 집중할 수 없었다. *왜 증오를 품어야 해?*

그날 오후 집으로 돌아온 태린은 허공을 향해 욕설을 내뱉고 있는 노인을 마주쳤다. 그냥 지나치려다가, 태린은 그 노인의 앞에 섰다. 태린은 최대한 정중하게 물었다.

"할머니, 혹시 제 옆방에 누가 사는지 아세요?"

노인의 시선이 태린을 아래위로 훑었다. 불쾌해 보였다. 태린이 자신을 놀리거나 조롱하기라도 했다는 듯한 태도였다.

"무슨 헛소리야? 거긴 아무도 안 살아!"

문을 열고 방 안으로 들어오자마자 태린은 벽에다 귀를 붙이고, 옆방에서 어떤 소리가 들려오는지 들어보았다.

벽 너머에는 정적뿐이었다.

3

자꾸만 나타났다가 흩어지는 풍경이 있다. 그 꿈 같은 장면 속에서 태린은 낡은 황동색 지구본을 돌린다. 드르륵 소리를 내며 손안에서 미끄러지는, 묵직한 무게와 부드러운 질감을 지닌 작은 지구. 고개를 들어 보면 이제프가 태린을 내려다보고 있다. 그때 그는 미소를 짓고 있었던가, 아니면 어쩐지 슬픈 눈빛을……

이상하게도 그 기억의 앞뒤는 누가 문질러 지워버린 것처럼 흐릿하다. 단지 선명하게 떠오르는 건, 그 공간의 냄새와 분위기, 촉감 같은 것들뿐이다. 태린은 자주 '수업'에서 도망쳤다. 그리고 유일한 도피처럼 느껴지는 방을 향해 달려갔다.

몰래 문을 열고 들어가면 느껴지던 책먼지 냄새, 걸음을 옮길 때마다 삐걱거리던 나무 바닥. 그리고 눈이 마주치면 곤란하다는 듯 살짝 찌푸려지던 미간과 굳게 다물어졌다 떨어지던 입술.

―너, 자꾸 여길 찾아오네.

그 끝에 스치는 체념인지 무엇인지 모를 옅은 웃음.

—상담이 아닐 때는 오면 안 된다니까.

처음에 태린은 수업에서 도망치기 위해 그곳에 갔다. 하지만 점차 다른 이유들이 덧붙었다. 손때 묻은 책들이 좋아서. 세월과 함께 낡은 가구들이 마음에 들어서. 아니 어쩌면 이제프가 그런 표정을 하는 것이, 곤란한 웃음을 짓는 것이 좋아서…… 귀찮아하는 듯하면서도 이제프는 태린을 내쫓지 않았다. 태린이 책장을 구경하는 동안 그는 서류 더미에 파묻혀 있거나, 종이 위에 무언가를 쓰다 멈추고는 손가락으로 펜을 굴렸다. 그러다 가끔은 태린을 자신의 맞은편에 앉히고는 태린이 가장 듣고 싶어하는 이야기를 들려주었다.

지상에 대해서. 다른 선생님들은 절대로 말해주지 않는, 이 도시 위의 또 다른 세계에 대해서.

지상은 하늘을 향해 열린 곳이었다. 바람이 불고 빛이 쏟아지고 물이 순환하며, 태양과 달이 함께 타원을 그리면서 계절을 바꾸는 곳. 이끼들이 땅에 몸을 납작 붙여 자라고 그 위로는 키 큰 나무들이 밀림의 지붕을 이루는 곳.

지표면이라는 터전 위에서 인간은 발 닿는 곳 어디든 갈 수 있었다. 배를 타고 바다를 가로지르며, 때로는 하늘을 날아서. 그때 지구는 지구본처럼 작지만 꽉 찬 행성이었고, 사람들은 지구를 '우리 행성'이라고 불렀다. 하늘을 바라보면 시선 끝에서 끝까지 별들이 펼쳐져 있었다. 어떤 사람들은 그 먼 천체들에 닿고 싶어했다. 우리의 행성을 발판 삼아 다른 존재들의 행성으로 나아가고 싶어했다.

지구의 표면은 인간에게는 넓고 평평하게 느껴지지만, 조금 올라가서 바라보면 둥근 행성의 굴곡을 느낄 수 있고, 또 한참을 더 멀리 가서 뒤돌아보면 거의 보이지도 않는 희미한 점이 된다고 했다. 하지만 그 작고 푸른 점이 지금의 인간에게는 광증으로 뒤덮인 미지의 세계. 인간은 고향 행성을 빼앗기고 지하로 내려왔다.

─선생님은 그곳에 갈 수 있잖아요.

─그렇지. 나는 원래 파견자니까.

─저도 파견자가 되면 그곳에 갈 수 있어요?

그렇게 물을 때면 이제프는 늘 미소 지으며, 맞은편으로 손을 뻗어 태린의 머리를 쓰다듬어주었다.

─지상은 아름다운 곳이 아니야. 위험한 곳이지. 모두가 그곳에 갈 이유는 없어.

그때 태린은 무슨 생각을 했더라. 위험하더라도 지상을 보고 싶다고, 미지의 세계에 가보고 싶다고 생각했던가.

아니다, 그런 생각을 했던 것이 아니다. 그때 태린은 줄곧 이제프를 보고 있었다. 알 수 없는 지상만큼이나 속내를 짐작할 수 없는 이상한 사람. 항상 선생님이라고 불렀지만, 사실은 선생님조차 아니었던. 그런데도 늘 태린을 두근거리게 하고, 시선을 뗄 수 없게 만들었던⋯⋯

보호소가 폐쇄되던 날, 태린은 이제프의 방에서 지구본 하나를 가져왔다. 몰래 가져온 것이었다. 자스완과 함께 살던 때도, 작은 방을 구해 따로 나왔을 때도 태린은 그 지구본을 항상 눈에 잘 보이는 곳에 놓아두었다. 언젠가 태린이 혼자 사는 집에 들렀던 이제프는 그 지구본을 빤히 보고도 픽 웃을 뿐 아무런 말을 하지 않았다.

이유를 알 수 없는 갈망이 날카로운 손톱을 세워 위장을 긁을 때마다 태린은 그 지구본을 더듬었다. 드르륵, 소리를 들으며 그 갈망이 애초에 어디서 왔는지를 생각했다. 지구본 표면의 그림이 점차 흐릿해졌다. 중심축이 덜그럭거렸다. 끝내는 칠이 벗겨져 아래가 드러났다. 시간이 지날수록 처음 태린 자신이 바랐던 것이 무엇인지 불분명해졌다.

원하면 원할수록 지표면은 손 아래에서 닳아갔다. 태린은 끊임없이 생각했다. 나는 지상으로 가고 싶은 것일까. 지상을 얻고 싶은 것일까. 아니면 그 지상을 쫓는 사람을 갈망하는 것일까.

가본 적도 없지만 이미 손안에 들어온 행성이 눈앞에 있다. 설명할 수 없는 감정들이 밀려들 때마다 태린은 지구본을 돌렸다. 하지만 사실은 알고 있었다. 지상에도, 누군가의 마음에도 그렇게 쉽게는 닿을 수 없다는 것을.

*

첫 시험 날까지 시간은 순식간에 흘렀다. 태린은 이론 시험을 준비하느라 비좁은 방 안에만 처박혀 있었다. 뉴로브릭이 있는 다른 학생들과 달리 태린이 암기한 지식들은 시간이 지나면 옅어져버렸으므로, 어쩔 수 없이 남들보다 훨씬 더 시간을 들여야 했다. 목소리가 또 들려올까봐 신경이 쓰였지만 태린은 최대한 시험 자료에만 몰두해서 그 생각에서 벗어나려고 했다. 다행히 목소리도, 라디오 소리도 더는 들려오지 않았다.

이론 시험 당일, 태린은 집을 일찍 나섰다. 대기실에서 조교의 호명을 기다렸다. 이름과 부스 위치가 불리자, 태린은 심호흡을 하고 시험 부스 안으로 들어갔다.

의자에 앉아서 홀로그램 스크린을 마주보았다. 이번 시험은 파견자 자격 시험의 첫 관문에 불과하다. 당연히 통과해야 하고 그러기 위해서 필사적으로 준비해왔다. 뉴로브릭을 통해 기억 보조를 받을 수 없는 만큼 크게 불리한 조건이었지만, 그런 걸 따져가며 파견자가 되려고 한 게 아니었다.

좋아, 쓸데없는 건 다 잊어버리자. 시험에만 집중하자.

태린이 여러 번 되뇌는 동안 스크린이 전환되었다.

[부적응자용 특별 시험으로 진행합니다. 확인했습니까?]

"확인했습니다."

[답안은 모두 녹화되며 자동 채점됩니다. 시간 제한을 넘길 경우 바로 다음 질문으로 넘어갑니다. 확인했습니까?]

"확인했습니다."

[시험이 시작됩니다.]

마음의 준비를 할 틈도 없이 1부 시험이 바로 시작되었다.

파견자의 역할과 임무 전반에 대한 보편적인 문제들, 지하 도시 행정 구조의 특징에 대한 질문이 나왔다. 아카데미 기초 과정에서 세뇌당하다시피 배워온 것들이었으므로 어렵지 않았다. 태린은 파견자 선언문의 전문을 토씨 하나 틀리지 않게 외웠고, 행정 조직과 파견 조직의 구조를 스크린에 그려넣었으며, 스타도 하드의 네 가지 요소와 파견 본부의 역사, 지하 도시의 설립 과정과 행정 구조에 대해서는 구술로 대답했다.

대답 직후 짧은 휴지가 주어졌고, 우측 하단에 자동으로 채점된 점수가 표기되었다. 세부 사항을 약간 누락하긴 했지만 추가 점수를 받은 문항들이 있었고, 이것이 상쇄되어 만점에 가까운 점수가 나왔다. 태린은 지나치게 일찍 안도하지 않으려고 마음을 다잡았다.

시험은 계속되었다.

2부는 자연과학을 다뤘다. 지구 생물과 범람화된 생물의 분자 단위, 세포 단위에서의 차이와 범람화 이후 지구의 생태학적 특성을 구술하고 필요한 부분들은 도표를 그려 답변했다. 아플라톡신 발견의 배경, 마크로토포스 실험을 통한 대사물질 분석, 진균류와 지의류에 대한 긴 답변을 써넣었다.

[다음은 3부입니다. 현장 연구 방법론에 대한 질문입니다.]

지금까지 채점된 점수를 살폈다. 다행히도 거의 대부분 만점이었다. 이제 절반 정도 지났다. 고난도 문제는 후반에 많이 출제가 되니, 지금부터 정신을 더 바짝 차려야 했다.

현장 연구 방법론은 이제프가 맡은 생존 시뮬레이션 수업과도 관련이 있어서 늘 달달 외우다시피 한 것들이었다. 포자−지문 채취 프로토콜과 서블포런트 원칙, 진균류의 활동 대사 분석법에 대해 막힘없이 대답했다.

그러다 문득 태린은 아주 미묘한 느낌을 알아챘다. 무언가가 머릿속을 헤집고 있었다.

"으, 잠시만……"

무심코 중얼거렸지만 당연히 시험이 멈출 리가 없었다. 시간은 계속 흘러가고 있었다. 그러나 뭔가가 계속해서 머릿속을 콕콕 찌르는 듯한 느낌이 있었다. 평소 인지하지 못했던 뉴런의 존재가 감각되면서, 뾰족한 어떤 것이 그 신경세포들 사이를 헤집으며 태린이 알고 있던 모든 지식들을 뒤섞어버리는 느낌.

삐익.

순식간에 답변 시간이 끝났다는 경고음이 울렸다. 심장이 덜컥 내려앉는 기분에 태린은 다급히 채점표를 보았다. 사소한 세부 사항 누락이 있었다. 큰 실수는 아니었다. 태린은 양손으로 뺨을 감쌌다. 열이 올라 있었다. 집중해야 했다. 딴생각에 빠져서는 곤란했다.

다음은 다시 자연과학 분야로, 이번에는 고난도의 계산이 포함되는 파트여서 태린은 긴장하며 문제를 읽었다. 범람화된 들토끼의 세포-단백질 분자 간 상호작용을 추론하는 생물물리학 문제로, 복잡한 계산이 필요한 문항이었다. 직접 스크린에 펜으로 계산 과정을 남겨야 했다. 그동안 뉴로브릭 보조 없이 온갖 수식을 외우느라 머리에 쥐가 날 지경이었는데, 막상 손으로 써 내려가다보니 몸에 새겨진 기억이 떠올랐다. 태린은 자꾸 의식이 다른 방향으로 새나가는 것을 다잡으며 답을 적어 내려갔다.

그러나 한 페이지를 넘길 무렵,

너는 왜 나를 기억하지 못해?

또다시 그 목소리였다.

"제발 방해하지 마."

태린이 중얼거렸다. 지금 이 목소리가 무엇인지는 상관없었다. 태린 자신의 미쳐버린 정신이든, 환청이든 간에 지금은 입을 다물어야 했다.

이 모든 것이 다 무슨 의미가 있어?

목소리를 무시하며 태린은 가까스로 수식을 끝까지 적고, 마지막으로 정리한 답을 스크린 아래에 써넣었다. *이 모든 것이 다 무슨 의미가 있냐니까?* 태린은 눈을 꽉 감았다가 떴다.

갑자기 스크린 위에 있던 글자들이 사방으로 흩어지기 시작했…… 이 글자와 저 글자가 엉겨붙고 있었다. 글자들이 흐물흐물 춤을 추면서 해체되기 시작했다.

"안 돼…… 이러면 안 돼."

태린이 쓴 답변들이 찌그러지고 쪼개지고 흩어지고 있었다. 자글자글 조각난 글자들이 죽은 개미들의 무덤처럼 바닥에 쌓이고 또 쌓였다.

"이건 아니야, 잠깐만요. 시험을 멈춰주세요."

태린이 부스 문을 다급히 두드렸다. 스크린 옆의 긴급 신고 버튼을 마구 눌렀다.

"시스템 오류가 생겼어요! 저기요, 아무도 없나요!"

[다음 질문입니다.]

절망감이 밀려들었다. 스크린에 계속해서 글자들이 떠올랐지만 이제는 도저히 해석할 수가 없었다. 질문을 읽을 수가 없었으므로 답변도 할 수 없었다. 태린은 눈앞에서 무너지고 있는 글자 무더기가 정말로 시스템 오류 때문인지, 아니면 자신이 미쳐버렸기 때문인지 분간할 수 없었다. 또다시 목소리가 들려왔다. 이번에는 벽 너머에서 들려오던 그 라디오 소리였다.

라라라라 라라라라 라부바와 수다쟁이 루벅스!

글자들이 무너지다 스크린 아래로 흘러내렸다. 태린은 손을 뻗어 그 글자들이 허상에 불과하다는 것을 스스로에게 알려주려고 했지만, 끔찍하게도 손끝에서 글자들의 물리적인 감각이 느껴졌다. 끈적끈적하고 차가운 것이 손에 만져졌다. 태린은 경악하며 손을 뒤로 뺐다.

홀로그램 스크린이 허물어지고 있었다. 태린은 부스 문을 열고 밖으로 뛰쳐나가려고 했지만, 이번에는 문이 열리지 않았다. 제발, 제발 좀 열려라. 달각거리는 소리만 계속 날 뿐 문은 밖에서 잠겨 있었다. 어떻게 이럴 수가 있지? 단지 시험을 치르고 있었을 뿐인데 어째서 눈앞의 모든 것이 흘러내리고 있는 거지?

"정태린 씨?"

밖에서 누군가 태린을 부르고 있었다.

"제발요!"

태린은 비명을 지르며 부스 문을 마구 흔들었다. 하지만 열리지 않았다.

"무슨 문제 있어요? 안에서 문 좀 열어봐요."

문이 안 열려요! 그렇게 소리를 지르려고 했는데 목소리가 나오지 않았다. 방금 전까지 머릿속에서 끊임없이 속삭이던 그것이 지금은 태린의 성대를 꽉 움켜쥐고 있는 것처럼……

그때 태린은 무너지는 시험 부스를 보았다. 시험 부스가 태린의 머리 위로 흘러내려 이윽고 몸을 뒤덮어버렸다. 그것들은 축축하고 따뜻한 것으로 이루어져 있었다. 눈이 감겨왔다. 어디선가 아이들이 울음을 터뜨리는 소리가 들려왔다. 왠지 그 아이들을 오래전부터 알고 있었다는 생각이 들었다.

그래, 이제는 모든 걸 함께 잊어버리자.

누구의 말인지, 무슨 뜻인지 생각할 틈도 없이, 태린의 정신이 까마득한 어딘가로 뚝 떨어졌다.

4

"무슨 일이 있었던 건지 말해보세요."

사무적인 어조의 상담사 앞에서 태린은 입을 꾹 다물고 있었다. 새하얗기만 한 벽과 바닥. 태린과 눈을 마주치지 않고 스크린만 쳐다보며 무언가를 써넣는 상담사. 상담이 아니라 취조 같았다. 물론 시험 도중에 응시생이 쓰러졌고, 얌전하게 기절만 한 게 아니라 마구 소리까지 질러댔으니 당연한 후속 조치라고 할지도 모르지만 태린은 지금 이 상담사에게는 단 한 마디도 솔직하게 말하고 싶지 않았다. 트집을 잡아서 태린을 광증 치료소로 넘겨버릴지도 모르니까.

"그냥 머리가 너무 아팠어요. 어지러웠고요. 그러다 쓰러졌지만, 그것 말고는 별일 없었어요."

의식을 잃은 뒤 깨어난 건 약 두 시간 후였다. 오래 기절해 있지도 않았고, 다시 정신은 말짱해졌다. 언제 환각을 보았냐는 듯 눈앞은 깨끗했다. 이론 시험에 탈락했을지도 모른다는 생각에 체념하며 디바이스를 켰는데, 아슬아슬한 점수로 통과였다. '그

현상'이 시험의 거의 막바지에 일어났기 때문이었다. 하지만 전혀 안심할 일이 아니었다. 언제든 똑같은 일이 일어날 수 있었다.

"이상한 것이 보인다고 소리 질렀다는 보고가 있었습니다만."

상담사는 여전히 사무적인 어조로 물었다.

"정말 그게 다예요. 머리가 너무 아파서, 잠깐 눈앞이 번쩍하는 느낌이 들었나봐요. 그걸 뭔가로 착각했을……"

그때 빠르게 스크린에 무언가를 써 내려가는 상담사를 보면서 태린은 말을 잘못했다는 생각이 들었다. 반투명한 스크린 뒤편으로 줄줄이 떠오르는 글자가 비쳤지만 어떤 내용인지는 읽을 수 없었다. 눈앞이 번쩍하는 느낌이라니, 그런 표현조차도 해석하기에 따라 광증의 전조가 될 수 있는데 괜한 말을 해버렸다.

"다음 시험을 치르기에 적합한지 살펴보기 위해, 몇 가지 확인 절차를 거쳐야 할 것 같습니다."

"당연히 치를 수 있어요. 잠을 좀 못 자서 그런 거라니까요."

"하지만 이론 시험 중에 쓰러졌다면, 다음 시험에서는……"

그때 문이 벌컥 열렸다.

반사적으로 눈썹을 찡그린 상담사는 문을 열고 나타난 여자의 얼굴을 확인하고는 의아한 표정을 지었다. 마찬가지로 그 얼굴을 확인한 태린은 더욱 도망치고 싶은 기분이 되었다. 지금 가장 만나고 싶지 않은 사람이 있다면, 그건 바로 눈앞의 이제프 파로딘이었으니까.

"제가 좀 데려가겠습니다."

반쯤 열린 문 사이로 몸만 약간 내민 이제프가 그렇게 말하더니, 태린에게는 말도 걸지 않고 그의 팔을 가볍게 잡아당겼다. 뺏긴 물건이라도 되돌려받는 듯한 거친 태도에 태린은 울컥했지만, 자신을 치료소에 넣어버릴지도 모르는 저 상담사 앞에 계속 앉아 있을 수만은 없었다. 태린은 잠자코 이제프의 손에 몸을 맡겼다. 시끄럽게 의자 끌리는 소리가 났다. 반쯤은 타의로, 나머지 반은 모호한 자의로 이제프에게 끌려가다 태린은 복도에서 우뚝 멈춰 섰다.

앞서가던 이제프가 뒤돌아보며 미간을 찌푸렸다. 태린은 저도 모르게 변명하듯 입을 열었다.

"저, 아무 문제 없었어요. 걱정 안 하셔도 돼요."

태린은 툭 내뱉어진 말에 스스로 놀랐지만 내색하지 않고 이제프를 보았다. 이제프는 어이없다는 듯 헛웃음을 지었다.

"그걸 지금, 말이라고 하니."

"······"

"따라와."

태린은 별수없이 이제프를 따라갔다. 걸음은 왜 저렇게 빠른지, 알고는 있었지만 오늘따라 쫓아가기가 더 힘들었다. 이제프는 여기 왜 온 걸까. 아마도 이제프는 태린의 담당 교관이니까. 맡고 있는 학생이 시험을 치다 쓰러졌으니까. 단지 그것뿐이겠지. 그런데 왜 이렇게 짜증이 나는지 태린은 스스로도 이해할 수 없었지만 입을 다물고 걸었다.

도착한 곳은 이제프의 연구실. 달칵, 문이 닫히고 나서야 태린은 가쁜 숨을 돌렸다.

이제프는 뒤돌아 태린을 보더니 소파를 가리켰다. 태린은 그 앞으로 걸어갔지만, 앉지는 않고 가만히 섰다. 이제프는 황당하다는 듯 고개를 내젓더니 먼저 태린의 맞은편에 앉았다. 그제야 태린도 자리에 앉았다.

"무슨 일인지 설명해봐."

이래서야 아까 그 사무적인 어조의 상담사와 다를 바가 없지 않은가. 무슨 일이 일어난 건지 다짜고짜 캐묻기만 할 거라면 태린을 왜 데리고 나온 걸까. 그냥 거기 옆에 앉아서 상담사랑 같이 질문이나 하든지. 어차피 대강의 사정은 그도 전해 들어 알고 있을 터였다. 태린은 짧게 말했다.

"진짜 별문제 없었다니까요."

"그게 어떻게 별일이 아니야."

"……시험도 통과했어요. 그전까지는 다 잘 대답해서, 감점은 크지 않았어요."

"시험 얘기하는 게 아니잖아."

"지금은 시험이 제일 중요하죠. 앞으로도 잘 치면 되잖아요. 다시는 이런 일 없을 거예요."

진심이 아니었다. 앞으로도 이런 일이 없을 것 같지 않았다. 그런데도 지금, 태린은 이제프에게만은 솔직하게 말하고 싶지 않았다. 예전이었다면 이제프부터 찾았을 것이다. 어쩌면 의식을 잃은 뒤 깨어나자마자 연락했을 것이다. 그러나 지금은 아니었다. 적어도 태린을 일부러 피하거나 귀찮아하는 것이 분명한, 최근의 이제프에게는.

이제프가 태린을 빤히 들여다보며 물었다.

"너, 오늘따라 왜 이렇게 방어적인 태도야?"

"제가 그렇다고요?"

"원래 안 그랬잖아. 사소한 거 하나하나 종알대며 털어놓을 땐 언제고 왜 정작 지금은 말을 안 해줘."

"하지만 그건……"

태린은 순간 울컥하는 기분에 입을 다물었다. 오늘따라 방어적인 태도라니, 그게 지금 이제프가 할 말은 아닌 것 같은데.

"그동안 절 피해 다니셨잖아요."

"뭐?"

"제 면담 신청, 몇 달 전부터 다 거절하셨잖아요. 메시지에도 답장이 없고…… 제가 귀찮아지신 거 아니에요?"

이제프는 말문이 막힌 듯 입을 잠시 벌렸다가 다물었다.

너무 유치한 원망이었다. 짧은 후회가 스쳐지나갔다. 그렇지만 태린은 참았던 말을 내뱉고 나서야, 이제프를 향한 이 복잡한 감정의 이유를 깨달았다.

이제프는 지난 몇 달간 태린의 면담 요청을 모두 거절했다. 물론 이제프에게 태린의 말을 모두 들어주어야 할 의무가 있는 것은 아니다. 그래도 태린은 서운했다. 무언가 특별한 관계라고, 단순한 사제 관계만은 아니라고 확신했는데, 이제프가 갑자기 분명하게 선을 긋는 것이 싫었다.

뭔가를 깨달았는지 이제프가 한쪽 눈썹을 찡그렸다.

"잠깐만, 오해가 있나본데……"

그는 말을 고르며 한숨을 내쉬었다.

"네가 불필요한 말을 듣게 하기 싫어서 그랬어."

"무슨 말이요?"

"너에게 얘기 안 했지만, 내가 이번 시험 총괄을 떠맡게 됐어. 시험 감독 따위 정말 귀찮기만 하고 곤란해서, 맡고 싶지 않았는데…… 그동안 다섯 번도 넘게 거절했더니 이제는 명분도 없고."

몰랐던 이야기다. 태린은 입을 꾹 다물었다가 다시 대꾸했다.

"그런데 그게 왜 저에게 피해가 된다는 거예요?"

"공정성 시비를 원하지 않아. 민감한 시기에 면담하게 되면 그런 시비가 붙을까봐."

"그냥 담당 교관으로서 면담하는 것뿐인데도요?"

"이미 널 편애한다는 소문이 돌잖아."

말문이 막힌 태린이 잠시 망설이다가 말했다.

"하지만 그건, 사실이 아니잖아요. 그럼 신경쓸 필요 없죠."

이제프는 바로 대답하지 않고, 태린을 보다가 픽 웃었다.

"정말 그렇게 생각해?"

뭘 그렇게 생각하냐고 묻는 걸까? 신경쓸 필요가 없다는 말을 두고 한 말인지, 아니면……

어쩐지 태린은 뺨에 열이 오르는 듯했다. 입에 접착제라도 바른 것처럼 아무 말도 못하고 있는데, 이제프는 표정에서 웃음을 지우고는 곧바로 본론으로 들어갔다.

"이번 일은 달라. 상담사는 신경쓰지 마. 내가 적당히 둘러댈 테니까. 그렇지만 나에게는 무슨 일이 있었는지 정확하게 말해."

태린은 고개를 숙였다. 어디서부터 어떻게 이야기해야 할까.

두 달 전부터 자려고 침대에 누우면 쿵, 쿵 하는 무거운 진동이 바닥 어딘가에서 울려오곤 했다. 비슷한 시기에, 옆방에서는 이상한 라디오 소리가 들려왔다. 라디오 방송은 대개 평범한 내용이었지만 때로는 마치 태린의 일거수일투족을 감시하고 있는 것 같았다. 정말 이상한 일이라는 걸 확실히 안 건 지난주였다. 그건 몇 년 전의 방송이었으니까. 게다가 옆방에는 아무도 살지 않는다고 했다. 그리고 이론 시험 당일, 종종 환청처럼 들려왔던 그 목소리가 머릿속에서 다시 나타나더니 눈앞에 환각이 보이기 시작했다. 곧 주위가 무너지는 것처럼 느껴지더니 의식을 잃어버리고 말았다.

하지만 이 모든 일이 서로 연관돼 있는 것인지는 알 수 없었다. 하지만 태린은 기억하는 대로 모두 이야기했다. 라부바와에서 이런 이야기를, 광증 발현자로 신고당하지 않으리라 믿으며, 또한 도움을 기대하며 털어놓을 수 있는 사람은 이제프가 거의 유일하다시피 했으니까.

태린이 이야기하는 동안 이제프의 표정은 복잡했다. 어떤 생각에 잠기고, 깊은 고민에 빠졌다가, 그런 걸 다 털어내고 다시 태린의 이야기에 집중하기를 반복하는 것처럼. 이야기를 마쳤을 때, 이제프는 한동안 말이 없었다.

좀처럼 깨질 기미가 없는 침묵이 무거웠다. 이제프의 말을 기다리는 동안 태린은 사형선고를 예감하는 심정이 되었다. 정말 안됐구나, 라는 말이 먼저 나올까. 손쓸 수 없을 정도로 심각한 상황이라고 하면 어떡하지.

어쩌면 태린이 가장 두려워하는 건 '그 말'인지도 모른다. 태린이 애써 입을 열었다.

"전 광증에 걸린 거겠죠?"

분명 광증 저항성 테스트에서는 문제가 없었지만, 그래도 이 현상은 광증이라는 말로밖에는 설명이 되지 않았다. 어디선가 광증 인자에 노출된 게 분명했다. 그렇다면 이제프는 파견자의 의무대로 태린을 치료소에 넘길까? 아니면 도움을 주려고 할까? 이제프가 태린을 치료소로 넘길 것 같지는 않았지만, 그럼에도 그가 어떻게 도움을 줄 수 있을지 태린은 알 수 없었다. 광증 발현자는 점차 미쳐갈 뿐, 아무도 원래대로 되돌릴 수가 없었다.

"어디서 노출되었는지는 모르겠어요."

태린이 기어들어가는 목소리로 다시 말을 이을 때, 이제프가 낮은 목소리로 대꾸했다.

"광증은 아니야."

"광증이 아니면요?"

"난 발현자들을 많이 봐왔어. 범람체에 의한 광증은 확실히 달라. 그건 자아가 해체되는 과정이야. 자신이 지금 어디에 있는지, 또 누구인지 잊어버리지. 자신의 몸과 정신을 스스로의 것으로 인식하지 못하고, 결국은 과거와 현재를, 자전적 서사를 잃어버리는 거야. 환각이나 환청도 일부 증상이긴 하지만 넌 그 경우와 달라."

"아직 본격적인 증상이 나타나지 않은 걸 수도 있잖아요. 환각과 환청이 먼저 시작되고, 나중에 제 자아를 잃게 된다면요?"

"이번 신체검사에서 광증 저항성 점수가 얼마였지?"

"만점이요."

"정확히는 '측정 불가' 수치겠지."

이제프가 정정했다. 태린은 이어지는 말을 묵묵히 기다렸다.

"네 저항성은 전례없이 높아. 너를 범람체로 가득찬 늪에 푹 담갔다 빼내도 광증에는 걸리지 않아."

"그것도 이상해요. 제 저항성이 왜 그렇게 높은 거죠?"

"지금까지 수십 번은 검사를 받았을 테니 잘못 측정된 건 아니야. 어쨌든 중요한 건, 지금 네 문제가 광증은 아니라는 거지. 널 광증에 걸리게 만들 정도의 원인이 존재한다면 이미 이 도시 전체가 초토화됐을걸."

태린은 더 혼란스러워졌다. 광증이 아니라면 다행이라고 해야 할까? 이 문제의 원인을 영영 알아낼 수 없다면?

"내 추측으로는, 다른 이유가 있어."

이제프가 손가락으로 자신의 머리, 정확히는 오른쪽 관자놀이 쪽을 톡톡 쳤다. 태린이 길고 곧은 손가락을 멍하니 보다가 홀린 듯이 물었다.

"뉴로……브릭이요?"

이제프가 그렇지, 하며 고개를 끄덕였다.

"하지만 전 뉴로브릭이 없잖아요. 없다기보다는, 시술했다 망해서 연결을 끊은 거지만, 어쨌든 전혀 작동하지 않으니까요."

"그러니까 말이야. 실제로는 없는 게 아니지."

태린은 바보가 된 기분으로 이제프를 바라보았다. 그는 도대체 무슨 말을 하려는 것일까?

"아…… 그러니까, 불완전한 연결……이라고요?"

이제프가 고개를 끄덕였다. 태린은 자신 없는 말투로 되물었다.

"연결을 끊은 뉴로브릭이 지금 와서 갑자기 오류를 일으킨 거라고 말하시는 거예요?"

"가능한 일이지. 드문 일이지만."

오래전 태린은 뉴로브릭 시술을 시도했었다. 보통은 일곱 살쯤 받는 것을, 열두 살이 넘어서야 받았고 당연한 수순처럼 적응에 실패했다. 메스거림 때문에 물조차 못 마시는 태린을 자스완이 다시 시술소로 데려가 항의했지만 마땅한 방법이 없었다. 지상에 있던 이제프가 뒤늦게 소식을 듣고 베누아의 정식 시술소로 연결해줘서 태린은 겨우 죽다 살아났다. 시술자는 뉴로브릭을 제거하면, 뇌에 손상을 입힐 수 있으니 연결을 끊어두기만 하자고 했다. 연결을 끊는 시술은 간단했고, 태린은 그것으로 이 문제가 해결된 줄 알았다. 그런데 만약 아니라면? 알 수 없는 이유로 다시 불완전한 뉴로브릭과 연결이 되었고, 그래서 새로운 문제가 생겨난 거라면?

확실히 설명은 된다. 뉴로브릭은 기억을 보강하는 도구였다. 철 지난 라디오 소리도, 태린의 뇌 속에 잠재되어 있던 기억이라고 본다면 말이 되었다.

"내일이라도 당장 시술소에 갈래요. 연결을 끊어야겠어요."

이제프는 뜻밖에도 고개를 저으며 말했다.

"지금은 안 돼. 급하게 결정할 필요 없어."

"지금이니까 가야죠. 파견자 시험 중이잖아요."

"좀더 상황을 파악해."

"전 지체할 시간이 없어요."

"머릿속 뇌에 연결된 장치야. 그렇게 함부로 건드려선 안 돼."

"이론 시험에서도 이미 감점을 당했어요. 만회하려면 빨리 해결해야 해요. 전투 시험에서 또 환각을 보기라도 하면, 그것 때문에 탈락하기라도 한다면……"

이제프를 어떻게든 설득하려고, 횡설수설하며 허공에 손짓을 해대는 태린의 손목을 이제프가 툭 잡아챘다.

"잠깐 날 봐."

이제프는 태린의 허둥거리는 움직임을 부드럽고 단호하게 멈춰 세웠다. 태린의 눈이 어쩔 수 없이 이제프와 마주쳤다. 다갈색 눈이 깜빡이지도 않고 태린을 빤히 마주보았다. 어리고 초조한 속내를 들킨 듯해 태린은 입을 꾹 다물었다.

"나도 네가 파견자가 되기를 원해. 너만큼이나."

이제프가 낮은 목소리로 말했다.

"그래서 신중하자고 말하는 거야."

태린은 마른침을 삼켰다. 손목에서 이제프의 손이 떨어졌다. 잠시 붙잡혔던 손목에 남은 미지근한 온기가 신경 쓰였다. 태린은 시선을 아래로 떨구었다.

마구 요동치던 마음이, 긴 침묵 끝에 겨우 잠잠해졌다.

5

누가 잔뜩 구겨놓은 것처럼 거무죽죽한 하늘이었다. 태린은 천창을 올려다보며 한숨을 내쉬었다. 제발 비만 오지 않으면 좋겠는데, 예감이 좋지 않았다. 태린보다 약간 어려 보이는 소년 하나가 창을 보며 감탄인지 두려움인지 모를 탄성을 내뱉고 있었다. 어쩌면 저 녀석은 난생처음 하늘을 보는 것일 텐데 참 운도 나쁘지. 먹구름이 잔뜩 낀 하늘이라니.

바투마스 B-30 채광창으로 향하는 계단 앞에 인부들이 모여 있었다. 한참 동안 방치되어 있던 채광창이라 대규모 작업이 필요해서인지 평소보다 인원이 많았다.

"자, 한번 상태를 볼까."

작업반장의 말에는 긴장감이 실려 있었다. 설마 끔찍해봐야 얼마나 끔찍하겠어, 생각하며 열린 문 밖으로 반장을 따라나선 태린은 참혹한 풍경에 잠시 말을 잃었다.

범람화된 온갖 동물의 사체와 그것들에 얽혀 자란 덩굴, 그리고 사체를 양분 삼아 인간의 키만큼 자라난 거대한 범람 산호들.

바닥에는 도대체 뭐가 고인 건지, 태린이 한 걸음을 뗄 때마다 밑창에 찐득찐득한 것이 들러붙었다. 사체가 썩어가면서 내는, 사람의 깊은 곳 어딘가를 건드리는 악취가 풍겨왔다. 계단 부근에도 범람체의 실끈들이 널브러져 있어서, 반장이 인상을 쓰며 그것을 옆으로 밀어냈다.

"여길 청소해서 어디다 쓰려고? 아래 재배실을 재가동하기라도 했나? 그런 소리는 못 들었는데……"

"그건 몰라. 그냥 시키는 대로 하쇼."

불평하는 인부들에게 작업반장이 장비를 나누어주었다. 태린과 선오도 건네받았다. 정글도와 폐기물 봉투, 벽을 타고 오를 수 있는 각종 장비였다.

태린은 익숙하게 장비를 챙기고는 주위를 둘러보았다. 어느새 작업반장에게 너스레를 떨며 자신이 원하는 것을 얻어낸 선오가 태린 옆으로 뛰어오며 말했다.

"좋아! 우리가 갈 곳은 저쪽이야. 둘이서 처리하겠다고 했어."

"딱 봐도 엄청 많은데. 정말 단둘이 하겠다고?"

"으음…… 남겨놓지, 뭐. 다음에 또 오자. 조사할 것도 많은데."

선오가 그렇게 말하며 씩 웃었다.

라부바와의 외곽을 빙 둘러싼 재배 구역 위에는 채광창이 있었다. 채광창은 재배 구역으로 태양빛을 투과시키는 시설인 동시에 라부바와를 지상과 연결하는 유일한 장소였다. 라부바와에서 태어난 사람들은 평생 지상으로 올라가지 않지만, 이곳 채광창의 인부들만은 예외였다.

지상은 범람체가 끊임없이 창궐하는 곳이다. 방어벽을 넘어와 죽은 동물의 사체, 배설물 따위가 일주일만 지나도 잔뜩 쌓였다. 관리 기계를 가동 중이지만 기계만으로는 처리할 수 없는 것이 많았다. 범람화된 사체가 쌓이면 재배 효율이 떨어질 뿐만 아니라 인근 환기구로 범람체가 유입될 수 있었다. 과한 하중이 가해지면 채광창이 무너지는 대형 사고가 날 수도 있었다. 결국 누군가는 채광창을 청소해야 했다. 보통은 광증 저항성을 지니고 있지만 파견자와 같은 직업을 갖지는 못한 사람들이 그 일을 맡았다.

태린은 선오를 따라 종종 채광창 아르바이트를 했다. 선오는 어렸을 때부터, 어린아이에게는 양심상 일거리를 줄 수 없다는 인력 사무소 실장을 꼬드겨가며 이 일을 해온 베테랑이었다. 태린만큼이나 저항성이 높은 데다 재빠르고, 벽을 잘 타고, 좁은 곳에도 잘 들어가니 그만한 인력을 구하기는 어려웠다.

험한 채광창 일을 그렇게 자주 하는 이유를 물으면 선오는 고생에 비해 보수가 좋다고 둘러대곤 했지만, 태린은 선오가 채광창으로 오는 진짜 이유를 알고 있었다. 이 유리판 위에 엎질러진 것들은 모두 지상의 조각. 그것들은 바깥에서 왔고, 정도의 차이일 뿐 늘 조금씩은 범람체를 품고 있었다. 선오는 늘 눈을 반짝이며 그 사체들을 바라보았다. 부패해 역겨운 냄새가 나는, 그러나 신비로운 빛깔들로 뒤덮인 오물들을. 태린이 "너도 참 정상은 아니다"라고 말했을 때 선오는 부정하지 않고 그저 히죽 웃었다.

오늘은 조금 달랐다. 오늘 선오는 이곳에 그 '신호'를 찾기 위해서 왔다. 지난주까지만 해도 태린은 파견자 시험에 집중하기 위해 거절했지만, 며칠 전 이제프와의 대화 이후 생각을 바꾸었다.

이제프는 성급하게 뉴로브릭의 연결을 끊기 전에 그 환각과 환청이 언제, 어떤 상황에서 주로 발생하는지 확인해보라고 했다. 태린은 그 조언을 따르기로 했다. 그렇다면 선오가 조사하려는 그 신호도 일종의 단서가 될 수 있었다. 몇 달 전부터 지상과 지하를 잇는 규칙적인 진동이 발생하고 있었다. 선오는 그것이 자연재해나 붕괴 사고의 전조가 아니라, 어떤 메시지가 담긴 진동 같다고 말했다. 태린은 선오에 비해 지반 진동을 덜 느꼈지만, 그럼에도 이를 감지할 때마다 머릿속에서 무언가 꿈틀하는 듯한 느낌을 받았다. 어쩌면 그 꿈틀거리는 감각을 따라가보면 환청의 이유를 알 수 있을지도 모른다. 아주 막연한 추론이지만 지금은 지푸라기라도 잡고 싶었다. 그래서 태린은 채광창으로 왔다.

작업용 노끈을 길게 펼쳐 작업 구역을 표시해놓은 뒤, 태린과 선오는 채광창의 가장자리를 향해 걸었다.

"그런데 네 말대로라면 그 신호는 땅속 깊은 곳에서 오잖아. 신호를 찾으려면 여기가 아니라 오히려 라부바와의 가장 깊은 곳으로 들어가야 하는 거 아니야?"

"으음, 그 반대였어. 그러니까……"

선오가 정글도를 휘둘러 거대한 범람 산호를 잘라내며 말했다.

"신호는 밖에서, 지상에서 지하로 오고 있거든. 이상하지? 도대체 밖에서 신호가 올 일이 뭐가 있을까."

그 말대로 확실히 이상했다. 지상에서 사람은 살 수 없다. 라부바와 바로 위의 뉴클락키 기지 정도가 그나마 범람체를 몰아낸 장소인데, 그곳도 생활에는 어려움이 있어서 최소한의 관리 인력만이 상주한다고 들었다. 선오는 지하에서 지상으로 향하는 신호를, 그 방향을 잘못 읽은 게 아닐까.

하지만 지하에서 지상으로 신호가 간다고 해도 이상하기는 마찬가지이다. 도대체 누가 왜 그런 일을 벌인다는 말인가?

태린은 덩굴을 타고 벽 위로 올라가며 범람 산호를 연질화하는 스프레이를 뿌렸다. 태린이 작업하는 동안 선오는 신호를 들었다. 바닥에 귀를 대고 유리창을 통해 퍼지는 진동을 듣고, 또 그것이 오는 방향을 따라갔다.

"확실히 여기선 그 신호가 잘 들려. 네 머릿속 개도 반응해?"

태린은 잠시 머릿속의 목소리에 집중해보았다. 하지만 지금은 아무 말도 들리지 않았다. 태린이 고개를 젓자, 선오가 아쉽다는 듯이 어깨를 으쓱했다.

"으음, 뭐라도 반응을 하면 재밌을 텐데……"

선오는 태린의 짐작보다도 이 문제를 더 가볍게 받아들이는 듯했다. 뉴로브릭이 원래는 고유한 목소리를 갖지 않는, 단순한 기억 보조 장치라는 것을 알면서도 그랬다. 태린이 픽 웃었다.

"재밌고 말고의 문제라니까 좀 서운한데?"

"자아가 있는 뉴로브릭이라니, 엄청 재미있잖아."

바닥에 귀를 댄 채 헛소리를 이어가던 선오가 갑자기 고개를 들었다.

"아, 비가 오고 있어."

그제야 태린도 빗방울이 떨어지고 있다는 것을 깨달았다. 선오는 고개를 털며 일어났다. 태린도 잠시 작업을 멈추고 하늘을 올려다보았다. 이 비에는 범람체들이 섞여 떨어진다. 다른 작업자들도 비를 피해 차양을 펼치고 그 아래로 모여들고 있었다. 비가 이렇게 계속되면 작업은 더이상 어려울 것 같았다.

인간이 떠난 지표면에서도 자연 현상은 변함없이 일어난다. 물이 순환하고, 공기가 움직이고, 구름이 끼고, 비가 쏟아진다. 라부바와에 있으면 인간이 지표면을 빼앗긴 일이 아주 큰 일처럼 느껴지지만, 고작 몇 미터 위 채광창에만 올라와 보아도 그건 착각이라는 걸 알 수 있다. 지상은 인간 없이도 착실하게 유지되고 있다.

작업반장은 하늘을 유심히 살펴보더니 비가 지속되지는 않을 것 같다고 말했다.

"잠시 쉬고, 비가 멎으면 작업을 재개합시다."

멈추지 않을 것처럼 세차게 쏟아지던 비는, 노련한 작업반장의 판단대로 이내 그쳤다. 작업이 다시 시작되자 태린과 선오도 원래 작업 장소로 이동했다. 하지만 빗물이 바닥에 고여 있어서 선오의 신호 찾기는 중단되었다. 태린도 신호 자체에 큰 기대를 하고 온 것은 아니어서, 두 사람은 범람체 제거 작업을 빠르게 진행하기로 했다.

그때 뒤쪽에서 날카로운 비명소리가 들려왔다.

"시체다! 여기 시체가 있어요!"

인부들이 소리가 난 곳으로 우르르 몰려가고 있었다.

태린과 선오도 조각난 범람 산호들과 폐기물 봉투 더미를 헤치고 그쪽으로 뛰어갔다. 덩치 큰 인부들이 현장을 둘러싸고 있어서 잘 보이지는 않았지만, 빗줄기에 흙더미가 무너지면서 그 속에 묻혀 있던 시체가 드러난 듯했다.

그것은 한때 인간이었겠지만, 지금은 그 형체를 완전히 상실하여 인간이었음을 겨우 알아볼 수만 있는 무언가였다.

성인 남성 정도의 체격을 가진 시체는 형형색색의 범람체로 뒤덮여 있었다. 보라색, 파란색, 빨간색의 범람 산호들이 빼곡하게 자라나 언뜻 보아서는 의도적으로 조형한 전시물 같았다. 안구가 있던 자리를 꿰뚫고 자라난 버섯 모양의 범람 산호, 한때 뇌였던 것의 형태를 모방하여 머리를 덮은 범람체는 역겨움을 불러일으키기에 충분했다.

"물러나요! 가까이 가지 말고!"

작업반장이 거칠게 손짓하며 사람들을 뒤로 물렸다. 태린과 선오는 물러나는 시늉을 하다가 작업반장이 시선을 돌린 사이 더 가까이 붙었다. 시체를 뒤덮은 범람체는 그것을 지구가 아닌 다른 행성의 것처럼 보이게 했다. 외계 어딘가에서 온 존재처럼…… 그러나 그것은 한때 인간이었고, 저 밖에는 인간이 살 수 있는 땅이 없으므로 아마도 그는 이 지하 도시에 살았던 사람일 터였다.

"도시 밖으로 나가려고 했나봐."

선오가 중얼거렸다. 옆에서 한 남자가 대꾸했다.

"나가다니, 왜 그런 짓을 하겠나?"

그렇지만 태린은 알고 있었다. 광증 발현자들이 보이는 증상 중에는 지상으로 나가려고 발버둥치는 둔주 증상도 있었다. 그들 중 일부는 채광창에서 밖으로 나가는 해치를 열지 못해 그 앞에서 붙잡히거나, 환기구에서 수분이 다 빠진 참혹한 시체 상태로 발견된다고 했다.

이 남자는 어쩌다 지하와 지상을 차단하는 경계를 뚫고 여기까지 왔고, 그럼에도 저 틈에 끼어 죽고 만 걸까. 범람체에 뒤덮여 이런 꼴로 최후를 맞이하게 될 줄 알았다면 그는 도시에 남았을까. 아마 그런 가정은 무의미할 것이다. 모든 이성적인 판단을 불가능하게 만드는 것이 바로 범람체가 일으키는 광증이었기에.

상념에서 깨어났을 때, 곁에 있던 선오가 보이지 않았다. 뒤돌아보니 선오는 몇 걸음 떨어진 곳에서 시체가 아니라 채광창 바닥을 골똘히 바라보고 있었다. 정확히는 채광창 유리 아래의 무언가를.

"거기 뭐가 있어?"

다른 사람들이 눈치채지 못하도록 태린은 조용히 물으며 선오에게 다가갔다. 선오는 바닥을 뒤덮고 있던 범람체와 덩굴들 따위를 걷어내고, 바짝 엎드려서 아래를 조사했다. 태린도 선오처럼 바닥에 몸을 가까이 붙였다.

그때 태린의 머릿속에서 무언가 움직이기 시작했다. 또다시 그 느낌이었다…… 뾰족한 것이 신경세포를 휘저어놓으며 나아가고, 흩어진 신경세포들이 다시 재조립되는 듯한 감각. 순간 멀미라도 난 듯 몹시 어지러워, 태린은 바닥에서 몸을 떨어뜨리고 바로 앉으려 했다.

밖으로 나가고 싶어.

"이봐, 두 사람. 빨리 거기서 물러나!"

누군가 큰소리로 경고하는 바람에 태린은 고개를 들었다. 작업반장이 작업용 로봇을 데려와 다른 인부들과 함께 시체 주위에 펜스를 치고 있었다. 비는 그쳤지만, 시체가 발견된 것 때문에 오늘 작업은 영 공친 듯했다. 채광창 바닥을 뚫고 내려갈 것처럼 밑을 살펴보던 선오도 결국은 태린과 함께 일어서야 했다.

잠시 후 인부들이 커다란 수레를 끌고 와 시체와 폐기물들을 전부 실어갔다. 범람체를 정화하는 세 단계 에어록을 통과해 지하로 다시 내려온 인부들에게 뜻밖의 서류가 한 장씩 건네졌다. 비밀 유지 각서였다.

"여기 입 가벼운 아저씨들이 몇인데, 비밀이 유지될 리 있나."

태린은 종이에 적힌 내용이 우스웠다. 당장 선오만 해도 집으로 돌아가자마자 자스완에게 토씨 하나 빼먹지 않고 오늘 일을 전부 이야기해버릴 게 분명했다. 내일이면 〈오후의 수다쟁이 루벅스〉에서 채광창 위 시체를 둘러싼 온갖 괴담 제보가 방송될 터였다.

바투마스 광장을 지나 하라판으로 돌아오는 동안, 태린은 입을 꾹 다물고 있었다. 선오 역시 나름의 생각에 잠겨 있는지 말이 없었다. 하지만 갈림길에서 헤어지기 직전, 선오가 불쑥 물었다.

"아까도 그게 말을 걸었지? 자기 목소리가 있는 것처럼."

태린은 고개를 끄덕였다. 선오가 무심한 어조로 제안했다.

"개한테 이름을 붙여주는 건 어때?"

"그게 무슨 헛소리야. 이름을 왜 붙여줘?"

"실은 나도 가끔 환청을 듣는데, 아무때나 느닷없이 말을 걸어오잖아. 걔들한테 이름을 붙이면 좀 얌전해지거든. 이름을 부르면 다룰 수 있으니까."

"또 이상한 조언을 하네."

태린은 시큰둥하게 대꾸했다. 선오는 씩 웃으며 손을 흔들고는 먼저 가버렸다. 정말이지 늘 도움 안 되는 이야기를 조언이랍시고…… 하지만 뒤돌아서 어두운 골목을 걸어가는 동안 태린은 선오의 말을 계속 곱씹게 되었다. 이름을 붙여보라니, 말도 안 되는 조언처럼 들렸는데. 그다지 나쁘지 않은 생각 같았다. 이름을 붙이면, 그 문제를 칭하기가 좀더 수월해진다. 그러면 다루는 일도 좀더 쉬워질지 모른다.

하지만 어떤 이름을 붙여야 할까?

"쏠."

문득 그 이름이 떠올랐다. 쏠이라니, 물고기에게나 붙여줄 법한 이름인데. 이유는 알 수 없었지만 그 녀석에게 이름을 붙여야겠다고 생각하자마자, 기억 속 어딘가에서 쏠이라는 이름이 불쑥 떠올랐다. 처음부터 그 이름을 마음에 두고 있었던 것처럼.

"쏠, 내 말이 들려?"

당연하게도 대답은 돌아오지 않았다.

하지만 어쩐지 그것은, 태린의 목소리에 유심히 귀를 기울이고 있는 것처럼 느껴졌다.

*

삑 소리와 함께 전투 시뮬레이션이 시작되었다.

태린은 슬럼버 건을 들어올렸다. 맹수의 위협적인 그르렁 소리가 들려왔다. 태린은 총을 고쳐 쥐며 경계 자세를 취했다. 귀를 찢을 듯한 괴성이 울려퍼졌다. 울창한 밀림 사이에서 기이하게 변이된 구름표범의 모습이 드러났다. 은회색이 감도는 눈동자가 빛을 반사했다. 피부 표면에 구름 모양의 얼룩을 따라 새빨간 범람체들이 거미줄처럼 자라나 있었다. 구름표범이 날뛸 때마다 밖으로 튀어나온 실끈 같은 범람체가 출렁거렸다. 허공에 원을 그렸다가 아래로 떨어지는 그 범람체들은 섬뜩해 보이는 동시에, 마치 붉은 리본을 이용한 무용을 하듯 아름답게도 보였다.

구름표범이 태린을 마주보며 빙글 돌았다. 태린은 옆으로 달리며 슬럼버 건의 타격 강도를 높였다. 범람화된 동물들은 피부가 단단해져서 총탄으로도 꿰뚫기가 쉽지 않았다. 게다가 구름표범 같은 날렵한 맹수는 슬럼버 탄이 파고들 약점 부위를 찾기도 어려웠다. 하지만 언제나 방법은 있었다. 태린은 재빠르게 구름표범의 몸을 살폈다. 범람체가 완전히 뒤덮지 않은 등 부위가 눈에 들어왔다.

잠깐, 쏘지 마!

태린이 멈칫하는 순간, 구름표범이 태린에게 돌진했다. 슬럼버를 발사했지만 이미 늦은 뒤였다.

"으악!"

간신히 굴러서 구름표범에게 물리는 건 피했지만, 왼쪽 귀가 뜯겨나가는 고통이 태린을 강타했다. 실제로 귀가 뜯겨나간 건 아니라는 걸 머리로는 아는데도, 정신을 차리기까지는 몇 초 시간이 걸렸다. 뉴로브릭과 시뮬레이션을 연동하기 어려운 태린은 별도의 부속 기계를 착용해야 했는데, 그것이 부상의 페널티를 재현한답시고 태린의 귀에다가 엄청난 전기 충격을 준 것이다.

"으으, 만든 놈들은 이거 쓸 일 없다고 이따위로 만들고……"

귀가 얼얼했다. 분명 강도 테스트 따위는 건너뛴 게 틀림없었다. 실전도 아니고 고작 시뮬레이션에서 고막을 찢어먹을 셈인가. 뉴로브릭이 연동되어 있다면 기껏해야 따끔한 정도일 텐데.

슬럼버 건을 겨우 조준해 구름표범에게 치명타를 입힌 다음 태린은 헤드기어를 벗어던졌다. 귀가 너무 아팠다. 태린의 전투 점수를 측정하는 화면이 앞에 홀로그램으로 떠올랐다. '잠깐, 쏘지 마!' 따위의 말을 듣지만 않았어도 감점은 없었을 것이다.

"쏠, 또 너였지?"

태린이 왼쪽 귀를 연신 문지르며 투덜거렸다.

"대체 내가 뭘 잘못해서 날 괴롭히는 거야. 네가 제 기능을 못해서 답답한 건 알겠지만, 내 뇌가 그렇게 생겨먹은 게 내 탓이야? 가만히 있어보라고. 응?"

대답은 없었다. 계속 이런 식이었다. 자신이 원할 때만 말하고, 원치 않을 때는 입을 다물고. 심지어 태린의 말을 듣고 있는 건

지도 알 수가 없었다. 하지만 존재감만은 분명했다. 대체 어쩌라는 걸까? 사실 방금 그것이 쏠의 목소리였는지 아니면 기억 속 영화 대사가 재생된 것이었는지는 확실하지 않았다. 어쨌든 그 모든 훼방과 환청을 통틀어, 자아가 있는지 없는지 분명하지 않은 오류 자체에 태린은 '쏠'이라는 이름을 붙여주었다.

오류에 이름을 붙이니, 어쩐지 그 문제가 좀더 실체를 지닌 것처럼 느껴졌다. 그전까지는 문제가 무엇인지조차 알 수 없었고, 그저 불가해한 재난에 휘말린 것 같았다면 지금은 적어도 문제의 형태를 파악할 수는 있었다. 곤란한 문제 덩어리라는 것 자체는 변하지 않았지만.

태린은 쏠이 더는 자신을 방해하지 못하도록 여러 해결책을 시도해보았다.

첫번째, 무시하기.

쏠이 어떤 목소리를 내거나 머릿속에서 꿈틀거릴 때마다 태린은 생각을 다른 쪽으로 돌렸다. 이전 문명의 아시아 문화권에서 행해졌다던 명상 수련에 대한 자료도 찾아보았다. 눈을 감고 심호흡에만 집중하기. 머릿속에 아무것도 없다고 생각하며 잡념을 비우기. 하지만 효과가 없었다. 명상을 한답시고 평소라면 결코 하지 않았을 이상한 자세를 잡고 앉아 있자니 스스로가 멍청하게 느껴지는 데다가, 쏠을 향한 관심을 최대한 돌리려고 할수록 그것은 머릿속을 더 시끄럽게 만들었다. 태린의 관심을 끌려고 떼를 쓰는 어린아이처럼.

두번째, 몰아붙이기.

태린은 쏠을 질책했다. 넌 대체 뭐야? 왜 뉴로브릭 따위가 목소리를 가지고 있는 거야? 내가 뉴로브릭이 필요하다고 느낄 때는 정작 나타나지 않더니 이제야 연결되어서 날 괴롭히는 거야? 게다가 뉴로브릭답게 날 제대로 보조하는 것도 아니고 오히려 방해나 하다니, 대체 왜? 너 제대로 된 뉴로브릭은 맞아? 그렇게 제 기능도 못할 바에는 그냥 스스로 전원을 꺼버리는 쪽이 낫지 않을까?

몰아붙이는 방법은 아예 무시하는 것보다는 효과가 있었다. 처음에 태린은 쏠이 미묘하게 풀죽은 듯한 느낌을 받았다. 태린의 질책에 반항하듯 머릿속을 휘젓고 다니는 건 여전했지만, 어쩐지 기운이 조금 빠져 있었다. 격렬하게 괴롭히던 느낌은 줄어들었다.

그렇지만 이어지는 부작용이 심했다. 일단 쏠을 몰아붙일 때는, 쏠은 시무룩해진 것처럼 한동안 얌전했지만 태린이 다른 일에 집중하느라 쏠을 신경쓰지 못하고 있을 때, 갑자기 불쑥 나타나서 격렬하게 훼방을 놓았다. 온갖 저릿저릿하고 욱신거리는 감각을 만들어냈다. 처음에만 잠시 효과가 있었을 뿐 나중에는 거슬리기 짝이 없었다.

세번째, 구슬려보기.

태린은 대화를 시도해보기로 했다. 말이 통하는지는 모르겠지만, 적어도 쏠을 달래보기로 했다. 쏠이 단순한 뉴로브릭이나 프로그램의 오류가 아니라, 개나 고양이 같은 것이라고 상상해보기로 했다. 이전 문명에서는 사람들이 반려동물을 기르며 함께 살았다고 했으니까, 시도해볼 만했다.

언젠가 하라판 거리에서 떠돌아다니는 강아지를 발견한 적이 있었다. 부자들이나 기를 법한 강아지가 왜 하라판까지 왔는지 알 수 없었다. 자스완이 강아지를 살펴보더니, 인식 칩을 일부러 빼내고 버린 것 같다고 했다. 태린과 선오는 그 강아지를 키우고 싶었지만 당국의 허가 없이는 불가능했다. 며칠 뒤, 공무 로봇이 와 강아지를 데려갔다. 태린은 한동안 죄책감에 시달렸다. 자스완 아저씨에게 우겨서, 공무 로봇을 속여서라도 데리고 있을걸. 지금 생각해보면 무책임한 생각이었다. 그때부터 태린은 파견자를 꿈꾸었으니 결국 자스완이나 선오에게 떠넘기게 되었을 것이다. 그래도 태린은 짧은 시간이나마 발치에서 끙끙거리던 그 녀석을 돌보며, 어떤 존재에게 마음을 주는 게 무엇인지를 어렴풋하게 알게 되었다.

물론 쏠을 개나 고양이 비슷한 것이라고 상상하는 일은 쉽지 않았다. 쏠에게는 형체가 없었고, 그건 쓰다듬을 만한 부드러운 털이나 보송보송한 꼬리, 커다랗고 맑은 눈망울 같은 것이 없다는 뜻이었다. 쏠이 하는 일이라고는 훼방이 전부였다. 태린의 머릿속에 불쑥 나타나 엉뚱한 말을 하고 사라지거나, 신경세포 사이를 휘저으며 찌릿함, 울렁거림, 물결이 치는 느낌 따위를 만들어내는 그 녀석에게 애정이나 연민을 품기는 무리였다. 번거롭고, 거슬리고, 냉큼 쫓아내고 싶은 마음이라면 모를까. 그래도 시도는 해봐야 했다.

"있잖아, 쏠. 네가 거기 있는 것까지는 괜찮아. 너도 네가 원해서 거기 있는 건 아니겠지. 너도 뉴로브릭으로서의 자존심이 있을 텐데, 웬만하면 멀쩡하고 똑똑한 사람 뇌에 있고 싶었겠지. 하지만 일은 이미 벌어졌어. 우린 어쩔 수 없이 같이 있게 됐어. 그런데 하필 네가 들어온 뇌는 잠시라도 집중을 잃으면 전혀 기능을 못하는 한심하고 멍청한 뇌야. 자꾸 방해했다간 네가 자리 잡을 뇌 자체가 미쳐버리는 수가 있어. 그러니까 제발 훼방 말아주라, 알겠지?"

달래보는 말치고는 좀 협박 같기도 해서, 태린은 바로 정정했다.

"아니, 뭐…… 그래. 약간은 움직여도 돼. 네가 된다는 게 도대체 어떤 느낌인지는 모르겠지만, 어쨌든 거기에 가만히 있는 것도 편한 일은 아니겠지. 하지만 내가 안 된다고 할 때, 집중해야 할 때, 중요한 상황에서는 아무것도 하지 마. 말도 걸지 말고, 찌릿찌릿한 느낌도 들게 하지 말고 그냥 가만히 있어. 그러면 다른 순간에는 네가 뭘 하든 내버려둘게."

솔직하게는 모든 순간에 가만히 있어줬으면 하는 바람이었지만, 어쨌든 이번에도 대답은 돌아오지 않았다. 태린은 쏠이 어떤 존재인지, 어떻게 세상을 인지하고 감각하는지, 정확히는 쏠이 뉴로브릭의 오류로 발생한 '현상'에 불과한지 아니면 정말 자의식을 가지는 '존재'인지 알고 싶었다. 하지만 알아낼 방법이 없었다. 그리고 그걸 알아낸다고 해도, 마땅한 해결책이 생기는 것도 아니었다. 어차피 태린의 입장에서 쏠은 느닷없이 뇌에 난입한 불청객에 불과한데, 이제프가 기다려보라고는 했지만 결국 쫓아내는 방법 외에는 딱히……

그때 태린의 뒤통수에 뭔가가 따끔하게 찌르는 느낌이 났다.

"뭐야. 너, 방금 내 생각 읽었어?"

그러자 머릿속에서 원을 그리듯 부드러운 움직임이 느껴졌다.

"대답하네?"

이번에도 부드러운 움직임.

"너…… 내 말을 듣고 있었구나. 생각도 읽고."

물결처럼 흐르는 느낌.

"이왕 말이 통한 김에 확실히 하자. 제발 뜬금없이 소리치거나 날 아프게 하는 거, 좀 그만둬주면 고맙겠어."

이번에는 아무런 반응이 없었다. 또 이런 식인가. 제멋대로 반응하고, 정작 중요한 이야기는 피하고. 태린이 부아가 치밀려고 하는 순간, 머릿속 뒤쪽 어딘가에서 목소리가 들려왔다.

─아니야. 나! 일부러……

바로 그 목소리였다. 태린의 기억 속에 있던 다른 목소리들이 재현되는 것이 아니었다. 분명 쏠이 가지고 있는 고유한 목소리였다. 소년도 소녀도 아닌, 그 사이쯤에 있는 모호한 느낌, 약간 주저하듯 소심한 목소리. 태린은 잠시 생각하다 물었다.

"네가 한 게 아니라고?"

좌우로 강한 움직임이 느껴졌다. 사람들이 고개를 젓는 걸 흉내낸 것일까. 태린은 다시 물었다.

"네가 '일부러' 한 게 아니라고?"

이번에는 긍정하듯 물결 같은 움직임.

"그럼 왜 그런 일이 생기는지 알아?"

─나. 몰라.

"아무것도 몰라? 넌 뉴로브릭이잖아."

─아무것도. 있는지. 여기 왜.

태린은 한숨을 쉬었다. 누가 부적응자의 뉴로브릭 아니랄까봐.

"좋아. 내가 이 모양인데 너라고 제 기능 하는 게 이상하겠지. 그럼 같이 이유를 찾아보자."

그 주 내내 태린은 쏠과 대화를 시도했다. 사람들이 있는 곳에서는 혼잣말을 할 수가 없으니 장소는 다소 제한적이었지만, 쏠은 태린의 말뿐만 아니라 생각도 약간 알아듣는 것 같았다. 하지만 목소리를 분명하게 내서 말할 때 좀더 전달이 잘 되었다.

태린은 쏠이 자신의 의사를 전달하기 위해 머릿속에서 사용하는 일종의 제스처를 해석해야 했는데, 좀처럼 이해하기가 쉽지 않았다. 일단 머릿속의 움직임이라는 감각 자체가 이전에는 가져본 적 없었던 기이한 감각인 데다가, 평면에 그려지는 도형 같은 형태가 아니다보니 영 아리송했다. 하지만 시도 끝에 몇 가지는 알게 됐다. 물결 같은 느낌은 긍정. 상하좌우로 강하게 오가면 부정. 기분이 상할 때는 찌릿한 느낌. 시무룩할 때는 느리게 휘젓는 느낌.

그리고 그렇게 대화를 해보려고 애쓴 끝에 또 한 가지, 태린은 중요한 사실을 알게 됐다.

쏠에게는 자신이 뉴로브릭이라는 자각이 전혀 없었다.

*

[그러니까 나도 조사를 해봤는데, 뉴로브릭 시술자 중에 그런 현상이 나타나는 사람은 없더라는 거야. 이름을 지어주는 사람들은 있어. 기계든 물건이든 이름 붙이는 사람들은 많으니까. 하지만 뉴로브릭이 자아를 가진 것처럼 소통하는 경우는 없었대. 어디까지나 보조 장치일 뿐이고, 거기에 입력된 프로그램은 자의식을 가진 것처럼 행동하지 않아. 마노 아주머니 말로는 애초에 그 칩이 불법 개조된 칩이라 이상한 현상이 나타나는 게 아니냐던데. 더 조사해보고 싶은데 쉽지 않아. 내가 네 이야기를 다른 사람 이야기처럼 적당히 변형해서 들려줬더니, 마노 아주머니가 당장이라도 널 잡아와서 뇌를 해부해보고 싶어했거든.]

센다완의 불법 시술소에 찾아가 조사를 해봤다는 선오도 마땅한 해결책은 발견하지 못했다. 태린은 더욱 머리가 복잡해졌다. 정말 쏠이 불법 개조된 뉴로브릭이어서 그런 걸까? 원래는 자아를 가질 수 없는 뉴로브릭이 불법 개조로 자아를 가지게 된 것이라면, 혹은 그런 것처럼 흉내내는 것이라면 쏠에게 자신이 무엇인지에 대한 자각이 없는 것도 이해가 됐다. 누가 쏠을 만든 건지는 몰라도 자의식이 있는 프로그램에게 무엇을 마련해주어야 하는지, 뒷일 따위는 생각하지 않았을 테니까. 무슨 그렇게 무책임한 사람이 있냐고 화를 내봐도, 당장 해결할 방법은 없었다.

전투 시뮬레이션 시험을 앞두고 이제프에게서 연락이 왔다. 분리 시술을 알아보고 있지만 준비가 필요하고, 빨라도 파견자 시험을 치른 이후에 가능할 것이라고. 시간 날 때 연구실로 오면 그걸 같이 통제해보자는 내용이었다.

태린은 메시지를 보고 어떻게 답장해야 할지 한참을 망설였다. 지금 바로 이제프의 연구실로 가서 모든 것을 이야기하고 이제프에게 의지하고 싶었지만, 한편으로는 다른 생각들이 태린을 가로막았다. 마음이 갈팡질팡했다. 일단 솔직하게 말할까. 그 문제에게 이름을 붙여주었고, 덕분에 대화도 나눌 수 있게 되었지만 상황이 해결된 것 같지는 않다고. 오히려 혼란에 빠진 것 같다고. 하지만 그저 짧은 답장을 보냈다.

[저, 통제하는 법을 알아냈어요. 시험 끝나고 분리 시술을 받을게요.]

진심을 숨기고 나니 또다시 후회가 밀려들었다. 그렇지만 솔직해질 수 없었다.

태린은 이제프가 더이상 자신 때문에 오해를 감내하게 하고 싶지 않았다. 무엇보다 태린은 이제프의 '골칫덩어리'가 되고 싶지 않았다. 이제프가 신경쓰고 챙겨야 하는 대상이 아니라, 그와 동등하면서 동시에 특별한 존재가 되고 싶었다. 때로는 이제프도 태린에게 본심을 터놓을 수 있고, 조금은 기댈 수도 있는…… 자신이 이제프에게 그런 사람이 될 수 있을까 생각하면 아득했지만 그래도 파견자가 된다면, 그래서 파견자인 이제프 앞에 어엿한 파견자로서 마주선다면, 그때는 가능할지도 모른다. 태린이 이제프에게 솔직해지는 일도, 어쩌면 이제프의 마음을 얻는 일도. 그러므로 파견자 시험은 놓쳐서는 안 될 기회였다.

"그러니까, 이번에는 꼭 얌전히 있어줘. 쏠."

—나. 아직. 얌전히 방법 몰라.

"몰라도 어떻게든 가만히 있어."

태린은 퉁명스럽게 말했다.

"안 그러면 널 없애버릴 테니까."

간절한 바람, 혹은 협박이 통했는지 다행히도 전투 시뮬레이션 시험은 큰 문제 없이 끝났다. 싸울 때는 깊이 생각하고 몸을 움직인다기보다, 근육에 배어 있는 습관과 반사신경에 의존하기에 비교적 쏠의 영향을 덜 받기도 했다.

진짜 문제는 그후에 시작되었다.

그러니까 '널 없애버리겠다'는 말이 발단이었다. 태린의 실수였다. 쏠은 자의식을 가진 존재고, 자신을 없애려는 위협에 당연히 두려움을 느낄 테니, 그 협박이 단순한 빈정거림으로 들릴 리가 없었다. 그 결과는 엄청난 분노로 돌아왔다.

그다음 일주일 동안 태린은 매일 밤 악몽을 꿨다. 새벽마다 화들짝 놀라 깨다보니 없던 불면증이 생겼다. 쏠이 그 악몽의 원인 같은데, 원인을 안다고 해결할 수 있는 문제가 아니니 더 미칠 지경이었다. 게다가 쏠은 자신이 뉴로브릭이라는 사실마저 받아들이기를 거부하고 있었다. 낮에는 뉴로브릭이 아닌 자신이 왜 태린의 머릿속에 있는지를 알아내야겠다며 온갖 기억 혼란을 일으켰다. 머릿속에서 해일이 일어난다면 꼭 그런 느낌일 것 같았다. 밤낮으로 고통받다 견딜 수 없어진 태린은 결국 쏠에게 사과했다.

"제발, 그만. 약속. 너 안 없앨게. 쏠, 내가 잘못했어. 그러니까 일단 좀 멈추고, 같이 천천히 생각하자. 응?"

그러자 물결처럼 파고드는 움직임이 느껴졌다.

—날…… 없애지 않을 거야?

태린은 헛웃음이 나왔다. 일주일 내내 그렇게 난리를 치더니, 없애지 않겠다는 말 한마디에 돌연 바뀌는 태도라니.

"그래. 그땐 내가 말을 잘못했어. 자의식을 가진 널 그냥 삭제할 수는 없어. 적어도 이유를 알아봐야지."

머릿속에서 파도가 치는 것 같았다. 쏠이 중얼거렸다.

—나에게 자의식, 있어?

"넌 네가 나와는 다른 존재라고 생각하잖아. 네가 뭔지를 궁금해하고, 어떻게 내 머릿속에 들어왔는지 알고 싶어하잖아. 한 존재의 과거와 현재에 대한 서사를 인식하는 것, 그게 자의식이야."

—알고 싶어. 그렇지만 몰라.

"너는 뉴로브릭이야. 시술소에서 칩에 실려 내 머릿속으로 들어왔어. 하지만 나도 네가 왜 자의식을 지녔는지는 모르겠어. 차차 알아봐야 해. 그래도 당장은 네 혼란이 좀 사그라들었으면 좋겠다. 네가 그렇게 날뛰면 나도 뭘 어떻게 해야 할지 모르겠거든."

—미안.

아이 같은 쏠의 목소리에 태린의 짜증도 조금은 누그러졌다. 어떤 자의식이 있는 존재가 쏠과 같은 상황에 처했다면, 멀쩡하게 정신을 유지하는 일은 불가능할 터였다. 자신이 무엇인지도 모른 채로 남의 뇌 안에 갇혔다면 말이다.

—하지만 나 아니야. 뉴로브릭.

"왜 그렇게 생각하는데?"

—네가 말하는 뉴로브릭. 나와 달라. 난 아니야.

"그렇지만…… 그게 네가 뉴로브릭이 아니라고 증명해주는 건 아냐. 그건 밖에서 와. 내가 인간이면, 내가 인간이 아니라고 스스로 믿더라도 난 인간이야. 너도 마찬가지야. 네가 뉴로브릭이기 때문에, 네가 스스로 뉴로브릭이라고 믿지 못해도 넌 뉴로브릭이야."

—왜 그래야 해?

"그야, 그냥 그런 거니까!"

도대체 자신이 무엇인지 모르는 존재에게 자의식과 정체성이라는 게 무엇인지 설명할 방도가 있을까? 마냥 답답한 태린과 달리 쏠에게서 돌아오는 대답은 차분했다.

—내가 뉴로브릭이라는 느낌. 없어. 나, 아니야. 보조 장치.

"그럼 너는 네가 뭐라고 느끼는데?"

—나는 쏠.

"네가 '쏠'이라고 느낀다고?"

—응……

"하지만 그건 내가 지어준 이름이잖아?"

—맞아.

"'쏠'은 그냥 이름일 뿐이야. 이름만으로는 널 설명 못해. 자,

들어봐. 난 정태린이야. 하지만 내가 정태린이라는 것만으로는 나에 대해 말할 수 있는 게 없어. 내가 어디서 태어나 왜 여기에 왔고 어떻게 살고 있는지, 나는 어떤 사람들과 어떻게 관계를 맺고 있는지. 그런 이야기들이 모이고 모여서 '내가 무엇이다'라는 감각을 만든단 말이야. 물론…… 그래, 너는 그런 과거가 없지. 넌 뉴로브릭이고, 이렇게 말하긴 미안하지만, 잘못 만들어진 뉴로브릭이야. 널 만든 사람은 무책임하게도 너에게 자의식을 느끼는 기능만 넣고 그 내용은 채워넣지 않았어. 하지만 일단 사실을 받아들여야 해."

쏠은 한동안 말이 없었다. 태린은 아직 어린 자의식에 불과한 쏠에게 너무 많은 이야기를 한꺼번에 늘어놓았나 싶었지만, 한참 뒤에 들려온 쏠의 한마디는 무척 뜻밖의 것이었다.

―나, 과거 있어.

"과거가 있다니? 네가 뭘지 기억한다고?"

―아니. 기억 못해. 하지만 과거 있어.

"그게 대체 무슨……"

태린은 황당해하다가 입을 다물었다. 문득 섬뜩한 기분이 느껴졌다. 마주하고 싶지 않았다. 쏠의 이야기를 더는 듣고 싶지 않았다. 언젠가는 들어야 하더라도, 지금은 아니었다. 하지만 태린이 미처 대답하기도 전에 쏠이 말했다.

―과거…… 보여줄게.

다음 순간 짙은 약품 냄새를 풍기며 차가운 점액질이 태린의 머리 위로 휙 쏟아졌다. 아니, 이건 환각이다. 하지만 어떻게 환각이 냄새와 촉감을 재현할 수 있을까? 무언가가 태린을 둘러싸고 짓누른다. 마구 짓이겨 사방으로 연결한다. 몸이 차가워진다. 싸늘한 공기가 피부에 닿는다.

태린은 이제 자신이 어디에 있는지 깨닫는다. 이것이 누구의 기억인지도.

사방에서 비명소리가 들려왔다. 태린은 그것을 막으려고 손을 내민다. 소리지르지 마. 울지 마. 하지만 비명은 이어진다. 그 비명은 아이들의 소리 같다. 또는, 태린 자신의 비명 같기도 하다……

"그만, 그만해!"

통증을 느낀다. 태린의 일부였던 것을 강제로 떼어내는 통증. 분리되는 통증. 뇌가 쪼개어지는 고통. 그리고 그 고통은 태린만의 것이 아니다. 연결되어 있다. 다른 아이들의 고통이 곧 태린의 것이다. 무엇이 누구의 것인지 분간할 수 없어질 때쯤……

"그만하라고!"

태린은 온 힘을 다해 악을 썼다. 기억 속에서 비명을 지르는 아이들처럼. 얼마나 소리를 질러댔을까, 밖에서 문을 쾅쾅 걸어차는 소리가 들려올 때까지도 태린은 자각하지 못하고 있었다. 누군가 태린의 집 현관문을 발로 차며 너무 시끄럽다고 화를 내고 있었다. 태린은 정신을 차렸다. 그러자 시야가 원래대로 돌아왔다. 태린이 서 있던, 자신의 방이었다. 하지만 아주 차가운 얼음물을 뒤집어쓴 것처럼 온몸에는 소름이 돋아 있다. 쭈뼛쭈뼛 솜털들이 기립해 있다.

태린이 조용해지자 문을 걷어차던 사람도 욕설을 퍼붓고 떠나 버렸다. 멀어지는 발소리가 들렸다. 태린은 숨을 몰아쉬었다.

그것은 쏠의 기억이 아니다. 태린의 기억이다. 어째서인지 태린이 또렷하게 떠올리지 못하는, 희미해진 기억이다. 하지만 태린은 그것이 틀림없는 자신의 내밀한 기억임을 알 수 있었다. 화가 났다. 함부로 누군가 그것을 휘저어놓기를 바란 적 없었다. 불청객에게 들쑤셔지고 싶지 않았던, 근원의 기억이었다. 그걸 왜 뉴로브릭 따위가 함부로 뒤져본다는 말인가?

"당장 내 머릿속에서 꺼져버려."

태린이 낮은 목소리로 분노를 담아 경고했다.

"다시는 나타나지 마."

6

생존 시험 당일, 트램을 타고 긴 통로로 들어서며 태린은 이미 예상했던 풍경이 눈앞에 있기를 기대했다. 올해 생존 시험은 센다완 남부의 폐쇄 구역, 과거에 범람체 유입 사고로 폐쇄된 지 오래된 출입 금지 구역에서 진행될 것이라는 소문이 우세했던 까닭이었다.

소문대로이기를 태린은 내심 바랐었다. 비록 센다완의 폐쇄 구역에는 가본 적 없지만, 어릴 때부터 태린은 선오와 라부바와를 쏘다니며 수많은 금지 구역들을 들락날락했다. 한때 도시였다가 폐쇄된 구역들이 어떻게 변하는지, 그곳에서 어떻게 길을 찾고 목표물을 찾아내는지에는 나름대로 일가견이 있었다.

하지만 응시생들이 도착한 장소는 전혀 뜻밖의 곳이었다.

"여긴…… 폐광이잖아."

누군가 두려움에 위축된 목소리로 입구를 올려다보며 말했다. 웬만한 장소라면 자신이 있다고 생각했던 태린도 그 비좁고 캄캄한 입구를 보니 절로 몸이 움츠러들었다. 응시생 중 하나는 폐

소공포증이 있는지 얼굴이 새하얗게 질렸다. 그 정도는 아니어도, 태린 역시 달갑지 않기는 마찬가지였다. 누군가 속삭였다.

"심지어 폐광을 그대로 쓴 것도 아니고, 개조해서 더 복잡한 미로처럼 만든 시험장이래. 생존 시험에서는 원래 탈락자를 많이 내려고 하잖아."

조교는 생존 시험의 규칙을 설명했다. 시험을 통과하기 위해서는 내부에서 팔십 시간을 버티거나, 그전에 출구를 찾아 빠져나와야 한다. 밖으로 나오지 못한 응시생은 시험장 내부에서 자력으로 찾아낸 식량과 물, 내부 탐사 기록을 바탕으로 점수가 측정된다.

시험장의 입구는 열 군데가 넘었고, 입구에서 멀지 않은 곳에 갈림길이 있었다. 모두가 다른 길로 흩어지고도 남는 수였다. 어떤 입구는 얼마 가지 않아 막다른 길을 마주할 수도, 또 다른 입구는 반대편 출구와 쉽게 연결될 수도 있다. 그러니 운이 따르기를 기도해야 했다. 과거에 생존 시험 중 응시생들이 사망하는 경우가 흔했기에, 최근에는 사고를 막기 위해 긴급 구조를 요청할 수 있도록 드론이 지급되었다.

"하지만 구조 드론을 호출하면 시험에서 탈락하게 됩니다. 그리고 직접 드론을 호출하지 않더라도, 드론이 생체 신호를 감지해서 의식이 없다고 판단하면 자동으로 호출이 될 겁니다. 드론을 멀리 떼놓고 가도 탈락이니 주의하고요."

폐광 내부는 범람체 제거 장치의 가동이 멈춘 지 오래였다. 아직 입구로 들어서지 않았는데도, 조교의 손에 들린 범람체 측정기기가 요란한 경고음을 내뱉었다. 앞선 시험을 통과하고 여기까지 왔다면, 그 정도 수치의 범람체는 당연히 견딜 수 있어야 한다는 의미이기도 했다.

쏠은 나타나지 않았다. 너무 심하게 말했던 걸까. 하지만 쏠이 멋대로 기억을 휘젓던 것을 떠올리면 태린은 화가 났다. 침범당하고 싶지 않았다. 아무리 뉴로브릭이 기억 보조 장치라고 해도, 쏠에게 그 기억들을 살펴볼 권한이 있다고 해도, 그것이 쏠 자신의 기억이라고 주장하는 건 어처구니없는 일이었다.

어젯밤, 이제프에게서 또다시 안부를 묻는 연락이 왔을 때, 태린은 이제 아무 문제가 없고 시험에 집중하겠다는 답을 보냈다. 어쩌면 그게 태린의 진심인지도 모른다. 쏠이 사라졌고, 그러므로 문제도 없어졌다. 그 녀석을 잘 구슬려보려고, 친해져보려고 노력했던 건 당장 그 존재가 태린의 머릿속에 나타났고 어쩔 수 없이 그것과 함께하는 법을 익혀야 했기 때문이었다. 하지만 쏠이 영영 사라졌다면? 다시 나타나지 않는다면?

차라리 없어져준 게 나은 건지도 몰라. 태린은 그렇게 생각하면서도 묘한 쓸쓸함을 느꼈다. 사라지고 싶지 않다고, 위협을 느꼈을 때 저항하던 쏠을 생각했다. 죄책감이 밀려들었다. 하지만 그 죄책감을 곱씹을 시간조차 없이, 시험 시작을 알리는 신호가 울렸다.

폐광의 문이 열렸다.

태린은 중간 순서였다. 정확히는 중간보다 약간 뒤였다. 앞선 시험 점수대로 순서가 매겨지니, 하위권인 셈이었다. 어떻게든 이번 시험을 잘 치러야 했다. 예상치 못한 쏠의 훼방 때문에, 아니 뉴로브릭의 오류 때문에 문제가 생겼다. 이제 '쏠'이라고 칭하지 않는 편이 낫겠다. 애초 생각과 다르게 그것을 살아 있는 존재처럼, 자아를 가진 존재처럼 대할수록 더 다루기가 힘들어졌다. 태린은 다짐했다. 평생 뇌의 한구석을 그 존재에게 내줄 수 있어? 그렇지 않잖아.

태린은 신중히 앞을 내다보고 걸어가기 시작했다.

입구부터 갈림길까지는 희미한 조명이 켜져 있었다. 하지만 첫번째 갈림길부터 곧바로 빛이 사라졌다. 태린은 헤드 랜턴의 조도를 약하게 맞추고 불을 켰다. 물과 식량, 조명 전지를 모두 아껴야 했다. 이론적으로는 사흘 정도 먹고 마시지 않아도 살아남을 수는 있지만, 그렇게 해서 시험을 통과해봤자 또 하위권일 뿐이었다.

목표는 폐광에서 나가는 길을 가장 먼저 찾아내는 것. 처음부터 그것만 생각하고 들어왔다.

갱도는 점점 좁아졌고 내부는 미로 같았다. 입구에서부터 어느 정도 지점까지는 허리를 펴고 걸을 수 있었지만, 안쪽으로 갈수록 몸을 잔뜩 움츠려야 하는 구간이 늘어났다. 게다가 태린이 고른 길은 자연적으로 형성된 동굴과 합쳐진 길이었다. 짧은 이동에도 체력이 급격히 소진되었다.

그렇지만 길을 찾는 건 태린이 라부바와에서 평생 해온 일이기도 했다. 자스완의 심부름을 하러 지름길을 찾아다닐 때, 선오를 따라 도시의 수상한 장소들을 탐색할 때, 선오가 바닥이나 벽을 툭툭 쳐서 진동이 전달되는 방향을 듣는 법을 알려주었고 태린은 선오만큼은 아니어도 그것을 잘할 줄 알았다.

하지만 오늘따라 무언가 이상했다. 평소처럼 그 방법이 통하지 않았다. 귀를 바닥에 바짝 붙이면 지하수의 흐름이 읽히거나 탁 트여 있는 공간이 가늠되어야 하는데, 지금은 그렇지 않았다. 답답한 마음에 태린은 헤드 랜턴의 조도를 높여 주위를 둘러보았다.

"분명 이곳은, 지나왔던 길 같은데."

그럴 리가 없었다. 너무 긴장한 탓일 것이다. 갱도 내부는 비슷비슷한 길을 구분할 표지가 별로 없으니 착각한 것일 수도 있고.

간이 침낭을 펼칠 만한 공간이 나타났을 때 아주 잠깐 눈을 붙이고 쉬다가, 다시 일어나 걸었다. 도저히 길처럼 보이지 않는 벽 사이를 지나가기도 하고, 아주 낮은 바위 아래로 납작 엎드려 지나가기도 했다. 다 낡은 선로를 건너다가 추락할 뻔하기도 하고 철 울타리로 막아놓은 곳을 오르다 긁히기도 했다.

범람화된 날벌레들에게 공격을 당하거나 수백 마리의 박쥐떼를 마주치기도 했다. 벽 너머로 다른 응시생들의 소리를 듣고 일부러 그 길은 피해서 갔다. 경쟁이다보니 훼방 놓으려는 녀석도 있을 테니까. 슬슬 물과 식량이 부족할지도 모른다는 생각이 들었지만, 다 떨어지기 전에 무조건 탈출 경로를 찾아내겠다고 다짐했다.

얼마 지나지 않아 태린은 막힌 길을 맞닥뜨렸다.

아니, 정확히는 완전히 막힌 길은 아니었다. 아래로 향하는 엄청나게 비좁은 수직갱이 있었다. 눈으로 보아서는 가늠이 안 되었지만 소리를 들어보니 최소 십 미터는 될 것 같았다. 주어진 장비로 내려가기에는 너무 위험한 곳인 데다 혼자 탐사할 만한 곳도 아니었다.

"그래도, 길이 이것뿐이니까."

태린은 중얼거렸다. 무조건 내려갈 생각이었다. 다시 갈림길로 돌아가려면 한참 걸어야 하고, 그러면 제한 시간 내에 탈출하겠다는 계획은 실패한다. 지금부터 식수를 찾아서 버티기만 하면 시험 통과는 가능할지 몰라도 하위권으로 밀려 탈락할 가능성이 있었다.

로프를 걸고 수직갱으로 내려가기 시작했다. 튀어나온 암석에 발을 딛고, 아주 조금 내려가서 다시 발을 디뎠다. 하지만 잘못된 선택이었다는 걸 깨닫는 데는 얼마 걸리지 않았다. 도저히 지나갈 수 없을 것 같은 비좁은 구간과, 발을 자칫 잘못 디디면 몇 미터 아래로 추락할 게 뻔한 구간들이 위태롭게 이어졌다. 겨우 수직갱의 하부에 다다랐을 때는 몸에서 기력이 다 빠졌다. 수직갱의 끝에서 마침내 바닥으로 내려서던 순간, 태린은 착지 지점을 잘못 잡았다.

발목이 이상한 각도로 꺾였다. 터져나오려는 비명을 삼켰다. 부러지지 않은 게 다행이었다. 하지만 만져보니 적어도 인대가 늘어난 것 같았다.

태린은 수직갱을 빠져나온 그 자리에 침낭을 깔았다. 잠시 휴식하면 다시 움직일 수 있기를 바라면서. 하지만 한동안 숨을 골랐는데도 발목의 통증은 한층 심해지기만 했다. 낫기는커녕 퉁퉁 부어올랐다. 배낭을 뒤져 응급 키트를 꺼냈지만 기본적인 것 밖에는 없었다. 물 없이 진통제를 삼키고 발목에 테이핑을 했다. 목이 타는 듯이 말라왔다. 태린은 물병을 꺼냈다. 물은 거의 남아 있지 않았다.

"아, 정말…… 한심해."

스스로를 마구 욕하고 싶었다. 수직갱이라니, 바보 같은 선택이었다. 힘들게 빠져나왔지만 수직갱 밑에는 조그만 공간이 있을 뿐 제대로 된 길은 보이지 않았다. 조급한 마음에 말도 안 되는 판단을 내렸다. 여기 아래 길이 있을지도 모른다고, 출구로 이어질 것이라고. 하지만 걸어나갈 수 있는 틈새라고는 아무것도 보이지 않았다. 갇힌 것이나 다름없었다.

곧바로 태린은 또 다른 문제를 깨달았다. 수직갱에서 내려오는 동안 헤드 랜턴이 자꾸 암석에 부딪혀서, 그것 대신 허리에 매달아 쓰는 조명을 이용했는데 방금 확인해보니 헤드 랜턴이 완전히 깨져 있었다. 빠져나오는 데에만 신경쓰느라 부서지는 줄도 몰랐다.

"멍청해. 어떻게 이런 멍청한 짓을……"

발목은 계속 부어만 갔고, 식수는 다 떨어져버렸고, 더이상 조명도 없었다. 허리에 다는 보조 조명은 얼마 못 가 꺼져버릴 터였다.

나가는 길을 찾을 수 없다면 여기서 최소한 오십 시간은 더 버텨야 하는데, 식수는 물론이고 보조 식량도 거의 남아 있지 않왔다. 애초에 폐광을 가장 먼저 빠져나가겠다는 무모한 전략 대신 신중하게 물과 먹을 것을 구하는 쪽으로 방향을 잡았더라면…… 암흑 속에서 후회를 곱씹자니 태린은 자신이 한없이 무력하고 나약하게 느껴졌다.

앉은 채로 벽을 더듬어서 축축하게 물이 배어 나오는 곳이 있는지 찾아보았다. 벽은 말라 있었다. 무작정 동굴 벽에 귀를 대고 지하수가 흐르는 소리를 들어보려고 했다. 선오와 돌아다닐 때는 그토록 수월한 일이었는데, 지금은 아무것도 들리지 않았다. 정말로 아무것도.

절망감이 밀려들었다. 애초에 태린은 파견자가 될 능력이 없었던 게 아닐까. 뉴로브릭 오류는 그저 핑계였는지도 모른다. 사실 태린은 자신이 파견자가 될 만한 사람이 아니라는 사실을 인정하고 싶지 않았는지도……

체념이 어깨를 짓눌렀고 몸이 한층 무거워졌다.

포기하면 안 돼. 다른 방법을 생각해보자. 그렇게 다짐해보아도 몸이 꿈쩍도 하지 않았다. 길은 없다. 부정할 수 없는 사실이었다. 곧 깜깜한 어둠에 익숙해졌고, 그냥 이대로 여기 묻히는 것도 나쁘지 않겠다는 생각마저 들었다. 어차피 구조 드론을 불러 살아남는다고 해도, 파견자가 되지 못한다면 도시에서 살아갈 의미가 있을까.

—길, 없어?

익숙한 목소리를 들었을 때 태린은 탈력감으로 환청이 들리는 줄 알았다. 하지만 분명 쏠의 목소리였다. 이전까지 들어왔던,

그러다 잠시 사라졌던 목소리.

"쏠이야?"

어둠 속에서 다시 목소리를 들으니 이상했다. 그 목소리가, 머릿속에 만들어내는 물결이 반가웠다.

"여태 어디 있었어, 쏠."

─네가 날 싫어해서.

"그래서 없는 척한 거야?"

─으응.

없는 척하란다고 할 수 있는 거였다니. 그렇지만 뒤늦게 그 점을 지적할 마음은 들지 않았다.

"고마워. 그런데 지금 생각해보니 네 문제가 아니라 내 문제인가봐. 괜히 너만 탓했지. 미안. 난 그냥…… 한심해. 마음만 앞서고. 이제프가 이런 날 보면 너무 실망할 텐데."

─이제프?

이제프에 대해 설명해주려다 태린은 그럴 때가 아님을 알았다.

"그동안 뭘 했어?"

─무의식에 묻혀 있는 연습.

"며칠 사이에 말을 제법 잘하게 됐다?"

─네 언어, 배웠어. 기억났어.

기억이라니, 뉴로브릭이 연결되어 있던 때를 말하는 걸까? 연결을 끊어두긴 했지만 완전히 끊어진 것은 아니라는, 이제프의 추론이 옳은 건지도 모른다.

─도와줄게.

태린은 픽 웃었다. 쏠은 갑자기 뉴로브릭으로서의 자신을 자각하기라도 했나보다. 하지만 또다시 체념이 찾아왔다. 어둠 속에서 태린은 중얼거렸다.

"잘됐네. 근데 다 소용없게 됐어. 아무래도 나 여기서 못 나갈 것 같거든. 바보 같지. 빨리 나가려고 무모하게 행동하다가 아무것도 못하게 됐어. 무작정 아래로 내려왔는데 여긴 길도 없고……"

—여기, 길 있어.

"길이 있다고?"

쏠의 말에 태린은 미간을 찌푸렸다. 보조 조명을 켜서 주위를 한 바퀴 비추어보았지만, 길로 보이는 것은 없었다. 오로지 위로만 십 미터 넘게 뻗은 까마득한 수직갱과 사방이 막힌 둥근 공간뿐.

그때 쏠이 머릿속에서 움직임을 만들기 시작했고, 태린은 이상하게도 그 움직임이 지시하는 방향을 알 수 있었다. 여기로 움직여보라는 뜻일까? 태린은 끙, 소리를 내며 아픈 발목이 더 다치지 않게 조심하며 자리에서 일어섰다. 쏠의 지시를 따라 걸어가보았지만, 역시 막힌 공간이었다.

"여기? 아무것도 없는데……"

—아래를 만져봐.

미심쩍었지만 태린은 쏠이 시키는 대로 손을 뻗어 더듬었다. 움푹 팬 부분이 있었다. 다치지 않은 한쪽 발로 그 부분을 툭툭 찼더니 흙이 떨어져나왔다. 작은 구멍이 있었다.

"다른 곳과 이어져 있네. 쏠, 근데 여기는 너처럼 아주 작은 녀석이 아니면 도저히 못 지나갈 것 같은데."

쏠이 아니라는 듯 머릿속에서 좌우로 흔들렸다. 태린은 쪼그리고 앉아 조명을 흙더미에 비추어보았다. 그래, 여기 갇혀 있다가 구조 드론을 보내느니 탈출 시도라도 해보는 게 낫겠지.

흙을 계속 파내다보니 작은 악어 한 마리쯤 지나갈 수 있을 법한 구멍이 생겼다. 태린은 엎드려 들어가보려고 했지만, 자꾸 어깨가 걸렸다. 선오만큼 몸집이 작다면 모를까 태린에게는 무리였다.

"으, 이거 안 될 것 같은데……"

그러다 퍼뜩 떠올랐다. 지급된 도구 중에 작은 망치가 있었다. 이걸 도대체 어디에 쓰라고 주는 건지 의아했었는데, 꺼내서 구멍 주변을 두드려보니 흙이 마저 떨어져나왔다. 납작 엎드려보니 더이상 어깨도 닿지 않아, 통과할 수 있을 것 같았다. 태린은 힘겹게 기어서 구멍을 빠져나갔고 마침내 건너편 공간에 도착했다.

"와, 여긴……"

천장이 높은 공간에 물소리가 울려퍼지고 있었다. 어째서 반대편 공간에 있을 때는 이 물소리를 듣지 못했나 싶을 만큼 선명한 소리였다. 벽을 타고 지하수가 졸졸 흘렀다. 태린은 물에 범람화의 징조가 없는지 살펴보고 간이 키트로 물을 정수해 마셨다. 끔찍한 갈증이 해소되면서 비로소 몸에 기력이 돌아왔다.

"쏠, 도대체 어떻게 길을 알아낸 거야?"

뉴로브릭이 있는 사람들은 길을 외우기 쉽겠다고만 생각해봤지 길을 찾아내는 기능까지 있는 줄은 몰랐다. 어차피 감각 정보는 똑같이 들어올 텐데 어떻게 해내는 걸까. 정보를 해석하는 기능이 월등한 건가. 이런저런 의문이 떠올랐지만 당장은 탈출구를 찾는 일에 집중해야 했다. 머릿속에서 쏠이 마구 흔들리더니 어떤 방향을 가리켰다. 태린은 그곳으로 걸어갔다.

여러 개의 갈림길이 보였다. 잘하면 탈출할 수 있겠다는 생각에 마음이 들뜨기 시작했다. 여태까지 했던 대로 벽과 바닥의 소리를 들으려는데, 쏠이 머릿속에서 톡톡 태린을 건드리는 움직임을 만들었다.

"네가 해보겠다고?"

―으응. 맡겨준다면.

"좋아, 부탁할게."

그러자 순간 시야가 흔들렸다. 그러더니 시야의 가장자리부터 접히듯 일그러졌다. 태린은 움찔했다. 이건 이론 시험 때 보았던 그 위험한 환각 같은…… 그러나 이번에는 위험하지 않았다. 시험을 방해하는 것도 아니었고 태린을 공포로 몰아넣는 것도 아니었다.

―눈감아도 돼.

태린은 쏠이 시키는 대로 눈을 감았다. 감은 눈 앞에 기묘한 형상이 생겨났다. 어둠 속에서 빛나는 실타래가 꿈틀거리더니, 사방으로 가지를 뻗어 거미줄을 만들며 번져나갔다. 얼마 지나지 않아 눈앞이 은빛 거미줄로 가득찼다. 태린은 무심코 그 거미줄을 만지려고 했지만 손이 움직이지 않았다. 다음 순간 태린은 자신이 그 거미줄의 일부임을 깨달았다.

몸이 거미줄에 맞추어 진동했다. 저쪽에서의 소리가 이쪽으로 전달되고, 이쪽에서의 움직임이 저쪽으로 전달되었다. 분자들이 실과 실 사이를 건너다니며 감각을 실어날랐다. 태린은 수많은 은빛 가지들 중 하나를 이루는 작은 선분 하나였다. 누군가 실을 잡아당겼다 튕긴 것처럼 몸이 허공에서 수없이 떨렸다. 그러다가 흔들림은 천천히 잦아들었다. 태린은 그 움직임에 그대로 온 마음을 맡겼다.

그러자 아주 순간적으로 태린은 전체를 감각할 수 있었다. 자신과 연결된 수많은 가지와 가지들, 그 끝에 이르는 거대한 실타래와 거미줄 전체가 감지되었다.

태린은 눈을 떴다.

머릿속에서 지금까지 지나온 길을 선명하게 되짚어볼 수 있었다. 실제로 눈앞에서 보는 것처럼 지도가 구체화되었다.

다른 뉴로브릭들도 이런 걸 할 수 있는 걸까?

의문을 가질 틈도 없이 태린은 걸음을 옮기기 시작했다. 빛은 희미한 보조 조명뿐이었지만 망설임은 없었다.

멈추지 않고 앞으로 움직였다. 적어도 지나온 길로 되돌아가지는 않아도 된다고 생각하자 계속 나아갈 수 있었다. 쏠은 지금까지 태린이 걸어온 경로뿐만 아니라 공간과 소리까지 전부 기억하는 것 같았다. 걷고 또 걸었다. 몇 시간이나 지났을까. 시간 감각이 없었다. 또다시 갈증이 태린을 괴롭혀오기 시작했지만 어딘가 깊은 곳에서 솟아나는 갈망, 목적지를 향한 갈망이 태린을 계속해서 앞으로 떠밀었다.

이윽고 서서히 주변이 밝아졌다. 다시 조명이 필요 없는 장소에 도착한 것이다. 끝에 환한 빛이 보였다. 태린의 발걸음이 느려졌다.

"도착했어. 여긴……"

태린이 멍하니 빛을 보며 중얼거렸다.

"밖으로 나왔어."

쏠이 머릿속에서 마구 헤엄치고 있었다. 기쁨을 표현하는 것처럼. 태린은 믿을 수 없는 기분으로 밖을 향해 걸어나갔다.

*

다음날 아침, 생존 시험 결과가 발표된 이후에도 태린은 무슨 일이 일어난 것인지 정확히 알 수 없었다. 태린의 점수는 전체 응시생 중 세번째로 높았다. 중간에 길을 잃었고, 수직갱으로 빠져서 부상 때문에 감점을 받았는데도 그랬다. 전부 다 망쳐버린 줄 알았는데 갑자기 쏠이 나타났다. 지금까지 태린을 방해해왔던 쏠이 아니라, 뉴로브릭으로 각성한 쏠로서.

분명 이상한 일이긴 했다. 태린이 동굴 안에서 느낀 쏠은 단순한 두뇌 보조 장치를 넘어서, 태린의 감각과 인지 자체를 바꾸는 능력을 지닌 것 같았다. 쏠이 처음 나타났을 때도 태린에게 환청이나 환각을 일으키긴 했지만, 동굴 안에서 태린은 정말 순간적으로 '쏠이 된 것 같은' 느낌을 받았다.

이대로 괜찮은 걸까? 쏠이 오류가 있는 뉴로브릭이라고 해도 이렇게 압도적인 능력이 있다면, 그냥 쏠을 계속 잘 이용하면 되는 걸까? 선뜻 그렇다고 답하기에는 마음에 걸리는 게 있었다. 그게 무엇인지 정확히 알 순 없었지만. 어쨌든 당장은 잘된 일이었다. 뉴로브릭을 통제할 수 있고, 유용하게 쏠 수 있게 됐으니. 그런데 이걸 '통제'라고 부를 수 있나? 적어도 지금 쏠은 태린의 머릿속에서 잠잠히 머무르고 있었다. 앞으로도 이렇게만 있어준다면 문제가 되지 않겠지만······

머리를 식히기 위해, 집에서 나와 하라판 거리 한복판을 걸을 때에도 태린은 이런 생각에 빠져 있었다. 그래서 처음에는 자신이 누구와 마주쳤는지 몰랐다. 쓰레기가 뒹구는 난잡한 거리, 지난밤의 술기운에서 깨어나지 못한 사람들, 위험한 물건을 나르는 소년들, 골목 구석을 뛰어다니는 쥐. 그 속에서 이제프를 발견하다니. 지저분한 풍경 위에 선명한 유화물감을 툭 떨어뜨린 것처럼, 주변과 영 어울리지 않는 모습에 태린은 잠시 뒤에야 그 여자가 이제프라는 걸 알아차렸다.

태린이 정신을 차렸을 때는 이미 이제프가 태린의 소매를 낚아채 어디론가 이끌고 있었다.

"뭐, 뭐예요. 갑자기, 미리 말도 없이—"

"디바이스로는 말 못해."

인적 드문 골목에 도착하자 태린은 겨우 숨을 돌렸다. 이제프는 심기가 무척 불편해 보였다. 길가는 소란스러웠지만 골목 안

쪽으로는 소리가 차단됐다. 이제프는 가볍게 팔짱을 낀 채 태린을 내려다보았다. 태린은 어정쩡하게 벽에 몸을 기댔지만 골목이 좁아서 이제프와의 거리가 너무 가까웠다. 저도 모르게 한 발짝 물러서다가 뒤에 있던 쓰레기통에 뒤꿈치를 부딪히고 말았다. 깡, 하고 울리는 금속성 소리가 정적을 깼다. 이제프는 그걸 보더니 한숨을 폭 쉬었다.

"태린, 네 생존 시험 기록을 봤는데."

태린은 이제프의 다음 말을 기다리며 눈을 깜빡였다.

"나한테 말 안 한 문제가 있더라. 그렇지?"

어떤 문제가 있다는 걸까. 그보다 이제프가 어떻게 생존 시험 기록을…… 문득 이제프가 자격 시험의 총괄 감독이라는 사실이 떠올랐다. 당연히 모든 시험의 영상과 음성 데이터를 볼 수 있을 거라는 사실도. 뭐라도 변명의 말을 꺼내려고 하는데 이제프가 먼저 입을 열었다.

"왜 그걸 '쏠'이라고 부르고 있지?"

"아. 그러니까 그건……"

태린은 버벅거리는 자신이 의심스러워 보일 거라고 생각하며 다급히 말을 이었다.

"그건 그냥, 제가 뉴로브릭에게 붙인 이름이에요. 이름을 붙여주면 문제를 다루기 더 쉬울 거라는 조언을 들었거든요. 그래서 정말 별생각 없이 붙여준 건데……"

이제프의 미심쩍어하는 표정을 살피며 태린은 말을 이었다.

"확실히 해결됐어요. 다루기 쉬워졌거든요."

"다루기 쉬워졌다고?"

"이름을 불러주니 통제가 되는 것 같아요. 이제 그건 제 말을 잘 들어요. 전처럼 오류를 일으키지 않고, 꽤 유용하기도 해요."

"이를테면 어떤 식으로?"

"그러니까…… 길을 잘 찾아요. 지나온 길을 뉴로브릭이 정확히 기억하는 것 같아요. 구체적인 원리는 모르겠지만 어쨌든 생존 미션에서 밖으로 나가는 데에 도움이 됐어요."

사실은 도움이 된 정도가 아니라, 쏠이 아니었다면 아예 탈락했을 거라는 말을 태린은 일부러 빼놓았다. 지나온 길을 기억하는 것뿐만 아니라 보이지 않던 길도 찾아냈다는 이야기도. 이제프가 데이터를 어디까지 보았는지는 모르지만 수직갱 아래는 너무 어두웠으니 영상은 제대로 찍히지 않고, 태린의 중얼거림 정도만 녹음되었을 것이다. 하지만 태린의 변명에도 이제프는 여전히 미간의 주름을 풀지 않은 채 태린을 빤히 보았다.

머릿속에서 쏠이 물결처럼 움직였다. 긴장한 것 같기도 하고 경계하는 듯도 했다. 눈앞의 상대가 쏠을 부정적으로 취급하는 태도에 반응한 걸까? 하지만 지금 태린에게 가장 신경 쓰이는 건 쏠이 아니라 이제프였다. 어제 생존 시험을 매우 높은 점수로 마무리했으니, 태린은 이제프가 기뻐할 거라고 기대했었다.

"저, 뭔가 잘못한 건가요?"

"아니. 잘하고 있어. 단지 내가 말하고 싶은 건,"

이제프가 덧붙였다.

"그런 변화가 있으면 나에게 말해줬어야지."

"아."

태린이 흠칫하며 이제프의 눈을 마주보았다.

"말해주기로 했었잖아."

"죄송해요. 저는 부담을 드릴까봐……"

"왜 면담 안 잡아주냐고 투덜거릴 때는 언제고."

"그래도 괜히 불필요한 오해를 살 수도 있고……"

"알면서도 그땐 구구절절 늘어놓더니, 이제 와서?"

태린은 마른침을 삼키며 발끝만 내려다보았다. 이제프가 그런 태린을 물끄러미 바라보더니 픽 웃었다. 태린은 저도 모르게 다시 이제프와 눈을 맞추었다.

"화내는 거 아니야. 그냥 당부할 게 있어서 왔어."

"……네."

"뉴로브릭에게 이름을 붙여줬다고 해도, 그걸 정말 자아나 의식을 가진 존재라고 믿으면 안 돼."

이제프의 입에서 나온 말은 조금 뜻밖이었다.

"인간이 아닌 것이 자아를 가진 것처럼 흉내내기는 생각보다 쉬워. 이전 문명에서도 증명된 사실이고. 하지만 정말로 네가 그걸 자아를 가진 존재로 대하는 건 다른 문제야. 우리에겐 뭐든 의인화하려는 습성이 있지. 하지만 때로는, 문제를 있는 그대로 봐야 해."

태린은 잠시 멍해졌다. 대체 이제프는 뭘 걱정하는 것일까? 태린이 쏠을 인격체로 대해서, 그것을 너무 존중한 나머지 휘둘릴까봐? 그런 걱정은 굳이 하지 않아도 될 텐데…… 하지만 태린은 반박하는 대신 이제프의 말을 얌전히 듣기만 했다.

"하나의 몸에 두 개의 자아가 깃들 수는 없어. 네가 혹시나 그 것에게 마음이 있다고 믿을까봐. 난 그게 걱정이야."

태린은 가만히 이제프의 눈을 바라보았다. 염려가 담긴 듯한 다갈색 눈이 태린을 안심시켜주었다. 비로소 이제프가 무엇을 걱정하는지 이해할 수 있었다. 하지만 쏠에 대한 생각을 이제프에게 솔직하게 털어놓고 싶지는 않았다. 쏠과의 대화도, 수직갱 아래에서 쏠을 통해 느꼈던 새로운 감각도 태린에게는 전부 실재하는 것이었다. 그걸 없던 일로 할 수는 없었다.

"안 그럴게요. 저, 그렇게 안 믿어요."

태린은 이제프가 원하는 대답을 들려주기로 했다.

"잘 다룰 수 있어요. 자아가 있다고 믿는 게 아니에요. 아까 말씀드렸던 그대로…… 문제를 잘 다루기 위해 이름을 붙여준 것 뿐이었어요."

이제프는 태린의 대답이 의외였는지 믿을 수 없다는 표정으로 물었다.

"네가 내 말을 이렇게 잘 듣는다고?"

"저 원래 선생님 말만 잘 듣는 거 아시잖아요."

"난생처음 듣는 이야기인데."

이제프가 장난조로 대꾸하더니 픽 웃었다.

"대답이라도 그렇게 하니까 좋네. 태린, 그리고 꼭 이번 일에 대한 것만은 아니지만……"

이제프의 눈이 또다시 태린을 빤히 들여다보고 있었다.

"나에게는 좀 솔직하게 이야기해줘도 돼. 그러니까, 네겐 자스완도 선오도 있는 건 알지만. 라부바와에서 널 가장 신경쓰고 걱정하는 어른은 나일 거란 말이지. 어쨌든 지금은 여러모로 곤란한 시기이기는 해도……"

태린은 대답 대신 고개만 열심히 끄덕였다. 이제프가 여기까지 찾아와서 이런 말을 해준다는 게 분명 기쁜데, 마냥 기쁘기만 한 건 아니었다. 마음이 순식간에 복잡해졌다. 이제프는 왜 이렇게 자신에게 잘해줄까. 원래 다른 사람들에게는 별로 다정한 성격이 아닌 걸 아는데, 왜. 아마도 태린을 동등한 어른이 아닌, 여전히 어린아이로 보기 때문에…… 그렇다면 태린은 이제프의 상냥함을 받아들이고 싶지 않았다. 그가 원하는 대로 솔직해질 수도 없었다. 이제프에게 들켜서는 안 될 마음이 있기 때문에. 그가 알면 또다시 어린아이 취급을 하고 말 테니까.

태린은 그저 어깨를 으쓱하며 말했다.

"새삼스럽게요. 전 이제프에게 늘 솔직한걸요."

"입만 살아서는…… 빨리 가던 길 가. 집에 일찍 들어가고."

"제가 동료가 되어도 잔소리는 하실 거죠?"

"그땐 지금보다 더하지."

이제프가 싱긋 웃으며 말했다. 태린도 미소 지으며 대꾸했다.

"알겠어요. 저, 갈게요. 나중에 잔소리 많이 들어야 하니까요."

태린은 아무렇지 않은 척 인사하고 서둘러 골목을 빠져나왔다. 더 머물러 있다가는 이제프에게 자꾸 쓸데없는 말을 하게 될 것 같았으니까. 사실은 너무 긴장된다고, 시험을 망칠까봐 겁이

난다고 어린애처럼 칭얼거릴지도 모른다. 그건 이제프와의 관계에서 태린이 가장 원하지 않는 상황이었다.

하라판 거리를 한참 걸어 자스완 식당 앞에 도착할 때쯤에야, 태린은 쏠에게 생각이 미쳤다.

"미안, 쏠. 아까는 진심이 아니었어."

―으응, 뭐가?

"이제프가 그랬잖아. 널 자아가 있는 존재로 대하지 말라고. 난 동의 안 해. 지금도 너한테 자아가 있다고 생각하거든."

―아아…… 그런 이야기였구나.

"뉴로브릭이 대화를 못 듣기도 하나봐?"

―응, 그 사람. 이제프와 말할 때, 네 머릿속. 너무 복잡해.

장난스럽게 한 말이었는데 돌아온 쏠의 대답은 진지했다.

―너무 긴장해. 심장이 빨리 뛰어서 온몸이 울려. 그래서 대화도, 따라갈 수 없어.

순간 뺨이 달아올랐다. 그러니까 그게, 쏠도 느낄 정도였구나. 태린도 알고는 있었다. 하지만 쏠이 그렇게 짚어 말해주자 더욱 확실해졌다. 더는 회피할 수도, 부정할 수도 없는 마음이 있다는 것이.

"쏠, 있잖아. 나……"

태린은 허공을 올려다보며 말했다.

"꼭 파견자가 되어야 해. 날 도와줘."

쏠이 그 말에 알겠다는 듯, 머릿속에서 비가 쏟아지는 느낌을 만들었다. 투두둑, 투두둑 하고.

111

7

지상으로 향하는 출구 앞에서 태린은 뛰는 심장을 진정시켰다.

파견자 자격 최종 시험은 라부바와의 바로 위 지상에서 이루어진다. 지상 대부분은 범람체로 뒤덮이거나 범람화된 생물들로 가득해서 접근이 어렵지만, 라부바와는 지상의 일부를 관측과 연구, 범람체를 향한 '경고'의 목적으로 탈환했다. 뉴클락키는 그런 목적으로 건설된 기지였다. 뉴클락키는 과거에 매우 번성했던 도시 한가운데에 있었다. 물론 지금은 그 빌딩들 대부분이 형태를 잃었고, 한때 인류 문명이 이런 거대한 빌딩 숲을 건설할 만큼 번영했음을 증명하는 유적으로만 남아 있었다.

최종 미션은 총 네 개의 구간으로 이루어진다. 1차 관측 지점, 뉴클락키 기지, 2차 관측 지점, 목적지 구간을 차례로 이동하며 절차에 맞게 관측 장비를 회수하고 새 장비를 설치하며 지정 샘플을 수집한다. 모든 과정이 개인 디바이스로 기록되며 이동에 필요한 최소한의 정보만이 주어진다. 관측 지점은 모두 다르게 배정받는데 당연히 접근 난이도도 서로 달랐다. 첫번째 평가 요소가 범람체로 가득한 지상에서 영향을 받지 않고 버틸 수 있는지라면, 두번째 평가 요소는 위험하고 난도 높은 장소에 접근해 정보를 얻을 수 있는지였다.

시험이 곧 시작된다는 조교의 목소리가 들렸다. 감독관이 한 명씩 이름을 부르며 응시생들을 줄 세웠다. 태린이 가서 서자 감독관이 네모난 장치를 내밀었고 태린은 손목 디바이스를 내밀어 장치에 접촉시켰다. 그러자 1차 지점의 위치가 지도에 입력되었는데, 시험이 시작되어야 지도를 볼 수 있었다.

"이제 올라가세요."

수십 명이 줄지어 나선형 계단을 올랐다. 세 개의 에어록을 통과하자 지상으로 향하는 입구가 보였다. 입구 근처는 범람화된 덩굴식물이 칭칭 감긴 울타리로 막혀 있었다. 그 울타리를 넘으면 한때 인간의 터전이었던 거대한 도시의 유적으로 들어서는 것이다. 서로 다른 길로 이어지는 여러 출발 지점이 보였다.

태린도 배정받은 출발 지점에 섰다.

"카운트다운을 시작합니다."

손목 디바이스에서 홀로그램 스크린이 동시에 튀어나왔다. 10, 9, 8…… 똑딱거리는 소리와 함께 스크린의 숫자가 줄어들기 시작했다. 태린의 심장도 미친듯이 뛰었다. 모두가 입을 다물고 앞을 보았다.

……3, 2, 1, 0.

태린은 튀어나가듯 달렸다. 정신없이 달리다 고개를 들었을 때 범람체로 넘실거리는 지상 도시가 눈에 들어왔다.

도시는 기이한 아름다움을 품고 있었다. 색채로 일렁이는 세계. 곳곳에 강렬한 원색의 물감들을 흩뿌려놓은 것처럼 빠짐없이 찬란했다. 도시를 점령한 범람체들이 각자 경쟁이라도 하듯 빛깔을 드러내고 있었다. 색이란 색은 모두 사용한 거대한 유화 작품으로 지상을 덮은 것처럼, 마치 색이 그 자체로 살아 있어 도시를 통째로 움켜쥔 것처럼 범람체는 존재감을 발했다.

태린은 고가 도로 위에서 숨을 고르며 도시 전체를 살펴보았다.

가장 눈에 띄는 것은 도시를 가득 뒤덮은 범람체의 그물망이었다. 끊임없이 자라고 사방으로 퍼져나가며 주위 환경을 탐색하는 범람체의 그물망은, 한때 지구의 흙 아래 어디서나 발견할 수 있었던 균류의 균사체를 닮아 있지만 그보다 훨씬 단단한 형태를 지녔다. 태린이 발 딛고 서 있는 고가 도로 위에도 샛노란 범람 그물망이 폭넓게 퍼져 있었다.

도로 양쪽으로 한때 빌딩이었을 거대한 철골 구조물들이 늘어서 있었다. 수십 층 이상을 쌓아 올렸다던 문명의 상징은 이제 그 뼈대만을 남긴 채 과거의 흔적을 겨우 드러낼 뿐, 새빨간 범람 산호들에 점령된 상태였다. 갓이 없는 버섯을 수천 배 확대해 놓은 모양의 범람 산호들이 철골 구조물을 타고 올라가 자라며 도시에 거대한 그림자를 드리웠다.

태린은 이제는 긴장이 아니라 두려움과 설렘으로 심장이 두근거렸다. 눈앞에 펼쳐진 풍경에 몸이 반응하고 있었다. 순간, 이제프의 경고가 떠올랐다. 파견자는 언제나 지상에 대한 경이와 증오를 동시에 품어야 한다던. 그것이 어떻게 가능한지 늘 궁금했는데, 지상에 올라오니 비로소 알 것 같았다.

눈앞의 범람체들이 태린에게 속삭이는 듯했다. 어서 가까이 와서 자신을 살펴보라고. 직접 만지고 냄새를 맡고 먹어보라고.

"범람체는 인간을 미치게 한다. 이성을 집어삼켜 광기와 죽음에 빠뜨린다……"

그 사실을 잊지 않으려고 태린은 소리를 내어 중얼거렸다. 이 도시는 생명이 아니라 죽음으로 가득찬 곳이라고. 인간은 이 색채들 속에서 살아갈 수 없다고.

태린은 홀로그램 스크린을 켜서 지도와 길을 번갈아 보며 신중하게 이동했다. 배정받은 1차 관측 지점은 출발 지점에서 생각보다 멀지 않았다. 길을 따라가다보니 지도는 가려져 있었고, 세 갈래 길로 나뉘는 곳이 나타났다.

"쏠, 네 생각은 어때?"

태린은 그렇게 물으며, 오른쪽 길을 흘끔 보았다. 그때 쏠이 오른 방향으로 물결 같은 흐름을 만들며 말했다.

—오른쪽. 다른 두 길은 하천과 공터로, 이쪽은 빌딩 숲으로 이어지나봐.

쏠의 말을 듣고 지도 속 지워진 경로를 살펴보니 과연 그렇게 추측될 수 있을 듯했다. 태린은 주저하지 않고 오른쪽 길로 들어섰다.

1차 관측 지점에 가까워질수록 길이 흐릿해졌다. 바닥을 뒤덮은 관목과 덩굴 때문에 이동 속도가 느려졌다. 덩굴들은 일반적인 형태도 있었지만 대개는 범람체와 결합된 변이형이었다.

"지도상으로는 여기인데."

태린은 눈앞의 길과 홀로그램 스크린의 지도를 대조했다. 관측 지점을 가리키는 화살표는 계속 빙글빙글 돌았는데 건물 가까이 다가가자 화살표가 위쪽을 향했다. 거대한 빌딩, 지금은 범람체와 엉켜 있는 철골 구조물 내부에 목적지가 있는 것 같았다. 빌딩 정문은 한참을 돌아가야 있었다. 빌딩을 빙 두른 울타리는 무시무시하게 생긴, 범람화된 가시 덩굴들로 뒤덮여 있었다.

—만져보고 싶어.

"뭐?"

태린은 당황해서 뒤돌아보았다. 쏠이 다시 말했다.

—저 앞의 덩굴들, 신기하잖아.

"넌 만질 수 없잖아. 그러니까 너에게는……"

몸이 없잖아, 라고 말하려던 태린은 문득 뭔가를 깨달았다. 쏠은 태린과 감각 정보를 공유한다. 태린이 보고 듣는 것을 쏠이 재해석하는 것이다. 그렇다면 촉각 역시 마찬가지겠지.

"하지만 쏠, 범람체를 만지는 건 위험해. 특히 저건 그냥 덩굴도 아니고, 가시가 엄청 날카롭잖아. 죽을 수도 있어."

머릿속에서 쏠이 세찬 물결을 만들어냈다. 두렵다는 뜻인지, 그래도 만져보라고 떼를 쓰는 것인지 잘 구분되지 않았다. 이상한 기분이 들었다. 쏠이 지닌 호기심이 태린에게도 전이되는 듯한 느낌이었다.

태린은 울타리를 면밀히 살펴보면서 가시 덩굴이 덜 자란 곳을 찾아냈다. 펜치로 울타리를 끊고 신중하게 덩굴들을 양옆으로 걸어낸 다음 그 사이로 들어갔다. 끊긴 철사에 몸이 약간 긁혔지만 이 정도쯤은 상관없었다. 이제 빌딩 외벽을 오를 차례였다. 보급품 가방을 뒤져서 장갑을 꺼냈다. 채광창 청소 일을 할 때 벽은 자주 올라봤다. 높은 곳은 두렵지 않았다. 게다가 가시만 잘 피한다면, 덩굴을 붙잡고 오르는 편이 오히려 안전했다. 범람체와 결합한 덩굴들은 아주 질겨져서 성인 몇 사람의 무게도 끄떡없이 지탱하니까.

―정문으로 안 갈 거야?

"이쯤이야 오를 수 있지."

태린은 장갑을 단단히 착용하고 외벽을 오르기 시작했다. 한때 창문이 나 있었을 자리가 범람체 덩굴에 뒤덮인 상태였지만 사이에 지나갈 수 있는 틈이 있었다. 태린은 사층으로 짐작되는 곳에서 범람체 덩굴을 발로 걷어차 안으로 뛰어내렸다.

"윽, 여긴 좀 징그러운데."

바닥엔 우윳빛의 범람 그물망이 깔려 있었고, 구석에는 어찌된 일인지 쥐 사체가 잔뜩 쌓여 있었다. 태린은 미간을 찌푸린 채 내부를 한 바퀴 둘러보았다.

―관측 장비가 저쪽에 있어.

태린이 장비를 찾아내기 전에 쏠이 먼저 말했다. 그제야 태린은 시야 끝 천장에 달려 있는 관측 카메라를 발견했다.

"쏠, 너 엄청 대단하네."

태린과 같은 감각 체계를 공유할 텐데 쏠은 어떻게 태린보다 훨씬 빠르고 정확하게 무언가를 찾아내는 걸까? 이제프의 경고가 계속 마음에 걸렸지만, 이런 식이라면 쏠의 능력을 빌리지 않는 게 이상할 정도였다.

태린은 부서진 책상을 발판 삼아 천장에 달린 관측 카메라를 분리했다. 그것을 오염 경고 문구가 잔뜩 붙은 투명 가방에 집어넣고, 새로운 관측 장비를 꺼내 다른 벽에 고정했다. 임무를 완수했으니 밖으로 나가려고 다시 창문 쪽으로 향하는데, 쏠이 말했다.

─이번엔 정문으로 가는 게 나을지도 몰라.

지도를 확인해보니 확실히, 건물의 정문 쪽이 다음 목적지인 뉴클락키 기지와 더 가까웠다. 태린은 계단을 통해 내려와 기지로 달리기 시작했다.

뉴클락키 기지에 가까워질수록 화려한 색채가 잔잔해지면서 범람체가 줄어드는 게 한눈에 파악되었다. 태린은 기지 앞에 도착해서 곧바로 들어가는 대신 철조망 안쪽을 살펴보았다. 드르륵 소리를 내며 움직이는 기계들이 보였다. 지금은 상주하는 사람이 없다고 했다. 이 기지는 지상에 대한 인간의 갈망을 담고 있다기에는 너무 작고 초라했다.

태린은 철조망을 뛰어넘어 후문으로 향했다. 혹시나 정문으로 들어섰다가 다른 응시생이라도 마주치면 괜히 시비가 붙을 수도 있었다. 최종 시험인 만큼 다들 경쟁자를 탈락시키려 할 테니까. 손목 디바이스를 보안 스캐너에 가져다 대자 문이 열렸다. 두텁게 쌓인 먼지 위에 태린의 손자국이 남았다. 기지 안에는 청소 기계 하나가 돌아다니고 있었다. 움직임이 매끄럽지 않은 것을 보니 저 녀석도 안에 범람체가 쌓여가고 있는 모양이었다. 범람체들은 마치 의도를 가진 것처럼 기계 내부로 쉽게 침투했고, 덕분에 지상으로 올려보낸 기계들은 대부분 수명이 짧다고 했다.

"2차 지점은 어디로 하면 좋을까."

태린은 홀로그램 스크린에 떠오른 열 몇 개의 빨간 점을 지켜보며 중얼거렸다. 쏠이 이번에도 그럴싸한 조언을 해주었으면 싶었는데, 어째서인지 쏠은 아무 말이 없었다.

"마음대로 고른다?"

─으응, 어디든 상관없어. 지름길을 찾아볼게.

"너 그동안 천재 뉴로브릭 되기 수련이라도 했어?"

태린은 기지에서 약간 떨어진 지점을 골랐다. 가까운 곳에도 빨간 점이 몇 개 있었지만, 함정일 수도 있었다. 기지를 나올 때까지도 태린은 아무도 마주치지 않았다. 왠지 느낌이 좋았다. 선택할 수 있는 지점이 많이 남은 것을 보니, 태린이 일찍 도착한 편인 듯했다.

기지로부터 멀어지면서 태린은 쏠이 점점 조용해지고 있다는 걸 알아차렸다. 말뿐만 아니라 움직임 자체가 줄어들어 있었다. 처음 지상을 마주했을 때 쏠은 태린만큼이나 흥분해서 머릿속을 마구 휘저었었는데. 하지만 이제 쏠이 말하지 않아도 태린은 쏠이 가리키는 방향을 느낄 수 있었다. 쏠이 지시하는 길은 범람체 덩굴로 뒤덮여 있거나 높은 벽으로 가로막혀 있어서 한눈에 보았을 때 평범한 길은 아니었지만, 태린에게는 그런 곳이야말로 지름길이었다. 쏠이 도대체 어떤 원리로 그 길을 감지해내는 것인지 알 수 없었다.

그렇지만 이게 뒤늦게 찾아온 행운이라면 태린은 얼마든지 누릴 생각이었다. 행운의 이유 같은 건 나중에 생각해도 되니까.

어느새 2차 관측 지점에 가까워지고 있었다.

경사진 언덕 지형이었다. 처음에는 부서진 벽돌 따위로 막혀 있어 잘 보이지 않았지만 가까이 다가가 보니, 이전에 설치된 관측 장비가 범람체들 사이에 묻혀 있었다. 짙은 주홍빛 범람체가 가지를 잔뜩 뻗어 장비를 칭칭 감싼 것처럼 보였다. 태린은 범람체를 잘라내고 관측 장비를 조심스레 꺼낸 다음, 그 옆 빈 공간에 새 장치를 능숙하게 설치했다. 이제 근처에서 연구 시료가 될 샘플을 채집해야 했다. 주위를 둘러보니 언덕 위에 범람 산호가 밀집된 지역이 있었다. 평범한 모양의 범람 산호는 아니었다. 이론 수업에서도 본 적 없는, 거품 형태의 범람체들이었다. 그게 범람체라는 걸 고려하지 않는다면 언뜻 독특하고 아름다운 장식품처럼 보였다.

"이건 잘 수집해가면 가산점이 있겠는걸."

광증 아포가 마구 흩뿌려지고 있었으므로 태린은 주머니에서 방독면을 꺼내 착용하고 채집 준비를 한 다음 범람체에 접근했다.

하지만 주먹만한 비누 거품을 그대로 고정해놓은 듯한 모양의 범람체들은 나이프로 건드리면 바로 부스러져버렸다. 장갑 낀 손으로 건드렸을 때는 단단했는데, 칼날이 닿으면 톡 터지듯 바스라졌다. 자세히 살펴보니 거품 아래의 구조가 전체를 지지하고 있어서 맨 위의 거품 부분만 따로 도려내는 건 불가능해 보였다.

─바닥의 대 부분까지 통째로 채집하면 돼.

"그건 규칙에 어긋나. 대 부분은 범람체가 퍼지기 쉬워서 위험해. 게다가 이 나이프로는 도저히 모양 유지가 안 되는데."

─손으로 직접 파내면 될 거야. 그리고 이번 샘플은 바로 제출하니까 위험하지 않을걸.

태린은 눈썹을 조금 찡그린 채 거품 범람체를 살펴보기 시작했다. 생각해보면 쏠의 말에는 일리가 있었다. 지상 미션에서는 범람체를 퍼뜨릴 위험이 큰 부분은 채집하지 않는데, 그건 보통 장기간 이어지는 임무에서 노출 위험을 줄이기 위한 규정이었다. 야영지와 같은 상대적으로 무방비한 장소에서 대원들이 노출되면 큰일이니까. 하지만 이번 시험은 그런 경우와는 다르다. 어차피 채집 후 즉시 샘플을 제출하고, 야영도 없으니 위험도도 낮았다.

"손으로 이걸…… 파낼 수 있으려나?"

태린은 거품 범람체의 대 부분을 더듬어 땅 근처에 파묻힌 대주머니를 찾아냈다. 자칫하면 터져서 광증 아포를 뒤집어쓰게 될 수도 있으니 최대한 천천히 작업했다. 방독면 안으로 땀이 잔뜩 흘렀다. 장갑에 범람체의 그물망에서 떨어진 노랗고 빨간 가루가 묻었다. 마치 성긴 베일에 둘러싸인 듯한 모양새였다. 거품 범람체를 샘플 상자에 넣고, 상자를 다시 봉투에 넣어 밀봉했다. 태린은 약간 찝찝한 기분으로 샘플 봉투를 들어올려 보았다. 설마 가져가는 동안 터지진 않겠지.

"샘플을 하나 더 가져가야 해."

―저 나무 위에 있는 걸로 하자.

묘하게 쏠의 말투가 변한 느낌이 들었다. 좀더 확신에 찬 듯한 어조였다. 태린은 쏠이 말하는 쪽으로 고개를 들었다. 바로 옆 나무 위였다. 죽은 나무를 뚫고 자란 거대한 범람 산호가 보였다. 표면이 흡사 톱날처럼 날카로운 범람 산호였다.

"위험해 보이는데."

―위험할수록 샘플로서의 가치는 높아.

하긴 채광창 일을 하며 웬만한 형태의 범람체는 다 제거해보았으니 조심하면 그만이었다. 태린은 신중하게 범람 산호에 접근해서 나이프를 이용해 산호 일부를 잘라냈다. 집게를 이용하라는 쏠의 지시대로, 손이 날카로운 표면에 닿지 않게 주의하며 샘플을 수집하고 밀봉했다.

태린은 자리에서 일어나 모든 샘플을 잘 챙겼는지 확인하고 온몸에 묻은 흙과 먼지를 털었다. 답답한 방독면을 벗어 폐기물 봉투에 넣었다. 얼굴에 맺혔던 땀이 주르륵 흘러내렸다.

"다 됐다."

태린은 손목 디바이스로 시간을 확인했다. 생각보다 훨씬 빠르게 일을 끝냈다. 관측 장비를 회수하고, 새로 설치하고, 의미 있는 샘플까지 확보했다. 이제 목적지로 가면 시험이 끝난다.

"왜 이렇게 쉽지? 네가 있어서 그런가."

알 수 없는 어색한 느낌에 태린이 중얼거렸다. 제대로 작동하는 뉴로브릭이 있다는 게 이렇게 유용할 줄이야. 지름길을 찾아주고, 태린보다 앞서 시야에 들어온 목적물을 포착하고, 오래전 배운 터라 가물가물한 수집 프로토콜을 상세히 기억해내고……
부적응자로서 일종의 모래주머니를 달고 뛰는 거라 생각했지만,
뉴로브릭이 제대로 작동하는 삶이 정말 이럴 줄은 몰랐다. 다른
사람들은 지금까지 이렇게 쉽게 모든 걸 해내고 있었던 걸까?

　─도착 지점이 얼마 남지 않았어.

　지도를 따라가는데 쏠이 말했다. 태린은 문득 초조함을 느꼈
다. 전혀 늦지 않았음에도 조급해지는, 당장 도착하지 않으면 안
될 것 같은 느낌. 대체 이 느낌이 어디서 오는 것인지 알 수 없었
다. 혹시 이 긴장감은 쏠의 것일까.

　"쏠, 너 지금 초조해?"

　달려가며 물었는데, 한참 뒤에야 대답이 돌아왔다.

　─아니, 괜찮아.

　쏠의 목소리는 낯설 만큼 차분했다.

　이제 도착 지점으로 향하는 마지막 구간이었다.

　태린은 남은 체력을 쥐어짜내 뛰고 또 뛰었다. 2차 관측 지점
으로 향할 때까지만 해도 만일을 대비해 체력을 아끼려고 했지
만 이제 남은 건 최종 목적지뿐이었다. 가는 길에 범람화된 쥐들
을 여러 번 마주쳤지만 태린은 그것들이 달려들 새도 없이 무작
정 앞으로만 뛰었다. 거대한 맹금류를 만났을 때는 쏠의 조언대
로 범람 그물망 뒤에 숨어서 이동했고, 그것의 시야를 벗어난 이
후에는 다시 달렸다.

　뛰는 동안 주위가 기묘할 정도로 고요했다. 길 위를 달리고,
길이 아닌 곳도 달리면서 태린은 주위 풍경이 점점 흐릿해지는

것을 느꼈다. 마치 추상화 캔버스 위를 달리고 있는 것 같았다. 풍경을 이루는 요소들이 구체적으로 보이지 않았다. 그것들은 그저 흩뿌려놓은 물감 자국 같았다.

쏠이 태린을 이끌고 있었다. 목적지를 향해서 쏠이 먼저 나아가고 태린이 쏠을 뒤따르는 것 같았다. 몸을 움직이는 건 태린 자신이었지만 실제로 몸을 통제하는 건 쏠처럼 느껴졌다. 기이한 느낌이 태린을 휩쓰는 순간, 도착 지점을 알리는 현란한 표지판이 나타났다.

드디어 도착했다. 해낸 것이다. 이제 파견자가 될 수 있다⋯⋯

태린을 잠시 덮쳤던 불편한 느낌은, 표지판 앞에 서는 순간 완전히 사라졌다. 손목 디바이스를 표지판에 가져다 대자 시끄러운 소리가 나면서 표지판의 색이 변했다. 통과를 알리는 녹색이었다. 아직 아무도 이곳을 지나지 않았다. 태린이 최초였다. 스크린 가장 위에 태린의 이름이 떴다.

첫번째 통과자, 정태린.

기쁨으로 심장이 터질 것 같았다. 이제 태린은 파견자였다. 누구도 그 사실을 부정할 수 없었다. 정식 임명이 아직 남아 있었지만 이 지점을 통과한 순간부터 파견자의 자격이 주어진다. 마음이 풍선처럼 부풀어올랐다.

네 덕분에 해냈다고 마구 소리치고 싶은 것을 겨우 참고 태린은 쏠에게 고맙다고 속삭였다. 쏠에게서 흘러나오는 기분 좋은 감정을 느낄 수 있었지만, 쏠은 물 위에 뜬 것처럼, 머릿속에 잠잠하게 머물러 있었다.

문을 열고 에어록 안으로 들어섰다. 세 차례의 정화 과정을 거쳐야 했다. 태린은 첫번째 에어록을 통과했다. 태린이 착용한 외출복과 가방, 도구들과 손목 디바이스가 에어록 안에서 정화되었다. 두번째 에어록을 또다시 통과한 다음 태린은 옷을 갈아입고, 연구소에 제출할 샘플 봉투를 꺼냈다. 흙이 묻어 더러워진 샘플 봉투의 표면도 깨끗하게 정화되었다. 태린은 그것을 제출용 봉투에 다시 넣은 다음, 마지막으로 세번째 에어록의 문을 열고 들어섰다.

갓 갈아입은 깨끗한 옷이 피부에 닿자 보송한 느낌이 들었다. 품에 안은 봉투의 바스락거리는 질감마저 기분 좋았다. 마지막 에어록은 사방이 투명한 유리벽이라 바깥을 볼 수 있었다. 아래층에 사람들이 잔뜩 몰려 있는 것이 보였다. 최종 시험을 마치고 들어올 합격자들을 마중 나온 가족과 친구들인 듯했다. 이제 유리문을 나서면, 태린은 선오와 자스완을 만날 수 있을 것이다. 오늘 오겠다고 했으니 아마 저곳에서 기다리고 있겠지. 어쩌면 델마 할머니도 함께 와 있을지 모른다. 가슴이 터질 것처럼 벅찼다.

정화 작업이 끝나고 달각, 소리가 났다. 문이 열리는 소리였다. 이제 문 앞에서 채집한 샘플 봉투를 무사히 제출하고, 저 밖으로 나가면……

"쏠?"

손이 마음대로 움직이지 않았다.

"뭐 하는 거야?"

그러나 손뿐만이 아니었다. 정신이 몸에서 쫓겨난 것 같았다.

갑자기 태린 자신이 이상하게 움직이고 있었다.

"쏠, 안 돼. 네가 그러는 거야? 쏠!"

태린은 샘플 봉투를 제출해야 할 장소를 그대로 지나쳤다. 그리고 아래층으로 이어지는 문을 활짝 열었다. 아니, 태린이 그러는 것이 아니었다…… 태린의 몸이 움직이고 있었다. 태린의 의지를 무시하고 달리고 있었다. 탁 트인 통로 위를 달리는 태린을 향해 수많은 사람들의 시선이 향했다. 커다란 환호 소리가 들려왔다. 철제 계단을 뛰어 내려간 태린은 서 있는 사람들을 향해, 그리고 멀찍이 보이는 선오와 자스완을 향해 손을 들었다. 그것이 첫번째 통과자의 감사 인사라고 생각한 사람들이 더 큰 환호를 보냈다.

바로 다음 순간 사람들 사이에서 비명이 터져나왔다.

태린도 비명을 지르고 싶었다. 하지만 아무 소리도 낼 수 없었다. 쏠이 태린을 조종하고 있었다. 완전히 점령하고 있었다. 두려웠다. 끔찍했다. 어떻게 이런 일이 가능한지 알 수 없었다. 쏠을 막아야 했다. 쏠이 벌이려는 끔찍한 일을 막아야 했다.

하지만 그럴 수가 없었다.

태린은 자신의 몸을 통제할 수 없었다.

태린의 손이 범람체가 든 봉투를 찢고 있었다. 겉을 짓누르자 날카로운 톱날 형태의 범람체가 안에서부터 봉투를 찢고 밖으로 빠져나왔다. 거품이 터지며 광증 아포들이 흩날리기 시작했다. 사람들이 계속 비명을 질렀다. 어디선가 경보음이 울렸다. 도망치는 사람들. 광증 아포를 피하려다 난간에 부딪히는 사람들. 서로 붙들고 넘어지며 짓밟히는 사람들.

그리고 엉킨 사람들을 뚫고 태린을 향해서 달려오고 있는, 어느새 태린의 바로 앞에 도달한 선오와 자스완이 보였다.

태린은 자신의 두 손이 봉투 안의 범람체를 짓이기고 그것을 꺼내 흩뿌리는 것을 지켜보았다. 아포가 흩날리는 것을 지켜보았다. 지켜보는 것 외에는 아무것도 할 수 없었다. 선오가 태린의 손을 붙잡았다. 자스완이 뒤에서 태린의 어깨를 감쌌다. 안돼, 제발 떨어져…… 태린은 선오와 자스완에게 소리를 지르고 싶었다. 가까이 오면 안 된다고, 미치거나 죽게 될 거라고……

그러나 태린은 소리를 칠 수 없었다.

마음속에서 분노가 들끓었다. 모든 것을 태워버리고 싶었다. 이 도시를 없애버리고 싶었다. 그 바람은 태린의 것이 아니었다. 하지만 태린은 확신할 수도 없었다. 정말로 그것을 바라지 않는다고 말할 수 없었다. 태린은 오직 자신의 뺨이 축축해지는 것만을 느낄 수 있었다.

귀를 찢을 듯한 경보음이 또다시 울리고, 태린은 목을 강타하는 따끔한 감각을 느꼈다. 기계들이 태린을 둘러싸고 있었다. 순식간에 온몸에서 힘이 빠져나갔다.

차가운 바닥에 주저앉으며 태린은 자스완과 눈이 마주쳤다. 당혹감과 절망감이 뒤섞인 눈빛.

그 눈빛은 이것이 꿈이 아니라는 걸 깨닫게 했다.

태린의 의식이 어둠 속으로 빠져들었다.

2부

우리는 전쟁을 하고 있다. 하지만 그 전쟁의 대상을 알지 못한다. 지금까지 우리는 눈을 가리고 어둠 속에서 창을 마구 휘둘러왔다. 무지했던 창은 오히려 우리 자신을 찌르고 파괴했다. 이제 그 맹목적 시도를 잠시 멈추고, 우리는 우리가 싸우고자 하는 대상이 무엇인지를 알기 위해 이 조직을 설립하려 한다.

　그러나 분명히 할 것이 있다. 이 조직의 목적은 하나다. 우리는 평화를 바라지 않는다. 우리는 승리를 바란다. 궁극적인 승리를 바란다. 우리는 싸우기 위해 한 걸음 물러섰다. 그렇기에 이 전제를 다시 한번 되새기자. 결국은 이 또한 분명한 전쟁임을. 상대를 절멸시키기 전에 전쟁은 끝나지 않을 것이다. 우리는 단지 한 걸음 물러나, 숨죽이며 때를 기다리는 것뿐이다.

— 에반 바노스의 기고문 〈파견 본부 설립에 부치며〉 중

1

한 해에 두 번 열리는 정기 회의 외에 중앙위원회의 비상 회의가 소집되는 일은 흔치 않았다. 철저한 기밀이 요구되는 파견 본부의 특성상 대부분의 사건은 하위 조직 내에서 처리되었다. 이번에 비상 회의가 열렸다는 것은 무언가 몹시 불길한 일의 전조, 혹은 이미 일어나버린 대형 사고를 의미했다.

학술원의 꼭대기 층, 커튼을 걷으면 지하 도시의 전경이 한눈에 들어오는 회의실로 잔뜩 찌푸린 표정의 사람들이 하나둘 들어섰다. 무척 화가 난 사람도 있었고, 단지 피곤해 보이는 사람도 있었다. 어떤 이들은 이 회의가 열린 이유를 벌써 알고 있었고 이를 납득하는 것처럼 보였지만, 전부가 그런 것은 아니었다. 하지만 파견 본부와 학술원이 이런 불미스러운 사건으로 시민들의 입에 오르내린다는 사실에 불쾌해하는 것만큼은 모두 동일했다. 무엇보다 사건의 주인공이 아직 파견자로 임명되지도 않은, 고작 아카데미 수료생에 불과한 여자애라면 말이다.

올해의 신입 파견자를 뽑는 시험에서 당혹스러운 사건이 발생했다. 그로 인해 수십 명의 부상자가 생겼고, 그중 한 명은 생명이 위태로웠다. 사고 현장이 위치한 센다완 지역은 사흘 넘게 통제되었고, 아직 일부 거리는 통제를 풀지 못한 상황이었다. 온갖 과장된 소문이 퍼져나갔다. 정화 작업에 수많은 인력이 투입되었고 이 과정에서 약품 부작용으로 실려간 사람들도 한둘이 아니었다.

"자스완 쿠마타가 온몸을 던져 막지 않았다면, 끔찍한 사태가 발생했을 테지."

"끔찍한 사태는 이미 발생했다고 보는데요. 부상자만 수십 명입니다. 아직 파악되지 않은 피해자까지 포함한다면 수백이 될지도요."

"그 정도로 마무리되었으니 천운이라고 봐야 하지 않겠어요?"

"본부 입장에서는 앞으로 처리해야 할 일이 한두 가지가 아닌데, 오히려 지금부터가 골치 아프겠죠."

"자스완, 그자는 명령 불복으로 파면된 자가 아닙니까? 책임감이 대단하군요."

"사고 친 녀석이 자스완의 딸인데 당연히 책임을 져야 하는 거 아닌가? 그보다 대체 어떻게 키웠길래 그런 짓을 한 건지."

"별수없이 입양한 거지 진짜 혈연은 아니잖아요? 보고서에도 적혀 있기를, 같이 산 건 몇 년뿐이고 아카데미 입학 이후로는 쭉 따로 살았다던데."

"아니, 보고서에 그런 쓸데없는 이야기까지 적혀 있어요? 정작 중요한 일은 그게 아니라……"

"조용. 다들 그만하시오."

백발의 여성이 형형한 눈빛으로 경고하며 회의실을 둘러보자 모두 입을 다물었다. 본부장이자 학술원장인 카탈리나는 미간을 약간 찌푸리며 회의실에 모인 한 명 한 명과 눈을 마주치다가, 단 하나 남은 빈자리에 시선을 주었다.

"정작 회의 소집자가 아직도 오지 않았군."

그 말과 동시에 문이 벌컥 열렸고, 사람들의 차가운 시선이 방금 나타난 여자를 향했다. 부스스한 붉은 머리를 대충 내려 묶은 여자는 사과 한마디 하지 않고, 카탈리나에게만 고개를 까딱 숙여 인사한 다음 빈자리를 찾아 앉았다. 이제프 파로딘의 명패가 놓인 자리였다. 비로소 테이블의 모든 자리가 채워졌다.

"그럼 회의를 시작합시다."

여전히 노골적으로 이제프를 노려보고 있는 사람들이 있었지만 이제프는 아랑곳하지 않고 꼿꼿이 정면만 보았다. 다들 할말을 삼킨 채 침묵을 지키는 가운데, 카탈리나가 진행 발언을 시작했다.

"다들 짐작했겠지만, 이번 회의는 파견자 최종 시험에서 벌어진 일에 대한 대책과 정태린의 처분을 논의하는 자리요. 사건 개요는 뉴로브릭 디바이스로 전송된 보고서에 모두 적혀 있으니 그걸 참고하되, 중요한 사항에 대해서는 엠마에게 브리핑을 부탁하겠소."

그의 비서인 엠마가 움찔하더니 홀로그램 스크린을 켜서 사건 요약본을 읽어나갔다. 모두 알고 있는 사건이니 길게 이야기할 필요는 없었다. 다만 각자 생각을 정리하고 발언을 준비하기 위해 시간이 요구될 뿐이었다. 엠마의 브리핑이 끝난 후, 카탈리나는 분위기를 살펴보려는지 별다른 발언 없이 테이블을 천천히 둘러보았다. 기다렸다는 듯 한 남자가 입을 열었다. 그의 앞에 덴테르 리라는 명패가 놓여 있었다.

"정태린을 도시에서 추방해야 합니다. 정식 파견자가 아니라고 해도 파견자들의 명예를 더럽혔습니다. 광증 아포를 퍼뜨리다니 도저히 용서받지 못할 일입니다."

덴테르의 의견을 시작으로, 저마다 한마디씩 거들기 시작했다.

"동의합니다. 그 결정에 이런 비상 회의까지 필요합니까? 현직 파견자가 저지른 사고가 아니니 치안 유지 본부 선에서 해결할 문제라고 봤는데요."

"그래도 정태린의 특수한 신분을 생각하면……"

"파견자 시험 중에 발생한 일이니 우리도 입장을 내야지요. 겨우 경로를 통제해서 최종 시험 자체는 마무리했습니다만, 또다시 이런 일이 일어날 경우를 대비해야 하지 않겠습니까."

"물론 재발 대책을 내놓아야겠죠. 하지만 굳이 또 입장을 내서 파견 본부의 문제처럼 보일 필요는 없지 않습니까? 전례가 없는 일이고 앞으로도 없을 일인데, 불필요한 주목을 끄는 것보다는 좀더 기다리는 편이……"

"잠깐, 오늘 이 회의가 소집된 이유가 뭐지요? 정태린에 대한 처분은 추방으로 이미 가닥이 잡힌 줄 알았습니다만."

"파로딘 소장이 직권으로 소집을 신청했습니다."

순간 사람들의 싸늘한 시선이 일제히 테이블 한쪽으로 모였다. 어떤 이는 대놓고 비웃는 소리를 냈다. 이제프는 조금의 표정 변화도 없이 적대적인 반응을 그대로 마주했다.

덴테르가 불만 가득한 얼굴로 항의하기 시작했다.

"파로딘, 아직도 그 소리입니까? 이미 충분히 보지 않았습니까. 정태린은 시한폭탄 같은 존재입니다. 그것도 써먹을 데가 없는, 오히려 우리 편만 다치게 만드는 폭탄이라고요. 이런 식이라면 파로딘 선생에 대한 평판 역시 땅에 떨어질 게 분명합니다. 자신이 마음에 둔 제자라고 이렇게 억지를 부릴 거라면……"

덴테르는 무시무시하게 변한 이제프의 표정을 알아채고는 입을 다물었다. 그 사이로 한 여자가 끼어들었다.

"저는 절차상의 문제를 제기하겠습니다. 이 회의 소집이 받아들여진 것 자체가 납득되지 않습니다. 카탈리나 본부장님도 아시다시피 정태린에 대한 처분은 우리 소관이 아닙니다. 아직 진짜 파견자가 아니니까요. 치안 유지 본부에서는 추방형을 결정할 것이고, 그걸 우리가 반대할 명분도, 반대해야 할 이유도 없습니다."

여자는 이제프를 빤히 바라보며 발언을 끝맺었다. 카탈리나가 파로딘을 향해 요구했다.

"이 회의를 소집한 이유를 모두가 납득할 수 있게 설명해보시오."

"다들 오해하시는 게 있는데, 태린의 처분은 우리 소관입니다."

사람들의 항의에도, 이제프의 목소리는 태연하기만 했다.

"모두에게 상기시켜드리자면, 태린은 이미 파견자입니다. 따라서 그 처분을 파견자 특별 징계위원회에서 별도로 결정할 수 있습니다."

이제프의 발언에 사람들의 표정이 굳었다.

"대체 무슨 소리를 하는 겁니까?"

"태린은 파견자 최종 시험을 가장 먼저 통과했습니다. 정식으로 임명되기 전이라 해도, 현시점에서 그가 파견자 자격을 획득한 상태라는 사실만은 부정할 수 없습니다."

"잠깐만, 파로딘. 당신은 지금 억지 주장을……"

"사고가 벌어진 건 태린이 파견자 최종 시험에 합격한 직후였습니다. 그 시점에 이미 태린은 견습 파견자가 된 겁니다. 정식 임명 전이라 해도 시험을 통과하는 순간부터 파견자로 간주되는 조항이 있다는 걸 다들 잊지 않으셨겠죠. 면책 특권을 적용하고, 별도로 징계위원회를 열어야 합니다."

다들 황당한 표정으로 이제프를 보았다. 그러니까 이제프는 태린이 이미 파견자이므로, 라부바와의 형사 절차가 아닌 파견자에 대한 처분 절차를 적용해야 한다고 주장하고 있었다.

"그 조항은 그런 식으로 쓰라고 만든 게 아닐 텐데요. 파견자 시험에 합격한 견습생들이 임무 수행이나 학술원 입소에 어려움을 겪지 않도록 넣은 예외 조항에 가깝습니다만…… 게다가 자격 시험에 합격했다고 해도, 이후 견습 과정에서 중대한 결격 사유가 있을 경우 자격을 취소할 수 있습니다."

"맞습니다. 하지만 파견자 자격에 중대한 결격 사유가 있는지를 판단하기 위해서도, 특별 징계위원회를 열어야 합니다."

회의실이 술렁이며 거센 항의가 곳곳에서 터져나왔다.

"도대체 그렇게까지 하려는 이유가 뭡니까?"

"시간을 끌어 이상한 짓을 벌이려는 꿍꿍이가 아닌가요?"

"혹시 한심한 동정심이 아직도 남아 있는 거라면……"

"잠시, 내가 정리하도록 하지요."

카탈리나가 차가운 목소리로 좌중의 소란을 제압하고는, 이제프를 향해 물었다.

"파로딘 소장, 당신의 의견을 받아들여 정태린을 파견자로 간주하고 특별 징계위원회 절차를 거친다고 해봅시다. 그러면 뭐가 달라지는지? 아직 정태린이 마땅한 성과를 낸 것도 아닌데, 우리가 그를 위해 징계위원회를 열어서 그의 추방을 막아주어야 할 이유가 있나? 징계위원회를 열어도 결과는 어차피 같겠지. 당신 주장에 동의할 이들이 없을 거란 말이오. 단지 시간을 끌 수는 있겠지만, 그런다고 결과가 달라지지는 않을 거요."

카탈리나의 지적은 일리가 있었다. 설령 태린을 파견자로 간주해 징계 절차를 바꾼다고 해도, 추방형이라는 결과는 변하지 않을 거라는 말에 사람들이 고개를 끄덕였다. 카탈리나의 말대로 태린은 파견자 시험을 이제 막 통과했을 뿐, 파견자로서의 능력이나 성과를 한 번도 증명해 보인 적이 없었다.

그러나 이제프는 멈추지 않고 주장을 이어나갔다.

"태린은 아직 충분히 각성하지 못했을 뿐 탁월한 능력을 지녔습니다. 태린만큼 광증에 거의 완벽한 저항성을 가진 사람은 기존 파견자들 중에서도 없다시피 합니다. 이런 인재를 잘 이용하지는 못할망정 도시 밖으로 내쫓는 건 아까운 일입니다."

"그러나 벌써 사고를 쳤잖습니까? 광증에 대한 저항성을 가지면 뭐 합니까. 미친 짓을 했는데!"

덴테르의 주장에 이제프가 대꾸했다.

"태린이 그런 사고를 친 건 뉴로브릭의 오류 때문인데, 시험 직전이라 제가 총괄 감독 자격으로 적절히 개입하기 어려웠습니다. 추방 대신 근신 처분을 내리면, 그 기간 동안 책임을 지고……."

"이제프! 당신은 지금 개인적인 감정 때문에 그러는 거잖소! 애초부터 그 위험한 여자애를 도시에 놔두질 말았어야 했어."

"이봐, 덴테르. 그런 말은 좀 자제하지."

소란은 잦아들지 않았다. 사실상 이제프와 그를 제외한 대다수가 대립하는 듯한 구도였으나, 이제프를 안쓰럽게 여기는 이들도 있었다. 이곳에 모인 사람들은 태린의 과거, 그리고 이제프가 태린을 거두고 도시로 데려온 과정을 대략적으로 알고 있었다.

카탈리나는 고민에 빠진 모양새였다. 파견자 시험 통과 직후에 이런 대형 사고를 친 전례는 없었으나, 견습 파견자가 저지른 잘못을 특별 징계위원회를 열어서 처분한 사례는 있었다. 이제프의 주장이 억지스럽다고만 보기는 어려웠다. 그럼에도 징계위원회에서 추방형보다 약한 결론이 내려질 것 같지도 않았다.

그때까지 한마디도 하지 않고, 가만히 입을 다물고 있던 라실레 토슈가 과장된 손짓으로 시선을 모았다. 목소리가 음산하리만치 몹시 낮은 남자였다.

"제가 한 가지 절충안을 내지요. 정태린을 그 프로젝트에 투입하는 건 어떻습니까?"

사람들이 서로 시선을 교환했다. '그 프로젝트'가 무엇이냐고 묻는 이도 있었지만, 이내 그것이 무엇인지 모두 알게 된 이후에는 분위기가 가라앉았다. 누군가 헛웃음을 터뜨렸다.

"광증 저항성이 탁월하니 넣을 자격은 되겠군."

"그 임무라면 지원자가 없어서 아직 파견대조차 못 꾸렸다고 들었는데."

"누가 그런 임무에 자원을 하겠습니까?"

"맞습니다. 그것은 너무……"

"첫 임무로 투입되기에 정태린은 아직 미숙합니다."

"미숙함이 문제가 되는 프로젝트는 아닐 텐데요."

웅성거림을 뚫고 누군가 조심스러운 목소리로 물었다.

"추방형이 차라리 낫지 않나요?"

동조하는 다른 목소리가 더해졌다.

"그 프로젝트가 무엇인지 아는 입장에서는 너무 가혹하다는 생각이 듭니다. 추방형이 차라리 낫습니다."

라실레는 또다시 과장되게 손짓하면서 사람들을 둘러보았다.

"하지만 정태린의 특성을 생각해보았을 때, 이 프로젝트야말로 그에게 적합한 임무가 아닙니까? 높은 광증 저항성, 그리고 무엇보다 자신을 저버릴 수 있는 능력이 이 임무의 요건이지요."

몇몇은 고개를 끄덕였고, 또 다른 몇은 인상을 찌푸렸다. 라실레는 이어 말했다.

"게다가 이렇게 한다면 명분이 충족됩니다. 임무를 완수하고 돌아오면 라부바와에도 큰 도움이 될 테니 추방을 대신할 명분이 서지요. 결과가 어떻게 되든 라부바와 시민들도 별로 불만을 갖지 않을 겁니다. 이 정도로 위험하고도 의미 있는 임무라야 충분한 처벌이 된다고 여길 테지요. 물론 우리 파견 본부가 시민들의 눈치를 과하게 볼 필요는 없지만, 불필요한 논쟁을 만들 필요도 없습니다."

라실레의 말을 끝으로, 누구도 이렇다 할 의견을 내지 않았다. 그러나 그 제안은 지금까지 겉돌기만 하던 논의를 중심으로 끌어당기는 마법 같은 힘이 있었다. 이제 사람들은 단 하나의 질문 앞으로 모여들었다. 정태린을 프로젝트에 투입할 것인가?

"정태린을 위험성이 있는 프로젝트에 투입하는 건 처벌의 목적도 있으니 가능한 방법이겠습니다만, 그 임무는 너무 생환 확률이 낮지 않나요. 단순한 조사가 아니라고 알고 있는데요."

"맞습니다. 하필이면 그 프로젝트일 이유가 있습니까?"

"꼭 해당 임무만 있는 것은 아닐 텐데……"

"그러면 이 문제야말로 파로딘 선생이 정할 일이겠군요. 안 그래요?"

이제프의 맞은편에서 비웃음 섞인 목소리가 날아들었다.

"바로 당신이 그 잔인한 프로젝트의 설계자이니까요."

그 순간 이제프의 표정이 일그러졌다.

*

툭툭. 툭툭.

물 떨어지는 소리가 규칙적으로 들려왔다. 바닥이 차가웠다. 눈을 뜨자 어둡고 좁은 방이었다. 고개를 드니 녹슨 창살이 보였다. 곧 꺼질 듯한 희미한 조명만이 방 안을 비추고 있었다.

태린은 욱신거리는 팔을 움직여보았다. 역시 잘 움직여지지 않았다. 대충 처치한 것처럼 붕대로 칭칭 감겨 있었다. 극심한 통증이 선명해지는 찰나, 자스완의 얼굴이 떠올랐다. 마지막으로 본 그의 표정. 당혹감과 절망감이 섞인, 혹은 책망하는 듯한 눈빛……

비틀거리며 자리에서 일어났다. 여기서 나가야 해. 바로잡아야 해. 내가 한 일이 아니라고, 나에게 침투한 것이 벌인 짓이라고 해명해야 해. 하지만 또다시 기억이 돌아왔다. 지난 며칠 내내 그 말만 반복해왔다…… 설명하고 또 설명했다. 감시자들은 태린을 던지듯 검사 기계에 집어넣었다. 누군가 경멸 어린 어조로 말했다. 너는 미쳤어. 광증이 아니어도 너는 이미 미쳐 있어.

누구도 믿어주지 않을 것이다. 태린이 자의로 벌인 일이 아니라는 걸. 태린의 내부에 통제권을 빼앗은 무언가가 존재한다는 걸.

그렇다면 이제 어떡하지, 도망칠까? 괴로워하는 내면의 목소리가 파도처럼 밀려왔다. 도망치면 어디로 갈 건데? 지하 도시를 떠날 거야? 목소리가 태린에게 묻고 있었다. 갈 곳이 없잖아. 저 위에서 살 수 있어? 설령 위에서 미치지 않는다 해도, 혼자 살아가는 게 의미가 있을까? 그곳에는 이제프도 선오도 자스완 아저씨도 없는데…… 네가 사랑하고 소중히 여기는 사람들이 없는 지상이 의미가 있어? 의미가 없다. 평생 죗값을 치르며 갇혀 있어야 한다고 해도, 태린은 이 도시를 떠날 수 없었다. 그래서는 안 됐다.

툭툭. 툭툭.

다시 물소리가 들려왔다. 태린은 바닥에 주저앉았다. 밖에서 금속성의 무언가를 캉, 캉, 하고 치는 듯한 날카로운 소리가 울렸다.

자스완은 어떻게 되었을까? 선오는?

고통스러운 얼굴을 하고 있던 자스완의 모습이 떠올랐다. 톱날 같은 범람 산호, 이성을 잃은 태린이 봉투를 마구 찢어서 꺼낸 그 날카로운 산호가 자스완을 찔렀다. 피가 뚝뚝 떨어졌다. 그가 태린을 막으려는 것처럼 온몸으로 태린을 감쌌으므로, 범람 산호는 더 깊숙이 자스완을 찔렀을 것이다. 그것이 파고들던 느낌이 생생했다. 그리고 여전히 몸부림치는 태린을 향해 다가오던 선오……

자책감이 목을 졸랐다.

그걸 죽여버릴 거야. 뜯어낼 거야. 몰아낼 거야.

하지만 어떻게? 쏠은 다른 어디도 아닌 내 머릿속에 있는데.

화가 났다. 분노를 쏟아내고 싶었다. 미칠 것 같은 건, 그게 바로 태린 안에 있는 존재라는 점이었다. 누군가를 탓한다면 그 손가락은 태린 자신을 향해야만 했다.

어쩌면 쏠이라는 존재는 원래 없었던 것인지도 모른다.

어쩌면 모든 것은 태린 자신이 상상해낸 목소리인지도 모른다.

어쩌면 이 끔찍한 일을 저지른 주체도 결국 태린 자신인지도 모른다. 그 사실에 진저리가 쳐졌다.

시간이 배수관을 막은 끈끈한 점액처럼 느리게 움직였다.

정신을 차려보면 바닥에 형편없는 음식들이 놓여 있었다. 태린은 포장지를 뜯어 빵을 입안에 욱여넣고 다시 기절하듯 잠들었다. 이 와중에도 허기를 느낀다는 사실이 징그럽고 비참했다.

어둠을 노려보면서 태린은 마지막 순간을, 자스완과 선오의 얼굴을 떠올리고 또 떠올렸다.

시간이 어떻게 흘러가는지 알 수 없었다. 차라리 죽고 싶었다. 죽어서 자신이 벌인 일을 돌이킬 수 있다면.

태린은 깨어났다가 절망하고, 다시 잠들었다.

삶을 포기하고 싶었다가 헛된 희망을 가지기를 반복했다.

절망 속에서 더는 시간이 흘러가지 않는다고 느껴졌을 때, 그래서 손목을 긋거나 혀를 씹어서 강제로 시간을 흘러가도록 만들고 싶다고 생각했을 때, 문밖에서 감시인의 목소리가 들렸다.

"밖으로 나와. 호출이 있다."

그것이 사형선고인지, 다른 무엇인지 태린은 알 수 없었다.

*

태린은 감시인을 따라 걸었다. 통로 앞쪽의 문 너머에서 수감자가 발소리를 들었는지, 자신을 꺼내달라며 욕을 퍼붓고 문을 걷어차는 소리가 들렸다. 감시인은 잠시 멈춰 선 다음 그 문에 달린 버튼을 눌렀다. 무언가 지져지는 소리, 약간의 타는 냄새와 함께 문 너머는 다시 조용해졌다. 감시인은 문 안을 들여다보지도 않고 걸음을 재촉했다. 태린도 뒤따라갔다.

감시인이 태린을 데리고 도착한 곳은 낡은 면회실이었다. 면회실이라는 팻말을 보고 태린은 자스완과 선오를 떠올렸다. 두 사람이 여기 와 있다면, 별 탈 없이 눈앞에 나타나준다면. 간절한 마음으로 안으로 들어섰지만 면회실 책상 맞은편에는 한 여자가 앉아 있었다. 태린이 이미 아는 얼굴이기도 했다. 파견 본부의 본부장이자 학술원장을 겸임하고 있는 카탈리나. 그가 차가운 표정으로, 가볍게 팔짱을 낀 채 태린을 기다리고 있었다.

태린이 그 앞에 앉자 감시인은 카탈리나에게만 공손하게 인사한 다음 나가버렸다. 얼음장 같은 분위기 속에 태린은 혼자 남겨졌다. 이 사람이 왜 여기에 있을까? 처벌 결과를 알려주려고? 하지만 그것뿐이라면 이렇게 높은 직위의 사람이 태린을 직접 만날 까닭이 있을까? 수많은 의문이 머릿속을 맴도는 가운데 중저음의 목소리가 차가운 공기를 가로질러 도달했다.

"그래. 잘 지냈나?"

태린은 고개를 푹 숙인 채로 대답했다.

"제가 저지른 일에 비하면, 과도하게 좋은 대우를 받았습니다."

"그런 말을 할 정도의 이성은 남아 있나보군."

태린은 카탈리나의 표정을 살피고 싶었지만, 차마 눈을 마주칠 수 없었다.

"자네 때문에 요즘 곤란해."

아직 바깥 소식은 듣지 못했다. 하지만 파견자 시험 중 벌어진 일이니, 틀림없이 관련된 사람들이 곤혹스러워하고 있을 터였다. 특히 이 시험의 총괄 감독인 이제프도…… 죄책감이 태린의 어깨를 짓눌렀다. 할 수 있는 말은 하나뿐이었다.

"죄송합니다."

"그러니 한번 들어보지. 대체 왜 그런 짓을 했나?"

그제야 태린은 고개를 들었다. 카탈리나는 무표정한 얼굴이었지만, 화가 난 것 같지는 않았다. 하긴, 화가 났더라도 카탈리나 정도 되는 사람이 여기에 온 건 그저 화를 내기 위해서는 아닐 것이다. 죄송하다는 말을 들으러 온 것도 아닐 테고.

"불완전한 뉴로브릭이 제대로 작동했다는 사실에 들떠서, 시험에 통과한 직후 오류가 생겼을 때도 통제력을 잃었습니다."

속이려고 해도 소용없다는 생각에 태린은 사실 그대로를 털어놓았다. 어렸을 때 연결을 끊었던 뉴로브릭이 몇 달 전부터 불완전하게 연결되어 오류를 일으켰다고, 최종 시험 직전에 그것을 통제할 수 있다고 믿었지만 착각에 불과했다는 사실을 이야기했다. 카탈리나는 태린의 이야기를 다 듣고도 침묵을 지켰다. 태린은 가만히 그의 다음 말을 기다렸다.

카탈리나가 왼손 검지로 책상을 톡톡 두드리며 말했다.

"샘플을 채집할 때 프로토콜을 어겼던데."

"거품형 범람 산호를 형태 그대로 채집하면 가산점을 받을 수 있을 거라 판단했습니다."

"그건 지상에서는 드문 형태가 아니야."

"저의 판단 착오였습니다."

형태 그대로 채집하라고 한 건 쏠의 제안이었지만 결국 실행에 옮긴 건 태린 자신이다. 하나하나 짚을수록, 자신의 모든 판단이 한심하게 여겨져서 견딜 수 없었다.

"혹시 그 일을 하고 싶어서 한 게 아닌가?"

행간에서 질문의 의도를 읽어낸 태린은 당황한 채 카탈리나의 눈을 마주보았다.

"결코 아닙니다. 그 일로 다친 사람들은 제가 가장 사랑하는 사람들이에요. 절대 그럴 의도가 없었습니다."

다급하게 대답했지만 카탈리나는 반응이 없었다. 태린은 시선을 아래로 떨구면서, 그가 도대체 무엇을 원하는지 알고 싶어졌다. 그는 태린이 계획적으로 이 일을 저질렀다고 생각하는 걸까? 누군가와 이 일을 모의했다고? 범람체를 일부러 도시에 유입하는 집단, 혹은 '불온 파견자'에 대해 태린도 들어본 적이 있으니 의심한다고 해도 이상한 일은 아니다. 하지만 카탈리나가 태린을 그렇게 여기는 것만은 막고 싶었다.

"정말로, 그런 건 아닙니다."

절박한 심정으로 내뱉고 나자, 또 다른 의문이 따라붙었다. 이런다고 달라지는 게 있을까? 어차피 태린은 의도였든 실수였든 끔찍한 짓을 저질렀는데.

카탈리나가 말없이 태린을 바라보더니 낮은 목소리로 말했다.

"자네가 추방형을 당하지 않을 방법이 하나 있네."

그 말을 듣는 순간 태린의 심장이 철렁 내려앉았다.

"선택하게. 파견 임무를 떠날 것인지, 라부바와의 형사 처벌을 받을 것인지. 지금까지 인원 미달로 진행되지 못했던 프로젝트일세. 이번 임무를 위한 광증 저항성을 넘는 적합자가 없었어. 자원자도 없었고."

높은 광증 저항성을 요구하지만 자원자가 없는 임무. 통상적으로 임무는 파견자가 선택하기보다 본부에서 주어지는 것. 그럼에도 자원자가 없다는 이유로 시작되지 못했다면, 그 프로젝트는 극도로 위험한 것일 터였다. 아마도 생환 가능성이 아주 낮은 임무.

하지만 태린에게는 선택지가 없었다.

"가겠습니다."

태린의 즉답에 카탈리나가 픽 웃었다.

"어떤 임무인지 들어보지도 않는군."

"저에게 다른 기회가 있을 것 같지 않습니다."

"주제 파악은 되니 다행일세."

빈정거림인지 아닌지 알 수 없는 말을 듣고도 태린은 고개를 숙였다. 위험한 임무를 맡는 것보다, 카탈리나가 방금 전 제안을 없던 일로 할까봐 그것이 더 두려웠다. 파견 본부는 인간 자원을 함부로 낭비하지 않는다. 그들은 태린을 그냥 버리는 대신, 필요한 곳에 소모하려고 하는 것이다…… 하지만 그럼에도 이건 유일한 기회였고, 태린은 이 기회를 잡아야 했다.

"파견자 시험 직후에 추방당하는 불명예를 짊어지는 것보다는, 그 일을 해결하고 오는 편이 자네에게도 우리에게도 좋은 결말이겠지."

카탈리나는 혼잣말인 듯 중얼거렸다. 태린은 침묵을 지켰다. 어떤 일이 일어나든, 도시로 돌아오지 못하는 것보다는 낫다. 모든 사람을 잃는 것보다는 낫다. 임무에서 무언가를 잃게 된다고 해도.

카탈리나가 자리에서 일어섰다. 그는 나갈 것처럼 문으로 걸어가더니 무언가 생각난 듯 고개를 돌렸다.

"아, 그렇지. 참고로."

카탈리나가 태린을 향해 말했다.

"파로딘은 자네가 이 프로젝트에 참여하는 걸 반대했네."

그 순간 설명할 수 없는 감정이 태린을 스쳤다. 누구보다 태린의 추방을 원하지 않을 이제프가 반대했다면 이 임무는 도대체 어떤 것일까. 태린은 숨을 들이쉰 후 말했다.

"……그래도 하겠습니다."

카탈리나가 약간의 비웃음이 담긴 표정으로 태린을 흘끗 보고는 고개를 돌려 문밖으로 사라졌다.

감시인이 돌아와 태린을 수감실이 아닌 다른 장소로 인도했다. 태린은 자신에게 주어진 시간이 없다는 것을 알았다. 조금 전 내린 결정을 돌이킬 기회 역시.

이제프를 만나고 싶었다. 해명하고 싶었고, 미안하다고 말하고 싶었다. 이제프가 무슨 생각을 하는지도 알고 싶었다. 아니, 그냥 이제프를 보고 싶었다. 그럴 수 없다는 것을 잘 알면서도.

출발은 여섯 시간 뒤. 해가 뜨기 직전이었다.

*

새벽 어스름이 천창으로 부옇게 스며들었다. 지하 도시로 내려오는 한줌의 빛, 그 희미한 빛 아래 태린은 숨을 깊게 들이쉬었다.

이제 떠나야 한다. 돌아오지 못할 수도 있다. 그래도 가야만 했다. 작별 인사를 할 기회도 없었다. 그것이 지금 태린의 처지였다. 내쫓기거나, 가치를 증명해서 돌아오거나.

해저 통로로 내려가는 길 앞에서 태린은 다른 파견자들을 기다렸다. 파견대는 태린을 포함해 총 셋이었다. 방금 그들의 간략한 프로필이 태린의 디바이스에 전송되었다.

팀의 리더는 마일라 로드리게스. 파견자 경력은 이십여 년으로, 경력에 비해 젊어 보였다. 드물지만 탁월한 실력으로 아카데미 과정을 그대로 뛰어넘고 현장에 투입되는 경우도 있다고 하던데 그런 경우 같았다. 뉴클락키 기지 탈환에서 핵심 역할을 했다는 메모가 있었다. 경력이 오래될수록 대개 연구 부서로 옮기는 파견자들과 달리, 마일라는 바로 직전까지도 현장 임무에 참여했다.

또다른 팀원은 네샤트 데미르. 이쪽은 경력이 십 년 정도 되었고, 현장 임무보다는 연구 쪽으로 빠르게 옮겨 연구소에서 중책을 맡아온 듯했다. 연구 경력에 논문이 빽빽하게 기록되어 있었지만 중요한 단어가 전부 기밀 처리되어 알아볼 수 있는 내용이 거의 없었다.

계속해서 프로필을 읽는데 저 너머에서 철문이 끼익 소리를 내며 열렸다. 태린은 그쪽으로 고개를 돌렸다. 발소리가 저벅저벅 들려왔다.

"우와아, 저 어린 여자애가 우리가 떠맡은 골칫덩어리예요?"

어둠 속에서 태린을 향해 걸어오는 두 여자의 얼굴이 드러났다. 한쪽은 확연히 앳되어 보이는 백금발의 여자였다. 정신없이 사방으로 뻗친 곱슬머리를 만지작거리며 히죽 웃고 있었다.

"아닌가, 반대로 우리를 떠맡은 불쌍한 여자애라고 해야 하나. 어느 쪽이든 참 귀엽게 생겼네. 그렇죠?"

아마 이쪽이 네샤트일 것이다. 방금 태린을 향해 어린애라고는 했지만, 정작 본인도 언뜻 태린과 또래로 보일 만큼 어려 보였고 몸집도 그다지 크지 않았다.

그 옆에 선 여자, 마일라는 아무런 대답도 하지 않았다. 온몸을 감싼 검은색 옷 위로 다부진 체구가 드러났다. 어깨까지 오는 정돈된 단발에 완전히 무표정했다.

태린이 그들을 향해 눈을 마주치며 인사했다. 네샤트는 태린을 보더니 싱긋 웃었는데 인사를 받아준 것인지, 아니면 그저 비웃은 것인지 의미를 알 수 없었다. 마일라는 태린을 물끄러미 보다가 인사를 건넸다.

"마일라 로드리게스입니다."

첫인상과 달리 꽤 정중한 말투에 태린은 놀랐는데 그는 그저 불필요한 말을 섞고 싶지 않은 것 같았다.

"정태린입니다."

잘 부탁드린다는 말을 덧붙이려다가 태린은 입을 다물었다. 위험한 임무를 앞두고 의례적인 사족을 붙이는 것만큼 바보 같아 보이는 일도 없을 터였다.

또다시 문 열리는 소리가 났다. 고개를 돌렸다가 태린은 깜짝 놀라고 말았다. 긴 파견자 로브를 걸친 세 사람이 나타났는데, 그중에 이제프가 있었다. 네샤트가 이제프를 무척 재미있다는 표정으로 쳐다보더니, 곧이어 태린을 보았다. 그리고 뭔가 알겠다는 듯한 의미심장한 미소를 지었다.

두 보조인이 마일라, 네샤트, 태린에게 배낭을 건넸다. 보통 개인 무기를 소지하는 파견자들과는 달리 태린은 아직 무기가 없으므로 슬럼버 건과 정글도를 추가로 건네받았다. 배낭 안에는 기본적인 장비와 도구들, 비상식량과 식수가 들어 있었다. 물과 식량을 포함하니 짐이 다소 많았는데 해저 통로를 통해 누탄다라 대륙까지 이동하면, 거기에서 필요한 만큼 짐을 챙겨 지상으로 간다고 했다.

마지막으로 점검을 하는 보조인들 옆에서 태린은 배낭 안을 다시 한번 살펴보았다. 이제프와 이야기를 나누고 싶었지만 그럴 기회는 없어 보였다. 태린은 어쩔 수 없이 이제프를 자꾸 곁눈질했지만 이제프는 일부러 태린의 눈을 피하는 것 같았다. 태린은 마음이 괴로웠다. 이제프는 태린을 믿었고, 경고도 해주었는데…… 그의 말을 듣지 않은 건 태린이었다. 솔직했더라면, 의지했더라면, 조언을 따랐더라면. 이제는 돌이킬 수 없었다. 눈이 마주치면 도저히 감정을 추스를 수 없을 것 같았다. 차라리 말한마디 나눌 수 없는 상황이 다행인지도 모른다.

점검이 모두 끝났다. 보조인 한 명이 자동 수레에 짐을 모두 실었고, 나머지 한 명은 계단 앞으로 이동했다. 이제프가 말했다.

"서약 의식을 하겠습니다."

마일라와 네샤트가 손을 들어올리는 것을 보고서야 태린도 뒤늦게 손을 들어올렸다. 시험을 위해 암기할 때에는, 이렇게 쫓겨나듯 임무를 떠나며 파견자 선언문을 외우게 되리라곤 생각지 못했다. 우리는 인류를 위해 일한다. 우리는 진실과 지식의 수호자로서 지상을 되찾기 위해 떠난다. 우리는 정직하고 명예롭게 행동하며 신중하게 판단할 것을 맹세한다…… 한때 동경했던 이 선언이 유언처럼 느껴지게 될 줄은 몰랐다. 그럼에도 이 선언을 외울 기회조차 주어지지 않은 것보다는 나았지만. 태린은 무거운 마음으로 선언을 마쳤다.

이제프가 가볍게 고개를 숙여 인사했다.

"전송 신호가 끊어지는 지점까지 디바이스를 통해 지시를 전달하겠습니다. 부디 행운이 따르기를."

출발 전 형식적인 절차인 듯, 이제프가 파견자들에게 악수를 건넸다. 앞의 두 사람과 악수를 나눈 다음, 마지막으로 이제프는 태린 앞에 와서 섰다. 태린은 어떤 개인적인 인사도 건넬 수 없다는 것을 깨닫고 최대한 담담하게 이제프의 손을 맞잡았지만, 무너지지 않으려고 애써야 했다. 곧 이제프의 손을 잡았다가 뗀 태린은 손바닥 안에 무언가 남아 있다는 것을 알았다. 조그마한 봉투 하나였다.

이제프는 태린에게 시선을 주지 않고 뒤로 물러났다.

태린은 누구에게도 들키지 않게 손을 겉옷의 안주머니에 넣어 방금 받은 것을 숨겼다.

2

깜깜한 해저 통로를 달려 내륙으로 향하는 처음 몇 시간 동안, 마일라는 운전석에서 단 한 번도 입을 열지 않았다. 추방이나 다름없는 임무라지만, 그래도 좀 심하다 싶을 만큼 말이 없었다. 다행히 태린이 걱정했던 어색한 침묵은 없었는데, 뒷좌석의 네샤트가 출발하는 순간부터 한시도 입을 다물지 않아준 덕분이었다.

"그러니까 말이야, 그때 마일라가 엄청난 아이디어를 낸 거지. 범람화된 동물은 범람화된 다른 동물에게 경계심을 푸는 경향이 있단 말이야. 물론 먹이사슬로 서로 먹고 먹히는 관계에 있으니 아예 공격하지 않는 건 아닌데, 범람화되지 않은 동물만큼 경계하진 않거든. 마일라는 그걸 역으로 이용한 거지! 그래서 '양치기 늑대' 아이디어가 그때 처음으로 도입되었는데……"

하지만 네샤트의 영원히 끝나지 않는 이야기가 어색한 분위기를 배려한 것이 아니라, 온전히 자기만족을 위한 것임을 깨닫기까지는 긴 시간이 필요하지 않았다. 그럼에도 태린은 네샤트의 말에 고개를 끄덕이거나 짧게 대꾸하며 호응을 해주다가, 나중에는 그조차 지쳐서 거의 포기 상태로 이야기를 들었다.

"……말하자면 이 해저 통로도 열흘마다 청소 기계를 투입해야 해서 유지비가 많이 드는데, 어쨌든 슬베노 경계지에서 중요한 연구 자료가 많이 나오다보니 파견자를 계속해서 보내야 하는 지역이지. 이 터널 바로 옆에는 자동 운행 방식으로 설계된 레일이 있는데 한때 기지 건설을 위해 물자를 나르는 용도였지만 지금은 폐쇄되었어. 이 도로 유지에 대한 연구는 내가 신입 파견자였을 때 공동 참여했던 연구이기도 해서……"

태린은 네샤트가 자신처럼 뉴로브릭이 망가진 사람인지도 모른다고 생각했다. 아니면 뉴로브릭과 무관하게 어딘가 미쳤던지. 그렇지 않고서야 저렇게 말이 많을 리가 없었다.

"저, 두 분은 원래 같이 일하던 사이인가요?"

"같이 일한 적은 없습니다."

내내 침묵하던 마일라가 먼저 대답해서 태린은 움찔했다. 그러고 보니 마일라가 현장 위주로 일했고 네샤트가 일찌감치 연구로 옮겼다면, 둘이 처음 보는 사이라고 해도 이상할 것은 없었다. 뒷좌석에서 아하하, 하고 네샤트의 웃음소리가 들려왔다.

"같은 팀이었던 적은 없지만, 유명했지. 리더가 함께 가면 생환율이 높아진다고 소문이 났다구. 다들 같이 일하고 싶어하고 말이야. 그렇게 대단한 분이 어쩌다 여기 왔는지 몰라?"

네샤트의 말이 빈정거리는 것처럼 들려서 태린은 괜히 마일라의 얼굴을 살폈다. 하지만 마일라는 표정의 변화가 없었다. 태린도 마일라가 어쩌다 이 팀에 합류했는지 궁금했지만, 마일라는 지금 대답해줄 생각이 없는 것 같았다.

내륙으로 향하는 통로는 중간에 한 번 갈라졌다. 그전까지는 거의 곡률이 없는 직선의 길인 데다 가로막는 것도 없어서 운전석에 앉은 마일라가 특별히 손댈 것이 없었지만, 분기점을 지난 이후로는 차가 멈춰 서는 일이 잦아졌다. 도로 안으로 길을 잃고 들어왔다가 죽은 짐승의 사체 때문이었는데, 네샤트의 긴 설명에 따르면 이쪽 방향으로는 파견을 나가는 경우가 드물어서 도로가 잘 관리되지 않기 때문에 벌어지는 일이라고 했다.

거대한 뿔을 지닌 무스의 사체를 세번째로 치우고 기진맥진해졌을 때, 네샤트가 여기서 식사를 하자고 제안했다. 무스 사체가 가까운 곳에 차를 세우고 식사를 하는 것이 썩 유쾌하지는 않았지만, 앞으로는 이보다 더 나쁜 상황만 있을 테니 적응해야 했다. 마일라가 차를 점검하고 네샤트가 장비와 남은 식량을 살피는 동안 태린이 식량 키트로 받은 오믈렛을 데웠다. 간이 의자에 앉아 미적지근한 오믈렛을 두 숟갈째 떴을 때 네샤트가 물었다.

"신입, 어쩌다 신입이 이런 임무에 투입됐어? 파견 프로필을 봤는데 정보가 하나도 없더라구? 나, 그런 백지 신입이랑 일해보는 건 처음인데 너무 궁금한 거 있지."

태린은 속으로 움찔했지만 최대한 아무렇지 않은 척 오믈렛을 우물우물 먹으며 답을 고민했다. 네샤트는 태린이 무슨 짓을 해서 여기 왔는지 모르는 걸까? 하지만 그럴 수가 있나? 파견자라면 태린이 무슨 짓을 했는지 못 들었을 리가 없다. 그렇다면 가능한 건 네샤트가 정말 연구에만 몰두해 있어서 라부바와의 소식에 어둡거나, 혹은 알면서도 짓궂게 물어보았을 경우, 또는 여기 오기 전 네샤트 역시 태린과 같은 처지였을 경우······ 네샤트의 표정만으로는 어느 쪽인지 짐작하기 어려웠다.

"태린은 광증 저항성이 측정 가능한 최대 수치에 가깝다고 들었습니다."

거의 말이 없던 마일라가 입을 열었다.

"그리고 저와 네샤트 역시 비슷합니다. 그것이 우리가 이 임무에 투입된 이유일 겁니다."

그 말에 네샤트가 태린을 향해 키득 웃었다. 적당하게 말을 끊어준 마일라가 고마웠지만, 네샤트의 반응을 보니 역시 그것만이 이유는 아닌 것 같았다. 틀림없이 두 사람에게는 지금 당장 말할 수 없는 다른 이유가 있었다.

이번에는 네샤트가 운전대를 잡았다. 한동안 달리다 중간에 멈추어 잠시 눈을 붙였다. 그러곤 달리다 또 멈춰서 짐승 사체를 네 번쯤 더 치웠고, 다시 한참 달리던 무렵, 맞은편에서 갑자기 빛이 쏟아지기 시작했다. 해저 통로의 끝에 다다른 것이었다.

"잘 봐, 신입. 딱 한 번뿐인 순간이니까."

네샤트가 속도를 높였다. 차가 엄청난 속도로 터널 밖으로 뛰쳐나갔다. 시야가 갑자기 빛으로 가득찼을 때 네샤트는 다시 속도를 늦추었다. 태린은 사방에 나타난 풍경에 눈을 크게 떴다.

지상으로 이어진 도로는 얼마 가지 않아 끊겼다. 차를 멈춰 세운 네샤트가 조수석의 태린을 보며 재미있다는 듯이 히죽 웃었다.

끊긴 도로 왼편으로 끝없이 펼쳐진 범람체의 숲과 거대한 범람 기둥들이 보였다. 버섯 모양을 한 범람 기둥의 넓은 갓에서 아포들이 비처럼 떨어져내렸다. 밝은 노란색 아포가 수북이 쌓여 바닥도 색을 칠한 것처럼 물들어 있었다. 기둥은 압도적인 높이와 존재감을 가지고 있어, 마치 지상이 거인들에게 점령당한 느낌을 주었다. 도로 오른편으로는 흰 모래사장이 펼쳐져 있었고, 그 너머로 초록색 바다가 보였다. 범람체는 바다에서는 잘 자라지 않지만, 일부 수생 범람체들이 바다 표면에 부유하며 물을 기묘한 빛깔로 만든다고 했다. 바다는 햇살 아래 밝은 에메랄드빛과 진녹색을 오가며 보석처럼 부서졌다.

"재밌지? 우리가 뺏긴 색들이 다 이곳 지상에 있어. 처음 이 풍경을 봤을 때 나는 분해서 잠을 잘 수 없었다니까. 이 아름다운 행성이 우리 인간의 것이 아니라 저들의 것이라니."

네샤트는 차가운 눈빛으로 주위를 둘러보았다. 이 순간 태린은 지상에 대한 매료와 증오를 동시에 품는다는 게 무엇인지 알 수 있었다. 그 감정은 무척이나 복잡하고 어지러운 것이었다. 이 풍경을 아름답다 느끼면서도 소유할 수 없는, 지상으로부터 추방된 인간이 품게 될 감정은.

*

범람 기둥의 아포가 흩날리는 범위를 고려해, 범람체들로부터 충분히 멀리 떨어진 해변가에 차를 세우고 고정했다. 베이스캠프 대용이지만 무기물도 빠르게 분해하는 범람체의 특성상 얼마나 견딜지 알 수 없다고 마일라는 말했다. 이동에 필요한 만큼의 식량을 챙기고, 장비를 마지막으로 점검했다. 근처를 탐색하고 차에 보호막을 씌우는 작업만으로도 오후가 다 지나버렸다. 이른 야영을 시작하고, 새벽 일찍 움직이기로 했다.

야영 직전, 마일라가 임무 사전 브리핑을 시작했다.

"새벽부터 목적지를 향해 빠르게 이동하겠습니다. 네샤트에게 뉴로브릭으로, 태린에게는 개인 디바이스로 지도를 전송했습니다."

"리더, 우리 임무의 진짜 목적이 뭐예요?"

네샤트가 묻자 마일라는 무표정하게 답했다.

"목적지를 조사하는 것입니다. 목적지는 파견 본부에서 설정한 것으로, 그 이상의 정보는 말할 수 없—"

"아아, 진짜. 이렇게 달랑 세 명만 사지로 몰아넣고, 진짜 목적도 말 안 해주겠다고요? 나야 그렇다 쳐도, 저 꼬마 신입은 자기가 왜 죽으러 왔는지 이해도 못하고 있는 것 같은데."

갑자기 네샤트에게서 아무것도 모르는 꼬마 신입으로 지목당한 태린은 좀 떨떠름했지만, 임무의 목적이 궁금했기에 잠자코 있었다. 마일라는 태린과 네샤트를 번갈아 보고는 한숨을 쉬며 말했다.

"이번 임무의 목적은, 두번째 지상 기지의 후보 지역을 탐사하는 것입니다."

"아, 그렇지! 역시. 그런 것일 줄 알았다고요."

네샤트가 만족한 듯 씩 웃으며 조잘거리기 시작했다.

"그래, 어쩐지. 뉴클락키만으로는 부족했지. 그럼 누탄다라 서쪽은 영 시원치 않았나보죠? 굳이 탐사조차 힘든 이 지역에 세운다는 걸 보면. 뭔가 보낼 만한 '한 방'이 있나봐. 그런데 그 한 방을 아깝게 소모할 수는 없으니 미리 정찰은 해야겠고. 정찰대가 죽든 말든 알 바는 아닌데, 그래도 저항성은 뛰어나야 하고! 재밌는 팀이네, 우리. 값비싼 소모품인 거잖아?"

네샤트가 떠들어대는 것을 들으며 태린은 왜 이제프가 태린을 이 임무에 보내기를 원치 않았는지 조금은 알 수 있었다. 높은 위험성 때문에 아직 탐사되지 않은 지역, 그러나 지상 기지의 후보로 점쳐지는 곳이기에 탐사가 반드시 필요해 선발대를 보낸다…… 당연히 선발대의 생환율은 낮을 수밖에 없다. 이후로 오는 파견자들은 선발대의 정보를 이용해서 생존 가능성을 높일 수 있겠지만.

신입, 혹은 신입의 자격조차 없는 태린이 여기 투입된 것도 그 때문일 것이다. 굳이 살아 돌아올 필요는 없는, 어쨌든 보내는 것만으로 써먹을 수 있는 인력이기 때문에.

하지만 그것뿐만은 아닌 것 같았다. 직감이 말해주고 있었다. 마일라가 말해주지 않은 것, 어쩌면 마일라조차 알지 못하는 무언가가 있다고. 태린은 속이 울렁거렸다.

마일라는 담담히 말했다.

"값비싼 소모품이라는 말은 극단적입니다. 살아서 돌아가는 것이 우리에게도 파견 본부에도 좋습니다. 시체보다는 살아 있는 파견자가 더 많은 정보를 쥐고 있으니까요."

"흐응. 정말 그런지 보자고요, 리더."

네샤트가 말끝을 늘어뜨리며 웃었다.

잠들기 전, 태린은 눈을 감고 잠시 쏠의 흔적을 더듬어보았다. 최종 시험에서 그 일을 저지른 이후로 쏠은 조용했다. 아무 말 없이, 가만히 숨죽이며 무언가를 기다리는 것 같았다. 환청도, 물결 같은 움직임도 느껴지지 않았다. 처음에는 너무 화가 났고, 이제는 궁금했다. 쏠은 정말 자의식을 가진 존재일까? 그렇다면 대체 왜 그런 짓을 저지른 걸까? 당장 이 뉴로브릭을 뇌에서 빼내버릴 수는 없나?

또다시 쏠이 돌아온다면……

쏠을 생각하자, 심장이 아주 빠르게 뛰었다. 마치 뇌에 머무르던 쏠이 심장까지 내려온 것처럼. 그래서 태린의 온몸이 자신의 것이라고 주장하는 것처럼. 태린은 심호흡을 거듭하며 마음을 가라앉혔다. 그러곤 손으로 안주머니를 더듬어 아직 그 안에 있는, 이제프가 건넨 작은 봉투를 확인했다. 지금까지 혼자 있을 기회가 없었고 그래서 열어보지 않았다. 하지만 이제프가 태린을 걱정해서 건넨 무언가가 있다는, 그 사실을 떠올리는 것만으로도 마음이 조금 진정되었다.

세 사람은 교대로 잠을 잔 후, 동이 트기 직전 짐을 챙겨 출발했다. 내륙 방향으로 계속해서 나아갔다. 하늘이 밝아질 무렵에는 습지에 도착했다. 강줄기를 거슬러 가는 경로였다. 해안에서 멀어질수록 주위 풍경은 여러 번 덧칠한 유화처럼 짙고 선명한 빛깔이었다.

에메랄드빛 강 맞은편에 맹그로브 나무들이 붉은 호흡근을 뾰족한 이빨처럼 드러낸 채 줄지어 서 있었다. 선명한 자주색 범람 기둥이 불쑥 솟아, 긴 갓으로부터 아포를 떨어뜨리고 있었다. 지독한 악취가 코를 찔렀다. 바닥은 진창으로 발이 푹푹 빠졌다. 기능성 장화로 갈아 신었는데도 걷기가 힘들었다.

지금껏 탐사된 적 없는 장소답게 미기록 생물들과 독특한 범람체의 패턴이 나타났지만, 이번 임무의 우선순위는 목적지 탐사인 만큼 빠르게 이동하기로 했다. 진흙탕을 겨우 건넜더니 범람화된 악어를 세 마리나 마주쳐서 들키지 않게 이동하느라 숨을 죽여야 했다. 습지에서 멀어져도 땅은 계속 질척였다.

일몰 시간이 가까워지고 있어 야영지를 찾아야 했지만 쉽지 않았다. 스콜이 자주 내리는 지역이라, 완만한 경사의 고지대를 찾아야 했다. 한참을 이동한 후에야 가까스로 적당한 언덕을 찾아냈다.

"오늘은 저 장소에서 야영하는 것이 좋겠습니다."

마일라의 지시에 따라 나뭇가지를 걷어내며 이동하는데, 뒤에서 네샤트가 소리를 질렀다.

"위험해!"

태린은 반사적으로 몸을 피했다. 그러나 무언가 차갑고 축축한 것이 순식간에 시야를 뒤덮었다. 숨이 막혔다. 코안으로, 입안으로, 그리고 귓구멍 안으로 그것이 파고들었다. 태린은 버둥거리며 그것을 떼어내려고 애썼다. 그때 뒤에서 강한 충격이 가해졌고 태린은 그대로 바닥으로 쓰러졌다. 얼굴 가까이에서 뜨거운 기운이 느껴졌다. 그와 동시에, 태린의 입과 코를 틀어막고 있던 점액들이 사방으로 흩어졌다. 태린은 겨우 숨을 들이쉬었다.

고개를 들어보니 마일라와 네샤트가 바닥으로 슬럼버 건을 겨누고 있었다. 총구가 향하는 곳에는, 태린이 이제껏 단 한 번도 본 적 없는 기이한 존재가 있었다.

아래로 늘어진 긴 나뭇가지들을 타고 점액이 뚝뚝 흘러내렸다. 그 선명한 보라색 점액들이 바닥으로 모여들어 점점 커졌다. 슬금슬금 뭉쳐서 거대한 존재가 되고 있었다. 방금 태린을 덮친 것 역시 그 점액의 일부 같았다. 정체가 무엇인지 알 수 없었다.

네샤트가 차가운 표정으로 무기를 바꿔 들었다.

"징그러운 것들. 정말 골고루 귀찮게 하네요. 그쵸?"

다음 순간 거대한 점액들이 네샤트를 향해 획 날아들었다. 마일라가 슬럼버 건을 쐈지만 점액이 탄을 흡수해버렸는지 소용이 없었다. 네샤트는 비명을 지르며 손에 든 슬럼버 건을 마구 휘둘렀고, 하마터면 태린이 거기에 맞을 뻔했다. 점액은 슬럼버 건의 날 부위에 잘렸지만 곧바로 다시 합쳐졌다. 점액들이 네샤트의 손에서 슬럼버 건을 채어가 바닥으로 떨어뜨렸다.

"태린, 이쪽으로!"

마일라가 소리를 지르며 태린을 획 끌어당겼다. 동시에 마일라가 태린 뒤쪽으로 무언가를 던졌는데, 뛰면서 뒤돌아본 태린은 그것이 불씨라는 것을 알았다. 순식간에 범람 그물망을 타고 불이 위로 번졌다. 매캐한 연기가 퍼졌다. 네샤트의 얼굴에 들러

붉은 점액들이 흩어졌다. 네샤트는 바닥에 무릎을 꿇고 쓰러진 채 캑캑거렸다. 태린은 네샤트의 한쪽 손을 잡아당겨 연기 속에서 끌어냈다.

세 사람이 힘겹게 그곳을 탈출했을 때는 이미 해가 지고 있었다. 태린이 평평한 바위 위로 올라가 숨을 몰아쉬는데 하늘에서 비가 툭, 툭 떨어지기 시작했다.

"아, 정말…… 시작부터 죽을 뻔했네."

네샤트가 굳은 표정을 한 채 바위를 발로 찼다. 평소의 웃음기는 사라지고 없었다.

"그건 뭐였을까요? 그런 건 시뮬레이션에서도 못 봤어요."

태린이 묻자 마일라가 대답했다.

"범람체의 미발견 형태 중 일부 같습니다. 가능하다면 조사해봐야겠지만…… 목적지로 이동하는 것이 우선이겠습니다."

마일라는 침착하게 말했지만 그 말이 뜻하는 바는 섬뜩했다. 이 지역은 탐사되지 않은 곳. 숙련된 파견자들조차도 무엇이 나타날지 모른다. 태린은 멍한 기분으로 중얼거렸다.

"마치 거대한 생물 같았어요. 모여서 하나처럼 움직이는."

지상에서 범람체가 주로 군집을 이룬다는 것은 알고 있었다. 범람 산호나 그물망과 같은 모습이 주된 형태였다. 그것들은 증식하는 동시에 사방으로 퍼져나가며 상호 연결된 거대한 군집체를 이룬다. 하지만 그 자체가 꿈틀대고 움직이며 상대를 공격하는 역동적인 존재일 것이라고는 생각해본 적이 없었다.

"우린 아직 범람체에 대해 아는 게 없어."

네샤트가 슬럼버 건에 묻은 점액의 흔적을 닦아내며 말했다.

"지구상의 어떤 존재도 범람체와는 같지 않지. 그것들은 개별적으로 떨어져 있을 때는 아무것도 아닌 것처럼 보여. 그렇지만 증식하고 가지를 뻗고 군집을 이루면, 흡사 지능을 가진 것처럼 행동하기 시작해. 인간의 신경세포처럼, 낱낱이 떨어져 있는 작은 개체일 때는 별 기능이 없어도 신경망을 이루면 끔찍한 존재가 되는 거야. 그런데……"

네샤트가 미간을 잔뜩 찌푸렸다.

"방금 그런 건 처음이야. 점액질이라니, 숙주랑 결합한 것도 아니고 그냥 그것들끼리 점액 덩어리를 만든 건 또 처음 봤어. 정말 징그럽고 소름 끼쳐! 다 불태워버렸어야 했는데."

"방화로 대처한 건 좋은 선택은 아니었습니다."

마일라가 담담하게 말했다. 네샤트도 그 말에는 반론하지 않았다. 파견자들은 최대한 숲에서 눈에 띄지 않게 움직여야 한다. 범람화된 생물들은 하나가 공격당하면 집단으로 보복해온다. 슬럼버 건 사용시 살상보다는 무력화 모드를 우선 순위로 하며, 불가피한 경우에만 살상 모드를 적용하는 것도 그런 이유에서다. 아까 그 점액질 범람체는 슬럼버 건이 통하지 않았고, 불에만 반응했다. 범람체가 형태나 숙주를 바꾸면 그 특성도 달라지기에 대응이 어렵지만, 불을 지르면 급한 대로 상황을 모면할 수는 있었다. 하지만 불은 너무 눈에 띄는 수단이었다.

"비가 와서 금방 꺼졌을 거예요."

태린이 점차 거세어지는 빗줄기를 올려다보며 말했다. 마일라가 한숨을 쉬며 자리에서 일어섰다.

"적당한 위치는 아니지만, 여기서 밤을 보내야겠습니다."

큰 바위 위에 간이 텐트를 치고 세 명이 비좁은 공간을 공유했다. 오늘 전투로 다친 부위가 욱신거렸다. 태린은 진통제를 씹어 먹은 다음에야 눈을 감을 수 있었다. 밤이 깊어가며 비는 더욱 시끄럽게 쏟아졌다. 이대로 비가 더 내려 지상의 범람체들을 씻어내주면 좋겠다는 생각이 들었다. 그게 헛된 바람인 줄 알면서도.

이른 새벽, 태린은 갈증으로 눈을 떴다. 다른 두 사람을 깨우지 않도록 조심하며 밖으로 나왔더니 하늘에 푸른 새벽빛이 번지고 있었다. 밖에 설치해두었던 정수대를 확인했다. 밤새 내린 비로 물이 충분히 모였다. 일부를 물병에 옮겨 시험지로 안전한 것을 확인하고 물을 마셨다. 찬물이 몸속으로 들어가자 정신도 차갑게 깨어났다.

그제야 어스름에 젖은 주위 숲이 눈에 들어왔다. 나무들을 휘감은 범람 그물망이 희미한 빛을 발하고 있었다. 아직 새들도 울지 않는 새벽의 숲은 쓸쓸했다. 하지만 그 쓸쓸함은 이 풍경에서 내쳐진 인간만의 감정인지도 모른다.

태린은 안주머니를 더듬어 이제프가 주었던 봉투를 꺼냈다. 봉투 표면 위로 미세하게 튀어나온 무언가가 만져졌다. 단순한 쪽지가 아니라 다른 무언가가 함께 들어 있었다. 태린은 긴장하며 쪽지를 먼저 펼쳤다. 이제프는 무슨 말을 하려고 했던 걸까.

쪽지에는 휘갈겨 쓴 문장이 적혀 있었다.

'필요할 때 딱 한 번. 반드시 구하러 갈게.'

그 문장을 보니 마음이 울렁거렸다. 봉투를 열어 동봉된 것을 꺼내려 할 때, 인기척이 느껴졌다. 태린은 화들짝 놀라 급하게 봉투를 안주머니에 집어넣었다. 텐트 밖으로 마일라가 나오고 있었다.

"식수를 물병에 옮기고 있었어요."

태린은 괜한 변명을 하며 정수대를 가리켰다. 마일라는 방금 깬 사람답지 않게 흐트러짐 없는 얼굴이었다. 마일라는 고개를 한 번 끄덕여 인사하고 태린 옆으로 와서 물을 마셨다.

허둥대며 물병을 닫는 태린에게 마일라가 불쑥 물어왔다.

"그러고 보니 태린은 이제프 파로딘과 무슨 사이입니까?"

몰래 쪽지를 확인하던 걸 마일라가 봤을까? 그럴 리가 없는데. 마일라는 무심히 덧붙였다.

"출발할 때 그가 왔더군요. 출정식에서 그를 본 건 처음이니, 아마도 태린 때문일 거라고 짐작했습니다."

이제프가 임무 출정식에 오는 건 흔한 일이 아니었구나. 그 사실을 기뻐해야 하는지 아니면 미안해해야 하는지 판단이 잘 되지 않았다. 무어라고 대답해야 할지도 떠오르지 않았다. 이제프와 태린 자신의 관계를 어떻게 설명해야 할까.

"음, 이제프는…… 제 선생님이에요. 어릴 때부터 알고 지냈어요. 많은 걸 알려주셨죠. 제가 아카데미에 들어가기 전부터요."

물론 그런 말로는 불충분하다. 이제프는 태린에게 세상을 알려준 사람이다. 태린은 이제프를 따라 보호소 밖으로 나왔다. 이제프와 짧았지만 함께 살았고, 이제프 때문에 지상으로 나가는 꿈을 품었다. 그 모든 일들을 '알고 지냈다'는 말로, '많은 걸 알려줬다'는 정도로 표현할 수는 없었다. 그러나 태린은 지금 모든 걸 설명하려고 애쓰는 대신 감정을 억눌렀다.

"이제프를 잘 아시나요? 이제프는 저에게 특별한 사람이지만…… 사실 저는 파견자로서의 이제프에 대해서는 잘 모르거든요."

말을 돌리기 위해 꺼낸 질문이었지만, 그렇게 묻고 나자 정말로 현장에서의 이제프가 어땠는지 알고 싶었다. 마일라는 잠시 머뭇거리더니 대답했다.

"여러 번 임무를 함께했습니다. 유능한 사람이지요."

마일라는 태린의 눈빛을 보고는 말을 이어갔다.

"그때는 제 후임이었지만 어느새 저보다 훨씬 높은 위치로 가 있더군요. 이례적인 속도였습니다. 파로딘이 맡은 임무들은 대부분 위험도가 높았습니다. 생환율도 높지는 않았습니다. 이후에 같이 다녀온 이들의 말로는, 목적을 위해 수단을 가리지 않는 타입이라고 하더군요. 현장 임무를 수행하고 올 때마다 중요한 정보를 가져왔으니까요. 냉담한 성정이지만 위험한 순간 가장 먼저 자신을 내던지는 사람이기에, 파로딘을 좋아하는 이들도 많았습니다."

마일라는 짧게 덧붙였다.

"최근 몇 년간 그를 지상에서 만난 건 딱 한 번뿐입니다. 처음 보았을 때보다 더욱 일에만 철저히 몰두하는 느낌이었습니다만…… 어쨌든 태린은 그에게 드물게 중요한 사람 같습니다."

이제프와 함께 일했던 파견자에게서 이제프에 대한 이야기를 듣는 건 처음이었다. 태린은 아직 이제프가 임무를 어떻게 수행하는지 잘 몰랐다. 하지만 이제프에게 그의 옹호자만큼이나 적도 많다는 것 정도는 알고 있었다. 태린에게는 그렇게나 마음을 쓰는데, 냉담한 사람으로 평가받는다는 게 신기했다.

태린은 잠시 침묵하다가 조심스럽게 입을 열었다.

"제게 '파견자'가 무엇인지 처음 알려준 사람이 이제프예요. 이제프를 보면서 파견자가 되고 싶었거든요. 위험하고 불안하지만 아름다운 지상을 같이 보고 싶었어요. 지상에 올라온 지금도, 아직 그 마음은 같아요."

"그렇습니까."

괜한 말을 했나 싶었는데, 마일라가 다시 입을 열었다.

"제게도 그런 사람이 있었습니다. 그래서 이해가 갑니다."

태린은 가만히 듣고 있었다. 마일라가 과거형으로 말한 것이 신경 쓰였지만, 아무것도 묻지 않았다. 곧 텐트를 정리할 시간이었다.

*

범람체의 숲은 때로는 바다 같고 때로는 사막 같았다. 새벽하늘의 형형한 푸른색을 담은 범람 그물망이 끝없이 이어지더니 돌연 부드러운 은색 모래를 닮은 그물망이 나타났다. 범람체는 계속해서 빛깔과 형태를 바꾸어가며 이어졌다. 내륙에 가까워질수록 그물망이나 산호보다는 끈적끈적한 점액질 형태의 범람체가 많아졌다. 점액 범람체들은 짙은 색채를 품고 땅속에서 솟아나와 지상으로 흘러넘치는 것처럼 보였다. 세 사람이 지나온 길을 뒤돌아보면 물감으로 찍은 것처럼 발자국이 남아 있었다.

범람체에 둘러싸이자 감각이 피로해졌다. 광증 저항성이 높은 파견자들도 피해 갈 수 없다는 감각 혼란 현상이었다. 숲이 풍기는 냄새는 달콤했다가 톡 쏘았다가 악취를 풍겼다가 하는 식으로 끊임없이 변화했다. 바닥에 밟히는 흙과 범람 그물망도 바스라졌다가 단단해졌다가 하는 식으로 촉각을 혼란하게 만들었다. 어디선가 새소리, 벌레의 날갯짓 소리, 무언가 끽끽거리는 울음소리 같은 것이 들려왔지만 그것이 실재하는 소리인지 환청인지 구분할 수 없었다. 실제로 바깥 세계가 변하는 것이 아니라, 그 세계를 받아들이는 감각이 혼란을 겪고 있는 것이었다.

며칠간 강행군을 한 결과, 마일라는 중간 목적지가 곧 나올 것이라고 했다. 중간 목적지에서 정비를 하고 지금까지 수집한 정보를 특수 드론에 담아 라부바와로 보낸다. 추가 보급이 필요하지 않다면 곧바로 최종 목적지로 이동하게 될 것이다. 그러나 중간 목적지에 가까워질수록 마일라는 고개를 갸웃거리며 한숨을 내쉬었고, 머뭇거리다 왔던 길로 되돌아가기를 반복했다. 계속해서 정글도로 길을 내며 나아가야 하는 상황이라 체력이 급격하게 소진되었다.

"리더, 도대체 뭐가 문제예요?"

결국 참다못한 네샤트가 짜증스레 물었을 때에야 마일라는 뒤늦게 입을 열었다.

"본부에서 입력한 중간 목적지의 좌표가 이상합니다."

"어떻게 이상한데요? 우린 제대로 가고 있잖아요."

"여기까지 오는 경로가 엉망이었습니다. 길을 계속해서 바꾼 건 그 때문입니다. 제 판단에 따라 경로를 바꿨습니다. 무엇보다 우리가 앞둔 중간 목적지에는 별다른 특이사항이 없는 것 같습니다."

"그거야 일단 가봐야 아는 거 아니겠어요?"

하지만 그날 오후 중간 목적지에 도착했을 때, 태린과 네샤트도 좌표에 문제가 있다는 마일라의 말에 동의할 수밖에 없었다. 중간 목적지는 지금까지 지나온 길과 다를 바 없는 범람체 숲의 한가운데였다. 마일라는 중간 목적지 역시 지상 기지의 후보 지역 중 하나라고 말했는데, 막상 와보니 후보 지역으로 선정될 이유가 하등 없는 장소였다. 간이 장비로 범람체의 연결 정도를 분석해보아도 특이점이 없었다.

더 심각한 문제는, 중간 목적지에서 최종 목적지로 가는 길 자체가 아예 존재하지 않는다는 사실이었다. 마일라가 야영 캠프를 설치하는 동안 태린과 네샤트는 마일라의 주장을 검증해보고 돌아왔는데, 그의 말이 맞았다.

"그쪽으로 가는 길이 절벽으로 끊겨 있어요. 최종 목적지 좌표는 심지어 허공에 찍혀 있고요. 그러니까 리더 말대로 뭔가 단단히 어그러진 게 맞네요. 혹시나 해서 좌표축을 계산하는 다른 세 가지 방법으로 새로 계산해봤는데 결과는 비슷해요. 엉뚱한 곳을 가리키거나, 아니면 아예 절벽이나 허공 중을 가리키거나. 본부에서 왜 이런 바보 같은 짓을 한 건지 모르겠어요. 멍청이들."

네샤트가 한참 계산을 해보고 내린 결론은, 전송 과정에서 좌표 데이터에 오류가 발생했거나 아니면 애초에 본부에서 한 계산 자체가 잘못되었다는 것이었다.

"애당초 이 프로젝트 자체가 엉터리였던 거 아녜요? 지상 기지의 산출이 애초부터 잘못된 정보에 바탕하고 있었던 거죠. 으, 정말 어처구니가 없네. 우릴 사지로 보낼 거면 좀 제대로 된 일을 시키든지, 장난하나."

"그럴 리가 없습니다."

마일라는 단호하게 말했다. 네샤트가 어이없어하며 되물었다.

"그럴 리가 없다뇨. 방금 확인했잖아요? 심지어 좌표가 잘못된 건 리더가 직접 알아낸 정보이고."

"좌표는 잘못된 게 맞을 겁니다. 하지만 지상 기지를 세우려는 후보 지역은 분명 존재합니다. 범람체들이 연결되는 곳, 누탄다라 대륙에 퍼진 범람체들의 중심으로 추정되는 지역입니다. 설령 좌표가 잘못된 장소를 가리킨다고 해도 우리는 진짜 목적지를 향해 가야 합니다. 그게 아니라면 이렇게 먼 곳까지 온 이유가 없습니다."

"에이, 리더가 현장에만 있어서 연구직들을 너무 믿는구나? 그 녀석들 요즘 엉망이에요, 실수를 밥먹듯이 한다고요. 좌표는 잘못되었지만 목적지는 있을 거라니, 그걸 무슨 수로 확신해요?"

"그래도 탐사를 지속해야 합니다."

"그건 우리가 책임질 일이 아니잖아요. 안 그래요? 어차피 본부는 제대로 된 팀조차 꾸리지 않고 우릴 사지에 몰아넣었는데, 우리가 왜 목숨까지 바쳐서 그들이 망쳐놓은 일을 수습해야 하죠? 절차를 따라요. 절차대로 샘플을 수집하고, 있는 그대로 보고하고 돌아가면 된다고요. 목적지는 평범한 범람체의 숲이었다고, 기묘한 범람체 형태가 발견되긴 했지만 지금껏 조사한 곳들과 그리 다르지 않았다고 말하면 돼요. 이 프로젝트는 처음부터 잘못되었다고요. 리더, 대체 뭘 바라는 거예요?"

제대로 된 팀, 이라고 말할 때 네샤트가 태린을 차갑게 노려보았으므로 태린은 약간 당황했다. 틀린 말은 아니었다. 고작 세 명뿐인 팀에 태린 같은 초짜를 끼워넣었다는 건 애초에 생환을 그다지 기대하지 않는 임무였다는 뜻이다. 그런데도 본부에서 준 좌표 자체가 엉터리라면, 의미 없는 일에 목숨을 걸 이유가 없었다.

"신입, 그쪽 생각은 어때? 이런 한심한 임무에 목숨 버리는 거야말로 개죽음 아니겠어, 그치?"

네샤트의 언동이 점점 격해지고 있었다. 태린도 그의 의견에 수긍이 갔지만 이상하게도 선뜻 그의 편을 들 수가 없었다.

일몰이 가까워올 때까지, 마일라와 네샤트의 언쟁은 계속되었다. 어두워질 무렵에야 두 사람은 잠시 싸움을 멈추고 다음날 계속 이야기하기로 합의했다. 밤이 되면 범람화된 짐승들이 소리와 진동에 한층 더 민감해지기 때문이었다.

한밤중에도 태린은 잠이 오지 않았다. 오늘의 갈등 때문만은 아니었다. 다른 문제가 있었다. 머릿속의 움직임, 물결 같은 흐름.

그리고 가까운 곳에서 들려오는 듯한…… 북소리 같은 것.

"쏠, 돌아온 거야?"

태린은 숨소리처럼 아주 작게 속삭여 물었다. 어쩌면 처음부터 알고 있었는지도 모른다. 쏠은 한 번도 사라진 적이 없다는 것을. 수감되어 있을 때도, 임무를 맡아 지상으로 왔을 때도 그랬다. 쏠이 만들어내는 미세한 흐름이 느껴졌다. 쏠은 분명 그곳에 있지만 목소리를 죽이고 있었다. 일부러 스스로를 재운 것처럼. 쏠이 직접 미안하다는 말을 한 적이 없는데도 태린은 이따금 가슴을 찌르는 듯한 통증을 느꼈고 그것이 쏠의 죄책감인지도 모른다고 생각했었다.

그런데 지상을 탐사하는 동안 쏠의 움직임이 조금씩 커졌다. 동시에 태린이 느끼는 지반 진동도 강해지고 있었다. 쏠의 움직임과 지반 진동은 태린이 알 수 없는 방식으로 연결되어 있었다. 그것은 라부바와에서 태린이 선오와 함께 조사했던 바로 그 진동과 패턴이 같았다. 하지만 지하 도시에서 느꼈던 것보다 훨씬 더 명료했다. 귀를 기울이면 무슨 내용인지 이해할 수 있을 것처럼 느껴졌다.

태린은 한 번도 진동으로 된 언어를 배운 적이 없었다. 그런 것이 존재하는지조차 의문이었다. 파견자 수업 때 부호를 통한 소통 방법을 배우긴 했지만 그것으로는 아주 단순한 의미 교환만 가능할 뿐이었다. 그런데 어째서 지금은 이 울림이 말을 걸어오고 있다는 느낌이 들까.

태린은 자리에서 일어나 텐트 밖으로 나갔다. 네샤트는 불침번을 서고 있었고 마일라는 다른 텐트 안에서 잠들어 있는 것 같았다. 울부짖는 짐승 소리가 들려와 네샤트가 정신이 팔린 사이, 태린은 몰래 야영지를 빠져나왔다. 파견대는 반드시 함께 움직여야 한다. 하지만 지금은 이성이 아닌 충동이 태린을 움직였다. 진동을 따라가라고, 무언가가 내면에서 속삭이고 있었다.

소리를 죽인 채 야영지에서 벗어난 태린은 걷다가 바위에 귀를 대고, 또 걷다가 나무둥치에 귀를 대서 진동을 들었다. 범람체 점액질과 그물망이 가득한 숲 바닥에서는 진동이 잘 느껴지지 않았지만, 바위를 타고 올라오는 진동은 한결 선명했다.

"쏠, 너도 기억하지? 분명 도시에서 들었던……"

그것은 무언가를 말하고 있었다. '이리로 오라'고 말하고 있었다.

이상하게도 태린은 그 지시를 따르고 싶었다. 계속해서 걸어가다가 뚫고 나아갈 방법이 없는 막다른 곳에 도달했다. 진동이 들려오는 방향은 명확한데, 나무 덤불이 잔뜩 엉켜 있는 데다가 짐승이 다니는 길조차 없어 지나갈 수 없었다. 정글도는 텐트에 있었다. 어쩔 수 없이 지금은 되돌아가야 했다.

야영지로 다시 돌아오던 중에 일이 벌어졌다. 텐트 가까이 왔을 때 태린은 긴장을 놓았다가 무언가에 걸려 넘어지고 말았다. 끔찍한 덫이 나뭇가지를 갈기갈기 찢어놓았다.

넘어지며 난 소리를 들었는지 마일라가 뛰어나왔다.

"태린, 여기서 뭐 하는 겁니까? 대체 어디 있던 거예요?"

마일라가 화난 얼굴로 물었다. 덫은 마일라가 짐승의 접근을 막기 위해 설치해둔 것이었다. 마일라는 이제 막 네샤트와 교대하고 텐트 안을 확인했는데 태린이 없다는 걸 확인한 차였다. 늘 침착하던 사람답지 않게 크게 화가 났지만, 그 표정에는 걱정이 섞여 있었다. 마일라의 눈빛을 본 태린은 결국 솔직하게 털어놓았다.

"이쪽 방향에 꼭 살펴봐야 할 중요한 것이 있어요. 하지만 두 분에게 그냥 말했다간 믿지 않으실 것 같아서, 게다가 내일이면 어느 쪽으로든 이동할 것 같아서 직접 확인해보고 싶었어요…… 독단적인 행동을 해서 죄송합니다."

"중요한 것이 있다니, 그걸 어떻게 압니까."

"도시에서부터 느끼던 어떤 진동 신호가 있어요. 그런데 그 진동이 이쪽으로 갈수록 더 강해져요. 리더가 낮에 좌표가 잘못되었다고 했었잖아요. 그렇다면 좌표가 가리키지 않는 이쪽에 오히려 뭔가 있을지도 몰라요. 그게 진짜 목적지인지는 모르지만, 어쨌든 분명 뭔가가 있어요."

태린은 저도 모르게 목소리를 높이고 있었다. 마일라는 침묵했다. 잠깐 생각에 잠긴 것 같았다. 태린의 주장은 갑작스러웠고, 마일라가 받아들이기 힘든 게 당연한지도 모른다. 하지만 어느새 마일라는 판단을 마쳤는지 진지한 표정으로 입을 열었다.

"하지만 태린, 좌표가 없는 곳으로 가면 우린 더 위험해집니다. 본부에서는 어차피 구조대를 보낼 생각이 없는 것 같지만, 기댈 수 있는 일말의 가능성조차 사라지는 겁니다."

마일라의 말에 태린은 잠시 머뭇거렸다. 태린도 도시로 돌아가고 싶었다. 사랑하는 사람들이 있는 곳, 이제프가 있는 곳으로 가고 싶었다. 그러나 그와 동시에 마음속의 무언가가 강하게 주장하고 있었다.

"네, 알고 있어요. 그래도 저 방향을 탐사해야 해요."

마일라는 태린의 눈을 마주보더니 한숨을 쉬었다.

"알겠습니다. 일단 잠시라도 눈을 붙이세요."

아침이 되었을 때 태린은 텐트 밖에서 네샤트와 마일라가 소리를 높이며 언쟁하는 것을 들었다. 태린이 밖으로 나오자 네샤트가 홱 고개를 돌리며 태린을 노려보았다.

"신입, 정말이야? 너도 리더와 같은 생각인 거야?"

태린은 네샤트의 기세에 약간 주춤했지만 입을 열었다.

"네, 탐사를 지속해야 한다고 생각해요."

"말이 돼? 도대체 어디로 갈 건데? 지금 우리 손엔 엉터리 좌표뿐이야. 미아처럼 숲을 정처 없이 배회하자고?"

"방향은 제가 정하겠습니다."

마일라가 말했다. 태린은 마일라와 눈이 마주쳤다. 어제 태린이 가자고 주장했던 곳, 마일라는 그곳으로 가보려는 것이었다.

"하, 이 인간들이 짜고 나를 놀리나?"

네샤트는 노골적으로 빈정거리며 바닥을 퍽 걷어차더니 텐트 안으로 들어가버렸다. 네샤트를 따라 들어가려던 태린을 마일라가 막아서며 고개를 저었다. 이성적으로 보면 네샤트의 입장이 더 타당했다. 주어진 정보가 없는 상황에서 좌푯값의 오류를 확인했다면 탐사를 중단하고 돌아가는 것이 맞다. 그런데 마일라는 왜 탐사를 이어가려고 할까? 그의 의도 역시 미궁이었지만, 어쨌든 태린은 지금 마일라의 지지가 고마웠다.

탐사는 지속되었다. 네샤트는 두 사람을 따라왔지만 표정은 내내 풀지 않았다. 샘플 정보 수집에도 비협조적인 태도를 보였다. 하지만 따로 행동하진 않았다. 이렇게 먼 곳까지 와서 혼자 도시로 돌아가겠다는 것은 자살 행위이니까.

매일 밤 태린은 지반 진동의 방향을 파악하고 날이 밝으면 대원들과 함께 그쪽으로 나아갔다. 네샤트는 어느새 이 탐사가 마일라가 아니라 태린의 의지에 따른 것임을 눈치챈 것 같았다. 아침을 먹다 네샤트는 태린을 노려보며 중얼거렸다.

"신입, 바닥에서 뭐가 들리기라도 하나봐? 내가 모르는 사이 초능력이라도 얻게 되었나보지? 덕분에 살아 돌아가기엔 딱 좋겠네."

그쯤부터 네샤트는 갈림길이 나올 때마다 늘 태린을 앞세웠다. "우리 중 네가 가장 광증 저항성이 높잖아, 그치?"

마일라가 저지했지만 태린은 일부러 앞장섰다. 지반 진동을 듣고 방향을 파악하는 건 태린의 몫이었으므로 그쪽이 편했다.

하지만 진동의 근원지로 나아가는 내내 두려움은 사라지지 않았다. 어느 순간 태린은 깨달았다. 이 불안은 태린 자신의 것이기도 했지만, 쏠의 것이기도 하다는 것을. 쏠은 불안해하고 있었다. 그렇지만 도대체 무엇 때문에 불안한 걸까?

"쏠, 계속 나아가는 게 맞을까?"

쏠은 대답하지 않았지만, 움직이고 있었다. 마치 혼란에 빠진 아이처럼 머릿속을 마구 휘저었다. 태린은 자신의 판단을 자꾸 의심했다. 일어날지도 모를 사고가 두려웠다. 설령 이 길로 가서 지반 진동의 원인을 알아내더라도, 쏠이 그때처럼 폭주한다면? 또다시 태린을 미치게 만든다면? 마일라와 네샤트마저도 위험하게 만든다면…… 하루에도 몇 번씩 의심과 불안이 태린의 마음을 휩쓸고 지나갔다.

그럼에도 태린은 나아갈 수밖에 없었다. 내면의 목소리가 태린을 강하게 이끌고 있었으므로.

지반 진동의 크기는 점점 커졌고 패턴도 선명해졌다. 그와 동시에 일행은 기묘한 일들을 겪었다. 범람화된 맹수들이 그들 주위를 자꾸 맴돌았고, 누군가 함정을 놓은 듯 범람체의 그물망에 빠지거나 나뭇가지에 발목이 걸렸다. 풍경의 모습 또한 기이해졌다. 범람 그물망은 더욱 빽빽해졌고, 바닥의 점액질은 더욱 격렬하게 흘러넘쳤으며, 진한 원색의 빛깔들로 뒤덮인 숲은 현란하게 일렁였다.

"물자가 거의 떨어져가고 있습니다. 며칠 뒤면 탐사를 중단하고, 베이스캠프로 돌아가거나 도시로 가서 보고해야 합니다."

"와우, 그냥 여기서 관두면 딱일 것 같은데. 며칠이나 더 질질 끌겠다고요?"

네샤트가 마일라를 비웃으며 빈정거렸지만 태린은 그럼에도 딱 이틀만, 그만큼만 더 나아가면 무언가를 발견할 수 있을 것이라고 확신했다. 그리고 더는 나아갈 수 없는 시점에, 마침내 일행은 어떤 장소를 맞닥뜨렸다.

그곳은 범람체의 숲 한가운데에 생겨난 조그만 공터였다. 태린이 땅에 머리를 가져다 댔을 때, 그 아래에서 진동이 증폭되고 있는 것이 느껴졌다. 태린은 주위를 둘러보았다.

아무것도 없었다. 아주 평온한 장소였다. 맹수나 낯선 형태의 범람체처럼 세 사람을 위협할 만한 것은 전혀 보이지 않았다.

허탈할 줄 알았는데, 뜻밖에도 안도감이 찾아왔다. 어쩌면 태린 자신이 이런 결과를 바랐는지도 모른다. 목적지에 무언가 있기를 바랐지만, 동시에 아무것도 없기를 바라기도 했던 것이다. 그 진동도, 뉴로브릭의 오류가 이곳과 관련이 있다는 생각도 사실은 다 착각이었다면…… 그래, 그걸로 된 것이다. 이제 정말 돌아가면 되니까. 잔뜩 긴장했던 몸에 힘이 풀려 태린은 바위 위에 주저앉았다.

마일라는 눈썹을 찡그린 채 주위를 둘러보았고 네샤트는 신이 나 소리쳤다.

"좋아, 진짜 아무것도 없단 말이지? 이 무의미한 탐사도 이제 끝이야. 아하하, 장단 맞춰주느라 얼마나 힘들었는지! 이제 갑시다, 리더. 찬성하죠?"

네샤트가 장비를 바위 위에 내려놓을 때, 태린의 시야에 무언가 이상한 것이 들어왔다.

"네샤트, 뒤에……!"

순식간이었다. 네샤트가 딛고 있던 땅이 출렁거렸다. 바닥으로 발목이 빠져들기 시작했다. 다음 순간 마일라가 휘청거렸고,

태린도 균형을 잃었다. 태린은 아래를 보았다.

아니, 이건 땅도 흙도 아니었다. 전체가 범람체의 점액질이었다. 평온하다고 믿었던 공터 전체가.

바위의 색이 변하며 주르륵 녹아 흘러내리기 시작했다. 올려두었던 장비도 아래로 처박혔다. 이내 공터 바닥은 범람체 점액질 특유의 보랏빛으로 변했다. 마일라와 네샤트는 옆에 있던 나무를 겨우 붙잡았지만, 태린은 잡을 것이 전혀 없었다. 그저 발버둥치며 벗어나려고 했다.

하지만 그럴 수 없었다.

다음 순간 태린의 시야가 변했다. 돌멩이와 바위 따위가 눈높이에 있었다…… 순식간에 끈적이는 점액들이 태린의 온몸에 달라붙었다. 진득하고 질척이는 것들에 태린은 빨려들고 있었다. 도저히 멈출 수가 없었다. 눈을 질끈 감았다.

아래에서 단단한 나무줄기가 태린의 몸을 휙 끌어당겼다.

*

반짝이고 끈적이며 흐르는 것이 태린을 에워싸고 있었다. 그것은 천천히 물결처럼 움직이다 손끝에 닿았다. 손등을 감싸고, 손톱을 더듬고, 안쪽으로 파고들었다. 아프지 않았다. 눈물을 흘린 것 같았지만 확신할 수 없었다. 순식간에 그 끈적거리는 것들이 눈물을 가져가버렸기 때문이었다. 그것들은 눈물을 매개로 안구 안으로 파고들었다. 시야가 흰 실끈으로 가득찼다. 코를 통해 머리 안으로, 온몸의 안쪽으로 파고드는 것이 느껴졌다. 여전히 아프지 않았다. 포근하게 느껴졌다. 그것들은 태린의 생각을 읽어나갔다.

'이제 나는 완전히 먹혀서 사라지는 것일까?'

태린을 감싸고 또 채운 실끈들이 진동하며 말했다.

우리와 합쳐지는 것이지 사라지는 것은 아니야.

이 실끈 같은 것들은 무엇일까? 어떻게 태린의 생각을 읽고 말하는 것일까…… 머릿속이 안개로 가득찬 것처럼, 아무것도 분명하게 생각나지 않았다. 흐릿하게 지워진 풍경 속에서 오직 말들만이 선명했다. 그들은 태린을 감싸고 집어삼키려 한다. 그러면서도 그것이 사라지는 것과는 다르다고 말한다. 태린은 이해할 수 없었다. 묻고 싶었다.

'어째서 사라지는 게 아니야? 너희와 합쳐지면 나라는 존재는 사라지잖아. 내가 나라고 정의하던 개체, 세상을 주관적으로 감각하던 하나의 의식, 그런 것들이 사라지잖아.'

합쳐진 이후에도 너는 여전히 존재할 거야. 네가 아닌 우리로서.

'나는 너희가 아니야. 나는 그냥 나야. 단수야.'

우리가 보기에 너희는 단수체가 아니야.

'왜 그렇게 생각해? 나는 이렇게 독립적으로 움직이는 몸을 가졌고, 이 몸은 온전히 나의 자유 의지에 의해 움직여. 나는 스스로 생각하고 말하고 움직여. 나는 여러 존재가 아니야. 하나의 몸으로 세상을 주관적으로 감각하는 단 하나의 개체야.'

너희는 이미 수많은 개체의 총합. 하나의 개체로는 너희를 설

명할 수 없어. 네 안에는 다른 생물들이 잔뜩 살고 있어.

'미생물들을 말하는 거야? 하지만 그것들은 나에게 의존해 살 뿐이지, 나와 이어져 있는 건 아니야. 내가 의식하는 나라는 개체는 단 하나인걸.'

그 존재들은 너와 같이 살 뿐만 아니라, 너에게 직접적인 영향을 미치고 있어. 의식이야말로 주관적 감각이 만들어낸 환상일 뿐이야.

혼란스러웠다. 그들이 규정하는 의식과 태린이 규정하는 의식은 너무 달랐다. 태린의 생애에서 '자아'란 흔들린 적 없는 굳건한 개념이었다. 미생물이나 기생충 같은 것들이 인간에게 붙어 산다고 해도 그것들이 의식을 갖는 건 아니지 않은가. 그것들은 스스로 생각하지 않는다. 태린에게 붙어 있고, 때로 영향을 미칠 수는 있지만, 영혼과는 구분되는 외부의 존재일 뿐이다.

그렇지만 그 생각마저 읽어버린 것처럼, 그것들이 다시 속삭였다.

잘 생각해봐. 네가 정말로 하나의 존재인지……

다음 순간 온몸이 저절로 흔들리기 시작했다. 몸에 들러붙은 끈적한 점액들이 움직였다. 몸이 먼저 움직이는 것이 아니라, 물결이 먼저 움직이고 몸은 그 흐름에 반응하며 뒤따라갔다. 한 번도 배워본 적 없고 한 번도 상상해본 적 없는 춤을 추는 것 같았다. 하늘거리는 실들과, 축축한 갈댓잎들과, 긴 나뭇가지들이 온몸에 들러붙었다. 춤을 출수록 실들이 몸을 더 칭칭 감았다. 나중에는 그 실들과 몸이 거의 구분되지 않았다.

무엇이 이 움직임을 시작하게 만들었는지 알 수 없었다. 몸을 감싼 액체가, 실들이, 이파리들이, 가지들이 먼저 움직였을까. 아니면 몸의 내부에서 비롯된 어떤 힘이 그 모든 움직임을 추동했을까. 그러나 그것을 구분하는 것은 아무 의미가 없었다. 내부의 힘이 몸을 빙글 돌렸고, 또 바깥의 존재들도 몸을 빙글 돌렸다.

진동이 음악처럼 변했다. 귀를 통해 들려오는 대신 피부를 통해 음악이 들렸다. 몸은 익숙한 듯 그 음악에 맞추어 원을 그렸다.

시간이 사라졌다. 시작도 중간도 끝도 없었다. 오로지 물결에 맞추어 움직이는 존재들만이 있었다.

3

짙은 흙냄새가 났다. 갈댓잎과 나뭇가지, 끈적한 점액이 몸을
뒤덮고 있었다. 털어내려고 해봤지만 오히려 더 불쾌하게 몸에
들러붙었다. 태린은 입을 열어 소리를 내보았다.

"……아, 누구……"

목구멍에서 바람 빠지는 소리만 새어나왔다. 태린은 힘겹게
자리에서 일어났다. 몸이 얻어맞은 듯 아팠다. 천장은 머리가 부
딪힐 만큼 낮았다. 용도를 알 수 없는, 마른풀로 바닥이 덮인 움
막 같은 곳이었다.

여기가 도대체 어딜까. 마지막으로 떠오르는 건 숲 한가운데에
서 바닥이 범람체 점액질로 뒤덮인 함정에 빠졌다는 것뿐인데.

움막에 사람이 사는 흔적은 없었다. 구석에는 낙엽 더미만 쌓
여 있었다. 부패되어가는 것들 특유의 퀴퀴한 냄새가 났다. 머리
가 부딪히지 않게 허리를 숙여 구부정한 자세로 주위를 둘러보
다가, 범람 그물망에 뒤덮인 문을 발견했다. 하지만 밖에서 잠겨
있었다. 다른 문이나 창문은 없었다.

문을 흔들어보고, 바람 빠지는 목소리로 누군가를 불러보기도 했지만 아무런 반응도 없었다. 태린은 문 쪽으로 힘을 실어 몸을 던졌다. 첫 시도에는 끄떡도 없었다. 한번 더. 두번째에는 쾅, 하고 거세게 흔들리기만 했다. 그렇다면 또 한번 더. 태린은 세번째로 몸을 던졌다가, 갑자기 밖에서 문이 벌컥 열리는 바람에 우당탕 소리를 내며 엎어지고 말았다.

황당하고 또 부끄러운 기분으로 태린은 방금 문을 연 사람을 올려다보았다가, 그대로 얼어붙었다.

사람이라고 할 수 있나? 저 존재를?

남자는 흰색의 베일, 혹은 불규칙하고 조잡하게 짜인 섬유 조직 같은 무언가로 온몸이 덮여 있었다. 단지 덮여 있을 뿐만 아니라 피부가 그것들과 연결되어 있었다. 팔 한쪽은 은빛의 실끈들로 칭칭 감겨서 원래 피부는 보이지 않았다. 다리도 피부 대신 솜털로 덮여 있었는데, 그 때문에 안쪽의 근육 일부가 비쳐 보였다. 덩어리에서 하나씩 떨어져나온 실들이 마치 홑겹 리본처럼 허공중에 흔들렸다. 기괴한 모습을 한 그에게서는 썩기 직전의 과일에서나 날 법한 냄새가 났다. 달큰한 첫 향에 이어지는, 속을 약간 울렁이게 하는 끝 냄새가. 그는 태린을 내려다보고 있었다.

"목소리……는 오랜만에."

그가 힘들게 입을 달싹였다.

"어렵지만……"

남자는 계속 말하려고 했지만 잘 알아듣기 어려웠다. 목을 뒤덮고 있는 범람 그물망이 그의 성대까지 변형시킨 것이 아닌가 싶었다.

"곧, 올…… 거야……"

온다고? 누가? 태린은 목소리가 나오지 않는 입으로 벙긋거렸다. 그때 남자가 무언가 감지한 것처럼 고개를 돌렸다. 태린은 남자의 뒤편을 보았다.

늪이 있었다. 그리고 거대한 늪을 둘러싸고 엎드려 있는 사람들. 외관만으로는 더는 성별을 짐작할 수 없는 그들 전부가 이 남자처럼 온몸이 거미줄과 실타래, 그물망으로 뒤덮여 있었다. 어깨와 등을 뚫고 자라난 범람 산호들이 보였다. 늪은 붉고 푸른 범람체로 가득했다. 그들 중 일부는 늪에 손을 넣어, 물을 떠 마셨다.

믿을 수 없는 광경에 태린은 잠시 넋을 잃었다.

태린이 그들을 향해 걸어가기 시작했는데도 남자는 태린을 막지 않았다. 늪에 가까워졌을 때, 엎드려 물을 떠 마시던 사람 중하나가 고개를 들었다. 언제까지 인간이었을지 알 수 없는, 지금은 평범한 인간과는 너무 다른 존재가 되어버린 그가 태린을 잠시 보았다가 관심 없다는 듯 다시 고개를 숙였다. 가까이서 본 태린은 확신했다. 이들의 몸을 뒤덮고 있는 것은 범람체였다. 하지만 어떻게 이런 일이 가능한 것일까.

인간의 범람화는 다른 생물의 범람화와 양상이 확연히 다르다. 인간은 범람체에 노출되면 뇌가 변이된다. 대신 뇌를 제외한 신체는 변하지 않은 채로, 오직 광증만이 발현된다. 발현자들은 처음에 자신이 누구인지를 잊어버리고, 자신이 속한 곳을 잊어버리며, 급기야 지금 이곳이 아닌 어딘가로 자꾸만 달아나려 한다. 때로는 벽을 뚫고, 바닥을 지나서 가려고 온몸을 막힌 곳에다 부딪히고 또 부딪히다가 스스로 죽어버린다. 게다가 다른 사람들을 인지하지 못한다. 그들은 자신이 깨려는 것이 벽이나 땅이 아닌, 다른 이들의 머리통이라는 것조차 알지 못하고 서서히 미쳐버린다. 도시에서는 그랬다. 도망친 사람들도, 붙잡혀 간 사람들도 모두……

그런데 지금 이곳의 사람들은 전혀 달라 보였다. 물론 틀림없이 그들은 범람화되었다. 하지만 다른 방식으로 범람화되었다. 인간 외 생물들이 그러하듯 몸 전체가 변이한 모습이었다. 태린은 그들에게서 시선을 떼지 못했다. 범람화된 인간의 모습은 충격적인 동시에 어떤 종류의 아름다움을 지니고 있었다. 그리고 태린은 그렇게 생각한 스스로가 경악스러웠다. 아름답다고? 온몸을 뚫고 자라난 범람 산호들, 원래의 형태를 알아볼 수 없게 된 저 끔찍하고 기이한 모습에서 어떻게 아름다움을 느낄 수 있지?

남자는 태린의 반응을 살펴보려는 것처럼 가만히 서 있었다. 그들의 표정이나 몸짓을 변이되지 않은 인간의 방식으로 해석하는 건 부적절할지도 모른다. 그럼에도 태린은 이상하게 그 남자가 자신에게 무언가를 요구하는 것 같았다. 저 사람들을 보라고. 그리고 이곳을, 여기서 벌어지는 일을 목격하라고.

멍하니 서 있는 태린을 남자가 불렀다. 정확히는 아아, 라고 말하며 손을 휘저었다. 태린이 기척을 느끼고 남자를 돌아보았다. 남자가 알아들을 수 없는 소리를 몇 번 냈다. 귀를 기울인 끝에 태린은 간신히 한마디를 알아들었다.

"이걸 먹……어."

그제야 남자가 손에 들고 있던 것이 눈에 들어왔다. 잘 익은 열매였다. 그걸 보자마자 엄청난 허기와 갈증이 몰려왔다. 정신을 잃은 이후로 얼마나 시간이 흘렀는지 알 수 없지만 적어도 하루 이상 먹지도 마시지도 못한 것 같았다. 남자가 손에 쥔 열매는 붉고 탐스러웠다. 본능적으로 침이 고였다. 저걸 베어물면 시원하고 달콤하고 향기로울 거야. 그러나 동시에 직감할 수 있었다. 저것은 범람화된 열매였다. 겉으로 보기에는 크게 이상이 없었지만, 표면에 떠오른 희미한 반점들은 확연한 범람화의 징후였다.

"먹……어."

남자가 다시 말했다. 이번에는 더 분명한 목소리로.

"안 돼."

태린은 확실하게 의사를 표하기 위해 고개를 저었다.

"늪인은, 먹는다."

남자는 딱딱하게 말했다. 태린은 그를 쏘아보았다.

"난 못 먹어."

계속된 거절에도 남자는 거듭 열매를 내밀었다. 태린은 솔직한 심정으로는 당장 열매를 건네받아 우적우적 씹어먹고 싶었다. 갈증 때문에 속이 타는 듯했다. 하지만 그간 학습되어온 정보들이 머릿속에서 경보를 울렸다. 파견자가 최후의 순간까지 피해야 할 일은 범람화된 징후가 뚜렷한 생물을 먹는 것. 그리고도 귀환한 파견자가 없지는 않을 터였다. 사람마다 광증 발현의 문턱값이 다르니까. 그러나 누구도 범람화된 생물을 먹고 살아남았다고 밝힌 적은 없었다. 그것은 엄연한 금기였다.

태린은 또 고개를 저었다. 남자는 그제야 손을 거두었다. 실망한 것 같았지만, 얼굴 절반은 범람체에 가려져 있어 확신할 수 없었다.

남자가 떠나고 태린은 다시 움막에 갇혔다. 저들은 왜 태린을 함정에서 구해줬을까. 늪을 보여주고 열매를 먹이려고 한 이유는 뭘까. 여기서 벗어나 마일라와 네샤트를 찾아야 하지만, 일단은 이곳이 어디이고 저들이 누구인지를 살펴야 했다. 무작정 탈출하는 건 무리일 것 같았다. 그들은 느리고 힘이 없어 보였지만, 한꺼번에 태린에게 달려든다면 쉽게 빠져나갈 수 없을 터였다.

태린을 움막에 두고 떠날 때 남자는 바닥에 맑은 물 한 그릇을 놓고 나갔다. 호의인지 함정인지 알 수 없었지만 태린은 물을 벌컥벌컥 마셨다. 살면서 이렇게 한 잔의 물이 간절했던 적이 있었을까. 비굴하지만 더 부탁해볼까 생각하다가 이내 포기했다. 이것 이상을 바랄 수는 없었다. 어쩌면 이 물도 범람체에 오염된 것일지도 모르고.

태린은 마른풀 위에 주저앉았다. 도무지 실감이 나지 않았다. 갑작스레 나타난 함정과 저 기이한 존재들, 그리고 범람화된 열매를 권하는 남자. 여긴 도대체 어디일까?

그때 어떤 생각이 떠올랐다. 태린이 내내 찾던 것. 따라갔던 것. 태린을 이끌던 것. 어쩌면……

태린은 바닥에 귀를 대보았다. 바닥을 통해 진동이 느껴졌다. 심장박동처럼 강하고, 선명하게 뛰고 있었다.

마치 이곳에서 그 진동이 시작된 것처럼.

*

아침인 듯 새소리가 들려왔다. 천장 틈새로 빛이 새어들었다. 태린은 문을 쾅쾅, 큰 소리를 내며 발로 찼다. 설령 문이 부서진다고 해도 상관없었는데, 그전에 먼저 문이 열렸다. 어제 본 그 남자였다.

"이름?"

태린이 어제보다는 나아진 목 상태로 남자의 이름을 물었다. 남자는 물끄러미 태린을 보더니 히, 오, 모, 라고 말했는데 그게 진짜 이름인지 아니면 잘못 알아들은 것인지 알 수 없었다. 태린은 자신의 이름을 말해주려고 했지만 남자는 관심 없다는 듯 몸을 돌려버렸다. 앞장서 가다가 남자는 태린을 향해 말했다.

"올, 거야."

도대체 뭐가 온다는 건지 모르겠지만, 태린은 묻는 대신 남자를 따라 잠자코 걸었다.

오늘 남자는 태린에게 늪 전체를 보여주려는 것 같았다. 혹은 늪을 돌아보게 하면서 범람체에 노출시키려는 것일 수도 있었다. 그렇다고 해도 태린은 그의 장단을 맞춰줄 생각이었다.

늪에서는 축축한 물비린내가 났다. 범람화된 갈대와 관목들이 늪을 둘러싸고 있었다. 바깥에서 늪으로 이어지는 오솔길이 여럿이었다. 늪인들이 오솔길을 걸어 늪으로 모여들고 있었다. 늪에는 그들이 밤을 보낼 만한 장소가 보이지 않았다. 잠을 자는 곳은 따로 있고, 날이 밝으면 이곳으로 모이는 것 같았다.

거대한 늪 둘레를 반쯤 돌았을 때 태린의 눈에 늪인 한 명이 들어왔다. 그의 행동이 좀 이상했다. 태린은 무심코 지나치려다가 멈추어 섰다.

"잠시, 저 사람……"

태린은 앞서가는 남자를 불렀지만, 남자는 돌아보지 않고 계속 걸어갔다. 망설이다 태린은 방금 눈에 띄었던 늪인을 향해 뛰어갔다.

그는 버둥거리며 무언가에서 빠져나오려고 애쓰고 있었다. 처음에는 허공에서 팔을 휘적거리는 줄 알았지만, 가까이서 보니 튀어나온 거친 나뭇가지에 온몸이 얽혀 있었다. 범람화가 심하게 진행되었는지 신체 표면이 성긴 그물망처럼 변했고 피부 위로 범람 산호들이 잔뜩 자라 있었다. 긴 나뭇가지가 하필이면 그의 등에 있는 범람 그물망과 얽혀버렸다. 억지로 떼어냈다간 범람체와 연결된 피부가 같이 떨어져나가서 아플 것 같았다.

"가만히 있어요."

태린은 속삭여 경고하고는, 그가 버둥거림을 멈추자 나뭇가지에 걸린 피부 표면의 범람체들을 한 올씩 풀었다. 시간이 오래 걸렸다. 힘들게 풀다가 고개를 들어보니 히오모가 멈춰 서서 이쪽을 보고 있었다. 태린은 계속 손을 움직여 엉킨 실을 풀듯 나뭇가지와 범람체를 분리해냈다. 바닥에 범람체 조각들이 잔뜩 떨어졌다. 도대체 어떻게 이런 것과 연결된 채로 살아가는 걸까.

"됐어요."

"따라, 가."

도움받은 늪인이 입을 달싹이며 작은 목소리로 말했다.

"네?"

"저쪽."

다른 늪인들보다 알아듣기 쉬운 목소리여서 태린은 그와 좀더 대화하고 싶었지만, 늪인은 무신경하게 고개를 돌려버렸다. 태린도 머쓱해져서 입을 다물었다. 가던 길 가라는 건가. 고맙다는 말을 들으려고 도와준 건 아니지만. 하긴, 그런 몸으로 살다보면 이런 일이 자주 있을 텐데 스스로 해결하는 방법이 있겠지.

태린은 얼른 뒤돌았다. 그런데 문득 방금 마주쳤던 늪인의 눈이 신경 쓰였다. 어딘가 온화함이 깃든 눈매. 밝은 호박색 눈동자. 저 사람을 본 적이 있던가?

하지만 히오모가 계속 그 자리에 서 있었으므로 빨리 되돌아가야 했다. 늪을 걸으면서 기억을 되짚어보려고 했지만 안개가 낀 것처럼 머릿속이 뿌옇기만 했다. 쏠이라면 이럴 때 도움이 될 텐데, 아직 머릿속에서는 작은 물고기 같은 미약한 움직임만 느껴질 뿐이었다.

늪 둘레를 한 바퀴 다 돌았을 때 히오모가 다시 열매를 건넸다. 혹시나 싶어 살펴보았지만 역시 범람화된 흔적이 있었다. 태린은 이번에도 거절했고, 결국 또 움막에 갇히고 말았다. 지루한 시간이 흐르고 천장 틈새로 새어드는 빛이 점점 줄어들었다. 그 때 히오모가 움막의 문을 열더니 맑은 물이 담긴 그릇을 바닥에 두었다. 먹을 것은 없었다. 태린이 조심스럽게 물었다.

"혹시, 내 배낭을 못 봤ㅡ"

면전에서 문이 탁 닫혔다. 대답해주기는커녕, 배낭이 있어도 주지 않겠다는 듯한 태도였다.

"하, 정말……"

이제는 슬슬 화가 났다. 함정에서 구해주었으니, 해치거나 죽이지 않고 재워주었으니 좋은 이들이라고 생각해보려고 해도 도저히 그렇게 되지 않았다. 범람화된 열매를 먹지 않을 거면 그 냥 굶어 죽으라는 건가? 저놈들이 태린을 구한 게 맞긴 할까? 애초에 그 함정을 만든 게 저놈들 아닐까?

태린은 저녁 내내 벽에 기대어 앉아 생각을 정리했다. 여기서 어떻게 나갈지를 고민했다. 마땅한 방법은 떠오르지 않았다. 해가 완전히 지자 아주 희미한 달빛만이 움막 안을 비추었다.

어두운 바닥을 더듬어 베개로 쓸 마른풀 더미를 찾았을 때, 그 아래에서 부스럭거리는 소리가 났다. 미간을 찌푸리며 그 밑을 더듬다가, 태린은 손에 잡힌 것을 주워 들었다.

"……이것도 무슨 함정인가."

손으로 더듬어보니 파견자들에게 지급되는 보존 비스킷이었다. 어둠에 익숙해진 눈으로 보니 오래된 듯 포장지가 낡았다. 어두워서 확신은 없었지만, 태린 일행이 챙겼던 보존 비스킷과는 포장지가 미묘하게 다른 것 같았다. 포장을 뜯었더니 안에 든 것은 깨끗했다. 누가 이걸 여기 뒀을까. 문득 낮에 태린이 도왔던 늪인이 생각났다. 어디서 난 걸까. 만약 그가 이걸 가져다췄다면, 혹시 오래전 이 늪에 다른 파견자들도 온 적이 있는 걸까.

태린은 고민을 지속할 힘도 없어 비스킷을 베어물었다. 퍼석퍼석 부서지면서 입안을 채우는 식감에 물 한 모금이 다시 간절해졌다. 파견자들 모두가 형편없다고 욕한다는 비스킷이 이렇게나 달게 느껴지다니. 겨우 굶어 죽을 위기를 피하고 나니, 졸음이 밀려들었다. 자리에 누우니 또다시 그 지반 진동이 느껴지는 것 같았다. 하지만 생각을 이어갈 기력조차 없었다.

다음날 아침, 태린은 시끄러운 소리에 눈을 떴다. 바닥을 세게 구르는 소리, 욕설과 신음이 요란했다. 어제부터 히오모가 '올 거야'라고 말하던 것이 생각났다. 누가 도착했는지 알 것 같았다.

*

마일라와 네샤트가 늪지로 왔다. 정확히는 끌려왔다. 네샤트는 반나절 내내 악을 쓰며 욕을 내뱉다가 탈진 상태가 되어서야 잠잠해졌다. 태린은 문 너머로 소리만 듣고 있다가 한참 뒤 누군가 문을 열어주어서 겨우 밖으로 나왔다. 나와보니 바닥이 범람체와 범람 산호, 버섯, 끈적한 갈댓잎 따위로 온통 엉망이었다. 나무 기둥의 표면에는 핏자국도 보였다. 바로 아래 떨어져 있는 정글도는 네샤트의 것 같았는데, 네샤트가 늪인들을 찌른 건지 아니면 네샤트 자신이 피를 흘린 건지 아직은 분간할 수가 없었다. 온몸이 범람체로 뒤덮인 늪인들은 일단 보기에는 별로 다치지 않은 것 같았다.

네샤트는 커다란 나무에 묶여 있었다. 마일라도 그 옆에 있었다. 마일라는 손목만 묶인 반면, 네샤트 쪽은 손과 발이 갈댓잎으로 칭칭 감겨 있었고, 소리를 그만 질러대게 하려는 건지 입까지 막아두었다. 밖으로 나온 태린을 보고 히오모가 입을 열었다.

"저건 네, 일행, 이다."

히오모는 기분이 무척 상한 것 같았다.

"우리를, 찔렀다."

그가 기분이 상한 건 어쨌든 좋은 상황은 아니었다. 태린이 네샤트의 상태를 확인하려고 나무 근처로 다가가자 늪인들이 태린을 향해 몰려왔다. 순식간에 태린도 손목을 묶이고 말았다. 당황했지만 그렇다고 그들을 원망하는 마음이 들진 않았다. 늪인들이 네샤트의 칼에 찔렸다고 했으니, 일행인 태린을 묶어두는 게 심한 처사는 아닐 터였다.

태린은 손목을 묶인 채 이전과는 다른 움막에 갇혔다. 잠시 뒤 옆에서 말소리가 들려왔다. 크게 외치는 소리였다.

"거기 누구 있습니까?"

마일라였다. 얇은 벽으로 옆 공간과 분리되어 있는 것 같았다. 태린은 기어서 벽으로 갔다.

"늪인들에게 우리 대화가 들릴 거예요."

조금 뒤에 훨씬 소리가 작아진 마일라의 대답이 돌아왔다.

"그렇군요, 이 정도면 될까요."

벽에 불편할 만큼 귀를 바짝 붙여야 겨우 들을 수 있었지만, 이것이 최선인 듯했다.

"태린, 지난 이틀간 무슨 일이 있었습니까?"

마일라의 질문에 태린은 지난 일을 설명했다. 정신을 차려보니 이곳이었는데 매일 마실 물이 주어졌고, 하루에 세 번 밖으로 나갈 수 있었다는 것, 늪인은 범람화된 인간으로 신체는 아주 많이 변이했지만 신기하게도 광증은 없다는 것, 그리고 그들이 자꾸 태린에게 범람화된 열매를 권한다는 것 등이었다.

"리더랑 네샤트는 언제 붙잡힌 거예요?"

"우리도 태린과 비슷하게 점액질 함정에 빠졌습니다만, 좀더 거리가 있는 다른 곳에서 깨어났습니다. 우리에게는 물조차 주지 않았어요. 밤에 탈출을 시도했습니다. 근처 개울에서 마실 물을 찾아냈지만 거기서 다시 붙잡힌 겁니다."

"그럼 늪인들은 우릴 도울 생각으로 구해준 게 아니네요."

"우리가 빠진 함정 자체가 그들이 만든 것 같습니다. 파견자들이나 맹수들의 접근을 막으려고 했을 겁니다."

"하지만 그게 함정이라면 우리를 왜 건져내준 걸까요? 그냥 거기 빠져서 죽게 내버려뒀으면 됐을 텐데요."

"아마도 그들은…… 함정에 걸린 침입자들을 자신들처럼 만들어서 집단의 규모를 키우려는 것 같습니다."

섬뜩한 말이었지만 태린도 비슷하게 짐작하고 있었다.

"저 늪인들, 그러니까 범람체와 결합되었지만 미치지는 않은, 변이된 사람들을 파견 본부에서도 알고 있는 거죠?"

"비슷한 자들을 목격했다는 보고를 들은 적이 있습니다. 다만 여태는 파견 본부 내에서도 뜬소문 취급을 받았습니다. 동물의 범람화에 대해서는 많은 실험이 이루어졌지만, 인간에게서 뇌가 아닌 신체가 범람화되는 일은 불가능하다고 여겨졌으니 이전 시대의 설인 괴담 정도로 치부됐습니다. 게다가 이렇게 집단을 이루고 있을 거라고는 상상하지 못했습니다."

"빨리 탈출해야 할 것 같아요. 그들처럼 될 수는 없어요."

"네. 하지만 상황을 봐야겠습니다. 지금 우리는 모든 도구도 식량도 잃었으니까요."

"그들이 어딘가 배낭을 숨겨놨을지도 몰라요. 사실, 제가 늪인 한 명을 도왔다가 보존 비스킷을 하나 얻었거든요. 그게 우리가 가져온 것인지는 모르겠지만……"

"그걸 찾아내면 좋겠군요. 일단은 다시 그들이 올 때까지 버티면서 생각해봅시다. 체력을 비축해야 하니 괜한 시도는 하지 마십시오."

벽 너머에서 마일라의 말이 멈추고 대화가 중단되었다. 태린은 어제 보존 비스킷을 먹기라도 했지, 마일라는 제대로 뭘 먹지도 못했을 텐데 말할 기운이 남아 있는 게 신기할 정도였다. 태린도 입을 다물고 마른풀 위에 쪼그려 누웠다. 생존 전략을 생각해야 하는데 허기가 심해 멍하기만 했다.

천장 틈으로 들어오는 빛이 줄어들자, 다시 문이 열리고 어제와 같이 물 한 그릇이 놓였다. 그리고 탐스러운 열매 하나도 같이 놓였다. 아름다운 빛깔을 지닌 열매였지만 뚜렷한 범람화의 흔적도 보였다.

태린은 물만 마시고는 자리에 앉은 채 열매를 노려보았다. 마일라도 지금쯤 물을 건네받았을까? 그도 물을 마셨다면 기력을 회복하고 무언가 방법을 논의해볼 수 있을 텐데. 하지만 마일라 쪽에서는 아무런 소리도 들려오지 않았다. 태린은 잠자코 기다렸다.

허기가 점점 강렬해지자, 시간이 느리게 흘러갔다. 억지로 눈을 감아서 잠을 청하려 했지만 도중에 자꾸 깨어났다. 그럴 때마다 아침은 아직이라, 밤이 스물네 시간으로 늘어났나 엉뚱한 생각이 들었다.

얕게 잠든 사이에 꿈속으로 쏠이 찾아왔다. 쏠은 동그랗게 말린 실타래 같은 모양이었다. 태린의 주위를 부드럽게 유영하다가 갑자기 자신의 실타래를 풀어 헤쳐서 태린의 온몸을 칭칭 감아버렸다. 숨이 막혀 이대로 죽을 것 같다는 생각이 들 무렵 눈이 번쩍 떠졌다. 쏠은 사라지고 없었다. 대신 머릿속 어딘가에서 움푹 팬 구덩이 같은 허전함이 느껴졌다.

천장으로 새어드는 빛으로만 시간을 짐작할 수 있었다. 밖에서 네샤트가 또다시 저항하는지 시끄러운 소리가 들려왔다. 파견자 수업 때 납치시 탈출 방법을 시뮬레이션했던 게 떠올랐는데, 묶인 손목을 이리저리 틀어보아도 풀리지 않았다. 다시 문이 열렸고, 맑은 물과 열매가 놓였다. 이제는 아무런 기운도 나지 않았다. 그럼에도 물만 마시고는 열매를 그대로 놔두었다. 아카데미에서 단식 훈련을 한 적이 있었지만, 그때와 달리 지금은 이 상황이 언제까지 지속될지 알 수 없어 더욱 절망적이었다. 태린은 자신을 구하러 온다고 했던 이제프를, 지금 가장 보고 싶은 그 얼굴을 떠올렸다. 무모하게 탐사를 지속하자고 우겼던 것이 후회가 됐다. 이제프를 다시 만나려면 반드시 살아서 도시로 돌아가야 하는데 지금은 도저히 방법을 찾을 수가 없었다.

다음날은 비가 왔다. 순식간에 공기가 축축해졌다. 움막의 틈새로 비가 새어들었다. 바닥이 젖어들었다. 오늘은 빛도 들지 않아 시간조차 짐작할 수 없었다. 태린은 벽에 몸을 기댔다.

"마일라."

건너편에서는 대답이 없었다.

"이제 뭐라도 해야 하지 않을까요. 늪인들은 우리를 그냥 이렇게 가둬놓을 생각인 것 같아요. 우리가 허기나 두려움에 굴복할 때까지요. 일단 둘이서 이 움막을 부수는 건 어때요? 허술해서 그 정도는 할 수 있을 것 같아요. 그다음에 그들을 따돌리고 탈출하든지, 우리 무기를 찾아서 죽이든지……"

잠시 뒤에 마일라의 대답이 돌아왔다.

"늪인들의 수가 아주 많습니다."

"그런 것 같아요. 하지만 그들은 느려요. 신체 능력이 저하되어 있고요. 따돌리고 도망치는 건 가능할 거예요."

"네샤트도 저항하다 붙잡혔습니다."

"맞아요. 그렇지만…… 여기 계속 있을 수는 없잖아요."

"저는 열매를 먹겠습니다."

"뭐라고요?"

당혹스러움에 태린이 멈칫하는 사이 마일라가 말했다.

"늪인들은 무언가를 알고 있습니다. 우리가 범람체에 대해서 아는 것보다 더 많은 사실을 그들은 압니다. 그리고 우리가 이곳에 온 건, 더 많은 걸 알아내기 위해서입니다. 그들을 무작정 적대할 수는 없습니다."

"안 돼요. 너무 무모해요. 그랬다가 광증에 걸리면요? 광증에는 걸리지 않는다고 해도, 그냥 그들처럼 신체가 변하는 거라고 해도 당연히 위험해요. 도시에서 거부당할 수도 있어요. 마일라도 알다시피, 우린 거의 추방형을 당한 셈이잖아요. 아무리 당신은 자원해서 왔다고 해도요."

"우리는 파견자들 중에서도 가장 광증을 잘 견딥니다."

"스스로에게 실험해본 적은 없잖아요. 얼마나 버틸 수 있는지, 언제부터 변형이 시작되는지 모르잖아요."

"언젠가는 범람체가 우리를 죽일지도 모릅니다만, 거부하기만 하면 아무것도 얻을 수 없습니다. 제가 열매를 먹고 그들을 설득하거나 식량을 찾아내 태린과 네샤트에게 주겠습니다. 모두가 묶여 있을 수는 없습니다."

늪인들을 따돌리거나 몰래 탈출해서 도시로 돌아가는 방법을 모색해볼 수도 있었다. 마일라의 신체 능력이나 현장 경험이라면 충분히 시도해볼 만했다. 그런데 열매를 먹겠다니. 마일라는 왜 그렇게 무모한 선택을 하려는 걸까. 그 순간 태린은 무언가를 깨달았다.

"단지 조사를 위해서 그러려는 게 아니죠. 마일라, 그렇죠?"

벽 너머에서 대답 대신 긴 침묵이 돌아왔다.

"여기서 뭘 찾고 있는 거예요?"

마일라는 여전히 답이 없었다. 태린이 말했다.

"말해주세요. 제가 도울 수 있어요."

태린은 진심이었다. 태린이 협조하지 않아도 마일라는 결국 그 일을 할 것이다. 하지만 마일라를 돕고 싶었다. 마일라는 태린을 믿고 이곳으로 와주었고 그래서 위험에 빠졌다. 지금 열매를 먹을 만큼 찾고 싶은 것이 있다면, 최선을 다해준 마일라의 조력자가 되고 싶었다.

마일라가 낮은 목소리로 입을 열었다.

"수년 전, 제 약혼자가 실종되었습니다. 그도 파견자였습니다."

태린은 벽 너머에서 들려온 말에 잠시 숨을 멈추었다.

"마지막 임무를 떠나기 전, 오웬은 저에게 임무의 세부 사항을 말해줄 수 없다고 했습니다. 그렇게 사라졌습니다. 소문을 들었어요. 그가 '늪'을 조사하려다가 실종되었다고…… 한참을 뒷조사에만 매달린 끝에 그가 누탄다라의 동쪽 지역을 탐사하는 비밀 임무에 마지막으로 참여했다는 걸 알았습니다."

마일라의 목소리는 담담했다. 이제야 태린은 마일라의 결정을 이해할 수 있었다. 네샤트와 달리 자꾸 내륙 깊은 곳으로 들어가려던 마일라. 태린처럼 그가 지반 진동을 들은 것도 아닐 텐데, 왜 그렇게 무모하게 안쪽으로 가려고 하는지 이상하다고 생각했다. 하지만 찾아야 할 것이 있다면 그럴 수 있었다.

실종된 약혼자. 그것만으로도 설명은 충분했다. 파견자는 파견자를 결혼 상대로 잘 고려하지 않는다. 금지된 것은 아니지만, 공유해서는 안 될 임무의 내용이나 현장 상황이 있기에 처음부터 사적인 관계가 되는 것을 기피하거나, 드러내지 않는 경우가 많다고 했다. 그럼에도 사람들의 시선을 이겨내고 결혼을 약속할 정도라면, 평범한 사이는 아니었을 것이다.

"그 사람이 여기 있을 거라고 생각하시는 거군요."

"아뇨. 그 사람은……"

감정을 추스르는 듯 잠시 말이 멈추었다가 이어졌다.

"오웬은 아마 죽었을 겁니다. 그래도 저는 그의 죽음을 확인해야 합니다. 그러기 전에는 돌아갈 수 없습니다."

*

나무둥치 앞에서 태린을 마주쳤을 때, 마일라는 의아한 표정으로 물었다.

"늪인들이 태린도 풀어준 겁니까?"

그도 그럴 것이, 마일라는 범람화된 열매를 먹겠다는 엄청난 결정을 내리고서야 풀려난 것이었으니까. 태린은 씩 웃으며 대꾸했다.

"아, 저도 먹었어요. 그 열매."

마일라의 얼굴이 단번에 찡그려졌다. 태린은 감정 표현이 적은 그가 그런 반응을 보이는 것이 흥미로웠다. 마일라가 이마를 더욱 찌푸리며 물었다.

"왜 그랬습니까?"

"저도 찾아야 할 게 있고, 갇혀만 있을 수는 없으니까요."

"적절하지 못한 행동이었습니다."

"그렇지만……"

"다시는 그러지 마십시오."

심각한 표정으로 타박하는 마일라 앞에서 태린은 유순하게 고개를 끄덕였다. 사실 그 열매, 범람화되었다곤 하지만 별맛 안 나지 않았느냐고 너스레를 떨고 싶었는데, 태린은 장난치고 싶은 마음을 참았다. 마일라에겐 이미 감당해야 할 일이 많으니, 괜한 근심을 더 얹어주지 않는 편이 좋을 듯했다.

"다들 제정신이야? 미친 거냐구!"

지금 늪 한가운데 바위에 묶여 악을 바락바락 쓰고 있는 네샤트도, 곧 마일라가 감당해야 할 일 중 하나일 테니까.

네샤트는 늪인들에게 계속 적대적인 태도를 보이더니, 마일라와 태린의 접근조차 막고 있었다. 그의 분노는 타당했지만 전략적인 태도는 아니었다. 하지만 그걸 설득할 기회도 없이 그 분노가 마일라와 태린에게까지 번진 상황이었다.

"배신자들! 내가 그냥 넘어갈 줄 알아? 저희들끼리 살겠다고 열매를 먹어? 그럴 바에는 죽어버리는 게 나아! 죽어버려!"

네샤트의 감정은 과도해 보였다. 단순히 동료들이 금기를 저질렀다는 데 분노하는 수준이 아니었다. 태린은 물을 건네주려 네샤트에게 다가갔다가 그가 뱉은 침을 맞고 다시 돌아와야 했다. 마일라가 손등으로 태린의 얼굴을 닦아주며 말했다.

"네샤트는 범람체를 극도로 혐오합니다."

"용케도 지금까지 현장 임무를 견디셨네요."

"범람체 그 자체에 대해서도 거부감이 크지만, 특히 범람체와 인간이 결합된 형태에 대해 유독 본능적인 거부감을 느끼는 것 같습니다. 저 늪인들에 대해서요."

"그렇지만…… 그건 누구나 두려워하지 않나요. 심지어 우리도 그렇잖아요. 두려워하지 않아서 열매를 먹은 건 아니에요. 찾아야 할 게 있어서였죠."

태린의 말에 마일라는 조용히 고개를 저었다.

"네샤트가 이 임무에 투입된 이유도, 인간과 범람체의 결합 형태에 대한 혐오감 때문이었습니다."

마일라는 그 이상 말해주지 않았지만, 태린은 그 속뜻을 짐작할 수 있었다. 네샤트는 연구소에서 계속 일했다고 했으니 어쩌면 실험 중 사고를 일으켰을 수도 있다. 혐오감에서 비롯된 과격한 사고를.

태린과 마일라가 열매를 받아먹기 시작하자 늪인들의 태도는 곧장 달라졌다. 아침에 범람화된 열매 하나를 먹으면, 그들은 그날 하루는 두 사람이 마음대로 돌아다녀도 신경쓰지 않았다. 처음에 태린에게 열매를 먹지 말라고 단호하게 말하던 마일라도, 그것 말고는 여기를 조사할 방법이 없다는 것을 깨달았는지 더는 막지 않았다. 아직 마일라 자신에게 별다른 이상이 없기 때문에, 마일라보다 광증 저항성이 더 높은 태린 역시 괜찮을 것이라고 판단한 것 같기도 했다.

알고 보니 '히오모'가 아니라 '히로모'였던 늪인은 두 사람이 도시로 도망치지만 않겠다면 숲을 탐색해도 괜찮다고 말했다. 그렇지만 늪에서 너무 멀어지면, 어디선가 나타난 늪인들이 두 사람을 감시하곤 했다. 태린도 마일라도 조사를 마치기 전에는 탈출할 생각이 없었으므로 아직은 괜찮았다. 무기와 비상식량을 찾기 전에 무작정 도시로 돌아가려는 것은 자살 행위나 다름없으니까.

얼마 지나지 않아 태린과 마일라는 근처에서 맑은 물이 흐르는 계곡을 발견했다. 눈으로는 범람체가 식별되지 않을 정도로 맑았는데, 늪인들이 가져오던 물이 여기서 난 것이 아닐까 싶었다. 태린과 마일라는 앞으로 계곡에서 식수를 보충하기로 하고 네샤트에게도 가져다주었다. 네샤트는 처음에는 믿을 수 없다며 거부하더니 탈수 증상으로 기절 직전까지 간 이후에야 물을 받아 마셨다. 하지만 그조차도 네샤트에게는 몸서리쳐지는 일 같았다.

한편 깨끗한 먹을 것을 구하기는 쉽지 않았다. 아침에 늪인들이 건네는 범람화된 열매 하나는 허기를 가시게 해주기는커녕 오히려 더욱 자극했다. 늪에는 범람화된 식물들이 널려 있었지만 그걸 먹을 수는 없었다. 그랬다간 정말 얼마 지나지 않아 저 늪인들처럼 변이할 테니까. 계곡 근처를 한참 뒤지다 소량의 깨끗한 열매와 버섯 따위를 가까스로 발견했다. 태린과 마일라는 일부는 챙기고, 또 일부는 네샤트에게 가져다주었다. 네샤트가 그것을 한입에 넣고 우적우적 씹어먹더니 풀린 눈으로 히죽 웃었다.

"신입, 나에게 좋은 계획이 있는데 들어보지 않을래?"

그 계획이란, 주위에 있는 날카로운 돌과 응급 키트의 발열체를 조합해 폭발하는 무기를 만들어 늪인들을 살해하고 시체에서 샘플을 채취해 도시로 돌아가자는 허황된 내용으로, 태린이 보기에는 현실성이 없었다. 하지만 네샤트는 이미 태린의 역할까지 모두 정해둔 상태였고, 괜히 분노를 북돋고 싶지 않았던 터라 태린은 계획에 동조하는 척하며 가만히 들어주었다.

줄곧 격렬하게 저항을 해서인지 네샤트는 손목이나 발목이 늘 묶인 상태였고, 때론 감시마저 붙었다. 네샤트는 태린에게 배낭을 숨겨둔 위치를 알려줄 테니 조그만 주머니칼을 가져다달라고 부탁했다. 아무리 노련한 파견자인 네샤트라고 해도 주머니칼로 늪인들을 죽이지는 못할 것 같아서, 태린은 배낭의 위치도 알아낼 겸 그의 말에 따랐다.

배낭은 계곡에서 가까운 움막 뒤편의 수풀 속에 숨겨져 있었다. 네샤트의 주머니칼을 꺼낸 뒤 태린도 작은 나이프를 하나 챙겼다. 그러곤 문득 겉옷의 안주머니를 뒤져 이제프가 준 봉투를 꺼내보았다. 봉투 안에는 정체불명의 얇은 금속판이 들어 있었다. 판 뒤에는 버튼이 있었다. 자세히 살펴보니 그 버튼을 누르면 판이 자동으로 조립되면서 이동이 가능한 작은 기계장치가 되는 형태였다.

'필요할 때 딱 한 번. 반드시 구하러 갈게.'

이제프는 쪽지에 그렇게 적었다. 그렇다면 이것은 아마도 긴급 구조 신호를 보내는 장치. 마일라가 도시로 중간보고를 할 때 썼던 드론처럼, 스스로 신호 송신이 가능한 지역으로 이동하는 기능이 장착돼 있는 것 같았다. 어쩌면 늪을 탈출할 수 없을 때, 최악의 상황에 이 장치를 쓸 수 있을지도 모른다. 태린은 봉투를 배낭 속 깊이 넣어두었다. 네샤트는 주머니칼을 받고 무척 신이 났는데, 며칠이 지나도록 그것으로 일을 벌이지는 않았다.

조사를 나선 지 일주일째 되었을 때 마일라가 물었다.

"신체 상태는 좀 어떻습니까."

"음, 저는…… 별문제 없어요. 아무래도 매일 견딜 수 있는 역치가 있나봐요. 열매 하나씩만 먹어서 그런 건지도요. 리더는요?"

"그렇다면 다행입니다. 저도 아직은 문제가 없습니다. 하지만 태린은 더 주의하는 게 좋겠습니다. 경험이 적어서 신체 변화를 깨닫지 못한 것일 수 있습니다."

"아시잖아요. 제 광증 저항성 점수는 최고인 거."

태린의 너스레에 마일라는 웃지도 않고 고개를 끄덕였다. 하지만 문제가 없다는 건 거짓말이었다. 사실은 문제가 있었다. 열매와 관련된 문제라고는 말하기 힘들었다. 그 문제는 원래 태린이 지니고 있던 것이었다.

쏠이 다시 깨어나기 시작했다. 그것도 격렬하게.

이틀 전부터 태린은 눈만 감으면 악몽에 시달렸다. 때로는 맨 정신에도 스쳐가는 환각을 보았다. 아이들의 비명소리. 벽에 마구 튀는 핏자국. 드르륵 소리를 내며 다가오는 톱날과 당장이라도 닿을 듯 소름 끼치는 느낌. 그것은 태린 자신의 기억이지만, 그 기억을 마구 휘저어놓는 건 쏠이었다.

"쏠, 제발. 뭐가 그렇게 무서운 거야."

어쩌면 쏠은 자기 자신이 저지른 일에 대한 두려움과 죄책감을 느끼고 있는 중인지도 모른다. 태린을 혼란에 빠뜨리고 다른 사람들을 공격하게 만든 것에 대해서.

"난 너 원망 안 해. 그러니까 그 일은 그만 생각해."

진심은 아니었다. 사실은 쏠을 원망했다. 쏠이 아니었다면 태린은 무사히 파견자가 되어서 이제프와 함께했을 것이다. 이렇게 위험한 임무에 떠밀리듯 나오지도 않았을 것이다. 하지만 분명 지금 태린이 처한 상황, 어떤 부분은 태린 자신의 선택이었다. 쏠의 탓으로만 돌릴 수는 없었다. 쏠에게 이름을 붙여준 것, 쏠이 태린의 몸을 움직이도록 허락해준 것, 감각 체계를 공유한 것, 위험한 임무에 오기로 한 것. 그리고 무엇보다…… 도시로 돌아가지 않고 그 미지의 진동을 따라온 것. 그것들은 태린의 선택이었다.

그래서 태린은 쏠을 원망하는 대신 이해하고 싶었다. 쏠이 느끼는 혼란의 근원을 알고 싶었다. 왜냐하면 그 혼란스러움은, 태린이 이곳에서 늪인을 마주한 이후로 계속해서 느끼는 감정이기도 했으니까. 늪인들의 모습은 분명 낯설고 당혹스러웠다. 하지만 그들의 모습에는 어딘지 모를 익숙함이 있었다. 그들에 대해 느끼는 알 수 없는 친밀감은 도대체 어떻게 생겨난 것일까.

늪인들이 이따금 바닥에 귀를 대고 먼 곳에서 오는 소리를 들을 때, 태린은 그들이 마치 자신 같다고 생각했다. 아니면 태린 자신이 그들 같다고 해야 할지도 모른다. 라부바와에서 태린은 그런 식으로 행동하는 사람들을 본 적이 없었다. 그건 남들이 보기에 좀 우스꽝스럽고 엉뚱한 짓이었다. 그래서 태린은 누가 보지 않을 때 몰래, 으슥한 골목이나 아무도 없는 방에서, 혹은 선오와 단둘이 있을 때만 그렇게 지반 진동을 들었다. 하지만 이곳에서 늪인들은 누구나 땅의 진동에 귀를 기울였다.

태린이 도시에서 감지했던 신호는 정말로 이 늪, 그리고 늪인들과 관련이 있는 걸까. 늪인들은 멀리 있는 지하 도시에서도 그 신호가 들린다는 걸 알고 있을까. 아니라면, 신호는 대체 무엇과 관련이 있는 걸까.

하지만 그 답을 알아내는 건 결코 쉽지 않았다.

늪인들이 무언가를 말해줄지도 모른다는 기대는 일찌감치 깨져버렸다. 이제껏 대화다운 대화를 나누어본 늪인은 히로모뿐이었는데, 그도 태린과 마일라에게 이곳에 대해 자세히 이야기해주지 않았다. 정확히는 '나중에 말해주겠다'며 대화를 자꾸만 미루었다. 그 나중이 언제냐고 태린이 물으니, 히로모는 눈을 깜빡이며 천천히 대답했다.

"네가 우리처럼 되었을 때."

4

"저, 이런 질문은 실례일지도 모르지만⋯⋯"

길을 막고 있는 범람체를 조그만 나이프로 힘겹게 잘라낸 직후에, 태린은 머뭇거리며 말문을 열었다.

"오웬도 파견자였다고 했잖아요. 몇 년 전 오웬이 왜 이 늪으로 왔을까요. 그건 아마도 늪인들과 관련이 있겠죠?"

마일라가 남은 나뭇가지를 능숙하게 부러뜨리며 말했다.

"오웬의 마지막 임무는 철저한 기밀이었습니다. 저에게도 구체적으로 말해줄 수 없었습니다. 그렇지만 짐작 가는 바는 있습니다."

"어떤 것인가요?"

"저 늪인들 중 일부는 한때 파견자였을 겁니다. 오웬은 그 파견자들을 찾아서, 혹은 따라서 이곳으로 왔을지도 모릅니다."

"저 늪인들이 파견자였을 거라고요?"

깜짝 놀란 태린이 마일라를 뒤돌아보았다. 얼마 전 오래된 보존 비스킷을 보았을 때, 어쩌면 이전에도 함정에 휘말린 다른 파견자들이 있었을지 모른다고 생각했지만, 늪인들이 파견자였을 거라는 생각은 해본 적 없었다. 하지만 마일라는 눈 하나 깜짝하지 않고 하던 작업을 지속했다.

"파견자들은 범람체들의 지상에 매료되는 이들이기도 합니다. 네샤트처럼 혐오감만을 느끼는 건 아니지요. 그래서 '불온 파견자'가 계속해서 생겨나는 겁니다. 그들은 지상으로 떠납니다. 그리고 어느 날, 그냥 돌아오지 않습니다. 파견 본부는 늘 그들의 존재를 숨겨왔지만, 함께 일하는 동료들이 갑자기 사라지면 누구라도 알 수 있습니다. 아, 또 누군가 지상으로 영영 떠나버렸구나."

불온 파견자에 대해서라면 태린도 들어본 적이 있었다. 자스완 아저씨가 파견 본부와 대립각을 세우고 조직을 불명예스럽게 그만둔 일이 바로 그 불온 파견자에 대한 임무 때문이었다고 들었다. 불온 파견자들이 도시로 범람체를 반입하려다 사살당한 뉴스를 본 적도 있었다. 그때는 그저 불온 파견자를 '범람체에 홀려서 미쳐버린, 도시를 위험하게 만드는 사람들'이라고만 생각했었다.

하지만 그들이 범람체의 영향 때문이 아니라, 자발적인 의지로 떠난 것이라면…… 그리고 그저 지상으로 떠나 죽어버린 것이 아니라, 이런 장소를 찾아낸 것이라면. 이제프는 파견자로서 범람체에 대한 증오와 매혹을 동시에 품어야 한다고 강조했다. 증오만을 품으면 네샤트처럼 불안에 사로잡힌다. 그러나 매혹되면 범람체에게 잡아먹혀 지상의 일부가 되어버린다. 파견자가 유지해야 하는 위태로운 균형은 바로 거기에 있다.

"이들이 전부 파견자였던 건 아니겠지만, 그렇게 생각하면 의문이 풀립니다. 불온 파견자들은 왜 생겨나는지, 어째서 본부의 철저한 관리와 감시에도 불구하고 늘 떠나는 이들이 생기는지. 저도 늪인들을 직접 만난 것은 처음이지만, 누군가는 그 소문을 믿고 떠난 것이겠죠."

"그럼 소문이 정말 진실이었던 거네요."

"아직 모릅니다. 우린 늪인들이 평소에 뭘 하고 지내는지조차 알 수 없으니까요. 저들이 도대체 어떻게 살아 있는지도요. 언뜻 보아서는 그들이 미친 것 같지 않지만, 그저 광증 발현의 다른 형태일 수도 있을 겁니다."

태린과 마일라는 늪인들과 꽤 가까이에서 시간을 보냈지만, 그들이 어떤 식으로 서로 대화하고 생활하는지 알 수 없었다. 그들은 자신들만의 방식으로 소통하는 것 같았다. 그리고 늪 바깥과 늪을 오가며 무언가를 살펴보거나 만들고 있었는데, 늘 어떤 일에 몰두해 있었지만 그게 결과적으로 무엇을 하려는 것인지는 알 수 없었다. 마일라는 그들이 범람체 연결망을 이용해 인근 지역을 관찰하고 위협이 있는지를 판단하는 것 같다고 짐작했지만 어디까지나 추측일 뿐이었다.

"어쩌면 이곳 늪인들 중에 오웬이 있을지도 모르겠어요."

태린의 말을 듣고 마일라는 허공에 손을 멈추었다가, 다시 내리며 길을 막고 있던 나뭇가지를 툭 부러뜨렸다.

"글쎄요. 있다면 알아봤을 겁니다."

대화는 거기서 멈췄다. 태린은 입을 다물고 길을 만드는 데에 집중했다. 괜한 말을 했지. 아무리 변형되었다고 해도 마일라는 자신이 사랑했던 얼굴을 알아볼 텐데. 그렇다면 이중에 오웬이 없는 것이 마일라에게는 절망스러운 일일까, 아니면 차라리 다행스러운 일일까. 그 마음을 차마 짐작할 수 없었다.

묵묵히 범람체를 제거하다보니 길이 뚫렸다. 늪인들은 태린과 마일라가 어디를 돌아다니든 너무 멀리 가지만 않으면 내버려 두었지만, 어제 북쪽 길로 가려고 할 때는 제지했다. 그래서 태린은 오히려 이 방향을 조사해봐야겠다고 생각했다. 무언가 중요한 것 혹은 숨겨야 할 것이 있다는 의미이니까.

오늘 아침 비상식량이 다 떨어져 태린이 하는 수 없이 네샤트에게 범람화된 열매를 건네자, 그 사실에 분노한 네샤트가 늪인들을 향해 마구 욕설을 퍼붓기 시작했다. 이 때문에 늪인들의 정신이 팔린 틈을 노려, 태린과 마일라는 몰래 북쪽으로 빠져나갔다. 들키지 않으려면 일몰 전에 돌아와야 했다.

북쪽으로 한 발 내디딜 때마다 지반 진동이 점점 커졌다. 어쩌면 이 길 끝에는 태린이 그토록 찾아왔던 그 신호의 원천이 있을지도 모른다. 또다시 갈림길이 나타났을 때 태린은 망설임 없이 왼쪽을 가리켰다.

"이쪽이에요. 무언가 심상치 않아요."

마일라는 말없이 고개를 끄덕이고 태린을 따라왔다. 태린은 불안과 두려움, 흥분을 동시에 느꼈다. 그 감정들은 태린뿐만이 아니라 쏠의 것이기도 했다. 머릿속에서 쏠이 요동치고 있었다.

한참을 걷자 갑자기 폐 속으로 차가운 공기가 스며들었다. 열대의 숲답지 않은 서늘한 기운이었다. 범람 기둥의 드넓은 갓들이 하늘을 뒤덮고 있어 어두컴컴했다. 다음 순간, 태린의 눈앞에 호수가 보였다.

하지만 다시 바라보니 그것은 호수가 아니었다.

움푹 팬 거대한 크레이터 위에 연보랏빛 범람 그물망이 빼곡한 패턴을 그리며 펼쳐져 있었다. 커다란 흰색 고치처럼 보이는 것이 군데군데 놓였는데 그 안에는……

인간의 얼굴이 감싸여 있었다.

하나가 아니었다. 수십 명의 얼굴들이었다. 너무 놀라 아무 말도 나오지 않았다. 심장이 미친듯이 빠르게 뛰었다.

편안하게 잠든 듯 보이는 얼굴들이 범람체와 연결되어 있었다. 투명하고 말간 얼굴은, 마치 살아 있는 것처럼 생기 있었지만 원래 그들이 가졌어야 할 신체는 온데간데없었다. 어떤 얼굴들은 깨끗이 녹은 것처럼 반쪽만 남아 있었고, 또 어떤 얼굴들은 온전한 형태를 유지하고 있었다.

"이 사람들, 본 적이 있어요."

태린은 얼굴들을 향해 걸어갔다. 바닥이 흔들렸지만 범람체가 만든 거대한 그물망은 인간의 몸을 지탱할 만큼 질겼다. 얼굴들 앞에 섰다. 그중 일부는 분명히 태린이 아는 얼굴들이었다.

실종자를 찾는 전단지에서 보았던 얼굴, 하라판 거리에서 만난 적이 있던 이웃, 혹은 곤란에 처해 자신이 직접 도와주었던 노인…… 모두 광증 발현자로 의심받았기에, 결국 거리를 배회하다가 치료소로 끌려갔을 거라고만 생각했다. 치료소로 갔지만 치료되어 나온 사람은 없으니, 거기에서 비참하게 생을 마감했을 것이라고. 그런데 이들이 어떻게 여기에 있는 걸까? 제 발로 온 걸까? 아니면 누군가에게 이끌려서? 도대체 무엇이 이들을 이곳으로 데려왔을까?

태린은 그물망 위에 무릎을 꿇고 바닥에 귀를 가져다 댔다. 무언가 있었다. 확실히 이곳에 있었다. 쿵쿵거리며 심장을 뒤흔들 듯 울리는 진동 소리. 아마도 태린처럼 지반 진동을 듣는 사람이 아니어도 들을 수 있을 거대한 울림. '이곳으로 오라'고 속삭이는 듯했던 그 신호의 원천이었다.

"뭐가 들립니까?"

얼굴들을 찬찬히 살펴보던 마일라가 태린 쪽으로 걸어왔다. 고개를 들어 대답하려던 태린의 눈에 이상한 것이 보였다.

"리더, 잠시만요. 뒤에—"

소리치려 할 때는 이미 늦은 상황이었다.

무언가가 태린을 강타했다. 괴성이 들려왔다.

다음 순간 마일라의 신음소리, 칼날이 허공을 가르는 소리가 들렸다. 고통이 뒤늦게 밀려들었고 태린은 신음하며 몸을 일으켜 세웠다. 마일라가 어깨에서 흐르는 피에 한쪽 팔이 완전히 젖은 채로, 칼을 들고 맹수들과 대치하고 있었다. 그러나 고작 숲의 나뭇가지를 베어내던 작은 칼은 늦지 악어들이 드러낸 이빨에 비하면 아무런 위협도 되지 않았다.

검붉은 범람체로 뒤덮인 악어들의 표피가 번쩍였다. 납작 옆

드린 자세인데도 무시무시한 덩치에 소름이 돋았다. 은회색으로 번쩍이는 마름모꼴 눈동자들이 마일라를 노려보았다. 그중 한 마리의 시선이 태린을 향했다. 마일라가 소리 질렀다.

"옆으로!"

태린은 땅을 굴렀다. 악어에게 당하는 건 피했지만 강한 고통이 발목에서 느껴졌다. 이번에는 마일라 역시 나동그라졌다. 바닥을 지탱하던 범람 그물망 일부가 찢어져, 마일라의 다리가 그 사이에 빠졌다. 마일라가 그물망에 손을 걸었지만 그 부분도 찢어지고 있었다. 태린은 마일라를 구하기 위해 달렸다. 앞을 막는 악어 한 마리의 척추에 나이프를 박아넣었다. 그러나 나이프를 다시 빼기도 전에 악어가 온몸을 뒤틀며 바닥으로 나뒹굴었고 그러자 그물망이 또다시 찢어졌다. 바닥의 그물망 전체가 마구 흔들려 태린은 균형을 잡을 수 없었다. 결국 태린과 마일라 둘 다 그물망에 갇히다시피 한 상태에서, 늪지 악어들이 두 사람을 포위했다.

위협적으로 그르렁거리는 소리에 심장이 얼어붙었다.

늪인들이 이 지역으로 가지 말라고 내뱉던 짧은 경고의 말들이 뒤늦게 생각났다. 숨길 것이 있어서가 아니라, 맹수의 존재를 경고하던 것이었을까.

태린과 마일라의 눈이 마주쳤다. 도저히 작은 칼 하나로 이 악어들을 상대할 방법이 없었다. 마일라가 수신호로 지시했다. 자신이 남을 테니, 태린은 도망치라고. 그럴 수는 없었다. 태린은 고개를 저었다.

하지만 말리기도 전에 마일라가 먼저 악어들을 향해 칼을 치켜들었다. 마일라에게 달려드는 악어 하나를 태린은 온 힘을 다해 제압했다. 커다란 입을 위에서 몸으로 찍어눌렀다. 그러나 척추를 찌를 무기가 없었다. 악어들은 계속해서 몰려왔다.

"안 돼!"

태린은 악어 하나를 겨우 제압하며, 다른 악어들이 마일라에게 달려드는 것을 절망적으로 바라보았다.

그때였다. 악어들이 얼어붙은 것처럼 멈춰 섰다.

태린의 아래에서 몸을 비틀던 악어 역시 별안간 움츠러들었다. 멀리서 땅이 진동하기 시작했다. 그리고 점점 가까워졌다. 무언가가 이곳으로 오고 있었다. 오면서 땅을 울리고 있었다.

"갑자기 뭐죠?"

"누군가 오고 있어."

마일라가 긴장하며 말했다.

악어들이 턱을 다물고 뒤로 서서히 물러났다. 거역할 수 없는 명령을 받은 것처럼. 태린이 마일라와 동시에 고개를 돌렸을 때, 멈춰 선 악어 무리 사이로 걸어오는 한 늪인이 보였다. 그는 긴 막대를 쥐고 있었다. 그 막대를 범람 그물망 위로 찍어눌러 진동을 만들어내고 있었다. 크게 힘을 주지 않는 것 같은데도, 그 진동은 범람체들을 통해 퍼져나가며 거대한 파동을 만들었다.

그 늪인은 태린이 아는 얼굴이었다. 나뭇가지에 걸려 버둥대던 그를 태린이 도와주었다. 하지만 그때와 달리 얼굴을 뒤덮었던 범람체들이 조금 걷혀 있었고, 그래서 태린은 그의 선량한 눈매와 호박색 눈동자를 좀더 분명하게 볼 수 있었다.

그제야 그 눈이 왜 그렇게 익숙했는지 알 것 같았다.

태린은 입을 열었다.

"자스완……"

마일라가 놀란 듯 흠칫했다. 그러나 늪인은 당황한 기색 없이 태린을 마주보았다.

왜 이제야 알았을까? 거실의 장식장 위에 놓인 액자에서 그 얼굴을 분명 본 적이 있었다. 그러나 그 기억이 아니더라도, 태린은 진작 그 얼굴을 알아보았어야 한다. 그는 자스완을 너무 닮았으니까. 십 년 가까이 보았던 눈과 그토록 닮아 있는데도 눈치채지 못했다. 그가 당연히 죽었을 거라 생각했기 때문에.

"스벤. 당신은 스벤이에요. 그렇죠?"

모두가 죽었으리라고 짐작했던, 명예롭지 못한 불온 파견자. 오래전 도시에서 추방당했던 자스완의 동생 스벤.

스벤이 천천히 태린과 마일라를 향해 걸어오고 있었다.

그는 죽지 않았다. 대신 범람화되어 살아남았다. 저 늪인들 사이에서, 범람체와 하나의 신체를 공유하며, 비록 원래의 모습과는 너무나 달라져버렸지만…… 그럼에도 그는 여기 살아 있었다. 사진 속에서 밝게 빛나던 그 눈빛만은 전혀 잃지 않은 채.

태린은 스벤을 마주보았다. 지금 태린이 몹시도 그리워하는 이의 눈동자를 빼닮은 두 눈이, 태린을 향해 천천히 깜빡였다.

*

늪지의 밤은 덥고 축축하고 끈적거렸다. 짙은 물비린내, 범람화된 열매들 특유의 달큰한 냄새가 공기 중에 섞여 있었다. 이따금 들리는 썩은 나뭇가지들이 부러지는 소리, 날다람쥐가 이 나무에서 저 나무로 뛰며 잎이 바스락거리는 소리 외에는 고요하기만 했다. 그대로 늪 아래로 가라앉아버릴 꿈속의 풍경처럼.

스벤이 야광 범람 그물망을 동그랗게 엮어 만든 조명을 움막 앞 공터에 놓았다. 그 조명은 태린만을 위한 것으로, 늪인들에게는 필요 없는 것이었다. 태린은 바위에 앉아 밤의 늪을 바라보았다. 늪 위에는 빛을 발하는 가루들과 손톱만한 동그란 부유물들이 둥둥 떠 있었다. 그것들은 바람의 방향에 따라 한쪽으로 움직이거나 원을 그리며 돌았다. 그 빛들이 태린에게 이곳으로 오라고, 들어와서 우리를 마셔보라고 말하는 것 같았다. 태린은 시선을 돌렸다. 말없이 늪을 바라보고 있는 스벤이 지금 무슨 생각을 하는지 궁금했다.

조금 전 마일라의 부상 처치를 마친 참이었다. 악어에게 물린 상처가 꽤 심각해서 마일라는 스벤의 부축을 받아 겨우 늪으로 돌아왔다. 늪인들이 마일라를 깨끗한 물이 흐르는 곳으로 데려가 씻기고 처치를 도와주었다. 태린은 숨겨둔 배낭 속에서 응급 키트를 찾았지만, 어째서인지 안이 비어 있어 약간의 진통제만 챙길 수 있었다. 히로모가 와서 늪인들이 소독약으로 사용하는 열매가 있다고 말했다. 그 열매도 범람화된 것일지도 모른다는 생각에 태린은 망설였지만, 감염의 위험이 더 큰 상황이라 마일라는 열매를 쓰는 것에 동의했다. 마일라가 편히 쉴 수 있도록 움막에 들여보내고 나니 어느새 해가 저물어 있었다.

하지만 태린은 도저히 잠들 수 없었다. 스벤에게 묻고 싶은 것이 너무나 많았다. 늪으로 돌아오는 동안, 태린은 스벤에게 이야기를 두서없이 늘어놓았다. 자신은 어린 시절 자스완에게 길러졌다는 것, 그에게는 선오라는 또 다른 입양 딸이 있다는 것, 자스완은 하라판에서 식당을 운영하고 있고, 액자 속 함께 찍은 사진을 자주 들여다보곤 한다는 것…… 스벤은 자스완에게 가족이 생겼다는 사실에 안심하는 것 같았지만, 정작 자신의 이야기는 들려주지 않았다.

"혹시 당신의 이야기를 물어도 될까요?"

스벤은 천천히 고개를 돌려 태린을 보았다.

"자스완 아저씨는, 당신에 대해서는 말해주지 않았어요. 하지만 뭔가 끔찍한 일이 있었다는 걸 모를 수는 없었어요. 제가 파견자가 되는 걸 엄청 싫어했거든요. 끝까지 반대하셨죠. 제가 시험을 치르는 것까지 막을 수는 없었지만. 아마도 그 이유의 중심에는 스벤 당신이 있었던 것 같아요."

스벤은 아무런 말도 하지 않았지만, 태린은 그가 귀기울여 듣고 있다는 사실을 알 수 있었다.

"항상 궁금했어요. 왜 불온 파견자라고 불리는 이들은, 그토록 증오하는 범람체들의 세상으로 나아가서 다시는 돌아오지 않을까. 범람체에 잡아먹히고 만 걸까. 하지만 그렇다면 왜 그들에게

'불온'이라는 불명예가 씌워졌을까. 이곳 늪에 와서는 더 혼란스러워졌어요. 이 사람들은 범람체에 완전히 점령당한 것 같은데, 왜 아직 죽지 않았는지. 어째서 자신의 이름을 기억하는지. 왜 목소리를 내지 않는데도 서로 말이 통하는 것처럼 보이는지. 그런데 더 혼란스러운 건, 제가 이 늪에 대해서 느끼는 감정이에요."

태린은 잠시 늪을 응시했다가 다시 입을 열었다.

"이상하고, 기괴해요. 상상해본 적 없던 장소예요. 그런데도 저는 어딘가 익숙함을 느껴요. 도망치고 싶고, 제가 늪에 대해 느끼는 친밀함을 부정하고 싶어요. 하지만 동시에 이 늪이 불편하지 않은 저를 발견해요. 잘 모르겠어요…… 히로모는 저와 마일라가 당신들처럼 변이하기 전까지는 우리에게 아무것도 말해주지 않을 것이고, 우리를 늪 바깥으로 완전히 떠나게 하지도 않을 거라고 말했죠. 그건 원치 않아요. 저는 도시로 돌아가야 해요. 제가 사랑하는 사람들이 모두 그곳에 있으니까요. 무엇보다 제가 범람체들과 결합된, 변이된 삶을 원치 않으니까요. 하지만 위험을 무릅쓰고 이 늪을 찾아온 것도 저였어요."

태린은 스벤의 눈을 바라보며 말을 이어갔다.

"진동을 따라왔어요. 먼 곳에서 오는 신호를요. 도중에 도시로 돌아갈 수 있었는데도 확인하고 싶어서 여기까지 온 거예요. 그 시작점이 여기에 있었어요. 그런데 정작 와보니 범람체에 끔찍하게 삼켜진 사람들밖에 없어요. 이게 뭘 의미하는지, 도무지 모르겠어요. 스벤, 어쩌다 여기로 온 건가요? 왜 여기서 범람체들과 결합되어 살고 있죠? 그리고 당신이 쓰는 그 '진동 신호'는 범람체들과 무슨 관련이 있는 거예요?"

스벤은 대답 대신 태린을 물끄러미 바라보았다. 호박색 눈동자가 달빛에 반사되어 빛났다. 그 눈빛에 뚫릴 것 같다는 생각이 들 때쯤 스벤이 입을 열었다.

"형을 닮았구나. 너는. 집요하고 호기심이 많아. 자스완이 키운 아이이니, 당연한 일이겠지만. 형은 그 집요함 때문에 괴로워진 것이겠지. 그냥 나를 잊었다면…… 덜 힘들었을 텐데."

범람화된 스벤의 말은 자주 끊겼고, 또 느렸다.

"네 이야기에, 답하기 위해서는. 오래전 일을 말해야 한다."

그렇지만 태린은 다른 늪인들보다 스벤의 말을 좀더 쉽게 알아들을 수 있었다. 그는 형인 자스완과 목소리와 말투가 닮아 있었으니까.

"내가 파견자였을 때 맡은 임무는."

스벤이 천천히 말했다.

"늪인들을 죽이는 것이었다."

태린은 움찔 놀랐다. 스벤은 표정의 변화 없이 말을 이어갔다.

"비열하고 잔혹한 일이었지. 누구에게도 내가 맡은 임무를 말할 수 없었다. 형에게조차도."

태린이 당혹감에 물었다.

"하지만 어떻게…… 늪인들의 존재는 파견 본부에서도 인정되지 않았다고 했어요. 소문으로만 돌았다고요. 당신이 구해준 마일라가 그렇게 말했어요."

"마일라 로드리게스. 나도, 그를 알아."

스벤이 고개를 끄덕였다.

"예전부터 우직하고 정직한 여자였어. 하지만 선을 넘는 행동
은 못해. 그래서 몰랐을 거다. 상부에서는 오직 증오에 미친 자
들만을 골라 비밀리에 일을 맡겼다. 그중 하나가 나였고."

스벤의 목소리에는 무거운 감정들이 쌓여 있는 것 같았다.

자스완과 스벤 형제가 가족을 잃은 건 스벤이 아홉 살 때였다.
환기구 확장 공사 중에 사고가 터졌다. 형제의 부모가 그 안에
있었다. 그날 부모님을 따라갔던 여동생도 범람체에 노출되었
다. 부모와 여동생이 모두 치료소로 이송된 이후, 다시는 소식을
들을 수 없었다. 친척들은 형제를 맡고 싶지 않아했다. 자스완
과 스벤은 서로를 의지하며 자랐다. 둘 다 가족을 앗아간 범람체
를 극도로 증오했으며, 둘 다 광증 저항성을 타고났고 체격이 좋
았다. 그러니 형제가 모두 파견자가 되기로 한 것은 당연한 일이
었다.

"처음 파견자가 되었을 때, 나도 늪인에 대한 소문을 들었다.
지상에 범람체와 결합된 인간들이 살고 있다고, 그런데 그들은
광증이 발현되지 않았다고. 본부는 그 소문이 퍼지는 것을 경계
했지."

스벤도 처음에는 늪인의 존재를 믿지 않았다. 늪인들을 찾아
내 전부 사살하라는 임무가 비밀리에 내려오기 전까지는.

파견 본부가 판단하기에 형제 중 증오에 좀더 미쳐 있는 쪽은
스벤이었다. 본부는 스벤에게만 늪인을 사살하는 임무를 맡겼

다. 늪인의 존재가 지하 도시에 알려지면 범람체에 대한 불온한 생각을 품는 사람들이 더 늘어날 수 있었다.

"본부에서는 그들을 유해 짐승이라고 말했다. 전염병에 걸린 사슴을 쏘아 죽이는 일 정도로 여기라 했지. 그들에게 즉각적으로 경멸감을 품는 건 어렵지 않았다. 모습이 너무나 달랐으니까. 너무나 범람화되어 있었으니까."

늪인들은 집단을 이루지 않고 독립적으로 움직이기 때문에 찾아내 처리하기는 오히려 쉬웠다. 그러나 나중에는 늪인들도 서로 정보를 공유하면서 파견자들을 피해 다니기 시작했다. 스벤은 끈질기게 그들을 추적했다. 그러는 동안 같은 늪인들을 여러 번 마주쳤다. 처음 사슴을 쏘아 죽일 때는 사슴이라는 한 종으로만 여겨지지만, 한 사슴을 여러 번 보면 그 개체만이 지닌 고유한 눈빛을 알아보게 된다. 늪인들은 완전히 변이되었지만, 그들이 여전히 인간이라는 사실을 깨닫기까지는 오랜 시간이 걸리지 않았다.

한번은 스벤이 팀을 이루어 임무를 나갔을 때, 스벤의 오랜 친구이기도 했던 동료가 임무 중 늪인들의 함정에 빠져 범람체에 노출되었다. 그는 범람화되기 시작했다. 그가 팀에서 이탈해 도망쳤을 때, 리더가 스벤에게 명령했다. 친구인 스벤을 신뢰할 테니, 그 신뢰를 이용해서 이탈자에게 접근하라고. 눈앞에서 틀림없이 죽이라고.

"그래서 쐈다. 친구가 아닌 리더를. 그리고 도시로 돌아가지 않았다. 돌아갈 수 없었지."

스벤은 범람체의 숲으로 도망쳤다. 남은 건 죽음뿐이라고 생각했다. 먹을 것을 구할 수도 없었고, 사방엔 범람화된 맹수들이 있었다. 가지고 온 식량이 다 떨어지자 숲에서 열매를 찾아냈지만 한계가 있었다. 도시에서 멀어지기 위해 북쪽으로 향할수록 범람체의 밀도가 높아졌다. 스벤은 범람화된 것들은 끝까지 먹지 않았다. 기력을 잃어 쓰러졌다가 다시 깨어났을 때는 늪이었다.

"내가 사살했던 그 늪인들의 터전이었지…… 그리고 나 역시 변이되어 있었다. 누군가 나에게 범람체를 먹인 거였어. 혹은 상처에 일부러 감염시켰거나. 어느 쪽이든 돌이킬 수 없었다."

스벤은 끔찍하게 변해가는 자신의 몸을 보며 벌을 받는 것이라고 생각했다. 곧 죽게 될 것이라고 생각했다. 그런데 이상하게도 늪에서 변이가 시작되자, 도시에서처럼 자아가 해체되는 일은 일어나지 않았다. 한편 스벤은 늪인들이 자신을 죽일지도 모른다고 생각했지만, 그런 일은 벌어지지 않았다. 맹수들에게 공격당하는 일도 없었다.

"내가 범람화되었을 때, 나는 범람체 연결망의 일부로 간주되었다. 때문에 원래 인간을 먹지 않는 맹수들은 더이상 나를 공격하지 않았지. 늪인들 역시 나를 그들 무리의 일부로 받아들였다. 그들은 나를 '스벤'이라고 불렀지만, 그건 이전에 도시에서 스벤이라고 불릴 때와는 다른 의미였어."

태린은 스벤이 말하는 '그들', 그러니까 범람체들이 이룬 연결망이 무엇인지 잘 이해할 수 없었다. 스벤의 말에 따르면 그것은 인간들의 공동체보다 훨씬 더 본능적이고 무의식적으로 작동하며, 그러면서도 좀더 파편화되어 있고 체계가 없는 형태라고 했다. 범람체들은 범람화된 생물, 즉 범람체에 의해 신경망이 점령된 생물을 그들의 연결망 일부로 여긴다. 그 안에서도 먹고 먹히는 생태계는 유지되지만, 범람화된 개체들은 서로를 완전히 다른 개체로 보는 대신 느슨하게 이어진 집단의 일부로 본다.

"그렇다면 범람화된 사람들은 모두 같은 의식을 지닌 건가요? 생물들도요?"

"아니. 우리는 부분적으로 다르다. 개체로서의 특성이 완전히 사라지는 것은 아니야. 하지만 생각을 공유해. 물리적으로 가까울수록 공유는 더 긴밀해진다. 연결망이 넓어지고 거대해질수록 우리는 더욱 불균질하게 변하지만, 대신 넓은 곳에 가지를 뻗쳐 더 많은 정보를 얻게 되지."

"잘 이해가 안 돼요. 왜 인간에게 그런 것이 필요한지……"

"우리는 이제 순수한 개체도 아니고, 순수한 인간도 아니다."

스벤은 건조한 사실을 말하듯 담담했다. 범람체는 스벤의 외관뿐만 아니라 느끼고 생각하는 방식을 바꾸어버렸다.

"그렇게 변해버린 것이 싫지 않으세요?"

"좋다고는 할 수 없다. 하지만 그건 인간일 때와 같아."

스벤이 자신의 변해버린 팔을 바라보며 말했다.

"인간으로 태어난 것이 불행할 때도 있다. 하지만 태어난 이상 살아가야 한다. 이 삶도 마찬가지다. 난 이 삶을 선택하지 않았다. 하지만 살아가야 해."

"그렇지만 스벤, 우리는 그 변이를 원치 않는다면요? 함정을 설치한 건 당신 늪인들이죠? 그건 늪을 보호하기 위한 일이라고 해도 왜 우리까지 늪인으로 변이시키려고 하는 건가요? 저도 마일라도, 그리고 네샤트도 그것을 원치 않는걸요."

"우리 중에는 늪인의 수를 늘려 규모를 더욱 키워야 한다고 주장하는 이들이 있다. 납득 가는 면도 있지만 현실적으로 가능할지는 모르겠다. 하지만 그보다 근본적인 이유가 있지. 그건……"

스벤이 복잡한 눈빛으로 태린을 잠시 응시하다 말했다.

"그렇지 않으면 너희를 죽여야 하기 때문이다."

순간 태린은 얼어붙었다. 동시에 스벤이 그렇게 말하는 이유도 알 것 같았다. 그들은 스스로를 파견자들과 본부로부터 보호해야 한다. 돌려보내면 이 늪의 위치가 발각된다. 그래서 그들은 태린 일행에게 다른 선택지를 줄 수 없다. 죽거나, 늪인이 되거나. 쭉 그래왔을 것이다. 그래야만 이곳의 늪인들이 살아남을 수 있었을 테니까.

"나도 내 형의 가족을 죽일 수는 없다. 이제 가족이라는 것이 어떤 느낌이었는지조차 희미해져가지만, 그럼에도 너는…… 나와 무관하지 않은 사람이겠지."

그렇게 말하는 스벤의 눈에서 태린은 일렁이는 슬픔을 느꼈다.

"그러니 도망치지 말고 당신들처럼 되라는 말이군요."

태린은 담담하게 말했다. 스벤은 더는 대답하지 않았다.

침묵 속에서, 태린이 생각에 잠긴 동안 스벤은 자리에서 일어났다. 늪인들은 밤이 되면 하나둘 늪을 떠나 숲속에 있는 자신만의 보금자리로 돌아가곤 했다. 태린은 떠나려는 스벤을 불렀다.

"잠깐만요, 스벤."

스벤이 뒤를 돌아보았다. 태린은 머뭇거리다 물었다.

"범람체를 '그들'이라고 불렀잖아요. 스벤은 범람체를 지성 있는 존재로 여기는 건가요? 그러니까, 범람화된 생물들이 아닌 범람체 그 자체를요."

스벤은 잠시 생각하다가 입을 열었다.

"그래. 하지만 그건 인간이 상상해온 형태의 지성 생명체는 아니야. 범람체는 우주에서 왔다고 알려져 있지. 지구의 생물조차 다 이해하지 못했던 인간이 범람체의 지성을 헤아리는 건 쉽지 않다. 아직 우리는 그들과 언어를 매개로 완벽하게 소통하지 못한다. 하지만 그들은 우리의 말을 이해하고, 또 우리에게 무언가를 전달하려고 시도해. 특히 이 늪에서, 범람체들은 복잡한 연결망을 이루고 그것은 마치 하나의 집단 신경망처럼 작동하지."

도대체 어떻게 그게 가능하냐고 태린은 묻고 싶었지만 스벤이 더는 이야기하지 않겠다는 듯 입을 다물었다.

"시간이 늦었구나. 이만 자러 가거라. 앞으로 대화를 나눌 시간은 있을 테니."

문득 태린은 그 말이, 삼촌이 조카에게 건넬 법한 인사 같다고 생각했다. 이 늪에 오기 전까지는 한 번도 본 적이 없었고 혈연조차 아닌 사이였지만, 어쩔 수 없이 태린은 스벤에게 기묘한 친밀감을 느꼈다. 스벤 역시 비슷한 마음인지도 모른다. 그는 평소에 잘 쓰지 않던 발성기관을 꽤 긴 시간 동안 혹사했다. 태린의 질문에 답변할 의무가 없었지만, 단지 호의로 대답해주었다. 죽이거나 혹은 같은 존재로 변이시켜야 하는 대립적 관계에서, 스벤은 최선의 호의를 베푼 것이다.

태린은 자리에서 일어났다.

"스벤도 안녕히 주무세요. 음, 그러니까, 정말 주무시는지는 모르겠지만…… 말이 그렇다는 거예요."

횡설수설 덧붙이는 태린을 보며 스벤은 픽 웃었다. 처음으로 본 스벤의 웃음이었다. 아직 묻고 싶은 것이 많았지만 지금은 그럴 수 없었다. 자리를 떠나 움막으로 걸어가는 동안 태린은 자신을 응시하는 스벤의 시선을 느꼈다.

태린은 고개를 들어 하늘을 보았다. 밤하늘에는 별들이 있었다. 라부바와에서는 상상도 할 수 없던 드넓은 하늘과 저 너머의 우주. 범람체들은 바로 저 우주로부터 왔다. 한때는 인간이 갈 수 있고 소유할 수도 있다고 믿었던 먼 곳의 행성으로부터. 우주를 갈망하던 인간은 우주의 한 조각이 지상에 불시착하도록 만들었다. 지금까지 태린은 그것이 파국이라고 생각해왔다. 우주를 갈망한 인간의 잘못도, 지구에 불시착한 먼지들의 잘못도 아니지만 때로 누구의 탓으로도 돌릴 수 없는 파국이 있는 법이라고. 하지만 그것은 정말로, 끔찍한 파국이기만 했던 것일까. 이제는 어쩐지 그렇게 확언할 수가 없었다.

자리에 누웠을 때 태린은 눈을 감았다가, 번쩍 떴다.

중요한 무언가를 놓쳤다. 쏠이 깨어 있었다. 아니, 쏠은 아까부터 계속 각성해 있었다. 쏠이 스벤과 나누는 대화를 듣고 있었다. 그리고 지금까지 태린이 결코 잊지 않았던 강력한 의문 하나를 되새겨주었다. 기억하는 가장 오래된 과거부터 지금까지, 태린을 지상으로 이끄는 동력에 대해서.

태린은 입을 여는 대신 속삭여 물었다.

넌 진실을 알고 있지? 어쩐지 난 이 모든 것을 미리 예감해왔다는 생각이 들어. 어떻게 내가 무언가를 알기도 전부터 이해할 수 있을까? 왜 그런 선험적 지식이 가능한 것일까? 만약 그게 정말 가능하다면, 그것은 아마도 너와 관련이 있겠지. 난 아직 진실을 마주할 준비가 되지 않았어. 하지만 이미 여기까지 왔고, 네가 그것을 간절히 원한다면…… 더는 피하지 않겠어.

속삭임의 끝에, 거대한 파도 같은 것이 머릿속에서 밀려왔다. 쏠이 대답했다. 그것은 인간의 언어가 아니었다. 새로운 형식의 소통이었다. 쏠은 목소리로 대답하지 않았지만 이제 태린은 쏠이 무엇이라고 말하는지, 그가 무엇을 원하는지 알 수 있었다.

맞아, 나는 진실을 원해. 쏠은 그렇게 말하고 있었다.

그리고 지금 태린도 정확히 같은 것을 원했다.

5

한밤중 늪에서 첨벙, 하는 소리가 들려왔다.

아직 깨어 있던 늪인 한 명만이 그 소리를 들었다. 늪인이 말했다. '무언가 늪으로 들어갔어.' 늪인 근처의 범람체들이 진동을 느꼈다.

그러자 범람체와 연결된 또 다른 범람체들이 함께 진동하기 시작했다. 전기신호들이 활성화되었다. 화학물질이 연결망을 통해 정보를 실어날랐다. 범람체의 그물망이, 그것의 복잡한 뿌리와 얽힌 흙이 진동했다. 연결망의 국지적 영역에서 생각이 생겨났다. *새로운 분자야. 이전에는 없던 분자야. 우리는 그것을 집어삼킬 거야. 소화할 거야.*

생각이 다른 영역으로 전달되었다. 그러자 또 다른 생각이 생겨났다. 여러 생각들이 충돌하며 겹쳐지고 다시 분리되었다. *누가 왔어? 누군가 왔어. 지하 도시에서 온 그 여자애야. 셋 중 하나야. 그래. 아니, 인간 하나만이 아니야. 그 안에 무언가 더 있어.* 늪인은 바닥에 엎드려 퍼져나가는 표면 진동을 들었다. 늪인은 범람체들의 말을 이해할 수 없었지만 그들이 무언가 바쁘게 생각하고 있다는 것은 알았다. 늪인이 물었다. '그를 막아야 할까? 다른 인간들을 깨워야 할까?'

연결망의 어딘가에서 새로운 생각이 생겨났다.

막을까? 어떻게 하면 좋을까?

괜찮아. 그는 대화를 나누러 왔어.

대화가 가능하다고? 그는 인간이야.

그는 단지 인간만이 아니야. 그는 혼합체야. 그는 곧 우리 일부가 될 거야. 우리에게 새로운 분자를 더해줄 거야.

범람체들이 괜찮다는 의미로 진동을 보냈고 그것을 이해한 늪인은 자리에서 일어났다. 더는 표면 진동이 느껴지지 않았다. 모든 것이 순식간에 침묵했다. 어떤 소리든 집어삼키는 숨막히는 늪의 정적이 공기를 채웠다. 늪인은 고개를 돌려, 늪 가운데로 천천히 걸어 들어가고 있는 인영人影을 지켜보았다.

*

늪으로 들어갈 때 가장 먼저 밀려드는 감정은 두려움이었다. 태린은 두려웠다. 그러나 쏠이 이것을 원한다. 그뿐만은 아니다. 쏠이 이것을 원하는 만큼이나 태린도 이것을 원한다. 두렵지만 갈망한다. 어째서일까. 왜 늪이 태린을 끌어당기는 것일까.

죽음을 원하기 때문에?

아니. 늪은 죽음의 공간이 아니다. 늪은 분해와 부패의 과정이 일어나는 용액이다. 그 부패에서 또 다른 존재가 탄생한다. 느리고 질긴 숨이 물을 채운다. 이곳에는 어떤 다른 존재들이 있다. 서로 연결된, 퍼져 있는, 전체와 부분이 동시에 생각하는 존재들이.

태린은 맨발로 천천히 늪 한가운데를 향해 걸어갔다. 끈적거리는 진흙이 발에 들러붙었고 바닥이 푹푹 패어 몸을 휘청거리게 했다. 썩은 나뭇가지와 갈대가 다리를 감쌌다. 날벌레들이 몰려들었다가 다시 떠나기를 반복했다. 이제 허리까지 물에 잠겼다.

쏠은 요동치고 있었다. 머릿속에서 마구 움직이고 있었다. 쏠의 두려움이 태린에게도 전이되고 있었다. 하지만 태린은 멈추지 않고 걸어갔다. 늪이 천천히 태린을 끌어당겼고 태린은 거부하지 않았다. 순간 비틀거리며 균형을 잃었고 손에 든 야광 범람체 조명이 늪 위로 툭 떨어졌다. 빛이 수면 위의 부유물들을 비추었다. 구름이 흘러가며 달빛을 가렸다. 어두워진 시야 속에서 태린은 온몸에 들러붙은 범람체들이 진동하는 것을 느꼈다.

그것들은 몸을 떨고 있었다. 무언가를 말하고 있었다……

태린은 늪 속으로 더 깊이 들어갔다.

천천히, 더 깊은 곳으로.

물이 가슴을 압박해왔다. 숨을 쉬기가 어려웠다. 여기서 멈추고 싶어. 태린은 내면의 목소리를 누르고 한 걸음 더 나아갔다.

목까지 물에 잠기자 질식할지도 모른다는 공포가 스쳤고, 태린은 눈을 감았다. 그러자 두려움이 깃털처럼 가벼워졌다.

온몸을 감싼 목소리들이 태린을 향해 쏟아지기 시작했다.

〈인간이야.〉

〈자발적으로 들어온 인간.〉

〈오웬 이전에는 없었는데.〉

〈오웬도 자발적이지 않았어.〉

〈내 말이 들려?〉〈우리 말이 들려?〉〈어떻게?〉〈인간들은 못 들어.〉〈뭔가 달라.〉〈무엇이 달라?〉〈저 밖의 인간들과.〉〈그들은 이미 인간이 아니야.〉〈그들은 이미 우리야.〉〈한때 인간이었어.〉〈맞아.〉〈아니야.〉〈그들은 원래부터 달랐어.〉〈아닌 경우도 있었어.〉

이 늪을 가득 채운, 태린을 감싼 범람체들. 그들이 말하고 있었다. 태린도 말을 걸고 싶었다. 그러나 방법을 몰랐다. 어떻게 해야 너희에게 말 걸 수 있지? 태린은 묻고 싶었다. 또다시 균형을 잃어버렸다. 입으로, 코로 물이 들이쳤다. 늪 아래로 가라앉을 것 같았다. 탁한 물, 썩어가는 갈댓잎, 범람체들이 눈앞에서 마구 튀어 올랐다.

〈힘을 빼.〉〈맞아.〉〈죽지 않아.〉〈그래도 죽지 않아.〉

태린은 두려웠지만 몸에서 힘을 뺐다. 그러자 무언가 늪 아래에서 태린을 지탱하는 것처럼 몸이 떠올랐다. 얼굴이 공기 중으로 드러났다. 자꾸 들러붙던 벌레들도 이상하게 잠잠해졌다. 다음 순간 목소리가 파도처럼 태린을 덮쳤다.

〈어디서 왔지?〉〈뭔가 이상해.〉〈무엇을 하려는 거지?〉〈뭔가 이상해.〉〈제거해야 해.〉〈분해될 거야.〉〈아니, 그러면 안 돼.〉〈왜 안 되지?〉〈아직 정해지지 않았어.〉〈아직 이유를 몰라.〉〈하지만 이상해.〉〈뭐가?〉

무언가가 태린의 머리에서 발끝으로 빠져나가듯 살짝 몸을 울렸고, 그러자 태린은 문득 그들에게 말을 거는 법을 깨달았다.

〈너희는 누구야?〉

혀를 움직이지도, 성대를 울리지도 않았다. 대신 머리에서 몸의 말단들로 연결된 무언가가, 전체적으로 진동했다.

〈너는 우리가 누구인지 이미 알잖아.〉

구름 사이로 다시 드러난 달이 늪을 비추었고, 태린은 눈앞에 펼쳐진 범람체들의 연결망이 우우웅, 우우웅 떨리는 것을 볼 수 있었다.

〈범람체. 너희들이 말하고 있구나.〉

〈그래, 인간들이 우리를 그렇게 불러.〉

〈스스로 너희를 부르는 이름이 있어?〉

〈아니. 우리는 그냥 우리야.〉

태린이 물었다.

〈어떻게 인간의 언어로 말하고 있지?〉

마치 웃는 것처럼 태린 주위의 범람체들이 떨렸다.

〈우린 배웠어.〉〈우리가 흡수해서 우리와 하나가 된 인간의 정신이 가르쳐줬어.〉〈특히 오웬이.〉〈그는 영리해.〉〈하지만 우린 말하지 않아.〉〈우리는 몸을 떨고 네가 그것을 해석하는 거야.〉〈가끔은 말해.〉〈나무들을 부딪쳐서.〉〈그건 힘들어.〉〈아주 가끔만.〉〈보통은 듣지 못해.〉

〈잠깐…… 잠깐만.〉

태린이 그들을 멈추게 했다. 태린을 중심으로 천천히 진동이

236

찾아들었다. 그들은 인간의 언어를 알고 있다. 인간에 대해서도 알고 있다. 인간을 흡수했기 때문에.

문득 분노가 치솟아 태린은 물었다.

⟨너희가 인간에 대해서 알고 있다면, 왜 우리를 죽이는 거지?⟩

범람체는 어떤 자의식도 없는, 그저 번성하고 퍼져나가는 본능만을 가진 생물이라고 생각했다. 그렇게 생각할 때는 범람체를 증오하면서도 동시에 그것들에게 매료될 수 있었다. 하지만 범람체가 이렇게 자의식을 지닌 존재라면, 그것들이 의식을 가지고 인간을 해치고 죽여온 것이라면.

⟨우리가 의식 있는 생물이라는 것을 알면서도 너희는 인간의 뇌로 들어와 자아를 파괴하고 있어. 우리는 행성을 너희에게 빼앗겼어.⟩

태린은 화가 났지만, 그들의 방식으로 말하는 중에는 분노를 담을 수 없었다. 지금 태린이 발화하는 방식이 태린의 감정까지도 제약하고 있었다. 그래서 말을 내뱉는 순간순간마다 분노가 사그라들고, 대신 호기심이 그 자리에 남았다. 태린은 화가 나는 동시에 그들의 생각을 알고 싶었다. 이해하고 싶었다.

⟨우리가 인간을 죽인다고?⟩

조금 전 태린의 말이 서서히 주위로 퍼져나가면서 범람체들이 저마다 무어라고 떠들어대기 시작했는데 태린은 그 내용을 쫓아갈 수가 없었다.

⟨아니야.⟩ ⟨맞아.⟩ ⟨죽지 않아.⟩ ⟨그들은 그것을 죽음이라고 여겨.⟩ ⟨하지만 죽음은 그렇게 큰 의미가 없어.⟩ ⟨그들에겐 의미

가 있어.〉〈우리에게도 의미가 있을지 몰라.〉〈아니야.〉〈의미란 무엇이지?〉〈죽지 않아.〉

그들의 의견이 서로 충돌했다. 그들은 전체가 모두 연결되어 있으면서도, 국지적으로는 다른 의견을 가지고 있었다. 개별적인 개체도 아니었고 단일한 집단도 아니었다.

〈우리 말을 이해 못하고 있어.〉〈동시에 여럿이 이야기하지 마.〉〈그는 아직 준비가 되지 않았어.〉

수많은 목소리들이 그저 자신을 스쳐지나가도록 태린은 내버려두었다. 그러자 시간이 지나며 그 목소리들이 점차 몇 개의 큰 줄기로 정리되어갔다. 비슷한 목소리끼리 합쳐지고 다른 목소리끼리는 갈라졌다. 의견을 나누고 또 나누며 완전히 균일하지는 않지만 통합된 목소리가 만들어졌다.

한 줄기로 정리된 목소리가 말했다.

〈우리가 지구에 도착했을 때, 우리는 너희가 지성을 가진 존재라는 것을 몰랐어. 처음에 우리는 지금과 같은 연결망을 이루지도 않았어. 그래서 우리의 부분들은 단지 본능을 따라서, 사방으로 가지를 뻗쳐서 우리가 도착한 이 행성을 탐사하기 시작했어. 그건 의도가 아니라 본능이었어. 우리의 개별적 가지들은 모두 각각의 본능을 가지기에, 우리는 그것을 통제할 수 없어. 우리가 의도와 생각과 의식을 갖게 되는 건, 이 늪과 같은 장소에서 망을 이루게 될 때야.〉

〈하지만 어떻게 지구에 도착했을 때 그걸 모를 수가 있어? 지구에서 인류는 가장 번성한 생명체 중 하나였어. 그리고 인류가

이룩했던 문명은 이 지구를 뒤덮고 있었는데……〉

〈우리는 인간과 같은 방식으로 세상을 감지하지 않아. 너희는 눈에 의존해. 우리는 표면 진동과 분자의 확산을 통해 세상을 감지해. 너희가 구축한 문명은 우리에게는 인상적이지 않았어. 그래서 너희가 지성을 지닌 존재라는 걸 알기까지 시간이 걸렸어. 그 사실을 알았을 때는 이미 우리의 잔가지들이 지구 전체로 퍼져나간 이후였어.〉

〈그러면 왜 지하 도시로는 침입하지 않는 거야? 그게 너희의 마지막 남은 동정심이라고 주장하는 건 아니겠지.〉

그러자 범람체들이 또다시 진동했다.

〈우리는 본능적으로 우리를 닮은 생물들이 점령한 장소를 피하는 습성이 있어. 지하는 우리가 지구상의 범람체라고 여겼던 생물로 가득했어. 너희가 균류나 곰팡이라고 부르는 것들, 그리고 개미들도. 우린 그것들이 지성 생물이라고 간주했어. 생물학자 오웬은 균류가 지성체가 아니라고 주장하지만, 우리는 판단을 보류해왔어. 인간에 대해 이해하게 된 이후로, 통제할 수 있는 잔가지들에 한해서는 지하 도시에 대한 접근을 막았지. 하지만 완벽하게 제어하는 건 불가능해. 우리는 인간들처럼 통치 체제를 만들지 않고, 그럴 필요도 없으며, 그럴 수도 없어.〉

〈그렇지만 여전히 지상으로 가거나 범람체에 노출된 인간은 죽잖아. 그건 각 개체들이 저지르는 짓이니 별수없다는 거야?〉

〈그래. 우리의 잔가지들은 '개체'라고도 할 수 없어. 작은 범람체 뭉치와 커다란 범람체 뭉치, 부분적인 연결과 거대한 연결이

있을 뿐. 그리고 무엇보다 우리는 인간을 죽이지 않아.〉

태린이 대답했다.

〈무슨 말이야? 너희는 인간을 죽여. 너희는 인간의 뇌에 침투해서 더는 이전과 같은 방식으로 사고하거나 행동하지 못하게 만들고, 결과적으로 자기 파괴를 유도해 죽음에 이르게 해.〉

〈맞아. 우리와 결합한 인간은 더는 예전과 같이 사고하거나 행동하지 않아. 하지만 그건 죽음이 아니야.〉

〈인간에게 그건 죽음이야. 우리에게 자아의 상실은 인간성의 상실이나 마찬가지야.〉

〈하지만 왜 그게 죽음이지? 다른 종들을 봐. 인간 외의 모든 것들은 우리와 결합한 상태에서도 번성하고 있어. 그 생물들 역시 변화하고 변이했어. 우리가 그 생물들의 신체로, 신경세포로 파고들어 변화시켰어. 그럼에도 그들은 여전히 살아 있어.〉

〈아니, 잘 들어봐……〉

태린은 범람체들에게 화가 났지만, 여전히 지금 쓰는 언어로는 화를 낼 수 없었다.

〈우리는 단지 살아 있는 것, 숨을 쉬는 것보다 더 중요한 게 우리에게 있다고 생각해. 어떤 사람은 그걸 영혼이라고 부르고 다른 누군가는 의식이나 자아라고 불러. 어쨌든 우리 인간에게는 하나의 개체로서 세상을 주관적으로 감각하는 것, 세상을 일인칭으로 경험하는 것, 그 자체가 중요해. 너희가 하는 짓은…… 그래, 너희가 곧바로 인간을 죽이는 건 아닐지도 모르지. 의도한 것도 아닐 테고. 하지만 너희는 인간의 신경세포로 파고들어서

영혼을, 자아를 파괴해. 그건 인간에게는 죽음이야. 명백한 죽음.〉

태린의 말에 범람체들이 약간 소란스러워졌다. 지금 범람체들은 자신들만이 이해하는 진동으로 소통하고 있었는데, 그 내용은 알 수 없었지만 태린의 말을 납득하지 못하는 것 같았다. 진동이 파도처럼 밀려들었다. 소란이 잠깐 멎은 후에 어떤 목소리가 물었다.

〈그 의식은 너희의 머리 안에 있는 뭉치, 우리를 닮은 연결망의 뭉치로부터 시작되는 것이지?〉

〈인간의 뇌가 너희를 닮은 건지는 모르겠지만, 의식이 뇌에서 시작되는 건 맞아.〉

〈우린 그 뭉치를 세세히 조사했어. 인간에 대해 학습할 때, 늪에 던져진 인간을 소화할 때, 그리고 인간의 언어를 배울 때 말이야. 그리고 결론을 내렸어. 자아란 착각이야. 주관적 세계가 존재한다는 착각. 너희는 단 한 번의 개체 중심적 삶만을 경험해 보아서 그게 유일한 삶의 방식이라고 착각하는 거야. 우리를 봐. 우리는 개체가 아니야. 그럼에도 우리는 생각하고 세상을 감각하고 의식을 느껴. 의식이 단 하나의 구분된 개체에 깃들 이유는 없어. 우리랑 결합한 상태에서도 너희는 여전히 의식을 지닐 수 있어.〉

태린은 말문이 막혔다. 그들은 자아 감각을 이해하지 못한다. 그들이 아무리 인간을 분석하고 인간의 언어를 이해해도, 인간이 자아의 죽음에 대해 느끼는 근원적 공포마저 이해할 수는 없을 것이다. 애초에 그들에게 개체의 죽음은 아무것도 아니기 때문에. 그들은 개체가 아니기 때문에. 그렇다면 그들을 도대체 어떻게 설득해야 할까.

〈설령 그게 착각이라고 해도, 우리에게는 그 착각이 필요해.〉

〈정말 그런가? 네가 말하는 '우리'는 누구야? 인간 전체야?〉

범람체들이 되물어왔다. 태린은 또다시 당황했다. 범람체가 인간의 자아를 파괴할 때 그것은 죽음이다. 대부분의 인간이 그렇게 생각할 것이다. 인류가 그렇게 생각할 것이다. 하지만 정말 그런 것이 확실하냐고, 지금 범람체들이 묻고 있었다. 혼란스러웠다. 짐작하는 대신 물어본 적이 있었나? 범람화된 인간들에게 직접 묻는다면 그들도 자신이 죽었다는 것에 동의할까? 광증 발현자들은? 늪인들은?

아니…… 그렇게 생각하는 건 범람체들에게 휘말려드는 일이다. 그렇지만 태린은 확신을 잃어갔다. 그들에게 인간의 공포를 설명할 수 있다고 해도, 그들의 침입을 멈출 수 있긴 할까? 인간이 스스로 심장을 멈출 수 없는 것처럼, 범람체들도 자신의 잔가지들이 뻗어나가는 것을 멈출 수 없다면.

〈그렇다면 너희는 그게 너희의 관점에서 죽음이 아니기 때문에 계속해서 인간에게 침투하겠다는 뜻이야? 그러지 않을 의도는 없는 거야?〉

〈의도가 아니라 본능이기 때문에 우리는 중단할 수 없어.〉

하지만 그때 어떤 목소리가 뜻밖의 말을 건넸다.

〈글쎄, 방법이 없는 건 아니지. 안 그래?〉

동시에 다른 범람체의 부분들이 웅성거리기 시작했다.

〈어떤 방법?〉〈여기에 있잖아.〉〈그게 방법?〉〈맞아.〉〈방법이 있어.〉〈하지만 그걸 받아들일까?〉〈아니야……〉〈가능해.〉〈불가능해.〉〈원치 않아.〉〈그들도 원할 거야.〉〈그렇지 않아.〉〈말해봐.〉〈아니야, 말하지 마.〉〈무슨 방법인데?〉

아까 방법이 있다고 말한 목소리가 말했다.

〈늪인들. 우리는 그들과 결합하며 그들의 자아를 완전히 침범하지 않는 법을 배웠어. 우리가 처음에 인간들을 늪의 일부로 흡수했을 때, 그들은 자신이 개별적 개체로서의 자의식을, 자아를 소중히 여긴다고 알려주었어. 네가 설명했던 것처럼. 어떤 인간들은 완전히 소화되지 않고 자신의 자아 뭉치를 유지하겠다고 고집했지.〉

또 다른 목소리가 거들었다.

〈맞아, 오웬 같은 녀석처럼 말이야.〉

〈그래서 다음에 또 다른 인간들이 늪에 도착했을 때 우리는 그들이 바라는 대로 천천히 그들의 몸으로 들어갔어. 뇌를 피해서 신체에 자리잡았어. 그러면 그들은 자아를 파괴하지 않으면서 지상에서 살아갈 수 있어. 땅에서 나는 것들을 먹고 살아도 문제가 없어. 부패와 분해를 통해 양분을 흡수할 수 있어. 그들 역시 우리의 일부니까…… 시간이 지나면 언젠가 그들의 뇌도 우리와 하나가 되고, 그러면 그들이 원래 고수하던 자아의 개념은 무너지겠지. 하지만 그건 인간들 모두가 결국은 겪는 일이잖아?〉

〈그래. 그런 방법이 있어.〉

〈우리와 결합해. 그러면 너희도 지상에서 살아갈 수 있어.〉

목소리들이 말했다.

〈우리를 먹어. 흡수해.〉

〈그러면 우리도 너희를 먹을게.〉

태린은 늪에서 보았던 늪인들의 모습을 떠올렸다. 그런 방식의 삶을 다른 이들이 받아들일 수 있을 거라는 생각이 들지 않았다. 태린은 말했다.

〈아무도 그런 걸 원하지 않을 거야. 침범당하기를 바라는 인간은 없어.〉

〈하지만 네가 그런 말을 하는 건 이상한걸.〉

〈왜?〉

〈너는 이미 우리와 함께 있잖아.〉

〈내가 너희와 있다니?〉

〈네 머릿속에 있는 것.〉〈맞아. 그건 범람체야.〉〈자신을 각성하지 못하고, 얌전히 숨죽이고 있지만.〉〈넌 이미 우리와 있어.〉

잠시 침묵한 끝에야 태린은 그 말의 의미를 깨달았다.

〈쏠이…… 너희라고?〉

〈우리인가?〉〈우리의 일부이긴 하지.〉〈특이한 형태이긴 해. 보통 우리는 그렇게 단일한 개체처럼 행동하지 않으니까.〉〈그 녀석에게 이름을 붙여준 거야?〉〈이름이 있는 범람체라니.〉〈하하하.〉〈하하.〉〈우리에게도 있어, 이름이 있는 범람체.〉〈하하.〉〈그건 특별한 오웬 뭉치잖아. 원래 인간이었으니까. 하지만 저

녀석은 처음부터 범람체였잖아.〉

태린은 지금 느끼는 충격이 자신의 것인지 쏠의 것인지 구분할 수 없었다. 언제나 태린의 생각과 감정을 휘저어놓고, 기억 깊은 곳에서 상상할 수 없는 무언가를 이끌어내던 그 움직임과 목소리……

그런데 쏠이 범람체여서, 그 모든 것이 가능했다니.

단순한 뉴로브릭이 아닐 거라고는 짐작해왔다. 하지만 특별한 오류 정도로 생각했지, 쏠이 외계에서 온 유기체일 것이라고 생각한 적은 없었다. 어떻게 그런 일이 가능하단 말인가.

〈네 머릿속의 그 녀석은 아주 재미있는 형태를 하고 있어. 우리와 같지만 또 한편으로는 달라. 우리는 개체로서 존재하지 않지. 그런데 너의 안에 들어간 그 녀석은, 자신을 하나의 개체로 인지하는 것 같아. 그렇지?〉

쏠이 대답했다. 〈아냐, 나는 너희와 같지 않아!〉 이어지는 말들은 태린이 더는 이해할 수 없는 범람체들만의 언어였다. 하지만 태린은 짐작할 수 있었다. 쏠은 지금 범람체들에게 항변하고 있었다. 자신은 그들과 다르다고 말하고 있었다. 태린의 생각도 같았다. 쏠은 그들과 완전히 다르다. 인간의 뇌에 무작정 침투해오고, 미치게 하고, 결국 죽음에 이르게 하는 그들과는……

범람체들이 또다시 물결을 일으키며 진동했다. 크게 웃는 것처럼.

〈네가 그 녀석에게 이름을 붙여준 탓인지, 좀더 인간처럼 행동하게 됐어. 감정을 가진 것처럼 행동하는군. 우리에겐 감정이 필요하지 않아. 감정이란 개체 단위로 존재하는 생물들이 주관적인 신체 감각을 해석하기 위해 만들어낸 문화적 도구이니까. 그런데 그 녀석은 감정을 보이는걸. 마치 너에게서 신체 감각을 해석하는 법을 배우기라도 한 것처럼.〉

〈게다가 그 녀석은 우리와는 다르게 뇌 부근에 국지적으로 존재해. 신기한 일이야. 보통 그렇게 자신을 사방으로 뻗치는 대신 일부분에 국한해서 머무르기는 쉽지 않은데.〉

〈잠깐, 기다려봐……〉

태린이 범람체들의 파도 같은 말들에 끼어들었다.

〈쏠이 정말로 너희 같은 범람체라면, 도대체 어떻게 내 머릿속에 들어온 거야? 그리고 왜 쏠만은 다르게 행동하는 거지?〉

〈그건 우리도 알 수 없어. 만약 그 녀석이 우리와 결합한다면, 그 녀석의 기억을 샅샅이 확인할 수 있겠지만……〉

머릿속에서 물결이 크게 일었다. 쏠이 〈싫어!〉라고 외쳤다.

〈그것 봐. 그 녀석이 이렇게 싫어하는데, 우리도 알아낼 수 있을 리가. 어떻게 우리 중 일부가 인간의 머릿속에 들어가서 개체처럼 굴게 됐을까? 우리도 알고 싶은걸.〉

쏠이 항의했다. 〈나를 너희 중 일부라고 말하지 마!〉

〈쏠. 그게 네가 불리는 이름이야? 너는 우리와 같아. 분리된 채로 너무 오랜 시간이 지나서 너 자신에 대해 잊어버린 거야.〉

〈아니라고! 아니야!〉

태린은 쏠이 엄청난 혼란에 빠져 있음을, 심지어 화가 나 있음을 알았다. 혼란스러운 것은 태린 역시 마찬가지였다.

범람체들이 웃는 것처럼 물결치는 동안 태린은 어둡기만 하던 하늘이 새벽 어스름으로 물들어가는 것을 깨달았다.

〈늦인들이 오고 있어.〉〈그들이 오고 있어.〉〈새벽이야.〉〈깨어나는 시각이야.〉

범람체들이 조잘거리며 진동했다. 태린은 주위를 보았지만 아직 늪 가까이 나타난 늦인은 없었다. 범람체들은 표면 진동을 통해 늦인들이 다가오고 있다는 걸 알아챈 모양이었다.

〈마지막으로, 하나만 묻고 싶어.〉

태린이 말했다.

〈이전에는 나와 같은 사람이 없었어? 그러니까, 범람체와 결합해 있지만…… 각각의 자아를 유지하는 그런 사람이?〉

범람체들이 대답했다.

〈처음이야.〉〈아주 재미있는 형태야.〉〈우리에겐 자아가 필요하지 않으니까.〉〈이름도 필요하지 않지.〉〈너희는 재미있어.〉〈흡수되지 않을래?〉〈우리와 결합해.〉〈맞아. 우리와 결합해.〉〈너희를 분석해줄게.〉〈너희에 대해 알려줄게.〉

〈그만. 아니야. 난…… 나가야겠어.〉

온몸의 근육이 다 아파왔다. 태린이 입을 다물고 늪 밖으로 나가려고 하자, 이제 범람체들은 저들끼리의 언어로만 떠들었다. 태린은 몸을 일으키다 휘청거렸다. 범람체들이 태린을 지탱하고 있다는 사실을 깜빡 잊어서, 범람체들의 실타래에 몸이 엉켰다.

〈뭍으로 데려다줄게.〉

범람체들이 말했다. 태린은 허우적대는 대신 몸에서 힘을 뺐다. 그러자 늪 안의 범람체들이 태린을 둘러싸서 태린이 늪 바깥으로 나갈 수 있게 도와주었다. 이상한 기분이었다. 두려워했던 존재들에게 몸을 맡긴다는 것은.

〈재미있는 인간.〉〈재미있는 범람체.〉〈또 놀러와.〉

땅에 손을 짚고 뭍으로 올라오는 순간, 몸을 감싸던 범람체의 진동이 모두 사라졌다.

잊고 있었던 순간이 떠올랐다. 늪에서 함께 추던 춤. 몸과 몸 바깥의 경계가 잠시나마 지워진 느낌이 들었던 것. 전부 범람체들과의 일이었을까. 사실은 그것이 첫 조우였을까. 늪으로부터 걸어나오자 온몸이 진흙과 갈댓잎, 범람체들로 엉망이었다. 태린은 물을 뚝뚝 흘리며 걸어가다가 도중에 멈추어 섰다.

고요한 새벽, 공기 중으로 가라앉지 않는 혼란이 마구 일렁였다. 쏠의 것인지 태린의 것인지 구분하는 일이 더는 무의미한 감정이 요동쳤다. 태린은 쏠에게 괜찮냐고 묻지 않았다. 이제는 쏠이 괜찮지 않다는 것을 느끼고 있으니까.

짙은 정적이 태린의 어깨 위로 내려앉았다. 낯선 조우가 어느새 오래된 꿈만 같았다.

6

"이곳 늪의 범람체들이 연결망을 이루고, 그래서 지성을 지닌 것처럼 행동한다는 것까지는 알겠습니다. 하지만 왜 태린만 그들과 대화가 가능한 겁니까? 저 늪인들도 범람체와 직접 대화를 나눌 수는 없지 않습니까."

밤사이의 일을 마일라에게 납득시키는 건 쉽지 않았다. 아침이 되자마자 태린은 움막을 빠져나와 마일라에게 이곳 늪에 대해, 그리고 범람체에 대해 알아낸 사실을 보고했다. 하지만 마일라는 늪의 범람체가 인간의 언어를 알고 있다는 것, 인간에 대해 이해한다는 것, 그리고 소통이 가능하다는 것 그 어느 것도 믿기 힘들어했다.

태린은 한참 주저했다. 하지만 가장 중요한 사실을 말하지 않는다면 마일라가 믿지 않으리라는 것을 알았다.

"제 머릿속에 범람체가 있기 때문이에요."

마일라의 눈이 크게 흔들렸다.

"확신은 없지만 아마도요. 그들이 그렇게 말했어요. 어떻게 된 일인지는 모르겠어요. 늪인들이나 발현자와는 다른 것 같아요. 범람체들도 저에게 이런 형태는 처음이라고 했어요."

"그럼, 언제부터 그런……"

마일라가 그토록 당황하는 표정은 처음이었다. 태린이 입을 다물고 있자, 마일라가 굳은 얼굴로 물었다.

"지금은 괜찮은 겁니까? 광증 증상은요?"

"네, 지금은 괜찮아요. 도시에 있을 때는 통제할 수 없었어요. 제가 이 위험한 임무에 내던져진 것도 실은 범람체가 벌인 일 때문이었어요. 그렇지만 지상으로 오면서 오히려 문제는 나아졌어요."

"파견 본부에도 이 사실을 보고할 겁니까?"

마일라가 물었다. 태린은 그를 마주보았다. 이미 마음의 결정은 내린 상태였다.

"아니요. 범람체들이 지성을 가진, 소통 가능한 존재라는 것은 알려야겠지만 저에 대해서는 보고할 수 없어요."

파견 본부가 광증을 보이지 않는 늪인들조차도 잔혹하게 살해했다면, 머릿속에 범람체가 있는 태린을 어떻게 대할지는 뻔한 일이었다. 하지만 마일라는 어떨까. 그도 태린에 대해 함구해줄까. 범람체가 소통 가능한 존재라는 사실을 보고해야 한다면 태린의 비밀 또한 지켜질 수 없는 게 아닐까. 마일라의 말을 기다리는 동안 태린은 마른침을 삼켰다. 마일라는 한숨을 쉬더니 말했다.

"네샤트에게는 말하지 마십시오."

태린은 안도감에 깊은숨을 내쉬었다. 물론 그럴 생각이었다. 범람체를 극도로 혐오하는 네샤트가 이 사실을 안다면, 본부에 당장 알리려 하는 것은 물론이고, 라부바와로 돌아가기도 전에 태린을 제거하려 할지도 모른다.

"그래도 태린 덕분에 중요한 사실을 알게 되었습니다. 이제는 도시로 돌아가야 합니다. 이곳에 대해 어떻게 보고할지는 가는 길에 상의하도록 하지요."

태린은 늪을 바라보며 고개를 끄덕였다. 태린은 늪의 위치를 고스란히 알려서 늪인들을 또다시 학살의 희생자로 만들고 싶지 않았고, 그건 마일라도 마찬가지일 터였다. 하지만 여기에 계속 붙잡혀 있을 수도 없었다.

"늪인들이 우리를 그냥 보내주지는 않겠죠. 그들은 우리가 늪의 위치를 알릴 거라고 생각하고, 네샤트를 보면 틀린 생각도 아니에요. 어떻게 해야 돌아갈 수 있을까요?"

"네샤트가 맨정신일 때는 순조롭게 탈출할 수 없을 겁니다. 늪인들에게 복수하고 싶어하니까요."

태린 역시 마일라와 같은 생각을 하고 있었다.

"배낭에 진정제가 있을 거예요. 원래는 맹수에게 쓰는 것이지만……"

"사람에게도 쓸 수 있습니다."

"경험이 있으신 거군요."

마일라는 침묵으로 답변을 대신하고는 말을 이어갔다.

"밤늦게 늪인들이 늪을 떠나는 때가 있습니다. 그때를 노리는 게 좋겠습니다. 언제 계획을 실행에 옮길지 정하면 속행하지요."

이제 도시로 돌아간다. 사랑하는 사람들을 만날 수 있다. 다시 이제프를 만날 수 있다. 이 모든 충격적인 진실을 마주하고도, 도시로 돌아가야 할 절실한 이유가 있다. 태린은 순간, 마일라에 게도 여전히 그런 존재가 도시에 남아 있을까 궁금했다. 그리고 지금이 아니면 말할 기회가 없다는 것을 깨달았다. 망설였지만 반드시 전해야 하는 진실이 있었다.

"아, 저······ 꼭 알려드려야 할 것이 있어요."

주저하며 태린은 입을 열었다.

"오웬이 있는 곳을 알아요."

태린은 마일라의 눈을 똑바로 마주볼 수가 없었다. 태린은 늪에 있는 오웬에 대해 이야기했다. 죽은 것은 아니지만, 살아 있다고도 할 수 없는 상태의 오웬. 그가 수년 전 늪에 빠졌고, 범람체들에 의해 분해되었지만 강한 자아 때문에 완전히 소화되거나 흡수되는 대신 고유한 의식을 지닌 뭉치로서 존재하고 있다는 것, 그리고 오웬이 범람체들에게 인간과 인간들의 언어에 대해 가르쳤다는 것을.

"이 이야기를 어떻게 받아들이실지 모르겠어요. 정말······ 유감이에요."

말하는 내내 시선을 떨구고 있던 태린이 마침내 고개를 들었을 때, 마일라의 얼굴은 설명하기 힘든 감정으로 물들어 있었다. 짧은 침묵 끝에 그가 물었다.

"혹시 오웬과 이야기를 나눠봤습니까."

"아니요. 사실 이야기를 나눌 수 있는지도 잘 모르겠어요. 늪은 너무 많은, 수많은 목소리들로 가득차 있었거든요. 목소리들을 구분할 수 없었어요. 하지만 범람체들은 오웬에 대해서 계속 언급했어요. 오웬이 늪 어딘가에 고유한 의식을 지닌 채 존재한다고요."

"그렇습니까."

마일라는 한참이나 멍한 얼굴로 서 있더니 짧게 덧붙였다.

"그래요. 고맙습니다."

태린은 마일라의 표정을 보고서야, 지금까지 그의 목적에 대해 오해했다는 걸 뒤늦게 깨달았다. 마일라는 오웬의 죽음을 확인하기 위해 왔다고 말했지만 그건 진심이 아니었을 것이다. 어쩌면 오웬이 살아 있을지도 모른다는, 실낱같은 희망을 쥐고 있었을지도. 그렇다면 산 것도, 죽은 것도 아닌 지금 오웬의 존재 방식은 마일라에게 절망일까. 아니면 영원히 사라져버린 것보다는 나은, 일종의 가능성일까. 태린은 도저히 그 마음을 헤아릴 수 없었다.

하지만 마일라에게 시간이 필요하다는 것만은 알 것 같았다.

"리더, 괜찮아요? 움막으로 먼저 돌아가 계세요. 제가 배낭이 있는 곳을 아니까, 진정제를 챙겨놓을게요."

하지만 마일라는 아무런 대답이 없었다. 오로지 늪에만 시선을 둔 채 생각에 잠겨 있을 뿐이었다.

태린은 배낭을 숨겨둔 장소로 가, 네샤트를 잠시 재울 진정제를 챙겼다. 그리고 잊지 않고 배낭 깊은 곳에 손을 넣었다. 이제프가 주었던 작은 봉투가 그곳에 있었다.

필요할 때 딱 한 번. 이제프는 반드시 구하러 오겠다고 했다. 태린은 늪에 있는 동안은 이 장치를 쓸 생각이 없었다. 늪의 위치가 알려져서는 안 될 테니까. 하지만 늪을 벗어나서, 범람체의 숲을 지나 도시로 돌아가는 길에는 이것이 필요해질 것이다. 태린은 봉투를 꺼내 겉옷의 안주머니에 넣었다.

그날 저녁부터 태린은 움막 안에 가만히 머물렀다. 마일라에게는 혼자만의 시간이 필요해 보였고, 네샤트는 여전히 분노에 차 있어 그대로 두는 편이 나아 보였다. 무엇보다 지금 태린은 쏠과 이야기를 나누고 싶었다.

어젯밤 늪에서 범람체들과 대화를 나눈 이후, 쏠은 엄청난 혼란에 빠져 있었다. 태린은 그런 쏠에게 마음이 쓰였다. 다른 존재의 뇌 속에 내내 갇혀 있다가, 상상도 못했던 자신의 정체를 알게 된 쏠이 느낄 충격을 짐작조차 할 수 없었다.

"쏠, 거기 있어?"

태린이 조심스럽게 말을 걸어보았지만, 쏠은 작게 물결만 일으킬 뿐이었다. 태린이 앉아 생각을 정리하는 동안 쏠은 내내 머릿속을 느리게 맴돌더니, 한참이 지나서야 시무룩하게 태린을 불렀다.

—있잖아, 태린.

"응?"

—라부바와로 돌아가면, 날 없앨 거야?

쏠의 말에 태린은 헛웃음이 나왔다.

"하루종일 말 걸어도 아무 대답 없더니, 한다는 말이 고작 그 거야?"

—그렇지만 넌 범람체를 싫어하잖아.

"뭐, 그렇긴 했지."

—날 없앨 거야?

태린은 픽 웃었다. 이상하게도 쏠이 더는 두렵거나 싫지 않았 다. 이전에는 쏠이 어떤 일을 벌일지 몰라 불안했다면 정체를 알 게 된 지금, 이 감정은 그런 것과는 거리가 멀었다. 이 감정에 이 름을 붙인다면 아마도 연민에 가까울 터였다. 태린은 쏠이 안쓰 러웠다. 그리고 쏠을 더 이해하고 싶었다. 어쩌면 쏠도 태린과 같은 처지였다. 태린도 자신이 무엇인지, 왜 이렇게 되었는지, 앞으로 뭘 해야 하는지 아무것도 모르기는 매한가지니까.

"쏠, 네가 직접 말했잖아. 넌 그들과는 다르다고."

—다르지만 같기도 해. 난 범람체가 맞는 것 같아. 이전에 내가 뉴로브릭일 거라고 태린 네가 말했을 때는 도저히 믿어지지 않 았어. 하지만 늪에서 그들이 나에게 범람체라고 말했을 땐, 곧바 로 그 말을 이해할 수 있었어. 그런데 내가 정말 범람체면 어쩌 지? 나는 나를 바꿀 수 없는데, 내 본성은……

"잠깐, 잠시만. 쏠."

태린은 떠는 것처럼 불안정한 흐름을 만들어내는 쏠을 멈춰 세웠다.

"넌 사라지고 싶어?"

—아니……

"나랑 같이 있는 게 괴로워?"

―잘 모르겠어.

"나도 너랑 마찬가지야. 나도 내 정체가 뭔지 모르겠고, 뭘 해야 할지 모르겠어. 그래도…… 한 가지는 알아. 난 너랑 있는 게 그렇게 괴롭지만은 않아. 그러니까, 싫지 않다고. 생각해봤는데 만약 네가 정말 범람체라면, 우린 분리될 수 없을 거야. 광증 발현자들을 치료할 방법도 없고, 늪인들을 되돌릴 방법도 없는 것처럼. 범람체는 파고들어서 결합하는 성질이 있잖아. 네가 다른 범람체들과는 다르게 개체인 것처럼 행동한다고 해도, 그럼에도 아마 너는 내 곳곳에 퍼져 있겠지."

―미안.

"네가 존재하는 것을 스스로 사과하는 거야?"

태린은 농담처럼 건넨 말인데, 쏠은 대답이 없었다. 잔뜩 풀죽어 있는 것 같았다. 쏠은 자신이 범람체라는 사실을, 어쩌면 태린보다도 더 받아들이기 힘들어하는 것 같았다. 태린이 오랫동안 품고 있던 범람체에 대한 공포와 거부감이 쏠에게 전이된 것인지도 모른다.

"네가 어떻게 처음 나에게 들어왔는지 기억나?"

쏠은 기억을 헤집듯이 물결을 일으키며 말했다.

―아니, 뭔가 내 기억을 짓누르고 있어서 잘 모르겠어……

"최근의 일은 아닌 거구나."

그렇다면 쏠은 오래전부터 태린과 함께 있었지만 모종의 이유로 억압되어 있었는데, 갑자기 깨어난 것일까. 이 지역에서 비롯된 진동 신호가 쏠을 깨웠는지도 모른다. 신호를 듣기 시작한 시점과 머릿속에서 이상한 목소리가 들려오던 시점이 일치했으니까. 그렇다면 그 신호는 대체 뭘까.

아직 스벤에게 진동 신호에 대해 묻지 못했다. 그도 표면 진동을 이용해 악어들을 멈춰 세웠으니, 그게 무엇인지 말해줄 수 있을 텐데. 왜 거기서 신호가 발생하는지, 어째서 정확히 도시를 향해 가는지, 누가 일부러 만들어낸 것인지. 태린은 아침이 밝으면 스벤을 찾아가야겠다고 생각했다.

"쏠, 지금 뭐 하고 있어?"

태린은 몰려오는 어지러움에 잠시 비틀거리다 몸을 바로 세웠다. 머릿속이 뒤죽박죽이 되어가고 있었다.

─기억을 찾아보고 있어.

"잠시. 멈춰봐. 어지러워……"

쏠은 그제야 헤집던 것을 멈췄다. 태린은 벽에 기대어 가쁜 호흡을 골랐다. 기억은 쏠의 말대로 잘 떠오르지 않았다. 되살아나는 것은 감정의 편린들뿐이었다. 두려움, 공포, 분노…… 그리고 호기심. 아마도 아주 어린 시절로 거슬러가야 할지도 모른다. 자스완의 집으로 오기 전, 이제프와도 함께 살기 전의 시간으로. 혹시 이제프라면 그 시절에 대해 알고 있을까.

이제프를 떠올리면 마음 한구석이 콱 조였다. 도시를 떠나 지상으로 오면서는 이제프가 내내 보고 싶기만 했다. 임무를 무사히 마치고 이제프의 곁으로 돌아가고 싶었다. 하지만 지금은 그를 만나는 것이 두렵기도 했다. 이제프는 태린의 문제가 뉴로브릭 오류라고 단언했다. 사실은 그것이 범람체라는 게 밝혀졌을 때, 만약 이제프가 태린을 받아들여주지 않는다면. 혹은 태린을 버리지는 않더라도, 더는…… 아끼거나 소중히 여기지 않는다면. 그런 생각만으로도 태린은 고통스러웠다.

평생 이제프에게 이 사실을 숨긴다면 어떨까.

불가능한 건 아닐 것이다. 이제프가 태린의 뇌를 직접 들여다보지 않는 이상, 범람체가 있다는 걸 알아내지 못할 테니까. 쏠을 잘 통제하고, 함께 살아가는 법을 익히고, 광증 발현자로 몰리지 않도록 조심하며 살아간다면……

하지만 그게 가능하다고 해도, 괜찮다고는 할 수 없었다. 소중히 여기는 사람을 잃지 않기 위해 자신의 중요한 문제를 숨겨도 되는 걸까? 쏠은 태린의 작은 부분이 아니었다. 쏠은 태린의 생각과 감정에 관여하고 있었다. 어쩌면 그 관여는 앞으로 점점 더 커질지도 모른다.

이제프와 함께 지상으로 오고 싶다고 결심할 때는, 그에게 말할 수 없는 일들이 이렇게나 많이 생겨날 줄은 몰랐는데.

어느새 천장 틈새로 빛이 스며들고 있었다. 동이 터오는 듯했다. 태린은 이제프의 목소리가 듣고 싶었다. 그것이 어렵다면 마음이 담긴 문장 하나라도 읽길 원했다. 태린은 안주머니를 뒤져 봉투를 꺼냈다. 쪽지를 다시 보고 싶었다.

어찌된 일인지 봉투가 납작했다. 태린은 봉투를 열어보았다. 그 안에는 쪽지뿐, 금속판이 사라져 있었다.

"어디 간 거지?"

태린은 자리에서 일어났다. 배낭에서 꺼낼 때 떨어뜨렸을까? 잘 기억이 나지 않았다. 나가서 장치를 찾아봐야 했다.

그때 밖에서 시끄러운 소리가 들려왔다. 그리고 따라붙는 네샤트의 웃음소리. 그가 미친듯이 깔깔 웃고 있었다. 아주 신나는 일이 벌어진 것처럼. 하지만 그가 그렇게 신날 만할 일이라면……

태린은 밖으로 뛰어나갔다. 분위기가 이상했다. 늪에 다섯 명 남짓의 늪인들이 몰려 있었다. 그중 한 명이 긴 막대를 늪에 넣고 휘젓고 있었다. 누군가는 바닥에 귀를 대고 있었다. 저들끼리 무어라 소통하는 듯했는데, 알아들을 수가 없었다. 움막 근처에서 발목을 묶인 채 바위에 앉아 있던 네샤트가 깔깔 웃었다.

"그럼 그렇지. 그럴 줄 알았어!"

"무슨 일이에요?"

"아휴, 불쌍한 우리 리더."

"대체 무슨 일이……"

늪으로 향하는 태린의 등뒤로 네샤트의 웃음소리가 멈추지 않았다.

"직접 네 눈으로 보지 그래?"

믿을 수 없는 일이 벌어져 있었다.

마일라가 늪으로 몸을 던졌다. 이른 새벽, 늪에 아무도 없을 때였다. 살아 있을 가능성은 없었다. 늪인들이 막대를 넣어 마일라의 시체가 늪 아래로 깊이 가라앉은 것을 확인했다. 범람체에 의해 빠른 속도로 분해가 진행되고 있었다.

히로모가 태린에게 다가와 이미 마일라가 범람체에 뒤덮였다고 말해주었다. 그래도 마일라의 시신을 건질 것이냐는 질문에 태린은 무어라 대답할 수가 없었다. 이 광경을 지켜보던 네샤트가 조소하며 비아냥댔다.

"저럴 줄 알았지. 범람화된 열매를 먹어대더니 결국은 저 늪인 들처럼 변했나보지? 리더도 받아들이지 못한 거야! 끔찍하게 변해가는 걸 받아들이지 못한 거라고! 아주 중요한 임무라도 받은 것처럼 나대더니 그 끝이 자살이라니!"

네샤트가 마구 뱉어대고 있었지만 태린은 대답할 기운이 없었다. 허망했다. 마일라가 가라앉은 늪은 그저 고요했다. 늪 위를 떠다니는 부유물 외에는 아무것도 없었다. 쏠이 머릿속에서 말했다.

─마일라는 자살한 게 아니야.

태린도 그렇게 생각했다. 마일라는 죽으려고 한 것이 아니다. 오웬을 만나려고 한 것이다. 그것이 마일라가 이 임무에 자원한 이유였고, 진짜 목표였으니까.

그럼에도 태린은 죄책감을 떨칠 수 없었다.

오웬에 대해 말하지 말았어야 했을까? 마일라는 늪에 들어가면 정말 오웬을 만날 수 있다고 믿었을까?

─태린, 자책하지 마.

쏠이 속삭였다.

─우린 오웬이 거기 있다는 걸 알았잖아. 그러니까…… 모른 척할 수는 없었어. 말했어야 했어.

쏠의 말이 옳았다. 모른 척할 수는 없었다. 그렇다고는 해도, 그 결과로 일어난 일을 그대로 받아들이기 힘들었다. 태린은 멍하니 늪을 바라보다가 물었다.

"마일라가 오웬을 만날 수 있을까? 그냥 전부 분해되어버리면?"

—늪의 범람체들은 이미 알고 있어. 자아를 훼손하지 않고 연결망의 일부로 만드는 법을. 범람체들도 배우고 변화해. 마일라도 고유하고 강한 자아를 가졌고, 의지가 있지. 그러니까 아마도……

쏠은 말끝을 흐렸다. 확신할 수는 없는 문제였다. 늪에는 늪인들이 마일라의 시체를 찾으려고 썼던 기다란 막대만 덩그러니 놓여 있었다. 모든 것을 집어삼켜 분해해버리는 저 늪이 마일라에게는 자신의 최종 목적지로 보였을까.

태린은 늪의 표면을 바라보며 마일라의 흔적을, 마일라의 자아가 흩어지지 않았다는 증거를 찾아보려고 했지만 늪은 그저 무표정했고, 이따금 잔물결만이 일 뿐이었다.

그날 내내 태린은 움막에 틀어박혀 있었다. 한동안 믿고 의지했던 리더가 이제는 없다. 마일라에게는 더는 도시로 돌아갈 이유가 없었던 것이다. 하지만 태린은 아니었다. 태린은 도시로 돌아가야 했다. 이제프가 도시에 있다. 사랑하는 사람들이 도시에 있다. 무엇을 해야 할지 아무것도 알 수 없었지만, 적어도 떠나야 한다는 사실만은 알고 있었다.

다음날 오후 태린은 겨우 정신을 차렸다. 배낭이 있는 수풀로 다시 가보아야 했다. 잃어버린 금속판 장치를 찾고, 네샤트를 설득해볼 생각이었다. 네샤트에게 진정제를 먹여 데리고 나간다는 건 마일라가 있을 때나 가능한 작전이었지, 태린 혼자서는 불가능했다. 하지만 네샤트를 내버려두고 혼자 도시로 도망치고 싶지도 않았다.

수풀에 도착한 태린은 세 개의 배낭을 모두 뒤졌다. 하지만 아무리 찾아보아도 보이지 않았다. 여기가 아니라면 어디에 떨어뜨린 걸까? 도무지 짐작 가는 데가 없었다.

갑자기 굉음이 들려왔다.

태린은 수풀 밖으로 뛰쳐나갔다. 사방에서 비명이 들렸다. 정신을 차려보니 늪인들이 바닥에 피를 흘리며 쓰러져 있었다. 경악한 태린은 그들 곁으로 달려갔다. 산산이 흩어진 날카로운 조각들이 눈에 들어왔다.

뾰족한 돌, 나사, 못…… 누군가 만든 조악한 폭탄이었다.

늪 쪽에서 또다시 비명이 들려왔다. 태린은 그곳으로 뛰어갔다. 네샤트였다. 조악하지만 살상 의도가 분명한 폭탄이었다. 이런 짓을 저지를 사람은 네샤트밖에 없었다.

네샤트에게 주머니칼을 전해줄 때는 고작 작은 칼 따위로 늪인들을 죽일 수 없을 테니, 그 정도는 상관없다고 여겼다. 그게 아니었다. 순간, 약 몇 알을 남기고 텅 비어 있던 응급 키트가 떠올랐다. 네샤트는 혼자서 공격을 준비하고 있었던 것이다……

태린은 다급히 네샤트를 찾았다. 하지만 늪인들이 소리를 지르며 서로 뒤엉켜 있어 도저히 찾을 수가 없었다. 어디선가 유독 새된 비명이 들려왔고 태린은 그쪽으로 향했다. 그곳에서 태린은 주머니칼을 앞으로 내밀고 선 네샤트를 발견했다.

그리고 옆구리에서 피를 쏟고 있는 스벤의 모습도. 고개를 돌린 네샤트가 태린을 보고는 히죽 웃었다. 태린이 소리 질렀다.

"당장 그만둬요!"

"내가 왜? 이 자식들이 나한테 무슨 짓을 했는데."

네샤트가 자신에게 달려드는 늪인 하나의 팔을 능숙한 몸놀림으로 베어내며 미친 사람처럼 중얼거렸다.

"나에게 범람체를 먹였어. 굴복시켰어. 나의 뇌를 오염시켰어. 징그러워. 혐오스러워. 끔찍해! 벌레 같아. 다 죽었으면 좋겠어."

태린은 바닥에 떨어진 긴 막대를 주워 네샤트에게로 접근했다. 하지만 그는 노련한 파견자였고, 태린은 고작해야 대인 수업을 몇 년 들은 애송이에 불과했다. 네샤트는 순식간에 태린을 제압했다.

"너도 똑같아. 왜 벌레들의 편을 들고 있어?"

태린을 움막 벽 쪽으로 밀어붙인 네샤트는 키득거리며 주머니칼을 태린의 얼굴 옆에 박아넣었다. 칼날이 아슬아슬하게 목을 스치며 벽에 꽂혔다.

"파로딘이 너에게 준 거, 아주 좋아 보이던데."

"그걸 가지고 있었어요? 안 돼요, 그걸 쓰면……"

"지금쯤이면 그게 거의 해안에 도착했겠다."

"뭐라고요?"

예상치 못한 상황에 정신이 없었다. 혼란한 가운데, 네샤트에게서 어떻게든 빠져나가려고 틈을 노리는 사이, 뒤쪽에서 스벤이 달려들었다.

곧 스벤과 네샤트가 뒤엉켜 싸우기 시작했다. 태린은 벽에 꽂힌 주머니칼을 빼 들고 네샤트를 찌르기 위해 달려갔다. 하지만 스벤과 네샤트가 너무 가까이 붙어 있어 찌를 수가 없었다. 태린은 네샤트의 다리에 필사적으로 매달렸다. 버둥거리며 태린을 발로 차고 잡아뜯는 네샤트 때문에 위장을 토할 것처럼 아팠지만, 태린은 이를 악물고 버텼다. 옆에서 또 폭탄이 터지는 굉음이 들렸다. 어깨에 엄청난 통증이 느껴졌다. 무언가 터지면서 태린의 어깨를 관통한 게 분명했다. 정신을 잃을 지경이었다. 하지만 태린은 손아귀에 힘을 빼지 않았다. 고통스러워서 눈물이 줄줄 흘렀지만 지금 포기하면, 스벤이……

그때 뜨거운 피가 태린의 시야를 가렸다.

네샤트에게서 끔찍한 비명이 터져나왔다. 걷어차인 태린은 바닥을 굴렀다. 고개를 들었을 때, 누군가 네샤트의 목에 박아넣은 칼이 보였다.

"아, 세상에……"

네샤트는 피를 토해내더니 그대로 축 늘어졌다. 몇 걸음 앞에는 네샤트에게 공격당한 스벤이 쓰러져 있었다.

"안 돼, 스벤!"

태린은 스벤에게 달려갔다. 스벤은 아직 숨이 붙어 있었다. 하지만 부상이 심했다. 태린이 당황하는 동안 늪인들이 스벤을 빠르게 둘러싸더니 그를 들어올렸다. 태린은 그들을 막으려다가,

늙인들이 조심스러운 자세로 스벤을 옮기고 있다는 사실을 깨닫고 그들을 따라갔다. 이동하는 길을 따라, 피가 엎지른 물처럼 쏟아졌다.

늙인들이 향한 곳은 늪 인근의 거대한 나무 밑, 낙엽이 수북이 쌓인 위로 범람 그물망이 가득 뒤덮인 장소였다. 그들은 스벤을 범람 그물망 위에 내려놓았다. 그러자 범람체의 실끈들이 빠르게 손을 뻗더니 스벤의 몸을 감쌌다. 태린이 스벤의 손을 잡으려고 하자 늙인 하나가 태린을 저지했다.

"그의 절반, 범람체."

스벤의 절반은 범람체이기 때문에, 이것이 그에게 도움이 된다는 뜻일까. 태린은 내밀던 손을 멈추었다.

태린은 스벤 옆에 주저앉았다. 잠깐 사이에 스벤의 몸 전체가 범람체로 뒤덮였다. 믿을 수 없는 광경이었다.

갑작스러운 일들에 충격이 가시지 않았다. 네샤트는 도대체 뭘 하려 했던 걸까. 그저 자신이 증오하는 범람체를, 인간과 결합한 범람체를 파괴하고 싶었던 것일까. 네샤트도 죽었으니 그걸 묻는 건 의미가 없겠지만……

─늪의 위치가 도시에 알려질 거야.

쏠이 말했다. 그제야 태린은 정신이 들었다.

네샤트가 태린의 봉투에 손을 댄 것이었다. 장치를 알아보고 몰래 먼저 써버렸다. 곧 이곳의 위치가 도시에 알려질 터였다. 그러면 도시에서는 분명 늙인들을 죽일 것이다.

태린은 주변을 둘러보았다. 부상을 입어 쓰러진 늙인들이 보였다. 고통스러운 표정의 그들을 보며 태린은 마음 어딘가가 부서져 떨어지는 듯한 느낌을 받았다. 어째서일까. 태린은 늪에 아주 짧은 시간 머물렀을 뿐이다. 그들과 깊은 교감을 나눈 것도 아니었다. 그런데 왜, 이 상황이 이렇게 고통스러울까. 태린은 다시 주변을 돌아보았다. 이곳에 가득한 범람체, 그리고 그 범람체와 연결된 늪인들을 보았다.

선뜩한 깨달음이 머리를 관통했다. 그들은 태린과 무관하지 않았다. 부정하고 싶지만 그들은 태린이 될 수도 있었던 어떤 모습을 하고 있었다. 처음부터 그랬다. 태린은 그들을 마주한 그 순간부터 그들에게 불편함과 친밀감을 동시에 느꼈다. 그들의 모습이 당혹스러운 동시에 그들에게 기묘한 방식으로 이끌렸다. 어쩌면 태린이 그들과 같은 존재였기 때문에……

히로모가 눈앞에 서 있었다. 태린은 절박한 심정으로 말했다.

"이곳의 위치가 알려졌어요. 다들 여길 떠나야 해요. 도시에서 이곳을 공격할 거예요. 도망쳐야 해요. 모두."

히로모는 고개를 저었다.

"떠날 수 없다. 저 늪의 범람체, 우리는 그들이 있어야 한다."

뒤늦게 떠올랐다. 이 늪의 범람체들은 늪인들로부터 인간과 파괴적이지 않은 방식으로 결합하는 법을 배웠다는 사실이. 그 말은, 이 늪을 벗어나면 여전히 범람체가 인간에게 파괴적이라는 의미였다. 그들은 이 늪을 떠날 수 없었다. 이 근처에 모여 살아야 했다. 그렇지만 이곳 늪은 더는 안전지대가 아니었다.

"도시에서 분명 올 거예요. 이곳을 공격할 거예요."

"네가 떠나. 가서 말해."

"제가 말하라고요? 무엇을요?"

도시로 가서 본부를 설득하라는 것일까? 하지만 태린 혼자서 어떻게? 너무 무모했다. 가능성이 없었다.

"그곳에도 있다. 우리 같은 존재들."

"늪인 같은 존재들이 도시에도 있다고요?"

믿을 수 없는 이야기였지만, 히로모는 고개를 끄덕일 뿐이었다.

태린은 스벤이 범람체에 완전히 뒤덮인 것을 보았다. 이제 그의 형체를 알아볼 수 없었다. 그가 늪인의 모습을 되찾을지, 아니면 범람체의 일부가 될지 태린으로서는 도저히 짐작할 수도 없었다. 늪인들이 늪에 손을 담그고 있는 것을 보았다. 저 늪 어딘가에 마일라도 있었다. 아직 범람체로 흡수되지 않은, 그러나 언젠가는 그들의 일부가 되려는 마일라가.

지켜야 할 것들이 선명해졌다. 그리고 막아야 할 것들도.

"하지만 누군가 여길 공격하면, 그때는 떠나요. 그래야 해요. 다른 곳에서도 가능성은 있으니까……"

히로모는 대답하지 않았다. 다른 늪인들 역시 마찬가지였다.

태린이 출발한 건 그날 해 질 무렵이었다. 히로모가 늪인의 방식으로 땅에 머리를 대며, 작은 표면 진동을 만들었다. 그것이 늪에서 어느 정도 멀어질 때까지는 맹수들에게서 태린을 지켜 줄 것이라고 했다. 태린은 걸어가면서 몇 번이나 뒤돌아보았다.

그리고 떠나갔다. 한 번도 원한 적 없었지만, 기이한 평안을 주었던 늪으로부터.

연구 일지

십여 년 전, 이제프는 갑자기 바투마스 연구소로 부임하라는 통보를 받았다. 그가 전달받은 내용은 그곳이 아동 보호소로 위장한 비밀 연구소라는 정보뿐이었다. 하필이면 위장을 해도 재수 없게 아동 보호소라니. 혀를 차며 연구소에 도착한 첫날이었다.

이제프는 넓은 복도에 색색의 장난감과 낙서가 가득한 스케치북, 놀이 블록 따위가 굴러다니는 것을 보았다. 연노란색 옷을 입은 아이들의 까르륵거리는 웃음소리가 복도를 울렸다. 와장창 무언가 부서지는 소리가 이어졌다.

이제프가 담당 연구원을 돌아보며 말했다.

"이 아이들은 뭔가요? 혹시 제가 연구소가 아니라 유치원으로 잘못 온 것인지."

연구원은 약간 곤란하다는 표정을 지으며 대답했다.

"아이들이 아니라…… 실험체입니다."

이제프는 눈썹을 찌푸리며 다시 복도를 둘러보았다. 이 연구를 시작한 자가 누군지는 몰라도, 끔찍한 취향을 가진 것만은 분명했다. 연구원은 헛기침을 했다.

"사무실에 보고서가 있습니다. 보시면 이해가 될 겁니다."

뒤에서 아이들이 선생님, 하고 부르는 소리에 이제프는 저도 모르게 뒤를 돌아보았다. 장난감 상자를 든 사람들이 방으로 들어가고 있었는데, 연구소 프로필에서 언뜻 본 얼굴들 같기도 했다.

연구원은 설비 제어실, 회의실, 개별 연구실을 차례차례 보여주고는 마지막으로 이제프를 개인 사무실로 안내했다. 사무실 문의 명패는 이미 교체되어 있었다. 부소장 이제프 파로딘. 연구원의 말대로 책상 위에는 두툼한 보고서가 놓여 있었다. 빨리 자리를 뜨고 싶어하는 얼굴로 연구원이 말했다.

"더 필요한 자료가 있으면 요청해주십시오."

"아뇨. 일단은 충분합니다."

혼자 남은 이제프는 보고서를 읽기 시작했다. 그날 오후부터 늦은 새벽까지 꼬박 책상 앞에서 보고서를 읽은 이제프는 분명한 결론에 도달했다. 아, 나는 시험대에 떠밀린 것이로구나. 그런데 이 시험대는 낡아서 썩어빠진 널빤지로 되어 있군. 능력을 증명하겠다고 춤을 췄다간 아예 뚝 하고 부러져버리기 십상이겠어.

연구원이 묘하게 귀찮아하는 태도를 보였던 것도, 이제프의 그런 처지를 눈치채서인 것 같았다.

바투마스 연구소에서는 팔 년 전부터 총 열두 번에 걸쳐 아이들을 대상으로 한 실험을 해왔다. 목표는 성장하는 인간의 뇌 안에서 범람체와 신경세포의 상호작용을 관찰하고 분석하는 것, 그리고 뇌 형성 과정이 완료되지 않은 아이들이 범람체와 결합된 상태로 성장할 때 광증 저항성을 지니는지 알아보는 것.

처음부터 아이들이 실험체였던 것은 아니었다. 보호소로 위장한 연구소가 만들어진 건 팔 년 전의 센다완 사태 직후였다. 채광창 붕괴 사고로 수만 명이 범람체에 직접 노출된 그 사건 이후, 수많은 발현자들이 생겨났고 그들은 치료소로 이송하기도 전에 죽거나 이송 직후 죽어버렸다.

하지만 이상한 일이 있었다. 여섯 살 미만의 아이들은 멀쩡했다. 아무리 많은 범람체에 노출된 경우라고 해도 그랬다. 그 이전에도 아이들이 범람체 노출 이후 살아남는 현상에 대한 보고는 있었다. 다만 범람체 노출 경로를 특정할 수 있는 사건이 드물다보니 극히 예외적인 경우로 간주되었을 뿐이다. 그런데 센다완 사태 이후 살아남은 아이들은 도저히 예외라고 넘길 수 없는 숫자인 데다, 특히나 주목할 만한 점이 있었다.

이 아이들은 발현자가 아니었다. 그렇지만 완전히 발현되지 않았다고 하기에도 모호했다. 센다완 사태로 범람체에 노출된 아이들의 뇌를 살펴보면 분명 범람체가 침투한 흔적이 선명하지만, 그럼에도 성인과 같은 자아 해체 현상은 전혀 발생하지 않은 것이다.

처음에 도시 당국은 이 아이들의 처분을 곤란해했다. 치료소로 보내기에는 문제없이 건강했고, 그렇다고 아이들을 도시로 고스란히 돌려보낼 수도 없었다. 이미 보호자들은 모두 사망한 상태였고, 발현 가능성이 있는 아이를 입양할 사람도 찾기 어려웠다. 무엇보다 당국은 이 시한폭탄을 도시에 풀어놓기를 원치 않았다. 아예 범람체가 침투하지 않았다면 모를까, 뇌 스캔 결과 범람체가 뇌에 침투한 것이 발견되었는데 도시로 받아들일 이유가 없었다.

이제프도 그때 아이들의 '처분'에 대해 논의하는 학술원 회의에 들어간 적이 있었다. 정확히는 끌려간 것이나 다름없었는데, 다들 곤란한 표정만 짓고 있던 회의에서 그가 한 가지 아이디어를 내긴 했다. 아이들을 격리하는 보호소를 만들고, 이 아이들을 관찰 대상으로 삼아서 성장하는 뇌의 범람체 저항성 혹은 상호작용을 분석해보면 어떻겠냐는 제안이었다. 진지한 의견은 아니었다. 회의에 끌려왔으니 뭐라도 이야기해보라는 압박에 못 이겨 입을 연 것일 뿐. 게다가 이제프의 그런 제안은 아이들이 당연히 얼마 지나지 않아 모두 사망할 것이라는 판단에 기반한 것이었다.

그러나 아이들은 죽지 않았다. 한 해가 가고, 두 해가 가도록 그랬다.

보호소의 이름을 단 연구소는 기약 없이 계속 운영되었다. 아이들이 다량의 범람체에 노출되는 사고는 규모를 달리할 뿐 계속해서 생겨났고, 그럴 때마다 살아남은 아이들은 보호소로 격리되었다. 들어온 시기와 나이에 따라 그룹으로 나뉘어 관찰되기 시작했다.

당국에서는 이 아이들을 밖으로 내보낼 생각이 없었지만, 해마다 증가하는 유지 비용 때문에 연구소에 대한 압박은 점차 심해졌다. 전임 소장들은 아이들을 관찰할 뿐만 아니라, 유의미한 실험 결과를 내야 한다는 스트레스에 시달렸다. 오직 관찰만을 원칙으로 하던 연구소는 점차 행동에 대한 개입, 나아가 신체와 정신에 대한 개입으로 변해갔다. 그때부터 아이들은 '관찰 대상' 이 아닌 '실험체'로 지칭되었다. 전임자들은 이 연구소의 목적을 범람체에 대한 강력한 저항성을 지니는 신인류를 만들겠다는 거창한 것으로 바꾸어 내걸었다. 그렇게 뇌와 범람체의 상호작용 연구가 이어지던 몇 년 뒤, 당혹스러운 변화가 생겼다.

열 살에서 열한 살 사이의 아이들을 묶어둔 그룹에서 발현이 시작되더니 하루아침에 모두 사망한 것이다. 정확한 원인은 알 수 없었다. 유의미한 변인은 아이들의 연령뿐이었다. 다음 해도 같았다. 그리고 그다음 해도. 아이들끼리 서로 몇 달씩 나이 차 이가 나는 그룹도, 한 아이가 발현되면 다른 아이들도 즉시 영향 을 받았다.

어느 해에 아이들은 음식을 전혀 입에 대지 않아 죽음에 이르 렀다. 어느 해에는 잠을 조금도 자지 않더니 기력을 잃고는 눈을 감았다. 이름과 날짜, 친구들의 얼굴을 서서히 잊다가 폭력적으 로 돌변하고, 몸을 아무데나 부딪히다 죽게 되는, 성인 광증 발 현자와 비슷한 방식으로 사망한 해도 있었다.

사망에 이르는 과정은 그룹마다 달랐지만, 분명한 건 아이들 이 특정 연령대에 이르면 모두 죽어버린다는 사실이었다.

전임자들은 딜레마에 빠졌다. 이미 오랜 기간 운영되어온 연 구소인 만큼 실험은 의미 있는 성과를 내야 했다. 하지만 아무리 열심히 데이터를 산출한들, 범람체에 잘 견딜 수 있다는 가정하에 관찰해왔던 실험체들이 하루아침에 죽어버리면, 그동안의 연구 결과가 무의미해지기 십상이었다. 게다가 이 연구는 너무 위험 비용이 높았다. 아이들을 대상으로 한 실험은 비윤리적이었다. 아무리 부모 없는 아이들이라고 해도 이 연구소의 존재가 외부에 알려지면 큰 파장이 일 터였다. 본부에서는 기밀을 유지하는 데에 매년 더 많은 돈을 썼다. 성공 가능성이 희박하다는 것을 이미 알게 되었는데도, 지금껏 너무 많은 자원이 투입되어 어떻게든 결과를 내보여야 하는 상황이었다. 연구소는 거짓 희망에 판돈을 거는 방식으로 유지되어온 셈이었다. 이제프는, 전임 소장이 가망 없는 실험을 수차례 반복하다가 결국 자살해버린 이유를 알 것 같았다.

그 계륵 같은 연구소가 이제프에게 넘어온 것이다. 비밀 연구소로 가보겠냐는 제안이 왔을 때 다른 평계를 대서라도 거절했어야 하는데. 이제프가 지금까지 뛰어난 성취를 이뤘다고 해도 책임 자리를 맡기에는 아직 젊은 나이였다. 그러니 부소장 직위를 준다고 했을 때 의심했어야 했다. 이제프는 한숨을 쉬며 연구 보고서를 덮었다.

원래 그는 현장 임무를 잠시만 쉬어갈 생각이었다. 자신이 있을 곳은 항상 지상이라고 확신했지만, 그로부터 한 걸음 떨어져 다음 계획을 구상할 때도 되었다고 생각했다. 그런데 하필이면 이런 처치 곤란한 자리를 떠맡다니. 소장이 아닌 부소장으로 부임한 것을 그나마 다행이라 여겨야 하나 싶다가도, 실질적인 연구 총괄을 맡아야 한다는 사실을 떠올리면 괴로웠다. 이곳은 역시 능력을 펼칠 무대가 아니라, 곧 부서질 시험대였던 것이다.

그래도 안 되는 일이라는 걸 확인한 이상, 여기에 계속 놀아날 생각은 없었다.

결론을 내렸다. 빨리 이 한심한 연구를 끝내자. 범람체를 없애기 위해 정말로 해야 할 일을 하자. 연구소를 떠나서, 원래 있어야 할 곳으로 가자. 지상으로. 되찾아야 할 곳으로.

부소장 업무가 시작된 이후에도 이제프는 이 연구소의 주요 실험체들, 즉 아이들에게는 관심을 주지 않았다. 현재 연구소에 있는 아이들은 열한번째, 그리고 열두번째 그룹으로, 이제 곧 아홉 살에서 열 살 생일을 맞이하는 아이들이었다. 몇 년 전에 사고로 범람체에 노출되었고 곧 발현이 시작될 것으로 예상되는 그룹이었다.

"실험체 앞에서는 이 실험과 관련된 어떤 단서도 내비쳐서는 안 됩니다. 실험체들은 자신들이 범람체 노출 사고 이후 치료받기 위해 격리 생활을 하는 것으로 이해하고 있습니다. 그리고 내년이 되면 이곳을 나갈 수 있는 것으로 알고 있습니다."

최소한의 의무로 아이들을 관찰하러 갔을 때, 아이들에게는 이제프가 '부원장 선생님'으로 소개되었다. 늘 같은 어른들만 봐오다가 새로운 얼굴을 보니 신기한지 아이들은 이제프를 흘끔거렸다. 그중 한 여자아이는 이제프를 대놓고 빤히 쳐다보았는데, 눈이 마주치니 휙 시선을 돌려버렸다. 새까만 머리에, 밤처럼 진한 갈색을 띤 눈동자가 인상적인 아이였다.

"저 애는 여기서 반장 역할을 하고 있어요. 부모는 정화 작업

중에 중독되어 죽었고 아이만 여기 남았지요."

마르고 키가 작은 남자는 이곳에서 유일하게 실험체들을 '아이들'이라고 불렀다. 아직 혼자 입고 먹는 것이 서투른 실험체들의 생활 지원을 위해 고용된 사람이었다. 실험체의 이름을 서로 헷갈리지 않고 제대로 알고 있는 사람도 거의 그뿐인 듯했다. 남자가 그 반장 아이의 이름을 알려주었지만 이제프는 곧 잊어버렸다.

다음 몇 달간, 이제프는 새로운 연구 프로젝트를 설계하는 데에 몰두했다. 이 비밀 연구소에서 진행한 실험들이 전부 실험체들의 죽음으로 끝났지만, 실험 결과를 이용해볼 여지는 있었다. 그간 범람체들이 어떻게 연결망을 통해 정보와 신호를 주고받는지에 대한 데이터를 얻었으니, 이제프는 지금까지의 자료를 활용해 좀더 의미 있는 연구로 나아갈 계획이었다.

범람체의 연결망을 활용해 그것들을 직접 뒤흔들고, 왜곡하고, 공격하는 것. 완전히 파괴하는 것. 그럼으로써 지상을 인간의 것으로 되찾아오는 것. 그것이 이제프의 최종 목표였다. 오래전 수행되었던 연구 중 단서가 있었다. 광증이 이미 발현된 인간이 그 공격의 구심점이 될 수 있었다. 아이들을 대상으로 한 관찰 실험보다는 이쪽이 훨씬 더 가망성이 있었다.

그 몇 달 동안 이제프는 연구소의 기존 연구에서 손을 떼고 주기적으로 들어오는 보고만 받았다. 이제프가 보기에 아이들을 대상으로 한 실험은 전제부터 잘못되어 있었다. 인간의 뇌가 범람체로 인해 변형되었을 때 자아를 멀쩡하게 유지하며 살아갈 방법은 존재하지 않았다. 아무리 어린 나이에, 뇌가 전부 형성되기 전에 범람체에 노출된다고 해도 말이다.

예상대로 열한번째 그룹의 실험체들이 죽었다는 보고가 들어왔다. 당연한 결과였으므로 관심을 두지 않았다. 다만 특이사항으로 서른 명 중 단 한 명, '선오'라는 이름을 가진 소녀만이 살아남았는데 그 실험체의 상태를 면밀히 분석한 결과, 연구원들은 실험체가 아예 범람체에 노출된 적 없다는 결론을 내렸다. 뇌 스캔 오류일 가능성이 높다는 결론이었다. 연구소에서는 살아남은 실험체를 폐기할 계획을 세웠지만, 그 계획을 알게 된 전前 파견자 자스완 쿠마타가 강력하게 항의하며 실험체를 입양하겠다고 주장했다. 본부는 실험체를 후속 관찰하는 조건으로 자스완에게 보냈다.

연구원들이 열세번째 그룹의 실험체들이 확보되었다고 보고했을 때 이제프는 실험 계획 승인을 보류했다. 어차피 열두번째 실험도 실패할 것이다. 그렇게 되면 이제프는 이 연구를 무기한 보류할 생각이었다. 아이들에게서 특별한 희망이 보이지 않는다면 아이들을 별도로 관찰할 이유도 없었다.

하지만 예상과 달리, 열두번째 그룹의 실험은 지속되었다. 연구원들은 이번 실험체들이 열한 살 생일을 맞이한 이후 길어야 반년 정도 생존할 것으로 추정했다. 그러나 반년이 훌쩍 넘었는데도 실험체들 중 사망한 실험체는 없었다. 이번 그룹은 발달 상태가 좋았고, 여러 테스트에서도 뛰어난 결과를 보였다.

이제프는 주의를 기울이긴 해야겠으나 섣불리 판단할 때는 아니라고 보았다.

"이전 연구와 비교했을 때, 실험 조건 중 어떤 점이 뚜렷하게 다르지? 무엇 때문에 이런 결과가 나타났다고 판단하나?"

책임 연구원에게 물었을 때, 그의 대답은 조금 이상했다.

"그러니까…… 아직 저희도 파악 중입니다. 실험 조건만 보았을 때는 크게 특별한 점은 없습니다. 하지만 무언가 이해할 수 없는 일이 있는 것 같아요. 아이들이 서로를 가르친다고 할까요. 특히 J라는 실험체를 중심으로 그런 일이 일어나고 있습니다."

흥미로운 보고였지만, 그때 이제프는 다른 프로젝트에 몰두 중이었다. 연구를 그대로 지속하라고 지시할 뿐이었다.

그래서 연구원이 말한 J라는 실험체가 '정태린'이라는 이름의 여자아이를 말한다는 것도, 그 아이가 유독 빛나는 눈과 호기심을 가졌다는 것도, 이제프는 그로부터 몇 달이 지난 이후에야 알게 되었다.

*

다음은 T12−26(정태린)과 범람체의 정서적 상호관계 형성 과정에 대한 상담 기록으로, 인터뷰어(연구원)는 볼드체로 표기.

안녕, 태린.

안녕하세요.

오늘부터 우리 대화는 기록될 거야. 선생님이 네 마음 상태를 잘 이해하기 위해서야. 괜찮을까?

음, 저는 마음 상태가 건강한데…… 아무튼, 뭐. 좋아요.

그래, 고맙구나. 그럼 이틀 전 리지와 다퉜다던 그 일에 대해 말해줄래? 그때 태린 너와 아이들이 이상한 주장을 했다고 그러더구나.

리지가 그런 말을 했다는 거죠?

난 누구 편을 들 생각은 없단다. 무슨 일이 있었는지 선생님에게 알려줄 수 있겠어?

그건 다툰 게 아니에요. 선생님도 아시다시피 리지는 제 말에 늘 부정적이잖아요. 제가 하는 말에는 항상 토를 달아요. 자기가 대장처럼 행동하고 싶은데, 제가 먼저 나서니까 견제하는 걸까요? 어쨌든 그 일은 미술 시간에 생겼어요.

지난 일주일간 각자에게 일어난 일을 그림으로 그려보는 시간이었죠. 저는 '머릿속의 움직임'을 그림으로 표현했어요. 동그라미가 통통 튀어다니기도 하고, 하늘거리는 선이 좌우를 가로지르기도 하고, 세모가 뾰족뾰족 찌르는 그림을 그렸어요. 선생님이 저에게 이 그림은 뭘 표현한 거냐고 물으셔서, 저는 얼마 전부터 머릿속에 동그라미, 선, 세모 모양의 움직임이 생겨나고 있다고 말했어요. 선생님은 재미있어하셨죠. 제 말을 믿는 것 같진 않았지만 제 상상력이 좋다고 하셨어요.

문제는…… 리지였어요. 머릿속에서 뭐가 움직이면, 그건 벌레나 거머리일 텐데 왜 빨리 제거하지 않냐고 저를 비웃기 시작한 거예요. 그뿐이었다면 저도 평소처럼 리지를 무시하고 넘어갔을 텐데, 다른 아이들이 나서면서 소동이 생겼어요.

다른 아이들이 어떻게 나섰는데?

다른 애들도 그걸 느꼈대요! 머릿속에 뭔가 있는 것 같다고, 이전과는 다른 느낌이 있다고 말했어요. 특히 사오코는 저랑 엄청 비슷한 걸 느꼈대요. 그 애의 머릿속 움직임은 좀더 동글동글한, 사슬을 엮어놓은 것 같았대요. 그러면서 사오코는 저에게 그림을 그려서 보여줬죠.

그랬더니 리지는 화가 났어요. 너희 다 미쳤다고, 정신이 나간 거라고 막 소리를 지르더라고요. 그래서 리지에게 좀 짜증이 나긴 했지만, 아마 전 리지도 비슷한 걸 느낀 적이 있을 거라고 봐요. 겁을 먹은 거예요.

그 머릿속의 움직임이라는 건 어떤 거였니?

음…… 설명하기가 어려워요. 뇌 안에는 촉각과 같은 감각이 없기 때문에 진짜 머릿속에서 무슨 일이 일어난다고 해도 느낄 수 없다고 하잖아요. 설령 기생충이 들어 있다고 해도, 인간은 뇌를 갉아먹는 느낌을 받을 수는 없을 거래요. 그러니까 저랑 아이들이 느끼는 이 머릿속의 움직임은, 실제로 머릿속에서 뭔가 움직이는 게 아니라 그렇게 느끼도록 하는 무언가가 있는 거예요. (누가 그런 말을 해줬어?) 어떤 말이요? (뇌 안에는 촉각이 없다든지 하는 말.) 도서관에서 읽었어요. 거긴 아주 많은 책들이 있어요.

설명하기 어렵다는 건 알겠지만, 그래도 네가 겪는 것을 이해하고 싶구나. 그 움직임에 대해서, 가능한 말로 설명해줄 수 있겠어?

좋아요. 음…… 그건 가끔은 천천히 움직이고, 때로는 막 뛰어다녀요. 뾰족뾰족 찌를 때도 있지만 아프지는 않아요. 제가 말을 걸면, 그건 대답해요. 말로 대답하지는 않지만 머릿속을 마구 굴러다녀요. 아, 다람쥐! 마치 다람쥐 같아요. 물론 저는 다람쥐를 직접 본 적은 없지만. 홀로그램 스크린 속의 다람쥐는 귀엽고 재빠르고 늘 부지런히 돌아다니잖아요. 그런 느낌이에요.

그 느낌이 이상하거나 무섭지 않았어? 없던 감각이 생긴 거잖아. 게다가 너뿐만 아니라 다른 아이들에게도 생겼고.

아니요. 오히려 재미있어요. 왜냐하면 그건 우릴 아프게 하거나 다치게 하지 않는걸요. 가끔 거슬릴 때는 있어요. 생각에 집중하고 싶을 때…… 그리고 혼자 있고 싶을 때. 혼자 있고 싶은데, 그게 마치 관심을 가져달라는 듯이 머릿속을 마구 움직이면 조금 귀찮고 짜증나요. 그렇지만 보통은 괜찮아요.

다른 아이들과 같이 이야기하면서 이 움직임에 대해서 알아가고 있어요. 그건 우리 말을 잘 이해하는 것 같아요. 우린 동그란 공처럼 움직임을 빚어요. 그러면, 꼭 우리 말을 따르지는 않지만, 그럭저럭 그 느낌을 따라줘요.

만약 그 움직임 때문에 무슨 일이 생기면, 곧바로 선생님에게 이야기해줘야 해.

네. 그렇지만 문제가 생겨도 선생님들이 해결할 수 있을까요? 이건 선생님들의 머릿속에는 없고, 우리 머릿속에만 있는 거잖아요.

그건 그렇지. 하지만 우린 최선을 다할 거야. 너희를 돕고, 아프지 않게 잘 돌보는 게 우리 일이거든.

흠, 알겠어요.

안녕, 태린.

안녕하세요. 날씨가 좋네요.

날씨는 잘 모르겠지만, 기분이 좋아 보이는구나. 어때, 그것에게 이름을 붙여줬다면서?

네. 자기 이름을 마음에 들어하는 것 같아요. 이름을 부르면 바로 반응해요. 그리고 마구 원을 그려요. 제 생각에는, '좋다'는 뜻인 것 같아요. **(어떤 이름인데?)** 그건 비밀이에요.

그렇구나······ 비밀로 하는 이유가 있을까? 그것이 너에게 이름을 비밀로 해달라고 했니?

아니요. 제가 그렇게 하고 싶어요. 아직까지는 그 애와 저만의 비밀로 할래요. 그 애는 저 말고 다른 사람들을 무서워해요. 자기 이름이 알려지는 것도 안 좋아할 것 같고요. 제가 이름을 알려드리면 선생님이 그 애를 부를 수도 있는데, 그럼 걘 깜짝 놀랄 거예요.

무섭다고? 그것이 감정을 느끼는 것 같니?

네! 정말 그래요. 처음에는 그렇지 않았지만, 제가 그 애를 다람쥐라고 생각하며 다루니까 그 애도 약간의 성격을 가지게 된 것 같아요. 가끔은 제 농담에 웃기도 하고, 제가 좀 가만히 있으라고 화를 내면 그 애도 싫은 티를 내요.

혹시 대화를 나눈 적도 있어?

음, 아직 대화는 못 나눠봤어요. 꼭 말이 필요한 건 아니잖아요. 선생님, 저 그림을 마저 그려야 하는데 오늘 빨리 가봐도 돼요?

오늘의 기록을 시작할게.

······

태린, 힘들면 이따 이야기해도 돼.

네…… 시간이 필요할 것 같아요.

좀 진정이 됐니?

이제 괜찮아요.

사오코가 쓰러진 것에 충격이 컸구나.

네, 맞아요…… 사오코는 괜찮을까요?

그래. 아까도 이야기했지만 잘 회복되고 있어. 그리고 특히 너에게 고마워하고 있단다.

제가 사오코를 그렇게 만든 것 같아서 너무 미안해요.

절대 그렇지 않아. 사오코와 어떤 이야기를 나눴는지, 어젯밤 무슨 일이 있었는지 선생님에게 알려줄 수 있겠어?

음…… 그건 우리가 며칠 전부터 겪은 사건에서 시작됐어요. 우리 반 아이들 말이에요. 아직도 자기에겐 그 '움직임'이 없다고, 우리가 미친 거라고 주장하는 리지 말고는 다들 그 움직임을 겪고 있거든요. 그리고……

그게 목소리를 내기도 한다고 들었어.

……맞아요. 그 애는 우리가 말하는 방식을 배웠어요. 전부 그런 건 아니에요. 저랑 사오코, 그리고 에단, 디아모의 것이 그렇

게 말해요. 문제는 말이에요, 그게 점차 자라고 성장하면서 우리를 아프게 만드는 것 같아요. 마치 고슴도치처럼요. 고슴도치를 본 적은 없지만, 영화에서는 그렇게 말했거든요. 가시를 세우지 않으면 부드럽지만, 가시를 세우면 아프다고요.

그래서 네가 대처법을 알려준 거지?

맞아요. 저는 친구들에게 제 나름의 해결법을 알려줬어요. 그러니까 아예…… 몸을 그 애한테, 음, 그 애의 이름은 쏠이에요. 아무튼 쏠에게 하루 두 시간 정도는 확 열어주는 거예요. 빌려주는 거죠. 그러면 아주 이상하고, 근질근질한 느낌이 나요. 마치 조그만 다람쥐가 제 온몸을, 그것도 피부가 아니라 피부 안쪽을 헤엄쳐서 발끝까지 가는 듯한 느낌이에요. 기분이 썩 좋지는 않죠. 그렇지만 전 그게 효과가 좋다는 걸 알게 됐어요. 일단 그렇게 쏠에게 몸을 빌려주고 나면 쏠은 짜증을 덜 내요.

그것이 원래는 짜증을 낸다고?

네. 왜냐하면…… 선생님이 어떤 작은 구체 안에 갇혀 있다고 생각해보세요. 그런데 쏠은 자기가 뭔지도 모르고, 왜 거기에 있는지도 몰라요. 알 수 있는 건 이 구체가 작은 인간의 머리통이라는 것뿐이고, 모든 세상은 인간을 통해서만 쏠에게 전달돼요. 쏠이 할 수 있는 건 그냥 신호를 해석하고, 그 사이를 헤엄치는 거죠. 나갈 수도 없고 멈출 수도 없어요. 사라질 수도 없어요. 그래서 쏠은 화가 났어요.

화가 나면, 그게 널 아프게 하니?

약간은요. 저는 원래 아픈 걸 잘 참지만, 잘 못 참는 친구들은 울고불고 난리가 났어요.

그래서 전 친구들에게 대처하는 방법을 알려줬어요. 무작정 그것에게 짜증을 내지 말고, 그 심정을 이해해보라고요. 갑자기 내가 나갈 수도 없고 떠날 수도 없는 동그랗고 말랑한 회백색 반죽 안에 갇히면 얼마나 답답하겠어요? 저는 아이들에게 몸을 한 번 빌려줘보라고, '열어'보라고 말했어요. 그러면 그것들을 좀 달랠 수 있다고요. 하지만 친구들은 좀 힘들어하는 것 같았어요. 몸을 열어준다는 게 어떤 말인지 잘 이해 못하거나, 아니면 무서워하는 것 같아요. 다들 겁을 먹었어요.

사오코가 어제 그렇게 된 것도…… 저 때문이에요. 사오코는 억지로 제 말을 따라 하려고 했는데 제대로 되지 않았어요. 아무래도 어려운 방법을 너무 강요했나봐요.

그럼 이제 다들 그걸 없애고 싶어하겠구나.

그런 친구들도 있겠지만…… 전 안 그래요. (왜?) 쏠은…… 그러니까, 선생님도 그렇잖아요. 리지가 선생님을 좀 귀찮게 하고 번거롭게 만들어도, 리지를 없애고 싶다는 생각을 하는 건 아니잖아요. 아닌가, 하려나?

하지만 리지와 그건 다르지. 그건 네 머릿속에 갑자기 생겨난 침입자잖아. 게다가 그게 너에게 주는 좋은 점도 없고. 널 방해

할 뿐이야.

그건 선생님 생각이죠. 전 쏠이 있어서 좋아요. 그 애는 자신이 뭔지 몰라요. 그래서 혼란스럽고요. 하지만 그건 저도 마찬가지예요.

제가 슬픈 날에, 쏠은 제 머릿속을 헤엄치며 저의 슬픔들을 걷어가요. 그 슬픔들은 쏠이 끝에서 끝으로 움직일 때마다 가닥가닥 나뉘어 찰랑거리는 베일처럼 변해요. 저는 눈을 감고 그 슬픔 사이를 걸어요. 그러면…… 이전만큼 슬픔이 무겁지 않다는 걸 알 수 있어요.

그래, 그랬구나. 우리 태린에게 슬픈 마음이 있었다니, 몰랐네.

선생님, 그런데 저는 이 대화가 좀 불편해요. **(불편했니?)** 네. 왜냐하면 쏠이 지금 우리 얘기를 듣고 있을 거거든요. 그래서 앞으로는, 너무 심한 말은 안 해주셨으면 좋겠어요.

앞으로 좀더 깊은 대화가 필요할 것 같네.

일단 나중에요. 그런데 선생님, 저번에 잠깐 오셨던 부원장 선생님은 언제 다시 오시는 거예요?

이제프 선생님 말하는 거니?

네. 이제프 선생님을 또 뵙고 싶어요.

그분은 늘 바빠서 또 만나기는 쉽지 않을 거야. 일단은 말씀드

려볼게.

바쁘신 건 알아요. 그래도 오시면 꼭 알려주세요. 제가 기다린
다고도 전해주세요.

*

열두번째 그룹에서 나타나는 기이한 일의 중심에는, 정태린이
라는 아이가 있었다.

꽤 긴 시간이 지났는데도 아이들은 건강했다. 그뿐만이 아니었
다. 아이들에게서는 지금껏 관찰된 적 없는 특이한 현상이 일어
나고 있었다. 범람체와의 지적, 정서적 상호작용이라는 현상이.

연구원들은 이제프에게 아이들의 달라진 뇌 스캔 결과를 보고
했다. 보통 범람체가 뇌 속에 침투할 때, 범람체는 균사를 뇌 곳곳
으로 뻗치며 신경세포와 분리할 수 없는 형태로 융합된다. 그리
고 신경세포 자체의 특성을 변이시켜 원래의 자아와 감정, 기억
을 잃게 만들고, 나중에는 신체를 통제하는 능력까지 저해한다.

그런데 이번 아이들의 뇌 스캔 결과에서 범람체들은 마구잡
이로 퍼져나가거나 신경세포를 파괴하는 것이 아니라, 뇌의 곳
곳에 뭉치를 이루며 자리잡았다. 그 뭉치를 중심으로 균사가 뻗
어 있기는 하지만, 일반적인 경우에 비해서 전체적인 변이의 정
도가 훨씬 적었다. 아마 이 때문에 아이들은 변이를 감당해낼 수
있는 것처럼 보였다.

"그 변화를 만든 게, 범람체와의 상호작용이라는 말이군요."

범람체들은 여러모로 인간이 이해하기 힘든 존재다. 그것들은 균사 하나하나를 두고 보았을 때는 지능이라고 부를 만한 것이 없다. 바이러스나 박테리아처럼, 미생물 단위에서의 기본적인 반응과 행동만 있을 뿐이다. 그러나 그것들이 빼곡한 집단 연결망을 이루면 지성체처럼 행동하기 시작한다. 매우 복잡한 미로 실험을 통과한 적도 있었다. 그럼에도 범람체가 정말 지성을 가지고 있는지, 실험 설계 오류로 인한 결과는 아닌지 매번 논란이 벌어지곤 했는데, 이 열두번째 그룹의 실험 결과는 매우 흥미로웠다.

범람체와 인간의 의사소통이 가능하다니. 그것도 심지어 인간의 머릿속에 들어온 범람체와 의사소통이 되다니. 이제프는 살짝 흥분하며 물었다.

"태린이라는 아이는 그걸 도대체 어떻게 해낸 겁니까?"

"그러니까, 아주 이상한 일인데요."

연구원은 눈썹을 찌푸리더니 말했다.

"이렇게 표현해도 될지 모르겠지만…… 길들인 것 같습니다."

"그 아이가 범람체를요?"

"아니요. 아이와 범람체가 서로를요."

*

논란의 주인공답지 않게 아이는 그저 호기심 많은 밤톨 같았다. 새까만 단발머리에, 진갈색 눈을 굴리며 이제프의 방을 둘러보던 태린은 우와, 하고는 작은 감탄을 내뱉었다. 이제 태린이 무슨 말을 하려나 잠자코 지켜보던 이제프는 전혀 예상 못한 첫마디를 들었다.

"제가 관찰당하는 거 알아요. 저는 연구 대상인 거죠?"

이제프는 당황한 기색을 내비칠 뻔했지만, 가벼운 미소를 지어 보이는 데에 성공했다. 태린은 대답을 기대하는 듯이 이제프를 빤히 바라보다가, 이내 실망하는 얼굴을 했다.

"안 놀라시네요."

이제프는 아무렇지 않은 척 말했다.

"놀랍지만, 알 수도 있겠다고 생각했어. 네가 똑똑한 아이라고 들었거든."

"정말요?"

시무룩하던 얼굴이 갑자기 환해졌다. 영악한 말 한마디를 툭 던지더니, 똑똑한 아이라는 칭찬에 단번에 기분이 좋아질 건 뭔지, 그 천진함이 이제프는 낯설고 당황스러웠다.

이제프가 간식을 준비해 내오는 동안, 아이는 이제프의 책장을 구경하느라 바빴다. 잠시라도 멈추면 글자들을 놓칠 것처럼 다급하게 책등의 제목을 살피는 아이를 이제프는 자리에 먼저 앉혔다. 이제프가 앞에 놓아준 주스를 한 모금 홀짝 마신 이후에도, 여전히 아이의 시선은 책장을 향해 있었다.

"글은 읽을 줄 알고?"

"당연하죠. 도서관의 홀로그램 자료는 다 읽었어요. 이런 책들은…… 이렇게 많은 건 처음이지만요."

"여기 있는 건 제목도 이해하기 힘들 텐데."

"맞아요. 그래도 안에 펼쳐봐도 돼요?"

뜻밖의 요구였다. 기대감으로 눈을 빛내고 있는 아이 앞에서 이제프는 애써 딱 잘라 말했다.

"안 돼. 공부에도 순서가 있거든."

약간 억울한 표정을 지은 태린은 자세를 다시 바로 하고 앉아서 쿠키를 먹기 시작했다. 공부에 순서가 있다니, 이제프는 방금 급조해낸 변명이 좀 우습게 느껴졌다. 사실은 그런 이유 때문이 아니었다. 실험체들에게는 바깥세상에 대한 정보가 제한되기 때문이었다. 하지만 이 아이가 지상에 대해 알게 된다고 해서 무슨 큰일이 생기기라도 할까.

"네가 관찰 대상이라면, 네게서 뭘 관찰하려는 거라고 생각해?"

"음, 쏠이겠죠? 선생님들은 쏠에 대해서만 궁금해하잖아요."

태린은 그렇게 말하면서 약간 위를 보았다. 쏠이 마치 거기에 있기라도 한 듯이.

"쏠이 어떻게 머릿속에서 움직이는지, 쏠이랑 무슨 이야기를 하는지, 뭘 하고 노는지. 그런 것들요. 저에 대해서도 묻긴 하지만, 쏠에 대해서 더 많이 궁금해하는 것 같아요. 가끔은 선생님들이 저에게는 별 관심이 없는 것 같아요. 제 이야기를 하면, 선생님들이 말을 돌려요."

"그래서 서운해?"

"아니요. 저도 쏠에 대해서 이야기하는 게 재밌어요."

태린이 히히, 하고는 작은 이를 드러내며 웃었다.

"그렇지만 전부 다 말할 수 있는 건 아니에요."

"비밀로 남겨두고 싶은 게 있어서?"

"그것보단, 말로 설명을 못하겠어요. 잘 전달이 안 돼요."

"그래도 자세히 듣고 싶은데. 예를 들면?"

이제프가 그렇게 물으며 태린을 빤히 바라보자 태린은 양손을 허공에 올렸다. 그러곤 공기를 움켜쥐듯 손을 가볍게 오므렸다가 펼쳤다.

"쏠의 세계와 저의 세계는 달라요. 그걸 가끔 느낄 수 있어요. 쏠에게 제 몸을 넘겨주면요. 그럼 세계는 눈앞에 있는 게 아니라, 피부에 닿아요. 풍경은 바람 같아요. 복도 냄새 같고요. 덩어리로 뭉쳐졌다 펼쳐졌다 해요. 만약 쏠의 눈으로 이제프 선생님을 보면…… 먼지랑 흙 냄새가 날 거예요. 시원한 바람이 불 거고요. 음, 그리고 약간 달콤한 냄새도요."

이제프는 픽 웃었다. 마지막으로 지상 파견을 다녀온 건 꽤 지난 일인데 아직도 범람체 특유의 달큰한 냄새가 배어 있는 걸까. 어쩌면 그 쏠이라는 녀석이 범람체이기에, 동족의 흔적을 더 예민하게 감지하는 것인지도.

태린을 가만히 앞에 두고 바라보던 이제프는 문득 이상한 기분을 느꼈다. 이제프는 분명 지금까지 범람체를, 범람체가 분해하고 부패하도록 만드는 모든 과정과 결과물들을 혐오스럽게 여겨왔다. 하지만 이 아이에 대해서는 그런 느낌이 전혀 들지 않았다. 범람체와 가장 밀접하게 연결되어 있는 아이인데도 그랬다.

어쩌면 아직 부패가 시작되지 않았기 때문에……

이제프는 아이의 말간 얼굴을 바라보았다. 지금까지의 실험에
서도 늘 예외는 있었다. 평균 생존 기간을 훌쩍 뛰어넘어 살았던
실험체들이 있었다. 그러나 그 모든 예외도 대전제를 부정하는
결과로 이어지지는 못했다. 바꿀 수 없는 전제. 인간과 범람체는
한몸을 공유할 수 없다. 범람체는 인간의 자아를 해체하고 부숴
버리기 때문에.

이 아이도 그렇게 되겠지. 설령 이 아이의 뇌 속에 들어간 범
람체가 파괴 대신 선량함을 배운 지각 있는 존재라고 해도 본성
을 완전히 이길 수는 없을 것이다. 지구의 암석층이 스스로를 통
제해 끔찍한 지진을 멈출 수 없는 것처럼, 바이러스가 자신의 증
식을 막을 수 없는 것처럼.

그렇게 생각하면서도 일주일 뒤 이제프는 태린과의 면담을 다
시 잡았다. 태린이 묘사하는 '범람체로서 감각하는 세상'에 대한
묘사가 재미있었다. 다시 그로부터 일주일 뒤에는, 태린 쪽에서
면담을 원한다며 연구원들이 곤란한 표정을 지었다. 아마도 이
제프의 사무실에서 주스나 홀짝이며 노는 게 재미있는 모양이
었다. 그리고 그다음 면담은 이제프가 잡았다.

그쯤 되니 인정해야 했다. 이제프는 그 아이에게 관심이 있었
다. 처음에는 실험체의 머릿속에 관심이 있는 거라고 분명히 선
을 그었다. 하지만 이제 이제프는 태린이라는 아이 자체에 관심
을 갖게 되었다. 태린은 영리하고 호기심이 많고 무엇보다 실험
정신이 강했다. 자신의 머릿속에 있는 범람체와 온갖 놀이를 바

꿔가며 했다.

차를 마시고 있는 이제프에게 태린이 불쑥 물어왔다.

"이제프 선생님은 쏠이 무엇인지 알아요?"

아마도 훗날에 네가 증오하게 될, 너를 파괴할 존재. 그것이 곧바로 떠오른 답이었지만 이제프는 그렇게 대답하지는 않았다. 언젠가는 알게 되더라도 아직은 말해주고 싶지 않았다.

"쏠은…… 자기가 인간이 아니라는 건 확실히 알아요. 왜냐하면 자신에겐 인간과 같은 몸이 없는데, 그냥 제 몸을 빌려 쓸 뿐이라는 걸 알거든요. 쏠과 저는 생각하는 방식도, 세상을 마음속에 그려내는 방식도 달라요. 하지만 그럼, 쏠은 뭘까요? 홀로그램 도서관에 있는 자료를 전부 읽어보았는데도 쏠이 무엇인지 말해주는 자료가 없었어요."

이 똑똑한 아이는 어디까지 짐작하고 있을까. 아이들에게 범람체의 개념, 그리고 지상에 대한 구체적인 설명을 막아둔 것은 아이들이 혹시나 머릿속에 있는 것이 범람체라는 사실을 알게 됐을 때의 충격을 막기 위해서였다. 하지만 그 전제에 대해서 이제프는 의문이 있었다. 애초에 범람체가 인간을 어떻게 파괴하는지 모르는 아이들에게, 범람체가 머릿속에 있다는 사실이 충격을 주긴 할까?

이제프는 고민하다가 짧게 대답했다.

"그걸 알아내는 게 우리가 너희를 관찰하는 이유야."

"만약 알아내면 어떻게 되나요?"

그렇게 묻는 태린의 눈빛에는 약간의 초조함이 묻어 있었다.

알아내면 어떻게 되냐니. 이제프는 그 질문을 잠시 곱씹었다. 그러나 태린의 질문은 틀렸다. 애초에 아이들을 제외한 이들은 머릿속에 있는 것이 범람체라는 걸 이미 안다. 결론도 정해져 있다. 범람체와 인간은 공생할 수 없다. 결국 아이들이 알게 되든, 그렇지 않든 끝은 같다.

이제프는 거짓말을 하고 싶지 않았다. 하지만 태린을 속이고 싶지도 않았다. 이제프는 가능한 한 모호한 답을 했다.

"알게 되면…… 관찰이 끝나겠지."

태린은 물끄러미 이제프를 바라보더니 물었다.

"그러면 저는 자유로워지나요?"

이제프는 잠시 멈칫했다. 한참의 침묵 끝에 이제프는 말했다.

"그래. 그럴 거야."

이제프가 계속해서 태린과 면담을 잡자, 연구원들은 그가 이 연구에서 흥미로운 것을 발견한 모양이라고 생각했다. 실제로도 그랬다. 태린이 쏠과 맺는 독특한 관계, 하나의 몸을 두 개의 다른 의식이 공유하는 방식, 서로 다르게 세계를 감각하는 두 종이 서로의 감각을 교환하는 법. 모두 지금껏 본 적 없는 것들이었다.

그러나 이제프가 태린을 만나는 이유에 그런 것만 있지는 않았다.

최후의 날, 사형수에게 마지막 식사는 최고의 것으로 대접된다. 언젠가 그 이야기를 들었을 때, 이제프는 쓸모없는 짓이라 생각했다. 어차피 죽을 텐데 좋은 식사가 무슨 소용인가. 그런데 지금 이제프는 사형수를 위해 정성껏 식사를 준비하는 마음을 알 것 같았다.

태린은 세상 모든 것에 대해서 알고 싶어했다. 생명은 왜 존재하는지, 아이들은 왜 자라서 어른이 되는지, 먹고 마시는 것들은 무엇으로 이루어져 있는지, 왜 장난감을 밀면 떠밀리고 벽에 던지면 튕겨나오는지. 그리고 이제프는 태린에게 세상의 조각들을 알려줬다. 그 파편들은 이제프가 보기에는 너무나 하찮것없는 지식이었지만, 태린은 그것들을 보물처럼 소중히 여겼다. 이제프는 태린에게 점점 더 많은 걸 말해주었다. 태린의 신뢰를 사면, 더 많은 정보를 얻을 수 있으니까. 속으론 그런 계산을 했지만, 실은 그것만이 이유가 아님을 이제프는 진작에 깨달았다.

어느 순간부터 이제프는 그냥 그렇게 하고 싶었다. 세상에는 놀랍고 신기한 것들이 많고, 그 조각조각을 모으면 전체 풍경을 희미하게나마 그려볼 수 있다는 걸 알려주고 싶었다. 그 풍경을 다 이해할 수는 없어도, 그것이 주는 거대한 감정을 느낄 수는 있다는 걸 보여주고 싶었다. 이상한 일이었다. 왜냐하면 태린은 곧 죽을 아이이고, 그런 풍경들을 본다고 해도 삶은 지속되지 않을 테니까. 그런데도 이제프는 그 일을 계속했다.

이제프가 태린에게 건네주는 것은 작은 파편에 불과했지만, 태린은 그 파편들을 조합해서 전체 그림을 그려갔다. 때로는 어린아이의 추론 능력을 뛰어넘는 태린의 사고 수준이 놀라웠다. 그것이 태린이 아니라, 머릿속에 함께 있는 쏠로부터 기인한 것은 아닐까 싶을 때도 있었다. 어쩌면 그 둘의 혼합체로서 가능한 것일지도 모른다. 이제프는 종종 책상 앞에 마주앉은 태린의 눈을 들여다보며 생각했다. 지금 이 아이는 범람체일까 아닐까. 내가 증오하는 대상일까, 아니면……

"선생님은 사실 진짜 선생님이 아닌 거죠?"

태린이 그렇게 물어왔을 때, 이제프는 뜻밖의 질문에는 더이상 놀라지 않을 만큼 익숙해졌다. 태린이 그걸 어떻게 눈치챘는지 궁금하긴 했다. 하긴, 얼마 전 태린이 이제프에게 왜 교실로는 한 번도 오지 않는지 물었던 적이 있다. 아마 다른 아이들은 이제프를 만나지 않는다는 걸, 들어서 알게 된 것인지도.

이제프는 태린을 잠시 응시하다가 말했다.

"그래. 나는 원래 파견자야."

"파견자요?"

"지상을 조사하는 사람을 그렇게 부르지."

그전까지 이제프는 태린에게 수많은 지식의 파편들, 세상을 구성하는 조각들을 알려주었지만 정작 지상이 범람체로 뒤덮여 있고 인간은 더는 그곳에 갈 수 없다는 말은 하지 않았다. 단지 인간은 지금 행성의 지표면 아래에 살고 있다고, 그렇게만 말했다. 이제프는 곧 태린이 파견자가 무엇인지, 지상은 어떤 곳인지 물으리라 생각했다. 하지만 예상은 빗나갔다.

"지금은 아닌가요?"

"다시 돌아갈 거야."

때가 되면, 이라는 말을 이제프는 삼켰다. 태린은 그게 언제냐고도 묻지 않았다. 대신 한참이나 입을 다물고 있더니, 작은 목소리로 말했다.

"그럼 저도 파견자가 되고 싶어요."

그게 무엇인지 알고는 있는지, 모른다면 왜 파견자가 되고 싶다고 말하는지 이제프는 태린이 궁금했다. 그냥 아이들 특유의, 깊은 생각 없이 하는 말이겠지만, 그래도 만약 그 말이 진심이라면······

이제프가 의문을 입 밖으로 내기도 전에, 문 쪽에서 노크 소리가 들렸다. 태린을 다시 데려가기 위해 도착한 연구원이었다. 태린은 이제프와 눈을 마주치지 않고 자리에서 일어났다. 문을 열고 떠나기 전 태린은 평소와 달리 고개를 꾸벅 숙여 인사하지도 않았고, 안녕히 계세요, 라고 말하지도 않았다. 대신 이제프를 바라보았다. 이제프에게서 어떤 질문을 기다리는 것처럼.

하지만 이제프는 아무 말도 하지 않았고, 태린은 마지막으로 이제프를 마주보고는 고개를 돌려 종종걸음으로 사라졌다.

문이 닫힌 뒤에도 이제프는 태린이 사라진 자리를 한참이나 응시했다. 수많은 생각이, 수많은 갈등이 머릿속을 오갔다.

참 이상한 일이지.

왜 너는 파견자가 될 수 없다고, 단호하게 말하지 못했을까.

*

이제프가 범람체에 대해 가지고 있던 생각이 달라진 것도 그 무렵이었다.

범람체는 인류의 적이다. 범람체는 인간과 공존할 수 없다. 이제프는 누구보다도 그 전제를 절대적인 것으로 믿어왔고 누구보다도 범람체를 증오해왔다. 그러나 태린을 지켜볼 때면 의문이 들었다. 그러니까, 범람체는 정말로 인류의 적인가? 그 신념에는 틈이 없는 것인가? 물론 알고 있었다. 태린은 아주 특별한 예외였다. 예외를 전체로 적용할 수는 없다. 그럼에도 불구하고 분명한 예외가 있다는 것, 그것이 이제프의 믿음 체계에 균열을 냈다.

"파로딘. 몹시 기이한 제안을 했더군요."

싱 소장이 미간을 찌푸리며 스크린을 껐다. 책상 위에 이제프가 제출한 후속 실험 계획서와 그 위에 빼곡히 적힌 붉은 글씨가 보였다.

"공생의 가능성을 후속 관찰하자니, 이 제안이 얼마나 불온하게 여겨질지 생각은 해본 겁니까?"

"범람체를 받아들이자는 것이 아니라 이어질 생존의 가능성을 보자는 겁니다. 이번 그룹 실험체들에게서 나타나는 현상은 이미 벌어진, 부정할 수 없는 현상입니다. 그렇다면 적극적으로 데이터를 얻어야 합니다. 범람체가 뇌 안에 있지만 자아가 해체되지 않고 살아갈 수 있다면, 그것이 다음 세대의 생존 방식이 될 수도 있지 않겠습니까?"

"다음 세대의 생존 방식이요? 참 순진한 표현이군요."

싱 소장이 냉소적인 표정으로 계획서를 탁 덮었다.

"난 파로딘 선생을 그렇게 보지 않았는데."

그가 이제프의 눈을 빤히 보며 물었다.

"실험체의 상담 기록을 확인했습니까?"

"봤습니다."

"정태린이라는 실험체는 범람체에게 이름을 붙여주고, 친구라고 여기고, 심지어 자기의 몸과 마음을 탐색하고 제어하도록 만들었던데. 그것이 광증과 근본적으로 무엇이 다릅니까?"

"광증은 자아의 해체입니다. 궁극적으로 숙주를 죽음으로 몰고 가는 현상입니다. 반면 지금 실험체들에게서 나타나는 현상은 자아의 해체가 아니라ー"

"바로 그거죠. 한 몸에 두 자아가 깃들 수 있습니까? 그렇지 않다면 이쪽도 자아의 해체입니다. 자명하지 않습니까."

싱 소장이 이제프의 말을 가로막으며 허공에 손을 휘휘 저었다.

"정확히 그래 보이네요. '상상 친구'요? 아이들의 상상 친구가 평생 가는 존재겠습니까? 그 실험체를 그대로 성장시킨다고 생각해봅시다. 그럼 성장한 다음에는? 당신의 일거수일투족을 관찰하는 또 다른 의식 체계가 있다고 생각해보세요. 떨어지고 싶어도 절대 떨어질 수 없고, 내 몸을 마음대로 제어할 수 있는 존재를요. 미치지 않겠습니까? 지금 멀쩡해 보여도 결국은 미쳐버릴 겁니다."

이제프는 입을 다물었다. 독립적인 자아로 평생 살아온 성인의 관점과 어릴 때부터 다른 자아와 함께 살아온 아이들의 관점은 다를 거라 말하고 싶었지만, 이미 답을 정해놓은 싱 소장이 이제프의 말을 받아들일 것 같지 않았다.

하지만 싱 소장은 거기서 한번 더 밀어붙였다.

"파로딘, 아이들과 범람체를 분리하는 실험을 진행하세요."

이제프는 저도 모르게 표정이 굳었다.

"너무 성급합니다. 더 지켜봐야 합니다. 범람체와의 결합에서 살아남은 아이들인데 급히 분리할 필요는 없습니다."

"고작 한 실험체의 예외만으로도 파로딘 선생은 공존 가능성을 언급했습니다. 만약 이 이야기가 외부에 퍼지면 어떻겠습니까? 또 얼마나 많은 불온한 이야기가 오가겠습니까? 실험 중단이 아닙니다. 이 방법만이 실험체들을 정상으로 되돌리는 방향인 겁니다."

"하지만 데이터가 아직……"

"파로딘, 당신도 알고 있지 않습니까? 그래서 애초부터 다른 프로젝트를 준비하고 있던 것 아니었습니까? 이 실험은 그냥 빨리 처리해서 결말을 보는 편이 낫습니다. 만약 분리 실험에 성공한다면, 그거야말로 좋은 일이겠지요. 아이들이 저항성을 획득하고 범람체까지 없앨 수 있다면 그게 진정한 신인류의 탄생이 될 겁니다. 지금처럼 범람체에 뇌를 파먹히는 형태가 아니라."

맞서고 싶었지만 명분이 없었다. 얼마 전까지는 이제프도 싱 소장처럼 생각했기 때문에 다른 프로젝트에 집중해왔던 것이다. 태린을 만나기 전까지는. 그리고 태린은 정말로 특별한 예외일 뿐이었다. 이제프야말로 그 사실을 결코 외면할 수 없었다.

싱 소장의 지시 이후에도, 이제프는 열두번째 그룹에 대한 관찰을 계속했다. 아이들에게서 좀더 진전된 관찰 결과가 나온다면 소장도 마음을 바꿀 것이라고 생각했다. 그러나 얼마 지나지 않아 태린 외의 아이들에게 심각한 문제가 생겼고 이제프는 다시는 공생 후속 연구 이야기를 꺼낼 수 없었다.

범람체와 안정적인 상호관계를 형성한 태린, 사오코, 에단 외의 다수의 아이들에게서 치명적인 문제가 발견되었다. 처음에는 머릿속에 재미있는 물결을 일으키는, 말을 걸면 대답이 돌아오는 흥미로운 상상 친구 정도였던 범람체는 점점 아이들의 몸과 정신에 직접 영향을 미치기 시작했다. 아이들은 감각이 이중화되었고, 사물을 제대로 분간하지 못했으며, 기억 혼란을 겪었다. 두통과 멀미, 구토와 같은 비교적 약한 증상에서부터 심각한 고열, 환청, 환각, 섬망에 이르기까지 여러 문제가 나타났다.

왜 일부 아이들만 범람체와 안정적 관계를 형성한 것일까. 이제프의 추론으로는 개방성의 차이가 그 원인이었다. 이를테면 태린에게는 하나의 자아로 하나의 몸을 점유해야만 한다는 고집이 없었다. 태린은 쏠이 자신의 몸을 마음대로 탐구하고 이용하도록 내버려두었다. 그것이 이상하고 불쾌하고 아플 때도 있지만, 쏠에게도 그럴 권리가 있다고 태린은 여기는 것 같았다. 태린에게 몸은 자신만의 것이 아니라, 다른 자아와도 나누어 쓸 수 있는 것이었다. 하지만 다른 아이들에게는 그런 생각 자체가 너무나 불편한 일로 여겨졌다. 그리고 사실상 거의 모든 인간이 후자에 가까울 터였다.

그로부터 한 달 뒤, 사무실로 돌아온 이제프는 책상에 놓인 실험 승인 요구 서류를 보았다. 아이들을 범람체와 분리하는 실험이었다.

"안전성이 보장되기 전까지는 승인할 수 없습니다. 세부 계획이 너무 허술해요. 이렇게 준비되지 않은 상태에서 범람체를 강제로 제거했다간 아이들이 사망할 수도 있습니다."

이제프는 안전하지 않다는 이유로 실험 승인을 거절했지만, 이제프를 제외한 다른 연구원들은 실험을 진행해야 한다고 주장했다. 결국 싱 소장이 직접 실험을 승인했다. 더는 실험을 막을 수 없었다.

문제는 아이들이 범람체를 길들이기만 한 것이 아니라, 범람체 역시 아이들을 길들였다는 점에 있었다. 그것은 금기였다. 범람체가 인간을 지배할 수 있다면, 그것은 스스로의 손으로 인간이기를 포기하는 일이었다. 싱 소장과 연구원들이 보기에 태린은 범람체와 지나치게 친밀한 관계를 맺을 뿐만 아니라 범람체에게 의존하고 있었다.

또다시 찾아온 이제프에게 싱 소장이 미간을 찌푸리며 말했다.

"우리는 범람체를 정복하기 위해 그것을 연구하는 겁니다. 범람체를 제어하고 지상에서 소멸시키기 위해서요. 그런데 반대로 인간이 범람체에게 조종당하고 있으니, 이런 연구 결과를 누가 환영하겠습니까?"

이제프는 소장의 말을 부정할 수 없었다. 분명 태린이 쏠을 제어하기만 하는 것이 아니라, 쏠도 태린을 제어하고 있었다. 어떤 순간에는 쏠이 태린에게 미치는 영향이 더 막대해 보였다. 둘의 세계는 분리된 채로 각각 존재하는 대신 서로 섞이고 있었다. 때로 이제프조차도 그것에 본능적인 거부감과 혐오감을 느꼈다. 그도 어쩔 수 없이 범람체에 증오를 느끼도록 자라온 사람이기에.

다음날 태린이 이제프의 방을 찾아왔다. 태린은 요즘 '선생님'
들로부터 느껴지는 이상한 분위기를 감지한 것 같았다. 이제프
는 아이들과 있었던 일을 조잘조잘 이야기하는 태린을 한참이
나 말없이 바라보았다.

"이제프 선생님, 요즘은 왜 면담하자고 안 해요?"

조금 토라진 것 같은 태린을 보며 이제프는 마음이 복잡했다.
말해주어야 할까. 쏠은 곧 사라질 것이라고. 너는 원래대로의 태
린으로 돌아올 것이라고. 네가 고통스럽더라도, 그렇게 할 수밖
에 없는 일이라고.

"쏠과는 잘 지내지?"

"네! 새로운 놀이를 개발했어요. 이건 불이 꺼져 있을 때만 할
수 있는 건데요. 제가 눈을 감으면 쏠이 제 손가락을 움직여서
이불을 잡고……"

태린은 쏠과 이불을 이용한 감각 전이 놀이를 했던 이야기를
신나게 늘어놓다가, 갑자기 한마디를 덧붙였다.

"그렇지만 요즘은 쏠이 좀 짜증나요."

"왜?"

"이유 없이 머리를 아프게 하거나, 손가락을 콕콕 찔러요. 화
를 내고요. 왜 자기가 제 머릿속에 있는 건지, 어째서 다른 아이
들은 저처럼 행동하지 않는 건지 알고 싶대요. 하지만 저는 어떻
게 해줄 수가 없잖아요. 쏠이 뭔지 모르는 건 저도 마찬가지인
데……"

태린을 물끄러미 바라보던 이제프가 물었다.

"그래도 쏠과 지내는 건 대체로 네게 좋은 일이니?"

"좋긴 하지만…… 지금은 모르겠어요. 무작정 좋다고는 할 수 없을 것 같아요. 그러니까, 항상 좋지는 않아요."

"싫을 때도 있다는 거지?"

태린은 잠시 고민하다가 고개를 끄덕였다.

"음…… 네, 확실히 그래요."

그제야 이제프는 태린의 눈을 마주보았다. 지금까지 관찰 대상이었던 아이들이 어느 시점을 넘기지 못한 이유를 알 것 같았다. 인간으로 태어난 이상 이 아이들은 성장하며 자의식을 키워가기에, 결코 두 개의 의식이 공존할 수 없는 것이다. 고유한 인간으로서의 자아가 범람체와 강하게 충돌하기 때문에.

지금까지 이제프는 태린과 쏠이 형성하는 관계의 긍정적인 측면에 주로 주목해왔다. 하지만 중요한 사실을 간과했다. 어린 시절의 친구가 영원할 수는 없다. 무엇보다 쏠은 엄연한 의미에서, 친구가 아닌 기생하는 존재다. 태린이 살아 있지 않으면, 쏠도 그런 형태로 자아를 가지고 살 수 없는.

그러니까 태린 역시도 이 관계를 지속할 수는 없었다. 이제프는 태린이 성장하는 모습을 보고 싶었다. 무사히 자라나서 더 넓은 세상으로 나아가는 것을 보고 싶었다. 가능하다면 이제프가 이 아이에게 그런 세상을 보여주고 싶었다. 그렇다면 태린과 쏠의 관계는 여기서 끝나야 한다. 어차피 범람체가 머릿속에 남아 있다면, 연구소 밖으로 나갈 수도 없었다. 파견자가 되겠다는 꿈을 이루기는커녕, 라부바와에서 살아가는 것조차 허락되지 않을 터였다.

이제프는 직접 분리 실험에 참여하기로 결정했다. 실험 준비는 일사천리로 진행되었다. 실험을 앞둔 어느 날, 한 아이에게서 심각한 공황 증세가 나타나기 시작했다. 격리실 안에서 아이들끼리 싸움이 벌어졌다. 태린 역시 싸움을 말리다가 얼굴을 크게 긁혔다. 싱 소장은 실험체들의 상태가 더 나빠지기 전에 하루빨리 분리를 진행하라는 지시를 내렸다.

시기가 앞당겨지자 이제프 안에서 불안이 싹텄다.

이건 정말로 옳은 일일까. 실험이 성공한다면 아이들 역시 새로운 삶을 모색할 수 있고, 저항성을 획득하는 방법을 알아낸 것이니 인류에게도 도움이 되겠지만…… 만약 실험이 실패한다면? 그러면 이 실험체들은, 태린은 어떻게 되는 것일까.

하지만 지금 와서 그런 생각을 하는 건 의미가 없었다. 이미 결정은 내려졌다. 이제프는 이 결정을 옳은 것으로 만들어야 했다. 태린을 위해서. 그리고 이제프 자신을 위해서.

실험체들에게 분리 약물이 주입되었다.

*

처음 일주일은 문제가 없었다. 상황은 좋아지는 것처럼 보였다. 아이들의 감각 이상과 공황 증상이 즉시 멈추었다. 아이들은 갑자기 범람체와의 상호작용이 뚝 끊긴 것에 당황했지만 적어도 겉으로는 상태가 나아졌다.

그다음 일주일간 연구원들은 아이들의 신체와 심리를 매일 면밀하게 관찰했다. 신체 지표는 모든 면에서 개선되었다. 아이들은 훨씬 건강해지고 활기를 되찾은 것으로 보고되었다. 평소 범람체와 친밀한 관계를 맺고 있던 아이들 몇 명이 심리 상담에서 불안함을 표현했지만, 그 외의 문제는 없었다.

연구소는 모처럼 밝은 기대감으로 들떴다. 광증 저항성 테스트에서 아이들은 모두 완벽에 가까운 점수를 받았다. 만약 이 후속 실험이 성공할 경우, 광증 저항성을 인위적으로 획득할 방법이 생겨나는 것이었다. 매일 아침 연구 회의에서 낙관적 전망이 쏟아졌다.

끔찍한 일은 그다음에 시작되었다.

새벽 네시였다. 이제프는 문을 쾅쾅 두드리는 소리에 깨어났다. 홀로그램 스크린이 켜지며 부재중 메시지 스무 건을 띄웠다. 문을 열자 앞에 선 연구원의 얼굴이 새하얗게 질려 있었다.

밤사이 아이들 절반이 죽어버렸다. 경보음을 듣고 침실로 간 연구원들이 구역질을 참으며 밖으로 뛰쳐나왔다. 누군가 관리 카메라를 교묘하게 다른 방향으로 돌려놓았고, 비상 호출 버튼을 망가뜨려놔서, 연구원들은 경보음이 울리기 전까지 무슨 일이 벌어졌는지도 알지 못했다. CCTV에는 끊임없이 중얼거리는 아이들의 목소리만이 녹음돼 있었다.

꺼내줘, 이 안에서 꺼내줘……

그 방에서 유일하게 죽지도 다치지도 않은 아이는 태린뿐이었다. 태린은 무슨 일이 일어났는지 증언하기를 거부했다.

하지만 연구원들은 다른 방에서 아이들에게 일어난 일을 확인했다. 아이들의 뇌 속에서, 두 개의 자아가 격렬하게 충돌하고 있었다. 서로가 서로를 죽이려 들고 있었다. 분리 약물로 제거당할 위협에 처한 범람체가 더욱 거세게 뇌와 신체로 퍼져나갔다. 아이들의 뇌를 범람체가 완전히 뒤덮어버렸다. 연구원들은 남은 아이들이 스스로를 해치지 못하게 팔과 다리를 묶어 구속했다. 그러나 아이들은 이미 안에서부터 죽어가고 있었다.

피부에 진균류에 감염된 듯한 기이한 청색과 녹색의 반점이 확산되었다. 시력이 흐려지고 근육의 힘이 약해졌다. 대화가 어려워졌다. 감각 이상이 시작되었다. 적대적이고 공격적인 행동이 나타나고, 시간과 공간에 대한 인식을 잃어버렸다.

"발현된 아이들과 발현되지 않은 아이를 분리해요."

"이제 발현 안 된 실험체는 하나뿐이에요. 부소장님도 아시잖아요. 광증은 전염되는 현상이 아니고, 지금 아이들이 서로 떨어지지 않겠다고 하고 있어서 억지로 떼어냈다간 오히려 더 심리적으로……"

"분리하세요. 다른 실험체들이 태린을 해칠 겁니다."

"태린이 거부하고 있어요."

"강제로 해요!"

"하지만……"

연구원이 망설이는 꼴을 보니 이제프는 화가 치밀었다. 복도를 성큼성큼 걸어갔다. 격리실 문을 강제로 개방하고 안으로 들어갔다.

태린은 격리를 거부하고 있었다. 끝까지 같이 있겠다고 소리를 질러대고 있었다. 연구원 여럿이 달려들어서 태린을 따로 떼어놓았다. 태린이 고개를 들어 이제프를 보더니 그에게 매달려 왔다.

"선생님, 제가 쏠이 싫다고 해서 쏠을 데려가신 거예요? 죄송해요. 진심이 아니었어요. 저에게서 쏠을 없애지 마세요……"

이제프의 마음이 무너졌다. 태린은 세상을 빼앗긴 표정을 하고 있었다. 절망에 빠진 얼굴을 하고 있었다.

"우릴 속인 거였죠? 도우려는 게 아니었어요. 그래도 괜찮아요. 용서할게요. 그러니까 제발 쏠을 남겨주세요. 데려가지 마세요. 제발요."

이제프를 향해 한때 동경과 애정을 보내던 시선이 절망감으로 물들어갔다. 이제프는 아무 말도 할 수 없었다. 미안하다는 말조차 할 수 없었다. 그도 이 실험에 동의했기에, 옳은 결정으로 만들기 위해 노력했기에. 연구원들은 태린에게 강제로 안정제를 주입했다. 다른 모든 아이들은 손쓸 새도 없이 사망했다.

안정제를 주사한 이후 태린은 거의 잠들어 있었다. 연구원들은 태린의 뇌 스캔 결과가 매우 불안정하다고, 아직 죽은 것은 아니지만 상태가 어떤지 전혀 파악할 수 없다고 했다. 범람체가 여전히 남은 것으로 보이다가도, 또 다음 스캔에서는 사라진 것으로 보였다.

실험체들의 사망을 차례차례 선언했던 의사는 태린의 상태를 살피고는, 가까스로 뇌 안에서 범람체는 사라졌지만 뇌 기능에 영구적인 손상을 입을 수 있다고 말했다. 기억이 손상될 가능성이 가장 컸다. 분리 실험 직후 충격적인 일을 겪은 탓에 스스로를 보호하기 위한 방어기제가 작동한 것 같다고 했다.

잠든 것 같기도 하고, 죽어가는 것 같기도 한 태린을 곁에서 지켜보면서 이제프는 무엇이 어디서부터 잘못된 것인지 생각했다. 애초에 마음을 주어서는 안 될 아이에게 마음을 주어버린 게 문제였을까. 이 아이를 고유한 존재로 생각하게 되었고, 그래서 이 아이의 말에 지나치게 주의를 기울여서, 공생이라는 헛된 아이디어에 흔들려버려서. 그래서 이 모든 일이 일어난 것일까.

"……이제프 선생님?"

아이의 멍한 눈빛이 돌아왔을 때, 잔뜩 잠긴 목소리로 그의 이름을 정확하게 불렀을 때 이제프는 심장이 내려앉을 뻔했다. 아직 태린을 잃지 않았다. 태린은 여전히 이제프를 기억했다. 이 아이는 여기에 있다.

그 사실이 왜 그렇게도 안심이 되고, 동시에 가슴이 무너지는지.

이제프는 팔을 벌려 아이를 안아주었다. 그것밖에 할 수가 없었다. 아무 말도 할 수가 없었다.

태린을 감싼 팔을 통해 흐느낌이 전해졌다. 이제프의 옷이 축축하게 젖어들었다. 태린은 울고 있었다. 아무것도 기억하지 못하면서 눈물을 흘리고 있었다. 그 아이가 잃어버린 것이 무엇인지, 아이는 앞으로도 떠올리지 못할 것이다. 영원히.

*

이제프는 태린을 데려와 일 년을 함께 살았다. 짧은 기간이었다.

분리 수술 후 실험체들이 사망하자, 본부는 태린을 폐기해버리고 싶어했다. 태린의 뇌에서 범람체 반응은 사라졌지만 본부에서는 태린을 범람체와의 공생 가능성과 잔혹한 실험에 대한 증거로 여겼다. 남겨두면 언젠가 골칫거리가 될 수 있다고 생각했다.

태린을 도시로 데리고 나오기 위해 이제프는 자신의 경력을 전부 걸었다. 가장 위험하고 오랜 시간이 걸릴 장기 임무에 자원했다. 훗날 태린이 성장한 이후에도 파견 본부의 감시 체계하에 있도록 이제프가 책임을 지겠다고 서약했다. 장기 파견을 떠나기 전까지, 이제프는 태린의 기억 회복 상태에 대해서 정기적으로 보고해야 했다.

태린과 지내는 동안 이제프는 태린이 범람체에 대한 기억을 전부 잊었음을 알았다. 보호소에 대한 기억도 마찬가지였다. 하지만 태린은 이제프에 대해서만은 분명하게 기억했다. 태린은 이제프가 보여준 세상의 파편들을 기억했다. 지상에서 지는 노을과 별이 빛나는 하늘, 그곳을 탐사하고 돌아오는 파견자들의 이야기를 또렷이 기억했다. 태린은 이제프를 만나게 된 계기는 기억하지 못했지만, 태린 자신이 이제프와 같은 파견자가 되고 싶어했다는 것은 기억했다.

이제프는 태린에게 지상을 주고 싶었다. 노을과 별들을 주고 싶었다. 단지 파견자가 되어 지상을 경험하고 오는 것만으로는 충분치 않았다. 언젠가 태린이 파견자가 될 수 있다면 이제프와 함께 지상을 보게 되겠지만, 그것은 갈망을 증폭하는 일일 뿐 진정한 의미에서 지상을 얻는 것이 아니었다. 지상을 돌려주기 위해서는 지상을 되찾아와야 했다. 별과 노을과 바다가 있는 행성은 다시 인간의 것이 되어야 했다.

그렇게 되돌아온 행성을 목격하고 나면 태린도 이해할 터였다. 이 행성은 본래 인간의 것이어야 했음을.

한 해 뒤, 이제프는 오 년간의 장기 임무를 수행하고 돌아올 파견대의 리더로 투입되었다. 떠나기 직전까지도 이제프는 태린에게 말하지 못했다. 이 임무는 위험했고 어쩌면 영영 돌아오지 못할 수도 있었다. 이전이라면 한 치의 망설임도 없이 떠났을 텐데, 처음으로 이제프는 도시로 돌아와야 할 이유가 생겼다고 느꼈다. 죽음이 두려워졌다.

태린의 얼굴을 마주보고 내일부터는 만날 수 없다고 말하는 것이 두려워서, 이제프는 잠든 태린의 머리맡에 편지를 남겨두었다. 그러곤 짐을 챙겨 자스완의 집으로 갔다.

자스완은 차가운 표정으로 말했다.

"당신이 그 탐사를 떠나는 건 아이를 위한 일이 아니야. 이 아이에게 무슨 짓을 저질렀는지를 생각하면, 그 증오는 다른 방향을 향해야지. 그렇지 않나?"

이제프는 그를 쏘아보았지만 아무 대답도 하지 못했다.

그럼에도 이제프는 자스완과 달리 생각했다. 지난 몇 년간 이제프가 혹독히 깨닫게 된 것은, 지하의 사람들이 절대 범람체와의 공생을 받아들이지 않을 거라는 사실이었다. 그렇다면 이렇게 하는 것만이 답이었다. 지상으로 가서, 지상을 되찾을 방법을 알아내는 일.

지상에서 오 년을 보내는 동안 이제프는 온갖 일을 겪었다. 긴 사냥으로 제거된 줄 알았던 늪인들의 거주지를 발견했고, 지성체로서 행동하는 범람체에 대한 증거들을 수집했으며, 결정적으로 범람체를 파괴할 수 있는 방법을 알아냈다. 때때로 죽음의 위협을 마주할 때마다 이제프는 자신이 알고 있는 가장 빛나는 눈빛을 생각했다.

그 아이는 별을 보게 될 것이다. 어쩌면 다시 별을 향해 가게 될 것이다. 인간이 쫓겨났던 이 세계로 다시 초청받게 될 것이다. 이제프가 바라는 것은 그것뿐이었다. 그러나 그 일을 위해서 해야 할 다른 많은 일들이 있었다.

지상 임무를 마치고 도시로 돌아왔을 때, 태린은 훌쩍 자라 있었다. 학술원에서 마주칠 때마다 태린은 이제프를 피하는 것 같기도 하고, 어색해하는 것 같기도 하더니 자신의 스무 살 생일이 되자마자 그의 디바이스로 사진 한 장을 보냈다. 아카데미 파견자 과정 입학증이었다.

파견자 과정에 들어온 태린은 교관이라고는 맡아본 적도 없던 이제프를 담당 교관으로 신청했다. 그전까지 아카데미 수업을 모조리 거절해왔던 이제프는, 태린 때문에 별수없이 수업 하나를 맡았다.

사무실의 문이 열리고 태린이 문틈으로 고개를 내밀었다. 오래전 그 순간이 떠올랐다. 지상에 대해서 아무것도 모르던 아이가 호기심 가득한 눈빛으로 책장 앞을 서성이던, 그리고 황동색 지구본 앞에서 한참이나 시선을 떼지 못하던 그날들이.

　어느새 이제프도, 태린도 그날들로부터 멀리 와 있었다. 하지만 어떤 점들은 여전했다. 세상 모든 것을 빨아들일 듯 빛나던 눈빛, 더 알려달라고 요구하는 듯한 표정 같은 것. 그리고 꼭 그때처럼, 이제프와 눈이 마주치면 피하지 않고 오래도록 응시하는 태린의 시선도. 그때도 이곳에 마주앉아 태린은 파견자가 되겠다고, 이제프와 함께 지상에 가고 싶다고 말했었다. 책장 앞에 선 태린에게 이제프가 물었다.

　"아직도 기억해?"

　이제프와 눈을 맞추며 태린이 답했다.

　"당연히, 기억하죠."

　그리고 태린은 웃었다.

3부

1

덜그럭. 굵은 쇠사슬에 매달린 출입 엄금 표지판이 흔들렸다.

선오는 불빛 하나 없는 암흑을 향해 손전등을 켰다. 둥근 빛이 퍼지며 노출된 건물 골조를 비추었다. 센다완 남부의 폐쇄 구역, 한때는 라부바와에서 가장 활기찬 지역이었지만 사고 이후로는 누구도 접근하지 않는 곳. 선오는 그곳에 와 있었다.

입구를 사중으로 막은 쇠사슬은 절대 출입을 허용하지 않을 것처럼 팽팽했지만, 선오는 쇠사슬을 툭툭 건드려보고 헐거운 부분을 찾아냈다. 납작 엎드려 쇠사슬 아래로 기어들어갔다. 온몸에 흙먼지가 다 묻었지만 대충 털어냈다.

손전등을 좌우로 비출 때마다 부서진 건물들이 보였다. 건물 벽면에는 스프레이로 알아볼 수 없는 글자들이 적혀 있었다. 도시가 점점 과밀해지면서 센다완 남부를 재건하자는 논의가 있었지만, 범람체의 잔존 위험 때문에 매번 무산되었다. 모두가 얼씬도 하지 않는 곳이었다. 위험을 무릅쓰고 굳이 이런 곳을 찾아오는 사람은 없었다. 철없는 아이들이 폐허 탐험을 하려고 몰래

319

잠입했다가 한참 뒤 시체로 발견되었다는 소문만 돌았다. 지금
껏 라부바와의 온갖 금지된 지역을 쏘다녀본 선오도 이곳은 처
음이었다. 예상만큼 황폐하고 스산한 풍경이었다. 그렇지만 좀
이상하긴 했다.

"무시무시한 소문치고는, 뭐가 없는데."

선오는 고개를 갸웃하며 손전등을 껐다. 범람체를 감지하는
능력으로는 베테랑 파견자 못지않을 거라고 자부하는 선오인데
도 아무런 흔적을 느낄 수 없었다. 눈을 감고 공기 중의 냄새, 기
류, 소리, 발밑의 진동 같은 것에 집중해봐도 마찬가지였다.

거의 성인의 키만큼 쌓인 유릿조각 더미를 조심스럽게 피해
서 지나갔다. 흙과 바위, 재배실에서 쓰였을 화분이나 비료 따위
가 무덤처럼 쌓인 곳도 지나쳤다. 어디에도 범람체의 흔적은 없
었다.

"그럼 여긴 도대체 왜 폐쇄되어 있는 거지?"

선오의 혼잣말이 어딘가에 부딪혔다가 돌아왔다. 어느새 어둠
에 익숙해진 눈이 앞에 있는 것들의 윤곽을 감별하기 시작했다.
거대한 금속 탱크 여러 대가 보였다. 탱크에서 이어지는 기다란
파이프가 철망으로 둘러싸인 한 건물로 향했다. 파이프 안에서
무언가가 흐르고 있었다. 선오는 미간을 찌푸리며 건물을 살펴
보았다. 사람은 없는 것 같았다. 하지만 가동되고 있었다.

이상한 일이었다. 정말 이 구역에 범람체가 잔존하여 증식하
고 있다면, 공장에서 생산되는 물건도, 공장 자체도 금세 손상된
다. 범람체를 버텨내는 공장을 만들 수 있었다면, 지상에는 이

미 무인 공장 단지가 들어섰을 것이다. 그러니까 여긴 사실 범람체가 없다고 봐야 했다. 그렇지만 당국은 이곳을 계속 폐쇄해두었다. 범람체가 증식했다는 소문도 정정하지 않았다. 그건 아마도…… 여기 있는 무언가를 숨기기 위해서.

선오는 어둠을 노려보며 생각했다. 뭘 숨기려고 하는 거지? 안에 들어가볼까? 혼자서는 너무 위험했다. 여기에 온 것도 이미 충분히 위험했지만. 만약 태린이 함께였다면 망을 봐달라고 했을 텐데.

선오는 지상으로 떠나 아직 한 달이 훌쩍 넘도록 소식이 없는 태린을 생각했다. 어디까지 갔을까? 귀환 중일까? 무슨 일이 있는 건 아니겠지?

파견자 최종 미션에서 태린이 범람체 테러를 일으켰을 때, 자스완 아저씨는 태린을 막아서느라 몸을 던졌다가 범람 산호에 찔려 부상을 입고, 잇따른 기계들의 진압에도 휘말려 나흘간 혼수상태에 빠졌다. 자스완이 깨어나자마자 한 말은 '태린을 도피시켜야 한다'는 것이었다. 분명 당국이 태린을 추방할 테니, 슬럼가로 몰래 태린을 데리고 도망치자고. 아직 자스완의 정신이 돌아오지 않아 헛소리를 하나보다 여겼던 선오도 곧 이해하게 됐다. 지상을 경험한 파견자였으므로, 자스완은 범죄자들이 뒤섞여 살고 있는 지하의 슬럼가가 지상보다는 훨씬 안전하다고 판단했다는 것을.

하지만 이제프가 먼저 손을 썼다. 태린은 추방형 대신 파견 임무에 투입되었다. 자스완과 선오는 태린이 떠나고 난 뒤에야 그 사실을 알게 되었다. 선오가 어째서 파견자 시험에 이제 막 합격했을 뿐인 애송이를 지상으로 보내는 거냐고, 당장 뒤쫓아가겠다고 화를 내자 자스완은 의외로 차분하게 대꾸했다.

　―이제프 파로딘이 태린을 그냥 죽게 놔두진 않을 거다.

　자스완은 이제프에 대해 늘 냉담하게 말했지만, 이제프가 태린을 그의 방식대로 아낀다는 점은 부정하지 않았다. 그 여자라면 수단을 가리지 않고 태린을 지켜낼 것이라 말했다. 선오는 이제프를 어떻게 판단하면 좋을지 아직 알 수 없었다. 태린은 이제프에 대해 언제나 좋은 말만 늘어놓았다. 다른 사람들은 모르는, 그의 다정한 면모를 자신은 잘 안다는 듯이. 그래서 선오는 오히려 이제프를 믿기 어려웠다. 선오는 태린이 이제프에게 어떤 마음을 품고 있는지 대충 눈치챈 상태였고, 애정은 때로 상대의 그림자를 보지 못하게 만든다는 것도 알고 있었다.

　하지만 자스완 아저씨의 말이라면 믿을 수 있었다. 누구보다 태린을 아끼는 사람이었으니까. 또한 태린이 무사하기를 바라는 막연한 낙관이 아니라, 이제프에 대한 냉정한 평가에서 비롯된 판단이었으니까. 선오는 지상으로 태린을 뒤쫓아가려는 계획은 접어두었다. 그보다 지금은 태린의 '그 문제'가 더 중요했다.

　그러니까 선오는 그 문제에 대해 조사해보고 싶었다. 태린이 갑자기 듣기 시작한 그 목소리. 이제프는 그것이 뉴로브릭의 오류라고 단언했다지만, 처음부터 선오는 그의 추론을 믿을 수 없었다. 뉴로브릭 불법 시술소에서 허드렛일을 거들어주며 원장에게 캐물었지만, 핀잔만 잔뜩 들었다.

ㅡ으이구, 이 바보 아가씨야. 이미 말했잖아! 뉴로브릭의 원리상 그건 말도 안 된다고. 그 여자애가 거짓말을 하는 거든, 아니면 정말 미쳤든 둘 중 하나야. 광증 치료소에 잡아다 넣을 게 아니라면 내가 좀 살펴보고 싶다만.

　원장이 자꾸 그 여자애가 누구냐고 캐묻는 것이 어쩐지 위험해 보여서 선오는 눈치껏 그 자리를 빠져나왔다. 다음 목적지는 선오와 태린이 어린 시절을 보낸 바투마스 아동 보호소였다. 두 사람 다 제대로 기억하지 못하는 그 시절에 어떤 일이 일어난 게 아닐까. 선오에게는 영향을 미치지 않았지만 태린에게는 영향을 미친, 혹은 선오와 태린에게 서로 다른 방식으로 영향을 미친 일이.

　하지만 보호소는 한참 전에 폐쇄된 데다가, 접근할 수 있는 모든 경로가 막혀 있었다. 심지어 보호소가 폐쇄된 경위조차 기록이 전부 삭제되어 데이터베이스는 물론이고 실물 자료도 찾을 수 없었다.

　선오는 우회로를 찾아보기로 했다.

　반년 전부터 감지되던 그 신호. 지상 먼 곳에서 출발해서 지하로 들어오는, 도시를 둘러싼 암석을 기묘한 방식으로 울리는 진동 패턴. 처음 그 신호를 감지했을 때 선오는 그것이 지진이나 붕괴의 전조라고 생각했다. 하지만 도시 어디에서도 지진이나 붕괴는 일어나지 않았고, 얼마 후에는 진동의 패턴이 바뀌어 있었다.

　몇 달 내내 선오는 지반 진동에 귀를 기울이다가 그것이 어떤 메시지를 담고 있는 것이라고 확신했다. 혹시 지상의 누군가 지하로 보내는 구조 요청 신호일까. 하지만 그건 좀 이상했다. 지하에서 이 신호를 감지할 수 있는 사람은 극히 드물 텐데, 무슨 도움을 바란다는 것일까?

신호를 감지한 건 선오만이 아니었다. 선오만큼은 아니어도 진동과 소리에 민감한 태린 역시 신호를 느꼈다고 했다. 더불어 이상한 목소리가 들리는데, 그 신호에 반응하는 것 같다고도 했다. 태린의 폭주를 일으킨 '그 문제', 지상에서 들려오는 진동 신호. 둘 사이에는 분명 연관이 있었다. 선오는 바로 그 신호를 따라 걷다, 지금 이곳 센다완 남부의 폐쇄 구역에 도착해 있는 것이었다.

선오는 무릎을 꿇고 바닥에 귀를 대보았다. 계속해서 쫓아왔던 그 신호는 이곳에 도달하자 더욱 선명해졌다. 하지만 아직 흐릿한 부분이 남아 있었다. 다시 일어나 걷기 시작했다.

좁은 길 양옆에 폐기된 관리 로봇들이 널려 있었다. 부식 상태나 먼지가 쌓인 정도로 보아 오래된 것은 아니었다. 한참을 걷다 한 건물을 마주쳤다. 손전등을 비추어보니 창문이 작고 방이 많은, 라부바와에서는 흔치 않은 형태의 건물이었다. 많은 인원을 수용하는 시설처럼 보였다. 아무런 인기척도 들려오지 않았다. 지금은 아무도 살고 있지 않은 듯했다. 건물 주변으로는 깨끗해 보이는 생활 집기와 인형 따위가 떨어져 있었다. 최근까지 분명히 거주하고 있던 흔적이었다. 어째서일까?

선오는 계속 신호를 따라가다가 좁은 골목길을 맞닥뜨렸다.

길 끝에는 아무것도 없었다. 그저 길을 내다 만 것처럼, 암석으로 된 벽이 눈앞을 가로막고 있었다. 돌아서서 다른 길을 찾아보려다가, 혹시나 해서 벽을 만져보았다. 더듬어보니 그냥 암석이 아니었다. 누군가 일부러 낸 듯한 틈새가 느껴졌다. 선오는 힘을 실어 벽을 밀었다.

그러자 돌 긁히는 소리와 함께 문이 열리면서 통로가 나타났다.

통로는 한 사람이 겨우 지나갈 만큼 좁고 낮았다. 선오는 바닥을 살피며 조심조심 나아갔다. 비좁은 장소에는 수상한 냄새가 가득했다. 이 길은 어디로 이어지는 것일까?

통로 끝에 문이 하나 나타났다. 최소 십 년은 넘은 듯한, 구식 생체 인식 장치가 보였다. 아직도 전원에 연결돼 있는지, 작동 램프에 빨갛게 불이 들어와 있었다. 괜히 장치를 건드렸다간 경보가 울릴지도 모른다. 선오는 잠시 망설이다가 뒤돌아섰다. 무작정 들어가서는 곤란한 일이 생길 것 같았다.

그렇지만, 어쩌면…… 선오는 문득 이 공간이, 그리고 문이 어딘가 익숙하게 느껴졌다. 예전에 이런 곳에 와본 적이 있었던가. 선명한 기억은 아니었다. 말로도 표현할 수 없었다. 하지만 이 통로를 채운 입자들, 소리 같은 것이 본능적인 감각을 자극했다.

선오는 다시 몸을 돌렸다. 문 앞으로 다가가 조심스럽게 생체 인식 장치의 덮개를 올렸다. 출입이 가능한 사람이라고 해도 인식 오류는 생길 수 있으니, 한 번 틀렸다고 바로 경보가 울리지는 않을 것이다. 그렇다면 한번쯤은 시도해볼 만하다.

선오는 인식 장치에 손을 가져다 댔다.

"뭐야."

작동 램프가 초록색으로 변했다.

흠칫 놀라 물러선 선오는 오른쪽 장치가 홀로그램 스크린을 송출하는 것을 보았다. 인식된 생체 지문과 일치하는 프로필이었다. 그곳에 그의 이름이 있었다. 강선오. 그리고 그 위에 그의 얼굴이…… 아주 어린 시절 선오의 얼굴이 있었다. 열 살도 되지 않은 듯한 모습.

스크린 맨 아래에 또 다른 글자가 떠올랐다.

[신원 분류: 실험체]

철컹 소리와 함께 문이 열렸다.

깨달음과 동시에 몸의 솜털들이 곤두서는 느낌이었다. 이제 이 앞에 무엇이 있는지 알 것 같았다. 한때 바투마스 아동 보호소였던, 혹은 보호소로 위장했던 실험실. 오래전 폐쇄된 줄 알았지만 폐쇄되지 않은, 어쩌면 여전히 실험이 진행되는 장소. 무슨 일이 일어나고 있는지 직접 보아야만 했다. 선오는 손전등을 끄고 어둠 속으로 들어섰다.

약품 냄새가 났고, 살갗으로 차가운 기운이 느껴졌다. 소리에 귀를 기울였다. 걸음을 옮길 때마다 발소리가 크게 울렸다. 천장이 높았다. 높고 거대하지만 동시에 닫힌 장소였다. 공기 중에 웅성거림이 가득했다. 일반적인 말소리가 아닌, 무언가 다른 방식으로 전달되는 웅성거림이었다. 선오는 계속해서 걸어갔다. 쭉 뻗은 길을 따라가다가 그 웅성거림이 강하게 감지되는 곳 앞에서 선오는 멈추어 섰다. 그러곤 손전등의 조도를 가장 낮게 한 다음 오른쪽을 향해 불을 켰다.

유리벽 너머로 사람의 실루엣이 보였다.

한 명이 아니었다. 여러 사람이었다. 마치 죄수복처럼 동일한 차림을 한 사람들이 서 있었다. 모두 머리는 아주 짧게 깎았고 몸에는 상흔이 뚜렷했다. 선오는 뒤로 물러났다.

"당신들, 누구예요?"

소리가 들리는지 알 수 없었다. 그런데도 선오는 그들이 자신의 말을 듣고 있다고 느꼈다. 사람들의 눈이 일제히 선오를 따라왔다.

"누가 당신들을 거기에 가뒀어요?"

이상한 감각이 생겨났다. 그들과 눈이 마주쳤을 때, 선오는 아주 복잡한 기분이 되었다. 그들에게 당혹감과 친밀감이 동시에 들었다. 난생처음 보는 존재들과 자신이 닮아 있다는 감각을 느꼈다. 외적인 모습 혹은 과거의 경험 때문이 아니라 그저 존재 자체로…… 정말로 같은 종種이라는 감각. 인간 사이에 섞여 살던 인간의 아종이 동족을 발견한다면 이런 기분이 들까.

"도대체 왜……"

어디서 이런 느낌이 시작되는 것인지 선오는 알 수 없었다. 갇힌 그들을 보는 것만으로 선오도 갇힌 것처럼 숨이 막혔다. 그들의 몸에 가득한 상흔을 볼 때 선오도 다친 것처럼 아팠다. 이들은 누구이길래, 이렇게 낯설고도 익숙한 느낌을 주는 것인지.

선오는 그들을 계속해서 바라보았다. 손전등을 비추며 나아갔다. 그들이 유리벽을 향해 다가왔다. 그리고 손을 들어 유리벽을 두드리기 시작했다. 쿵. 쿵. 쿵. 유리벽이 진동했다. 벽을 부수려는 것일까. 아니, 이건…… 말이다. 일종의 언어였다. 어떤 진동이, 청각적 표지들이 말하고 있었다.

그들은 선오와 같았다. 선오와 같은 일을 당한 존재였다. 같은 방식으로 변이한 존재들이었다. 쿵. 쿵. 쿵. 두드림이 이어졌다. 유리벽이 마구 흔들렸다. 그러나 벽은 깨지지 않고, 그들은 여전히 안에 갇혀 있었다.

이 유리를 부숴야 해. 선오는 유리벽을 더듬기 시작했다. 쿵. 쿵. 쿵. 어딘가에 문이 있을 것이다. 유리를 깰 도구를 찾을 수 있을 것이다. 그들을 밖으로 꺼내줄 수 있을 것이다. 하지만 너무 어두워서 지금은 어디에 있는지……

갑자기 복도에 불이 들어왔다.

눈이 부셔서 선오는 정신을 차릴 수 없었다. 깨닫지도 못한 사이, 누군가 복도 끝에서 걸어오고 있었다. 선오는 고개를 홱 돌렸다.

"그 얼굴, 오랜만이네."

익숙한 목소리가 울려퍼졌다.

"누군가 여기 온다면 너일 줄 알았지."

선오는 내리비치는 빛 때문에 눈의 통증을 느끼면서도 다가오는 그 사람에게서 눈을 뗄 수 없었다. 어깨 아래로 늘어뜨린 붉은 머리, 매력적인 다갈색 눈과 상반되는 차가운 눈매. 선오가 분명히 알고 있지만, 여기서 마주칠 것이라고는 한 번도 생각해본 적 없던 사람, 이제프 파로딘이 눈앞에 있었다.

"당신이 왜 여기에……"

"다시 돌아온 소감은 어때."

멈춰 선 이제프가 선오를 똑바로 마주보았다.

"아주 친숙하겠지. 안 그래?"

그가 선오를 향해 싱긋 웃어 보였다. 선오가 무어라 대답할 틈도 없이, 그가 손에 쥔 무언가를 지그시 눌렀다.

다음 순간 강렬한 고통이 선오를 덮쳤다.

*

이제프는 홀로그램 스크린으로 펼쳐진 지도를 보았다. 모든 것이 차근차근 준비되고 있었다. 목적지 좌표를 확보했고 목적지로 갈 운반체들도 대기 상태였다. 그리고 그가 가장 마음을 써 왔던, 태린에 대한 문제도 잘 해결되어가고 있었다. 적어도 아직까지는.

태린은 무사히 도시로 돌아오는 중이었다. 이틀 전 이제프는 누탄다라 동부 해안으로 파견된 구조팀의 연락을 받았다. 해안 인근에서 태린이 탈진 상태로 발견되었다는 내용이었다. 부상과 탈수 증상이 있지만 다행히 위중한 상태는 아니었다. 구조팀은 무리가 되지 않는 선에서 태린을 빠르게 라부바와로 이송해 베누아의 병실에 입원시키겠다고 보고했다.

기쁜 소식이었지만, 이제프는 구조팀이 전달한 태린의 첫마디가 약간 신경 쓰였다.

'절대 늪을 공격하면 안 돼요.'

태린은 이제프에게 그 말을 꼭 전해달라고 신신당부하다가 의식을 잃었다고 했다. 구조팀의 통신 담당자는 무슨 뜻인지 의아해하면서도 이제프에게 상황을 전했다. 이제프는 듣는 순간 알 수 있었다. 결국 태린이 늪인들을 만난 것이다. 슬프게도.

오랫동안 이제프는 태린과 지상을 거닐 날들을 그려보았다. 어쩌면 태린 그 아이가 상상했을 것보다 훨씬 더 많이. 지상의 아름다운 것들과 참혹한 것들을 같이 보고 싶었다. 경이와 증오를 동시에 품는다는 것에 대해서, 파견자의 모순되고도 가치 있는 삶에 대해서 함께 이야기를 나누고 싶었다. 그러나 그 시나리오에서 태린이 늪인의 존재를 알게 되는 건 먼 훗날의 이야기였다. 태린은 낯선 존재들에게 열린 편이니, 늪인들을 죽여야 한다는 사실을 알면 괴로워할 터였다. 파견자로서의 삶을 거부할지도 모른다. 그래서 이제프는 시간이 필요하다고 생각했다. 파견자의 생에는 불가피한 슬픔과 고통이 있으며 그것을 받아들일 때 비로소 찾아오는 환희가 있음을, 그래서 어떤 순간엔 괴로움을 견디며 나아가야 한다는 사실을 태린이 이해하기 위한 시간이. 그러면 그들을 죽일 때 찾아오는 죄책감마저도 멀리 가기 위한 동력으로 삼을 수 있게 될 테니까……

범람체. 이번에도 범람체가 모든 것을 망쳤다.

태린의 머릿속에서 범람체가 완전히 사라진 게 아닐지도 모른다는 사실을 이제프도 염두에 두고 있었다. 그러나 그것이 파견자 자격 시험 직전에 깨어나리라고는 예상하지 못했다. 아카데미에 다니는 동안 태린이 이제프 자신과의 관계에 대한 주위의 시기 섞인 말에 신경써왔음을 알고 있던 터라, 이제프는 가급적 시비에 휘말리지 않는 선에서 문제를 해결해보려고 했다. 하지만 결국 파견자 최종 미션에서 범람체는 선을 넘었다. 어린 시절에 그것과 태린이 맺었던 친밀한 관계는 이제 아무 쓸모 없었다. 시간이 흐르자 그 범람체에게도 본성밖에 남지 않은 것이다. 끊임없이 되살아나 인간을 지배하려고 하는, 끝내 파멸에 이르게 하는 범람체의 본성.

그 사실을 생각하면, 한때 공생의 가능성을 확인해보려고 했던 자신이 무척이나 한심하게 느껴졌다. 스스로를 제어할 수도 없는 존재들을 대상으로 공생이라니.

태린이 추방형을 당하는 건 가까스로 막았지만 위험한 임무에 투입되는 건 막지 못했다. 파견 본부에서는 태린을 늘 거슬려 했기에 이번 일을 그를 처리해버릴 기회로 여겼다. 그렇다고 해도, 이제프는 태린이 위험에 처하는 것을 두고 볼 생각이 없었다.

어차피 그 임무는 이제프의 소관이었다. 이제프가 이 모든 프로젝트의 설계자였다. 그는 목적지 좌표와 그곳으로 가는 길을 조작했다. 원래 목적지는 다음 기지의 유력한 후보지이자, 범람체 연결망의 중심이었고 그와 동시에 늪인들이 모여 사는 곳으로 추정되는 지역이었다. 하지만 이제프는 태린이 늪인들을 마주치지 않기를 원했다. 특히 지금처럼 머릿속의 범람체가 깨어난 상태에서, 인간과 범람체의 경계를 흐리는 기이한 존재들을 마주하게 된다면 태린이 자신의 정체성에 혼란을 느낄 수도 있을 테니까.

바꾼 목적지 좌표는 실제 목적지와 다소 떨어진, 조사할 가치는 있지만 위험하지 않은 지역이었다. 생환 가능성이 구십 퍼센트 이상으로 산출되는 장소였다. 목적지가 달라지면 본부의 의심을 사겠지만, 목적지 오류에 대한 알리바이도 마련해두었다. 이번 임무에서 얻어 올 것이 없다 해도, 태린은 처벌 대신 임무를 완수한 것이니 그것으로 충분했다. 다시 경력자들로 팀을 꾸려 파견하면 될 터였다.

그런데 이제프의 예상과 달리, 대원들은 애써 바꾼 목적지의 좌표를 따라가지 않았다. 그들이 어째서 진짜 목적지를 찾아 탐사를 지속했는지는 알 수 없었다. 태린의 머릿속에서 날뛰기 시작한 범람체 때문이었을까, 아니면 파견대 리더의 생각이었을까. 지금은 조사 과정에서의 기록이 파손되어 알 수 없는 일이 되었다.

물론 그런 일이 벌어질 가능성도 염두에 두었기에, 이제프는 특수 신호 장치를 태린에게 건넸다. 결과적으로 그것이 태린을 구한 셈이 되었다. 구조팀이 태린을 발견한 곳은 늪 인근이 아닌 해안 지역으로, 다른 대원들은 죽거나 실종된 이후였다. 임무는 실제로 위험했고 태린도 죽을 위기에 처했었는지도 모른다. 그럼에도 태린은 살아남았고 구조되었다. 이제프에게는 그것이 중요했다.

태린은 늪을 공격하지 말아달라고 했다. 그래도 이제프는 태린을 차차 설득할 생각이었다. 처음에는 대립한다고 해도 결국 따라줄 것이라는 믿음이 있었다. 그 아이가 이제프에게 품고 있는 마음이 단순한 동경이 아니라는 것도 알았다. 같은 방식으로 돌려줄 수는 없더라도, 이제프는 이제프의 방식으로 태린을 사랑했다. 언젠가 태린도 이제프가 그를 위해 이 모든 일을 했음을 알아줄 것이다. 그러니 모든 것을 계획대로 진행하는 것이 우선이었다.

그런데 지금 나타난 또 하나의 변수.

이제프는 유리벽 너머에서 악을 쓰고 있는 선오를 노려보았다. 오래전부터 이제프는 이 녀석이 묘하게 거슬렸다. 조그만 녀석이 뭐 그리 알고 싶은 게 많은지, 도시를 하도 들쑤시고 다녀서 언젠가는 사고를 칠 것 같다고 생각했다. 하필이면 그런 녀석이 태린 옆에 착 붙어 있는 것도 불쾌했다. 애초에 태린을 자스완의 집으로 보낼 일이 없었다면 좋았겠지만. 이미 벌어진 일들이니 어쩔 수 없었다.

"미안, 태린이 돌아왔거든. 그러니 얌전히 있어줘. 둘이 마주치게 할 수는 없으니까……"

이제프의 말에 선오가 유리벽을 탕탕 쳐댔다. 안쪽에서 말하는 소리는 밖으로 나오지 않도록 차단되어 뭐라 소리치는지는 들리지 않았다. 이제프는 선오를 향해 미소 지어주었다.

죽일 생각은 없었다. 거슬린다고는 해도 태린과 자매였고, 친구였다. 선오를 죽이면 태린이 슬퍼할 것이다. 그건 곤란하다. 이제프는 태린이 최대한 행복하기를 바라니까. 하지만 태린이 저 녀석의 부재를 눈치채고 찾겠다고 나서면 그것대로 곤란해진다.

그러니 잠시만 여기에 가둬둘 생각이었다. 모든 일이 잘 진행

될 때까지. 돌이킬 수 없는 지점에 이를 때까지. 다리를 불태울 때까지. 일단 그 일이 시작되고 나면, 태린도 선오도 더는 이제 프를 방해할 수 없다. 무언가 바꿀 수 있다고 생각하는 사람을 설득하는 것보다는, 이미 일어난 일을 받아들이자고 설득하는 편이 훨씬 쉽다.

그때는 태린도 이 모든 것이 선물임을 이해하겠지.

오래전 이제프에게 증오가 아닌 다른 동력을 주었던, 후회와 죄책감을 딛고 앞으로 나아가게 해준 그 아이는 무사히 자라 성 년이 되었다. 하지만 어른이 되는 여정은 아직 한참 남아 있다. 한때 이제프가 그랬던 것처럼 태린도 무수한 혼란 속에서 답을 찾아갈 것이다. 그 길은 어지럽지만 빛날 것이다.

지금 태린은 무슨 생각을 할까. 혼란스러워 할까. 아니면 그저 단잠에 빠져 있을까. 함께 지상에 가고 싶다던 마음을 여전히 품 고 있을까.

이제프는 아주 먼 곳까지 갈 생각이었다. 태린이 원한다면 당 연히 함께. 그걸 위해서라면, 무엇이든 할 생각이 있었다.

2

아득한 지평선이 펼쳐져 있었다. 살면서 한 번도 본 적 없는 연분홍색 노을이 시선이 닿는 곳 끝에서 끝까지 하늘을 물들였다. 지상은 이렇게 넓고 아름답구나. 지하에 있을 때는 몰랐던 이 풍경이 태린은 좋았다. 어쩐지 자신은 맨발이었는데, 발바닥에 닿는 부드럽고 축축한 흙도 기분 좋게 느껴졌다. 옆에는 이제프가 서 있었다. 오렌지색 탐사복을 입은 이제프는 노을 속에서 태어난 것처럼 아름다웠고 마법 같은 저녁과 잘 어울렸다. 눈이 마주친 이제프가 웃었다. 어느새 이제프가 팔을 뻗었다. 단단한 손이 태린의 머리에 닿았다. 태린의 머리카락이 흐트러졌다. 태린은 자신이 너무 바보 같은 표정을 하고 있을 것 같아 고개를 숙였다. 영원한 저녁 같은 건 없을까. 영원히 지속되는 노을 같은 것은. 이 시간이 길게 늘어져서 아주 오랫동안 끝나지 않으면 좋을 텐데. 그렇게 생각하며 다시 고개를 든 순간, 하늘을 가로질러 날아가는 검은 새가 정말로 아주 천천히 날갯짓하는 것처럼 보였고, 바람이 믿을 수 없이 느리게 불어오면서……

그때 태린이 딛고 선 바닥이 푹 아래로 꺼졌다. 와장창 소리가 났다. 뭔가 손에 퍽, 하고 부딪혔다.

"으악!"

—일어나! 정신 좀 차려봐!

머릿속이 자글자글한 알갱이로 가득찼다. 누군가 신경세포 하나하나를 꽉 움켜쥔 채 비틀어대는 것처럼, 뇌에 쥐가 난 것처럼 세상이 저릿저릿했다.

"악, 쏠! 그만해. 제발 그만!"

그제야 모든 것이 멈췄다.

서늘한 공기와 약 냄새. 입안에 묵직하게 맴도는 달콤한 맛. 피부에 닿는 담요의 부드러운 촉감. 태린은 몸을 일으켜 세웠다. 수년 만에 일어나는 것처럼 온몸이 무거웠다. 바닥에 난잡하게 엎어진 트레이와 약통 따위가 보였다. 조금 전의 일을 생각했다. 꿈을 꾸고 있었다. 그런데 쏠이 순간 태린의 몸을 제어했고…… 팔을 마음대로 움직여서…… 테이블 위 물건들을 엎어버렸다!

"쏠!"

—으응.

"대체 왜 그래?"

—그야…… 네가 안 일어나니까!

쏠이 우물쭈물하더니 갑자기 쏘아붙이기 시작했다.

—너, 거의 열흘 넘게 잠만 잤어. 깨어났을 때는 나를 아예 잊고 있었고! 그 사람들이 주는 이상한 약만 먹으면 내가 의식 위로 올라올 수가 없는 거야. 지난 열흘 동안 네가 한 일이라곤 아

주 잠깐씩 일어나서 멍하니 침대에 앉아 있기, 이제프랑 언제 대화할 수 있냐고 간호사에게 스무 번쯤 물어보기, 갑자기 메모지에 대륙 지도 낙서하기 같은 한심한 일들뿐이었다고!

"내가 열흘 넘게 잠만 잤다고? 진짜?"

─진짜야! 못 믿겠으면 시간을 확인……

태린이 병실을 둘러보자 쏠이 당황한 듯 말을 멈췄다. 병실 안에는 시간을 확인할 수 있는 것이 아무것도 없었다. 태린이 미간을 찌푸리자 쏠이 변명하듯 대답했다.

─네 생체 시계는 스물다섯 시간 정도에 맞춰져 있어. 난 그걸 감지할 수 있어. 확실하진 않지만, 최소한 열흘, 길게는 이 주가 흐른 거야. 알겠어?

"그렇게 오래? 내 몸 상태가 그렇게 안 좋은가?"

태린은 자리에서 일어나보았다. 열흘 넘게 잠들어 있었다는 말이 사실인지, 온몸이 덜그럭거렸지만 특별히 아픈 곳은 없었다. 몸이 삐걱거리는 건 근육을 오래 움직이지 않아서인 것 같았다. 오른쪽 다리는 붕대로 칭칭 감겨 있었는데 살짝 눌러보아도 별로 아프지 않았다.

"누가 날 여기 데려왔어?"

─정말 기억 안 나?

"쏠, 너는 기억나? 여기에 왔을 때부터 지금까지 다?"

─대충은. 나는 네 무의식 아래에 묻혀 있었어. 그 사람들이 준 약 때문에 네 의식이 깨어 있을 때는 올라갈 수가 없었어. 그래서 네가 무의식 상태일 때 내가 대신 감각을 점유해서, 주위에서

무슨 일이 일어나는지 파악했어. 눈을 감고 있으니까 볼 수는 없었지만.

쏠이 헤집는 기억을 따라가며 태린은 여기까지 어떻게 왔는지를 되짚었다. 늪을 떠나 해안으로 향하던 길은 기억이 났다. 태린은 구조팀이 늪에 도착하기 전에 얼른 그들을 만나야 한다고 생각했다. 그들과 늪인들이 마주친다면 분명 엄청난 충돌이 생길 테니까. 물론 무리한 계획이었다. 네샤트와의 싸움으로 부상을 입었고 혼자서 이동하는 상황이었으니. 결국 해안 지역에 다다를 때쯤 맹수에게 쫓겨 도망치다가 언덕에서 구르고 말았다.

깨어나보니 구조팀이 있었다. 의식이 가물가물할 때 질문을 주고받았던 것 같다. 다른 건 잘 기억나지 않지만, 태린은 거듭 당부했었다. 이제프에게 당장 전해달라고. 늪을 공격해서는 안 된다고.

"……전달했을까?"

태린이 퍼뜩 정신이 들어 중얼거렸다.

─네가 정말 몇 번이나 강조했어. 그 사람들도 알겠다고 했어.

"그래도 전했는지 못 믿겠어. 이제프를 만나야 해. 지금 당장."

─그 말도 했었어. 그것도 여러 번.

"뭐?"

─정말 기억 못하는구나.

쏠은 이후의 기억을 보충해주었다. 의료진이 매일 태린에게 어떤 약을 먹였는데, 그 약을 먹으면 태린이 아주 나른한 상태에 빠져서 쏠을 찾지도 않고 쏠이 말을 걸어도 대답하지 않았다. 태린은 이따금 깨어나서 이제프를 만나고 싶다고, 선오와 자스완의 안부를 알려달라고도 요구했지만, 간호사는 별다른 대답이 없었다고 했다.

—그렇지만, 네가 잠들어 있을 때 이제프가 왔었어.

"이제프가 왔다고?"

—두 번. 네가 자는 동안 옆에 있다가 갔어. 그냥…… 한참 앉아 있다가.

그러고 보니 이제프가 머리를 쓰다듬는 손길이 느껴졌던 것 같다. 착각이 아니었구나. 그렇다면 이제프는 태린을 찾아올 만큼 걱정도 하고 신경도 쓰지만, 대화를 원치는 않는다는 뜻이었다. 심지어 태린이 대화를 원한다는 의사를 전했는데도. 어째서일까? 태린이 늪을 공격하지 말라고 했기 때문에? 이제프가 늪인들의 존재를 알고 있으리라고는 짐작했다. 스벤이 늪인을 사냥하라는 명령을 받았으니까, 이제프 정도의 직위라면 이미 늪인 사냥에 직간접적으로 동조한 위치라고 봐야 했다.

그렇지만 태린이 아는 이제프라면 대화를 피하는 대신 태린을 설득하려고 할 텐데. 이제프를 믿고 싶었지만, 어딘가 미심쩍었다.

태린은 자리에서 일어나 바닥에 흩어진 약을 모았다. 욕실로 가서 그것을 물에 녹였다. 일부러 쏠을 억제하기 위해 약을 먹이는지는 모르겠지만, 적어도 이 약이 태린을 제정신이 아닌 상태로 만드는 건 분명했다. 약을 다 녹이고, 병실에서 복도로 이어지는 문을 열어보았다. 잠겨 있지는 않았다.

복도는 여러 병실들과 연결되어 있었는데, 태린의 방을 제외하고는 전부 불이 꺼져 있었다. 사람이 아예 없는 것 같았다. 복도 끝 문은 열리지 않았다.

태린은 다시 병실로 돌아왔다. 병실 안에는 손목 디바이스도 텔레비전도 없고, 외부 상황을 알 수 있는 장치라고는 아무것도 없었다. 하다못해 날짜나 시간, 바깥 기온이나 습도를 알 수 있는 계기판조차. 병실에 있는 모든 수납장을 다 열어보았다. 물건이 놓일 만한 곳은 모두. 하지만 쓸 만한 물건은 하나도 없었다. 유일하게 밖으로 연결된 곳은 욕실의 환기구였는데, 고작해야 팔뚝이 들어갈 수 있는 크기였다. 저곳으로 나가는 건 불가능해 보였다. 한참 방을 뒤지고 다니는데 쏠이 중얼거렸다.

—그런데 태린, 나 도시로 돌아온 이후로 기분이 너무 안 좋아. 불쾌한 느낌이 들어. 뭐라고 설명할 수 없지만……

"방금 나도 그 생각을 하고 있었는데."

지금까지는 약에 취해서 미처 느끼지 못했던 감각이었다. 불쾌감이 몰려들고 있었다. 상처나 병으로 신체가 아플 때의 불쾌감과는 달랐다. 중력이 있는 곳에서 살다가 갑자기 무중력의 세계로 내던져지면 이런 기분일까. 도저히 현실에 발을 붙이지 못하고 있는 느낌이었다. 손에 닿는 모든 것의 감촉이, 눈에 들어오는 모든 장면이 다 이상하게만 느껴졌다.

문득 시야 안에 날벌레들이 들어왔다. 날벌레들은 원을 그리며 천천히 움직이다가 휙 사라져버렸다. 태린은 눈을 문질렀다. 무언가 떠다니는데 정말 날벌레들이 있는 건지, 아니면 헛것을 보는 건지 구분이 안 됐다. 고개를 돌리자 욕실 쪽에서도 날벌레가 보였다. 그러다 또 시선 밖으로 사라져버렸다.

"이상해. 정말 이상해. 모든 게."

병실을 마저 뒤졌지만 얻은 건 뾰족한 옷핀밖에 없었다. 복도에서 발소리가 들려왔다. 태린은 침대에 누워 자는 척을 하다가 눈을 떴다. 흰 가운 차림의 남자는 깜짝 놀란 얼굴이었다. 남자가 약과 마실 물, 식판을 내려놓고 떠나려고 할 때 태린은 입을 열었다.

"저, 혹시……"

태린이 말을 걸어오리라고는 예상 못했는지 남자는 또 놀란 표정이었다. 태린은 태연하게 부탁했다.

"시계랑 라디오를 가져다주실 수 있나요? 뭔가 볼 수 있는 스크린이라든가요. 시간도 너무 안 가고 무료해서요."

남자는 수상하다는 듯 태린을 위아래로 보더니 대답했다.

"한번 있는지 살펴볼게요."

"그리고 저, 언제 여기서 나갈 수 있나요?"

"글쎄요. 알아보고 말해드릴게요."

남자의 표정이 계속 묘했다. 지금까지 계속 잠들어 있거나 약에 취해 있던 태린이 갑자기 또렷한 정신을 보여주어 의심하는 것 같았다. 아무래도 연기를 해야 할 것 같았다. 태린이 어지러운 듯 베개에 머리를 묻자, 남자는 그 옆에 있던 의료 스크린을 살펴보더니 자리를 떠났다.

식판에는 빵과 수프가 담겨 있었다. 태린은 식욕보다 의심이 앞섰다.

"쏠, 여기 뭐가 들었을까?"

─한번 먹어봐. 이상하면 곧바로 내가 멈출게.

"내 턱관절을 멈추겠단 거야?"

─으응, 그게 빠르잖아.

"그냥 말로 하면 안 돼? 엄청 기분 이상하다고."

태린이 투덜거리며 빵을 베어물고 수프를 떠먹었다. 그저 맛이 없을 뿐, 쏠이 가만히 있는 것으로 보아 수상한 음식은 아닌 듯했다. 식사를 끝낸 태린은 약을 쪼개서 욕실 물에 흘려보냈다.

시계와 라디오가 있는지 보겠다고 한 남자는 한참을 기다려도 오지 않았다. 태린은 까무룩 잠들었다가 인기척에 잠을 깼다. 이번에도 남자는 태린이 잠든 사이, 식사와 약을 놓고 갈 생각이었는지 깨어난 태린을 보며 놀라는 기색이었다. 남자가 얼결에 태린에게 작은 탁상시계를 건넸다. 이제야 시간을 알 수 있었다. 정오 무렵이었다.

"라디오는 환자용이 없어서요. 이따 들를 때 가져올게요."

남자가 떠나자마자 쏠이 중얼거렸다.

─환자용 라디오가 따로 있어? 엄청 수상하네.

"쏠, 네가 나랑 같은 생각을 하니까 참 편하다."

─다른 의견이면 곧바로 불평할 거면서.

"뭐, 그건 그래."

시답잖은 대화를 주고받으며 태린은 이번에도 약을 물에 녹여 흘려보냈다. 정신이 놀랍도록 맑아지고 있었다.

고개를 들어보니 환기구 근처에 날벌레들이 날아다녔다. 약에 취한 상태도 아니니, 잘못 본 게 아니었다.

"이상하네. 이런 깨끗한 병실에 왜 날벌레가 있을까……"

환기구를 자세히 들여다보려던 시도는 밖에서 또다시 발소리가 들려와 중단되었다. 남자는 엉거주춤한 자세의 태린을 잠시 훑어보더니, 라디오를 두곤 나가버렸다.

라디오를 틀어보니 딱 두 개의 채널만 잡혔다. 하나는 베누아 중앙 병원에서 운영하는 고전 음악 채널로, 진행자가 음악과 음악 사이에 마음을 편안하게 해주는 시를 낭송했다. 다른 하나는 오디오 드라마 채널로, 지하 도시 확장 프로젝트를 홍보하는 드라마가 나오고 있었다. 둘 다 정작 중요한 정보를 얻을 수는 없었다. 텔레비전 스크린을 받았어도 상황은 비슷했을 듯했다.

태린은 라디오 뒤판을 열어 세세히 살펴보기 시작했다.

한참 동안 구조를 파악한 다음 옷핀으로 부품을 이것저것 돌려보다 시계를 보니 벌써 저녁이었다. 태린은 라디오 뒤판을 닫아놓고 침대에 가서 누웠다. 자는 척할 생각이었다. 문이 열렸을 때 태린은 실눈을 뜨고 살폈다. 이번에 약과 식사를 들고 온 사람은 여자였고, 어두운 청색 가운을 입고 있었다. 그가 트레이를 내려놓고 원래 있던 트레이를 들고 나가려는 순간, 태린은 부스럭거리며 인기척에 깬 것처럼 눈을 떴다.

"저기요."

태린이 일부러 잠긴 목소리를 내며 물었다.

"여기서 언제 나갈 수 있을까요?"

여자는 놀란 얼굴이긴 했지만, 크게 의심스러워하는 눈치는 아니었다. 오히려 아까 그 남자보다 호의적인 태도였다.

"네, 잠시만요!"

여자가 활기차게 대꾸하며 디바이스를 확인했다.

"그러고 보니 얼마 안 남았네요! 파로딘 소장님이 그러셨거든요. 태린 씨를 임명식 때까지 잘 부탁한다고요. 그리고 여기, 라부바와 네트워크 공지에 따르면 임명식이 내일모레니까……"

"임명식이요?"

"네, 파견자 임명식이요. 태린 씨는 정식 임명도 받기 전에 아주 위험한 임무에 다녀왔잖아요? 소장님이 당부하셔서 다들 궁금해도 묻지 않고 있지만, 벌써 소문이 났거든요. 견습 파견자인데도 대단한 일을 했다고요! 임명식 때도 태린 씨를 주목하는 사람이 많을 거예요."

임명식이라니, 미처 생각하지 못했다. 원래 이렇게 빨리 열렸던가? 파견자 시험을 통과하면 견습 신분이 주어지고, 반년 동안 작은 임무를 수행하며 현장 경험을 쌓아간다고 알고 있었다. 그후에야 정식 임명식이 열렸는데, 이상하게도 이번엔 무척 이른 것 같았다.

"그러면 임명식 전에는 나갈 수 없나요?"

여자는 태린을 마주보더니 단호하게 말했다.

"네. 그럴 수는 없어요."

"아…… 이제프 선생님을 만날 수도 없고요?"

"임명식 날에 만나게 되실 거예요. 곧이니까요."

여자는 환하게 웃었다. 태린은 고맙다고 인사하고, 다시 피곤한 척 눈을 감았다. 나가는 소리가 들리지 않아, 실눈을 떠보니 여자가 탁상시계와 라디오를 들어 확인하고 있었다. 여자가 병실을 떠나고 완전히 발소리가 사라질 때까지 태린은 눈을 감고 있었다.

정식 임명식이 내일모레라고 여자는 말했다. 그때는 나갈 수 있다고. 그렇다면 그냥 기다리면 되는 걸까? 아니, 무언가 이상했다. 확신할 수 있었다. 이제프는 임명식 날까지 태린을 여기 가두어둔 것이나 마찬가지다. 하지만 도대체 왜?

복도에 아무도 없는 것을 거듭 확인하고 태린은 라디오를 손에 들었다. 이처럼 외부와 완전히 단절되어 있는 것도, 환자용 라디오에 채널이 단 두 개뿐인 것도 전부 의도된 것 같았다. 라디오를 살펴보는데 계속 날벌레가 날아들었다. 태린은 손을 휘휘 저어 날벌레들을 쫓아냈다. 청소 시스템이 계속 가동되고 있는데 저 날벌레들은 어디서 나타난 것인지.

태린은 다시 집중해서 라디오 부품을 조작했다.

"이제 됐다."

삑 소리가 나면서 지금까지와는 다른 채널이 잡혔다. 태린은 옷핀으로 뒤판의 부품을 직접 조정하면서 채널을 잡아보았다.

―라부바와의 교통 상황을 알려드리는 방송입니다……

옷핀을 다시 돌렸다. 이번에는 요리 채널이었다.

―달걀을 푼 물에 거품기를 마구 휘저어보세요! 그러면 달걀에 넣은 파라프 소스의 색이 변하면서……

센다완 지역의 뉴스, 어린이를 위한 역할놀이 방송, 학술원에서 송출하는 역사 방송, 그리고 또……

—라라라 라라라 라부바와 수다쟁이 루벅스! 안녕하세요……루…… 새벽의 특별 방송…… …… ……벌써 오늘의 마지막 사연…… 여러분도 이 사건을 기억하실 텐데요…… 그 이후 또 다른……

생각이 어딘가에 가닿았다. 태린은 자리에서 일어났다. 날벌레. 이 존재들을 그냥 넘겨버려서는 안 된다. 그것들은 무언가를 말하고 있었다.

"쏠, 내가 무의식으로 내려갈 테니까 집중해봐."

—으응? 갑자기 왜?

태린은 욕실 문을 벌컥 열었다. 환기구에서 날벌레들이 내려오고 있었다. 그것들은 서서히 원을 그리며 천장으로 향했다가 다시 아래로 내려와 거울 앞에서 맴돌았다. 쏠이 말했다.

—아, 혹시 저건……

날벌레들의 움직임에는 패턴이 있었다. 거울에 가까이 다가가자 거울 면에 붙은 날벌레 사체가 보였다. 태린은 그것을 더 가까이서 들여다보았다. 사체에서 오팔빛이 반짝이다 사라졌다. 범람화의 징조였다. 그렇다면 이 날벌레들은 이곳에 그냥 나타난 것이 아니었다. 누군가 일부러 이 날벌레들을 보냈다.

—내가 볼게.

태린은 쏠의 말에 고개를 끄덕였다. 늪을 떠나 해안으로 돌아올 때, 길을 찾기 위해 쏠이 의식 위로 몇 번이나 올라왔기에 이제 익숙했다. 쏠이 지시했다.

─눈을 감아. 몸에 힘을 빼. 머리를 최대한 비워. 모든 감각을 잊어. 그리고 공기에만 집중해. 피부에 닿는 공기. 미세한 바람. 그러면 내가 의식 위로 올라갈게.

쏠의 지시를 따르자 기묘한 느낌이 태린을 휩쓸었다. 외부를 향해 날 세웠던 감각들이 서서히 무뎌졌다. 머릿속 쏠의 움직임이 점점 강해지다가 완전히 휘몰아쳤다. 촉각과 후각과 청각이 색깔이 되어 감은 눈 안쪽을 채우기 시작했다. 태린은 그 세계를 해석할 수 없었지만 쏠은 할 수 있었다. 감각의 가지들이 사방으로 손을 뻗었다.

그리고 감은 눈 앞에, 날벌레 하나가 날아들었다.

날벌레는 곡선과 원을 그리며 비행했다. 그러자 공기의 흐름이 미세하게 달라졌다. 달라진 공기의 흐름이 태린을 스치고 찌르고 쓰다듬고 비껴가며 무언가를 말하고 있었다. 날벌레의 비행이 만들어내는 작은 소리에도 의미가 담겨 있었다. 병실을 떠돌던 분자들이 움직이고 부딪히고 확산했다.

그러자 태린은 문득 그 의미를 알 수 있었다.

'신호를 찾아.'

그제야 잊고 있던 것이 떠올랐다. 지상에서 태린이 따라갔던, 그리고 늪에서 이 도시로 향하던 진동 신호가.

태린은 병실을 돌아다니며 벽과 바닥을 통해 전해지는 진동을 들어보았다. 병실보다 욕실 안쪽에서 더욱 선명했다. 태린은 병실에 있던 의자를 욕실로 가지고 들어와 올라섰다. 천장 환기구에 가까이 손을 뻗었다. 그러자 환기구를 통해 진동이 느껴졌다.

　—하라판 거리…… 오늘은 실종 열흘째…… 제보를 받고 있습니다. 무엇이든 좋습니다. 실종자……를 찾는 데에 도움이 될 정보가 있다면……

　태린은 귀를 기울였다. 쏠이 의식 위로 올라온 지금, 이 신호 또한 범람체의 방식으로 전달하는 메시지라는 것을 확신할 수 있었다. 늪에서부터 지하 깊은 곳으로, 어떤 의미들이 향하고 있다. 쏠이 그것을 대신 말했다.

　—'저 밖에는 범람체와 결합한 인간들이 살고 있다.'

　하지만 왜?

　늪인들은 자신의 존재를 숨기려고 했다. 파견 본부의 사냥으로부터 살아남기 위해. 그런데 왜 이 진동 신호는 늪인들이 숨기려고 했던 바로 그 이야기를 담고 있는 걸까? 그것도 한참 전부터.

　문득 깨달음이 태린을 스쳤다.

　늪인들, 늪의 범람체들이 이곳으로 신호를 보내고 있었다. 이 도시의 누군가에게 그 사실을 반드시 알려야 하기 때문에. 늪인들을 증오하고 죽이려는 이들을 대상으로 보내는 것이 아니었다. 이 신호를 듣고 해석할 수 있는 이들에게 보내고 있었다. 그들이야말로 이 사실을, 즉 지상에 범람체와 결합한 인간들이 살고 있다는 것을 알아야 하기에.

　날벌레들이 환기구를 통해 계속해서 욕실로 밀려들었다. 그것들은 거울 앞에서 비행했다. 진동 신호는 늪인들이 도시를 향해 전달하는 메시지, 그리고 이 날벌레들은 누군가 태린을 향해 전하는 메시지였다. 지금 두 메시지는 서로 얽혀 있었다. 태린은 다시 눈을 감았다. 날벌레들이 만들어낸 미세한 기류를 느껴야 했다. 그것은 이런 내용이었다.

'네가 필요해.'

—다시 한번, 하라판 거리에서 또 실종자가 생겼습니다. 실종자 강선오에 대한 제보를 받고 있습니다. 강선오를 찾는 데에 도움이 될 정보가 있다면……

'사람들이 죽을 거야.'

범람체를 매개로 한 메시지가 이어졌다.

'우리와 같은 사람들이.'

'너도 이들의 일부야.'

'시간이 없어.'

태린은 눈을 떴다. 선오였다. 메시지는 선오로부터 온 것이다.

선오가 이 도시 어딘가에 갇혀 있다. 그곳에는 늪인들 같은, 그리고 태린과 같은 사람들이 있다. 그들이 곧 죽는다. 태린은 그곳으로 가야 한다. 어떤 말들은 이해가 되지 않았다. '너도 이들의 일부'라니? 혼란스러웠다. 태린의 마음속에서, 처음 늪인들을 만났을 때 느꼈던 친밀감과 거부감, 그것들이 뒤죽박죽 섞인 혼란이 다시금 떠올랐다. 태린과 그들 사이에는 공통점이 있다. 하지만 태린은 그들과 같지 않다. 태린은 그 사실을 알고 있다.

그럼에도 태린은 그곳으로 가야 한다. 선오를 구하기 위해. 그리고 더 많은 죽음을 막기 위해. 하지만 어떻게?

태린의 생각을 읽은 쏠이 말했다.

―임명식 날에는 나갈 수 있어.

"하지만 쏠. 임명식 날이 되면……"

밀려드는 복잡한 감정에 태린은 잠시 말을 멈췄다.

"그러면 나는 진짜 파견자가 되는 거야. 그게 나에게 무슨 의미인지 알아?"

태린은 침대에 주저앉았다. 마음속에서 혼란이 소용돌이쳤다.

"그건 내가 평생 꿈꿔왔던 거였어. 내가 생각했던 유일한 나의 미래였어. 그런데 지금은……"

―응, 알아.

어쩌면 오랫동안 꿈꿨던 순간이 그곳에 있을 것이다. 태린은 수많은 사람들 앞에서 파견자로 임명될 것이다. 인류를 위해 목숨을 바치겠다고 맹세할 것이다. 그러면 돌이킬 수 없어진다. 쏠의 존재를 평생 숨겨야 하고, 태린 자신이 어떤 존재인지 속여야 한다. 옳지 않다고 생각하는 일을 수행해야 한다. 그럼에도 그 옆에는 이제프가 있을 것이다. 오랫동안 동경해왔고, 언젠가부터는 생각만으로 심장이 터질 것 같았던. 설령 그 마음을 돌려받지 못하더라도 지상의 끝까지 함께 가고 싶은, 단 한 사람이.

오랜 침묵 끝에 쏠이 물었다.

―임명식에 갈 거야?

태린은 한참 뒤에 대답했다.

"그래, 가야겠지."

*

파견자 정식 임명식은 베누아 탑에서 열렸다.

라부바와 정중앙에 위치한 베누아 탑의 드넓은 홀은 신비로운 기운으로 가득했다. 문명 최후의 보루가 파견자들에게 맡겨져 있음을 암시하는 것과 같은 웅장한 외관이 빛났다. 비록 지금은 어둡고 퀴퀴한 지하로 물러나고 말았지만, 영원히 물러나 있지는 않겠다는 인류의 결의가 베일처럼 홀 곳곳을 감싼 듯했다.

파견자 정복을 입은 견습 파견자들이 단상 앞에 줄지어 섰다. 그들의 눈빛에는 관문을 통과했다는 자부심과 앞으로 펼쳐질 미래에 대한 긴장감이 서려 있었다. 서른 명 남짓의 견습 파견자들은 석 달 전 최종 시험을 통과하고 파견자가 되었다. 견습 기간 동안 어떤 파견자는 고작 한두 건의 임무를 수행했고, 또 다른 파견자는 벌써 열 건이 넘는 임무를 수행했다. 어느 쪽이든 그들은 대개 하찮고 지저분하며 힘든, 무의미하고 고생스러운 임무를 맡으며 경력을 시작했다. 견습 파견자들에게는 죽음을 각오해야 할 임무가 맡겨지지 않는다. 보통은 그렇다.

오직 태린만이 그런 임무를 맡았다. 그리고 그 임무에서 유일하게 살아 돌아왔다. 가장 위험한 장소, 누구도 귀환을 기대하지 않았던 곳에서. 그 임무는 큰 사고를 치고 추방형이 논의되었던 견습 파견자를 처벌하려는 목적도 있었기에, 그가 살아 돌아오리라고, 심지어 귀중한 탐사 정보를 손에 쥔 채로 오리라고 예상한 사람은 거의 없었다.

이번 정식 임명식은 전례없이 이르게 열렸다. 보통은 자격 시험 반년 뒤 치러지는 것이 관례였는데, 이번에는 석 달 만이었다. 임무에 성공한 태린 때문이라는 이야기가 돌았지만 불만의 목소리는 나오지 않았다. 정식 파견자가 되면 심한 제약만큼이나 확실한 보상이 뒤따르기에, 이를 앞당기는 것을 마다할 견습은 없었다.

견습 파견자들이 정복 위에 걸친 고풍스러운 로브는 그들을 이전 문명의 사제처럼 보이게 했다. 오늘 이곳에서 가장 많은 시선이 쏠린 견습 파견자, 태린은 줄의 맨 뒤에 서서 후드를 푹 눌러썼는데, 꽉 쥔 주먹이나 미세하게 떨리는 몸에서 잔뜩 긴장한 기색이 보였다. 그런 태린을 슬쩍 곁눈질하는 사람들도 있었지만, 가장 주목받는 만큼 긴장하는 것도 당연하다고 생각했는지 곧 시선을 돌렸다.

홀에 잔잔하게 울려퍼지던 음악이 멈추자 모두가 단상 위를 바라보았다. 학술원 원장 카탈리나가 걸어나왔다.

"모두 축하합니다, 여러분."

카탈리나의 목소리 외에 홀은 숨소리조차 들리지 않고 조용했다.

"지난 석 달간 여러분은 매우 잘해주었습니다. 우리 파견자들은 여러분의 지혜와 기지를 지켜본 끝에, 여러분이 인류를 다음 단계로 이끌 파견자로서 매우 적합하다는 당초의 판단을 유지합니다. 오늘로써 여러분은 정식 파견자로, 기밀에 접근하고 동시에 기밀을 엄수하는 막대한 임무를 맡게 되었습니다."

카탈리나는 양손을 펼쳐 환영의 손짓을 했다. 정적을 깨고 박수가 쏟아지다가 다시 멈추었다.

"임명식을 진행하기에 앞서 여러분에게 전할 특별한 이야기가 있습니다. 우리 파견자들의 중대한 임무인 범람체 조사가 새로운 국면으로 접어들었습니다. 특히 한 견습 파견자가 훌륭하게 수행한 임무 덕분에 프로젝트 진행에 박차를 가할 수 있게 되었습니다. 여러분의 파견자로서의 삶이 이 프로젝트와 함께 시작된다는 사실을 알리게 되어 기쁘군요. 우리는 지상을 인류의 것으로 되찾기 위한 프로젝트를 준비 중입니다."

카탈리나가 단상 뒤쪽에 드리워진 커튼을 돌아보며 말했다.

"오늘이 그 첫걸음이 될 것입니다. 이제프 파로딘, 직접 소개해주시지요."

견습 파견자들 사이에 웅성거림이 퍼져나갔다. 누군가 소문으로만 들리던 그 작전이 정말로 수행될 모양이라고 속삭였다. 그러자 다들 들뜬 표정이 되었다. 커튼이 걷히고 이제프가 앞으로 나서자 또다시 박수가 쏟아졌다.

"감사합니다."

이제프가 진지한 표정으로 입을 열었다.

"오늘은 아주 중요한 일의 시작점이 되는 날입니다."

모든 시선이 이제프에게 모여 있었다. 그가 홀로그램 스크린을 켰다. 그의 등뒤로 거대한 지도가 펼쳐졌다.

"지금까지 우리 파견자들은 범람체를 조사하기 위해 지상으로 향했습니다. 말하자면 본격적인 전쟁에 앞선 탐색전이자 정보전이었던 겁니다. 하지만 오늘부터 그 목표는 달라집니다. 이제……"

이제프가 손짓하자 지도의 한쪽 끝에 빨간 점이 찍혔다. 라부바와 위의 뉴클락키 기지를 나타내는 점이었다.

"우리는 지상 탈환 프로젝트를 시작하려 합니다."

그 기지에서 시작된 붉은 선이 라부바와가 위치한 섬을 지나 누탄다라 대륙으로 향했다. 홀 안이 술렁였다.

"여기 다음 목적지가 있습니다. 이 목적지에 대한 중요한 정보를 한 견습 파견자가 수집해 왔다는 사실을 다들 알고 계실 겁니다. 덕분에 우리는 성공에 한발 가까워졌지요. 우리는 지상을 되찾을 것입니다. 지구는 다시 우리의 행성이 될 것입니다."

누군가 조심스럽게 박수를 치기 시작했고, 이는 점점 퍼져나가 파도처럼 우렁찬 박수갈채가 되었다. 맨 끝에 있는 태린을 향한 물결이었다. 태린은 여전히 후드를 벗지 않은 채 고개를 떨구고 있었다. 이제프는 태린이 너무 긴장한 것이라 짐작했다. 오늘 아침, 태린을 마주쳤을 때에도 태린은 고개를 들지 못했으니까. 이제프가 흡족한 표정으로 말을 이었다.

"곧 첫번째 대규모 공격이 개시될 겁니다. 범람체들이 가장 많이 연결된 중심에서 사방으로 무기가 퍼지며 연결망을 파괴할 것입니다. 그것들은 자신들을 파멸로 이끌어갈 것입니다."

이제프는 프로젝트의 개요를 설명했다. 범람체들이 집중된 연결망 한가운데로 생분해되는 무기가 향한다. 범람체는 그것이 무기인지도 모른 채 분해와 흡수 과정에 돌입하고, 범람체들의 연결망으로 퍼져나가기 시작한 분자들은 시간을 두고 범람체를 파괴할 것이다. 한번 범람체가 파괴된 장소에서 범람체는 다시 증식하지 못한다.

모두가 상기된 얼굴로 이제프의 설명을 들었다. 지금까지 범람체를 근본적으로 없애려던 시도는 모두 실패했다. 그러나 이 계획이라면 승산이 있었다. 이제프의 발표에는 그런 결의가 담겨 있었다.

설명을 마치자 홀이 시끄러워졌다가, 카탈리나가 단상에 오르며 조용해졌다. 카탈리나가 진지한 얼굴로 홀을 둘러보았다.

"이 위대한 여정에 여러분과 함께하게 되어 기쁩니다. 오늘부로 정식 파견자가 될 여러분, 이제 임명식을 시작하겠습니다."

엄숙한 분위기에서 절차가 진행되었다. 단상 앞에 선 견습 파견자들이 파견자 선언문을 외우기 시작했다.

우리는 진실과 지식의 수호자로서 지상을 되찾기 위해 떠난다. 우리는 정직하고 명예롭게 행동하며 신중하게 판단할 것을 맹세한다. 우리는 우리 임무의 중요성과 눈앞에 놓인 위험을 직시한다. 우리는 최후의 방어선이며 어떤 역경 앞에서도 흔들리지 않을 것이다. 우리는 항상 인류의 안전과 안녕을 우리 자신보다 먼저 생각한다……

선언이 끝나갈 때쯤 보조인들이 단상 끝에서 작은 보석함을 들고 나타났다. 그 안에는 각각의 파견자들에 맞춰 제작된 백랑석 반지가 담겨 있었다. 누탄다라 대륙에서 극소량 채굴되는 이 보석은 도시에서 가장 명예로운 자들만 손에 쥘 수 있는 것으로, 오늘 정식 파견자가 되는 이들에게도 그만큼의 명예와 존중이 주어진다는 의미였다.

카탈리나가 단상 아래로 내려와 파견자들에게 반지를 끼워주었다. 견습 파견자들, 이제는 정식 직함을 부여받게 된 파견자들이 저마다 들뜬 얼굴로 손을 내밀었다. 카탈리나는 마침내 태린 앞에 멈추어 섰다. 다른 파견자들에게는 반지를 나누어주기만 했던 카탈리나도, 태린 앞에서는 무슨 말을 건네려는 것인지 잠시 손을 멈추고 있었다. 아마도 임무에서 귀중한 정보를 얻어 돌아온 태린에 대한 격려와 찬사일 것이라고 예상하며, 모두가 카탈리나를 바라보았다.

그러나 카탈리나는 완전히 굳어 있었다. 보조인에게서 보석함을 건네받을 생각도, 태린을 마주보며 무슨 말을 할 생각도 없이 그저 허공에 손이 멈춰 있었다.

"저, 카탈리나님? 여기에 마지막 반지가 있습니다만……"

옆에서 보조인이 보석함을 내밀었지만, 카탈리나는 반지에 눈길도 주지 않은 채 손을 거칠게 뻗어 태린의 얼굴을 가린 후드를 획 벗겼다.

홀 여기저기에서 경악한 듯한 소리가 흘러나왔다.

"너는 대체 누구지?"

카탈리나가 지금껏 태린이라고 여겼던 엉뚱한 소녀를 향해 물었다. 소녀의 얼굴은 파랗게 질려 있었다.

3

선오는 눈을 감고 공간을 채운 기류를 감각했다. 내뱉는 숨이
벽에 부딪혀 되돌아왔다. 누군가의 발걸음이 또 다른 흐름을 만
들어냈다. 공기가 움직이고 또 움직이며 진동을 실어날랐다. 그
러자 이 공간이 '말소리'로 가득차 있음을 선오는 알 수 있었다.

처음에 그것은 무척 이상한 깨달음이었다. 만약 어떤 공간에
소리도 없고 빛도 없다면, 외부로부터 오는 모든 자극이 차단돼
있다면 보통 사람들은 그곳에서 아무 일도 일어나지 않는다고
느낄 것이다. 사실은 그렇지 않다. 보통의 눈으로 보았을 때 적
막하고 고요한 공간은, 동시에 온갖 활기로 북적이는 공간이 될
수도 있다. 어디선가 전기의 흐름이 느껴졌다. 표면 진동이 방을
둘러싼 네 개의 벽을 가득 울렸다. 쿵. 쿵. 쿵. 멀리서 신호가 왔
다. 분자들이 확산하고 변화하며 코를 간질였다. 아직 선오는 감
각의 범람을 감당하기 힘들었다. 다시 눈을 떴다. 곧바로 시각이
다른 감각 자극을 압도했고, 범람하던 감각 신호들이 사그라들
었다.

잠잠해진 감각 신호들 사이 어디선가 미지근한 열기가 느껴지기 시작했다. 무언가 방 근처에 도착했다는 증거였다. 그러나 그 열기는 안으로 들어오지 않고 다시 떠나버렸다.

누군가 그럴 줄 알았다는 듯 말했다.

—역시 걔는 오지 않으려나봐.

또 다른 누군가도 체념하듯 말했다.

—더이상 기다리는 건 무리야. 원래 계획대로 가야 해. 어차피 위험을 감수할 수밖에 없는 일이잖아. 그 애와 미리 이야기를 나눈 적도 없는데, 그게 메시지라는 걸 어떻게 알겠어?

선오는 확신을 담아 대답했다.

—기다려봐. 틀림없이 걘 알아볼 거야. 여기로 올 거야.

이제프에게 붙잡힌 후, 얼마나 시간이 흘렀는지 선오는 가늠할 수 없었다. 처음에 이제프는 선오를 컨트롤 룸 근처에 가두었는데, 선오가 오가는 직원들을 향해 벽을 두들겨대니 거슬렸는지 여기로 옮겨버렸다. 이 독방은 이따금 복도에서 직원이 오갈 때마다 켜지는 희미한 조명 외에는 빛도 거의 들지 않고, 하루 한 번 식판이 놓이는 소리 외에는 아무 소리도 들리지 않는, 시간의 흐름을 알 수 없는 곳이었다. 어둠에 제법 익숙하다고 여겼는데 선오는 거의 미쳐버릴 뻔했다. 잠들었다가 깨면 벽을 마구 두들겨댔고, 지치면 다시 잠들었다. 그러다 거의 꿈과 현실을 구분할 수 없게 될 때쯤, 선오는 바닥에서 이상한 소리를 들었다.

—넌 왜 거기에 혼자 갇혀 있어?

처음에는 그 말에 어떻게 대답해야 하는지 알 수 없었다. 그건 선오가 한 번도 겪은 적 없는 방식의 소통이었다. 하지만 신기하게도 선오는 그 말을 알아들을 수는 있었다. 그리고 그 이상한 소리가, 계속해서 말을 걸고 끈기 있게 대화 방법을 알려준 덕분에 선오도 새로운 소통 방식을 구사할 수 있게 되었다. 바닥을 두드리고 소리를 내어 진동이 널리 퍼져나가도록 만들었다. 곧바로 옆 공간에 수많은 사람들이 있다는 걸 알게 됐다. 바투마스 연구소에 들어섰을 때 유리벽 안에 격리되어 있던 사람, 그들이 벽을 사이에 두고 선오 옆에 있었다.

─우린 발현자야. 치료를 받는 줄 알고 속아서 끌려온 사람들도 있고, 잡혀 오면 죽을 걸 알면서도 도망치지 못한 사람들도 있어.

모두가 다가오는 죽음을 기다렸다. 발현자들끼리도 처음에는 소통할 방법이 있다는 것을 몰랐다. 그들은 절망한 채, 자해하고 또 서로 뒤엉켜 싸우며 죽어갔다. 범람체는 그들의 감각 방식을 바꾸었지만 누구도 새롭게 감각하는 법을 알려주지 않았기 때문에 그들은 자신이 감각을 잃었다고 생각했다. 연구원들은 그들을 가둔 채 가혹한 실험을 하고 학대했다. 그들의 감각은 와해되었고 몸과 몸 바깥, 현실과 환각을 구분할 수 없게 되었다. 새로운 발현자들이 왔고, 오래된 이들은 죽었고, 또 새로운 이들이 왔다…… 죽음이 반복되었다. 침묵이 반복되었다.

먼 곳에서, 어떤 이야기가 들려오기 전까지는.

지상에서 지하로, 땅과 암석을 타고 이야기가 왔다. 그것은 기이한 동화처럼 들렸기에 이곳 사람들도 그것을 받아들이기까지 오랜 시간이 걸렸다.

지상 어딘가에 범람체와 함께 살아가는 이들이 있다고 했다. 그들은 지상에서도 죽지 않는다고. 썩어가는 것들을 먹을 수 있으며, 그들 자체가 부패하는 것들의 일부라고. 그들 각각은 지상에서 독립적 의식을 가진 개체로, 그러나 때로는 전체의 일부로 살아간다고 말했다. 자아라는 개념은 시간이 지나며 흐릿해지지만, 완전히 사라지는 것은 아니고 약간은 남아 있다고 했다. 하루는 개체의 몸속에서, 또 하루는 전체 연결망 속에서 눈을 뜬다고…… 그것은 이전의 삶과는 다르지만, 여전히 삶이라는 이야기였다.

발현자들이 그저 인간이었을 때 그들은 그 이야기를 알아듣지 못했을 것이다. 그러나 그들이 이제 범람화되었기 때문에, 그들은 진동에 담긴 이야기를 들을 수 있었다. 멀리서 온 이야기는 발현자들에게 듣는 법과 표현하는 법과 감각하는 법을 새롭게 알려주었다. 가장 먼저 그 방법을 터득한 건 어린 여자아이였다. 아이사라는 이름의 그 아이는 제 옆의 발현자에게 이야기와 소통 방식을 전해주었다. 그리고 그 발현자는 그 옆의 발현자에게, 또 그들은 또 다른 발현자들에게 새로운 삶을 가르쳐나갔다.

여전히 자신이 변이되었음을 받아들이지 못한 이들도 있었다. 그들은 벽에 머리를 찧고, 모든 음식과 물을 거부하며 죽어갔다. 그렇지만 대부분의 발현자들은 받아들였다. 그것은 선택이 아니라 인정의 문제였다. 변이는 죽음이 아니라는 것, 그들은 망가져가는 것이 아니라 단지 다른 형태의 삶으로 진입했다는 것. 그들은 이전의 것을 차차 내려놓고 낯선 방식을 다시 배워나갔다. 새로운 방식의 대화는 충돌하는 의견들을 이을 뿐만 아니라 통합했다. 전체가 있었고 부분이 있었다. 부분은 다른 의견을 가지고 있었지만 동시에 전체로 연결되어 있었다.

선오에게 모든 것을 알려준 사람도 아이사였다. 처음으로 선오가 그들의 방식대로 말하는 법을 익혀 '나는 하라판에서 왔어'라고 전할 수 있게 되었을 때, 아이사가 말했다.

─잘됐네. 나도 하라판에 살았어.

─그래? 난 선오야. 네 이름은?

─아이사.

선오는 그 이름을 듣는 순간 어떤 얼굴을 떠올렸다. 눈에 띄는 백금발에 멍한 눈빛을 하고 있던 중년의 여자. 몇 달 전 자스완 식당 앞에서 감시 기계에게 붙잡혀 있던 그를 도와준 적이 있었다. 딸을 치료소에 빼앗기고 얼마 후 발현이 되어버린 여자. 그 딸의 이름이 아이사였다. 선오는 이 아이사가 그 아이사라는 걸 알 수 있었다. 목소리도 없고 표정도 볼 수 없었는데, 말에 담긴 친절한 마음을 느낄 수 있었다.

아이사는 선오가 새로운 방식으로 대화하는 법을 빠르게 익히자 신기해했다.

─넌 내가 많은 걸 알려주지 않았는데도, 자신이 어떤 존재인지를 빨리 알아차리네.

─예전부터 비슷한 걸 할 줄 알았어. 그게 범람체의 방식이라는 건 이제야 깨달았지만.

─그럼 발현자인데 여태 숨어 지냈던 거야?

—아니, 사실은 발현자와는 다른데. 그렇지만 근본적으로는 같은 건지도. 나도 이게 뭔지 잘 모르겠어.

—발현자가 아닌데 우리와 같다고?

아이사는 선오를 흥미로워했다. 선오도 자신이 어떤 방식으로 범람체와 결합해 있는지는 아직 잘 몰랐다. 아마도 어렸을 때 벌어진 사고 때문이 아닐까 추측할 뿐이었다.

—그럼 지하 도시에서 사는 게 답답하고 힘들었던 적은 없었어? 이곳은 내가 속한 곳이 아니라고, 위로 나가야 한다고 말이야.

—몰랐는데, 지금 생각해보면…… 늘 그랬던 것 같아.

이전에도 선오는 보통 사람들과 다른 방식으로 생각하고 느꼈다. 지하가 아닌 지상을 갈망했다. 그것이 자신에게 범람체가 섞여 있기 때문이라고 생각했던 적은 없었다. 하지만 그 사실을 받아들이는 순간 오히려 명료해지는 느낌이 있었다. 그래서 나는 늘 어딘가를 떠돌았구나. 그래서 나는 이 세계에 섞여들지 못했구나. 혐오감보다는 놀라움이 먼저 찾아왔다. 그리고 곧 찾아드는 안도감.

—늪인들은 우리가 여기에 갇혀 있다는 걸 알아. 실험을 당하다 죽거나 학대당한다는 사실도. 그들 중 상당수가 지하 도시에서 도망쳐 지상으로 간 사람들이니까. 그래서 지반 진동을 통해 우리에게 자신들의 존재를 알린 거야. 이런 삶이 있다고. 그러니까 밖으로 나오라고.

아이사의 말을 듣자, 선오는 도주하다 감시 드론에게 들켜 사살된 발현자의 시체를 본 기억이 났다.

─도망치긴 힘들어. 감시가 삼엄하니까. 설령 성공한다 해도 늪에 도착할 수 있을지는 모르겠다. 그런데 이제프 파로딘은 사람들을 이곳에 가둬두고 대체 뭘 하려는 거야?

─도시는 우리를 생체 무기로 이용하려고 해. 정확히는 무기의 운반체로. 그들은 우리에게 분자 무기를 주입한 다음, 범람체들의 연결망 한가운데로 보낼 거야. 범람체들은 우리를 이미 자신들의 일부로 받아들이고 있어서 진입하는 건 쉬운 일이겠지. 그리고 우리가 주입된 무기에 의해 죽으면 범람체들은 별다른 거부반응 없이, 이미 범람화된 존재인 우리를 분해하고 흡수할 거야. 그때 주입된 무기가 범람체들의 연결망을 통해 퍼져나가는 거야.

─어떻게 이 많은 사람들을 연결망 한가운데로 보내지?

─그들은 해저 통로를 쓸 거야. 원래 우리는 무기가 되기 전에 도망치려고 했어. 하지만 당장 이곳을 나갈 방법이 없다는 걸 알게 됐어. 최근에는 제약이 더 심해졌어. '전환', 그들은 그렇게 불러. 연구원들은 우리를 연결망 한가운데로 투입하기 직전에 전환할 거야. 그 일이 이제 코앞에 온 거지.

아이사는 담담하게 설명했지만 분노가 묻어 있었다.

─그들은 우리를 움직이는 징그러운 시체라고 생각해. 그래서 그냥 땅속에 파묻어버려도 상관없다고 생각하는 거야. 이왕 파묻을 거면 무기로 써먹고 묻겠다는 거지. 하지만 우리는 죽은 게 아니야. 우리는 다른 방식으로 존재하게 됐어. 그걸 원하지 않았다고 해도.

발현자들을 돕기 위해 도시 가까이 왔던 늪인들도 있었지만 본부에 의해 사살될 위험이 있어 더이상은 진입할 수 없었다고 했다. 발현자들은 전환을 앞두고 탈출 계획을 세웠다. 연구소의 발화 물질을 이용해 화재를 일으키고, 해저 통로로 향하는 터널 문을 폭파해서 통로로 나가는 계획이었다. 그 방법은 부수적인 피해가 너무 커서 발현자들 역시 부상을 입거나 죽을 수 있었다.

그러나 선오가 생각하기에도 다른 방법은 없는 것 같았다. 어차피 전환이 개시되면 이곳 발현자들은 모두 죽고 마니까, 뭐라도 시도해보아야 한다면…… 그때 퍼뜩 다른 생각이 떠올랐다.

태린. 만약 도시로 돌아온 태린에게 이 상황을 전달할 수 있다면. 태린이 이제프의 생체 인증 칩을 훔쳐 올 수 있다면.

선오는 아이사에게 태린에 대해 이야기해주었다. 자매이자 친구, 머릿속에 자아를 가진 범람체를 품고 있는 태린에 대해. 태린이 만약 그것의 정체를 자각했다면 여기로 도우러 올 수 있을 터였다. 이제 선오는 태린이 자신과 같은, 여기에 있는 이들과 같은 존재라는 걸 확신할 수 있었다.

하지만 아이사가 걱정된다는 듯 말했다.

―그 애가 괜찮은 애라는 건 알겠어. 하지만 이제프와 아주 긴밀한 관계라며. 만약 그 애가 이제프의 편에 선다면 어쩌지? 이 모든 상황을 발설해버린다면?

선오의 계획을 우려하는 건 아이사뿐만이 아니었다. 발현자들은 불안한 선택을 하는 대신 원래 계획대로 가길 원했다. 선오는 태린이 배신하지는 않으리라고 믿었지만, 그럼에도 걱정이 되긴 했다. 지금 선오는 단지 자신을 구하러 오라고 말하는 게 아니었다. 이 계획에 연루되라고, 공범이 되어 도시에서의 삶을 포기하라고, 무엇보다 이제프를 떠나라고 요구하는 것이었다. 라부바와로 겨우 살아 돌아온 자매이자 친구에게.

—그래도 다른 방법이 없어. 원래 계획대로면 발현자들 중에서 빠르게 움직일 수 없는 사람들이 너무 많이 죽게 돼.

아이사는 망설임 끝에 선오의 대안에 동의했다. 다른 발현자들도 우선 시도해보자는 데에 의견을 모았다.

선오는 태린에게 메시지를 전할 방법을 고민했다. 그러자 발현자들이 날벌레를 이용하면 된다고 알려주었다. 환기구로 범람화된 날벌레들이 오갈 수 있으니, 이를 통해 신호를 전달하자는 것이었다. 만약 태린이 머릿속에 있는 범람체를 자각했다면 신호의 존재를 알아차릴 수 있을 터였다. 선오는 발현자들의 도움을 받아, 태린이 요청의 내용을 이해할 수 있도록 메시지를 만들어 보냈다.

그리고 끝없는 기다림이 이어졌다.

도시로 돌아왔으니 태린은 정화를 위한 격리 프로세스를 거칠 것이고, 이제프가 선오를 직접 가둔 이상 정보를 통제하기 위해 그 격리는 길어질 가능성이 높았다. 아마 태린은 베누아의 중앙 병원에 있을 것이다. 범람화된 날벌레들이 범람화된 생물로 향하는 습성에 기대어 베누아로 날벌레들을 보냈지만, 무모하고 막막한 계획이었다. 날벌레들이 태린에게 아예 닿지 못할 수도 있었다. 전달이 된다 해도 태린이 읽지 못할 수도 있었다. 어쩌면 태린조차 마땅한 방법을 찾아내지 못할 수도……

시간이 지나며 희망은 점차 사그라들었다. 계속해서 날벌레들을 보냈지만 어디에서도 답은 돌아오지 않았다.

발현자들은 원래 계획을 속행해야 한다고, 희생자가 나오더라도 어쩔 수 없다고, 원한다면 선오는 동참하지 않아도 된다고 말했다. 전환이 시작될 때 격리실 문이 잠시 열릴 것이고, 발현자들은 그때 화재를 일으킬 계획이었다. 너무 큰 피해를 동반할 것이 분명했지만, 선오는 일단 그들과 함께 도시를 떠나기로 마음먹었다. 도시에서는 고통스럽던 순간이 그들과 있을 때는 괜찮았다. 하지만 태린을 포기할 수 없었다. 기다림을 멈출 수 없었다.

갑자기 연구소 전체가 크게 진동하는 소리가 들렸다. 표면 진동을 들은 발현자들이, 대륙으로 향하는 해저 철로가 움직이는 소리 같다고 했다.

─전환이 개시되려는 거야.

─이제 끝이야.

─이대로라면 우린 전부 죽게 될 거야.

─탈출을 준비해.

─당장 불을 질러야 해.

─시간이 없어.

돌이킬 수 없는 지점이 눈앞에 와 있었다. 그들은 무기가 될 것이다. 자멸하는 무기가 될 것이다. 삶을 빼앗긴 채, 범람체와 인간의 영원한 적대에 불붙이는 도구가 될 것이다. 그러지 않으려면 폭탄을 터뜨려야 한다. 도시가 그들을 무기로 쓰기 전에 그들이 먼저 불을 질러야 한다. 기다릴 시간이 없었다. 아무리 큰 희생을 맞닥뜨리게 된다고 해도.

두려움의 진동이 방에서 방으로 빠르게 퍼져나가고 있을 때, 땅에 귀를 대고 있던 선오가 고개를 들며 말했다.

—아직 아니야. 이건 다른 움직임이야. 잠시 기다려봐.

멀리서 아이사가 말했다.

—그래, 그 애가 왔어.

*

임명식이 진행 중이던 그때, 태린은 어두운 터널을 달리고 있었다.

범람화된 날벌레들이 만들어내는 기류가 도움을 요청하는 메시지임을 알게 되고 나서 그것들을 읽고 또 읽었다. 각각의 정보는 파편적이었지만 무수한 정보들이 점차 합쳐졌다. 그것들은 분명한 이야기를 들려주고 있었다. 한때 선오와 태린이 실험체로 자랐던 바투마스 깊은 곳의 연구소, 그곳에서 지금 또 다른 끔찍한 실험이 벌어지고 있었다. 갇힌 발현자들은 무기가 될 것이다. 그들은 죽을 것이다. 모두 이해한 건 아니었지만 무슨 일인지 알기에는 충분했다. 태린이 지금까지 갇혀 있던 이유도 알 수 있었다. 이제프가 선오를 격리실에 가두었고, 태린이 그것을 알기를 원치 않았기 때문에. 그리고 태린이 이 모든 계획에 방해가 될 수 있기 때문에.

믿을 수 없었다. 믿고 싶지 않았다. 이 끔찍한 계획 자체는 물론이고, 무엇보다 태린이 가장 사랑하는 이제프가 이 모든 일에 연루되어 있다는 사실을 부정하고 싶었다.

오늘 아침, 로비에서 퇴원 절차를 밟고 있을 때 이제프가 태린에게 다가왔다. 빨리 가야 한다고 재촉하는 비서를 뒤로하고 이제프는 태린과 이야기를 나누고 싶어했다.

"태린, 교관들도 다들 네 얘기뿐이야. 오늘 임명식, 네가 중심이라고. 나야 널 항상 믿었지만, 그래도 이런 날이 이렇게 빨리 올 줄은 몰랐는데……"

파견자 로브를 건네며 싱긋 웃는 이제프는 정말로 기뻐 보였다. 예전처럼 감정을 숨기지도 않았다.

"하고 싶은 말이 있다고 했지? 이젠 눈치볼 필요도 없으니, 몇 시간이고 다 들어줄게. 임명식이 끝나면 바로 집무실로 와. 알겠지?"

태린을 바라보는 시선에 애정이 가득해서, 태린은 더욱 마음이 무너졌다. 이제프와 함께 웃고 싶었으니까. 같이 행복해지고 싶었으니까. 아무 말도 하지 못한 채 고개를 숙일 수밖에 없었다.

직원들이 태린을 베누아 탑의 대기실로 안내했을 때, 태린은 몰래 그곳을 빠져나왔다. 아카데미 시절, 태린은 한 여자아이의 부정행위를 눈감아주었던 적이 있었다. 그 애에게 태린의 로브를 씌우고 겁을 줘서 그 자리에 보냈지만, 어차피 들키는 건 시간문제였다. 태린은 범람화된 날벌레들을 통해 전달받은 길로 달리고 또 달렸다. 트램을 타고 이동해 좁은 정비 통로를 지나 연구소로 향했다.

정신없이 달려가고 있었지만, 확신할 수는 없었다. 무엇이 옳은지, 또 정말로 무엇을 원하고 있는지. 파견자의 삶을 포기하는 것, 이제프를 속이고 그로부터 등돌리는 것…… 아직 실현되지 않았지만 곧 현실이 될 일들이 태린의 머릿속에서 혼란스럽게 휘몰아쳤다. 이것은 태린이 바란 미래가 아니었다. 태린이 바란 자신의 모습도 아니었다.

어쩌면 지상에 나간 그 순간, 늪인들을 마주했을 때부터 태린에게 예정된 미래란 존재하지 않았던 것인지도 모른다. 하지만 태린은 판단을 계속 미루어왔다. 직면하는 것이 두려웠다. 바라던 것들을 포기하고 싶지 않았다. 파견자가 되어 이제프와 함께 지상을 탐사하고, 사랑하는 사람들과 안전한 도시에서 행복하게 살아가고 싶었다. 그래서 외면해왔다. 태린이 다른 존재라는 것을, 이 도시가 가장 증오하는 존재라는 것을. 이 도시는 태린과 같은 이들을 밀어내고 학살하는 곳이며, 처음부터 그 사실은 변한 적이 없다는 것을.

그 로브를 걸친 사람이 다른 소녀라는 게 밝혀질 때, 파견자 임명식에 태린이 참석조차 하지 않았다는 걸 사람들이 알게 될 때, 무엇보다 태린이 도시의 비밀을 들추려 했다는 사실이 알려질 때…… 다들 무슨 말을 할까. 얼마나 손가락질을 할까. 그리고 저 안에 갇힌 사람들과 태린이 근본적으로 다르지 않다는 걸 들키면, 사람들은 태린을 어떻게 대할까.

울고 싶었다. 두려웠고, 몸이 자꾸 떨렸다.

그런데도 왜 그곳으로 가고 있을까.

답을 알지 못하면서도 태린은 계속 달렸다. 복잡한 미로 같은 통로 앞에서 태린은 멈추어 섰다. 길을 찾아야 했다. 범람체로 전달된 구체적인 경로는 쏠이 알고 있었다. 쏠이 의식 위로 올라오려 하고 있었다. 태린은 눈을 감았다.

―그것만으로는 안 돼. 의식을 완전히 열어.

"의식을 완전히 열라고?"

태린은 흠칫했다. 지금까지 쏠과 감각이 겹쳐지는 경험을 여러 번 했지만 모든 걸 쏠에게 맡긴 적은 없었다. 신체의 통제권은 태린이 쥐고 있었다. 아니, 한 번 쏠이 태린을 휘둘렀던 적은 있다. 파견자 최종 미션 때, 믿을 수 없는 일이 일어났던 그때……

두려웠지만 태린은 다시 눈을 감고 손끝과 발끝에서 힘을 뺐다.

지금은 그때와 다르다. 이제는 쏠이 어떤 존재인지를 안다. 쏠은 태린과는 완전히 다른 존재다. 태린을 상처 입힐 수도 있고, 파괴할 수도 있는 존재다. 태린을 미쳐버리게 할 수 있는 존재다. 하지만 태린은 쏠을 믿었다. 쏠이 그런 위험한 존재라는 것을 알고도 신뢰했다. 그 위험한 존재와 함께 살아가기로 결심했다.

의식을 비우려고 노력했다. 생각을 멈추고 몸의 주도권이 태린 자신이 아니라 다른 무언가에게 이전되는 느낌을 상상했다.

세계가 조금씩 일인칭 시점에서 다른 시점으로 움직여갔다. 태린은 그 느낌을 밀어붙였다. 쏠이 머릿속을 움직이는 느낌을 따라갔다. 어떤 기억에서 기억으로, 움직임에서 움직임으로, 흐르는 물결을 더듬었다.

그러자 다음 순간, 모든 것이 바뀌었다.

쏠이 의식 위로 올라왔다. 이제 태린이 아니라 쏠이 몸을 완전히 제어하고 있었다. 터널에서 걷던 인간의 몸에서 튕겨 나와, 아주 끈적하고 느슨한 실들로 짜여 있는 바다에서 헤엄치고 있었다. 지금 태린은 원래 몸에 속한 오감 대신, 사방으로 뻗친 미로 같은 몸체들이 서로 전기신호와 화학물질을 주고받는 방식으로 세상을 감각하고 있었다.

눈앞의 세계는 평소에 태린이 두 눈을 통해 보던 세상과 같지 않았다. 그것은 촉각적인 세계였다. 무엇이 어디에 있는지, 어디로 가야 하는지 보거나 듣는 대신 그 세상이 피부에 닿았다. 그것은 축축하거나 건조하거나 울퉁불퉁하거나 매끈했다. 가야 할 장소 쪽으로 뻗어 있는 실끈들은 조금 더 빠르게 진동했고, 반대편에서는 지금까지 왔던 길을 기억하는 실끈들이 느리게 춤췄다. 그것은 마치 수천 개의 몸을 동시에 움직이고 동시에 감각하는 것과도 비슷했다. 그 수천 개의 몸 중 일부를 활성화시켰다가, 전체를 감각했다가 하는 방식으로 자신이 무엇을 겪고 무엇을 감지할지를 선택할 수 있었다. 활성화되지 않은 순간에도 태린의 일부는 예리하게 감각의 말단을 세우고 있었고, 정보는 시차를 두고 수만 갈래의 몸체 사이를 흘러다녔다.

마치 수많은 공간에 동시에 존재하는 것처럼 느껴졌다. 순간적으로 '나'라는 감각이 하늘거리며 사방으로 흩어지고 동시에 흘러넘쳤다. 태린은 지금까지 쏠을 하나의 자아로만 대해왔지만, 어쩌면 쏠은 하나가 아니라 태린의 신경세포와 몸 이곳저곳으로 가지를 뻗친 그 모든 가닥, 수만 개의 가닥일 수도 있었다. 쏠의 관점으로 세상을 볼 때 일인칭의 세계는 사라지고, 대신 수만 개의 관점이 그 자리에 나타났다.

한참을 뻗고 또 뻗어나가다, 얼음물을 맞은 것처럼 차가운 감각이 태린을 덮쳤다.

—이제 됐어.

다음 순간 태린은 익숙한 일인칭의 세계로 돌아와 있었다.

—태린, 길을 찾아냈어.

어두운 터널. 천장에서 물이 떨어지는 소리. 퀴퀴한 먼지 냄새. 태린은 주위를 둘러보았다. 눈앞에는 낡은 금속 문이 있었다. 먼지 쌓인 팻말에 글자가 새겨져 있었다. 바투마스 아동 보호소. 태린이 어린 시절을 보낸 곳이었다. 오랫동안 잊고 있었지만 결국 다시 돌아온 장소. 또 다른 실험이 이어지고 있는 곳. 이 너머에 메시지를 보낸 사람들이 있다.

—여기가 우리의 목적지야.

하지만 태린은 발걸음을 뗄 수 없었다.

방금 전 경험한 쏠의 감각이 태린을 바꾸었다. 어떤 기억들이 되돌아오고 있었다. 방금 그 경험으로, 잠들어 있던 감각들이 마구 흘러넘치기 시작했다. 기억과 장면이 되살아났다.

언젠가 이런 경험을 한 적이 있었다. 처음이 아니었다. 쏠에게 몸을 내맡겼을 때, 쏠의 관점으로 세상을 보던 순간들.

"쏠, 나 기억났어."

여러 순간들이 스쳐갔다. 쏠을 처음 만났을 때, 그것이 머릿속을 굴러다니는 작고 부드러운 공이라고 생각했던 순간. 쏠에게 이름을 붙여주었을 때, 마음에 드는지 마구 원을 그리던 순간. 그리고 조그만 공을 온몸으로 굴리듯 쏠이 온몸을 탐색하도록 내버려두던 날의, 간질간질한 감각.

쏠이 동그란 공이나 다람쥐가 아니라 사실은 거미줄에 가까운 존재라는 걸 느꼈던 날, 그런데도 쏠이 싫지 않았던 기억. 처음부터 떼어놓을 수 없이 가까웠지만 마음을 주지 못했던 때로부터, 어린 날의 모든 슬픔과 기쁨을 공유한 단 하나의 존재가 되어가던 날들까지.

어떻게 그 모든 순간들을 잊고 있었을까.

"전부 기억해. 네가 날 어떻게 구했는지도……"

태린은 뒤돌아 지금까지 걸어온 터널을 보았다.

예전에 이 터널을 이제프와 함께 걸어나오던 때, 태린은 아주 소중한 것을 잃어 울고 있었다. 몸이 다 아플 정도로 눈물이 흐르는데 정작 태린은 무엇을 잃어버렸는지도 알지 못했다. 그때는 그것을 영원히 잃었고 다시는 찾을 수 없을 것이라고 생각했다.

마지막 순간의 기억이 있다. 친구들이 끔찍하게 죽어가던 순간. 태린은 그 아이들과 연결되어 있었고, 소리와 진동과 냄새, 모든 것이 태린에게 고통을 그대로 전달했다. 그리고 이제는 태린 차례였다…… 태린도 쏠도 버티고 버텼지만, 주입된 약물이 태린의 신경세포 사이를 파고들었다. 그것은 쏠을 삭제하기 위해 들어온 것이었지만 태린은 이미 쏠과 완전히 결합되어 있었기에 오직 쏠만을 삭제할 수는 없었다. 죽음이, 신경세포를 갈가리 찢어놓는 고통이 태린을 덮치던 그때였다.

쏠이 태린의 눈을 감게 했다.

─이건 금방 끝나는 꿈이야.

아름다운 소리와 달콤한 냄새가 태린의 세계를 순식간에 가득 채웠다. 태린은 쏠이 만들어낸 환각 속에 있었다. 살갗에 닿는 부드러운 이불의 촉감, 짙은 복숭아 냄새, 어디선가 불어오는 바람, 따사로운 햇살…… 그 환각 속에서 그것은 진실이었다. 그때 고통은 아름다움과 결합되어 있었다. 쏠이 태린에게 그것을 원했기 때문에.

─사랑해. 이제 모든 걸 함께 잊어버리자.

그리고 쏠은 스스로를 죽였다.

범람체의 본능을 거스르는 방식이었다. 불가능한 일이었다. 억압되어 있던 감각들이, 쏠이 그 순간에 느꼈던 고통과 두려움이 아주 짧은 시간 태린에게 밀려들었다. 쏠은 그 고통을 견디고 스스로 사라지기를 선택했다. 태린의 자아가 찢어져 죽음을 맞이하기 전에.

그렇게 쏠은 사라졌고 태린은 모든 것을 잊었다. 그렇다고 생각했다. 오랫동안 잊은 상태로 무언가를 그리워했다. 자신이 무엇을 그리워하는지, 무엇을 잃어버렸는지 알지도 못한 채 그것을 갈망했다.

"하지만 사라질 수 없었던 거야. 왜냐하면……"

태린은 연구소의 문으로 손을 뻗었다.

"네가 이미 나의 일부였고, 내가 네 일부였기 때문에."

지금까지 외면해왔던 난폭한 현실이 눈앞에 있었고 이제 태린은 그것에서 눈을 돌릴 수 없었다.

문이 열렸다.

그 너머는 형상을 겨우 분간할 수 있을 만큼 어두웠다. 하지만 보이는 것보다 다른 감각이 더 빠르게 쏟아져 들어왔다. 일렁이는 공기. 발밑에서 퍼져나가는 진동. 소곤거리는 목소리. 속삭임. 또 속삭임. 짙은 금속 냄새. 피 냄새. 웅성거림. 또 다른 웅성거림. 발밑의 진동. 피부를 간지럽히는 미세한 공기의 흐름……

벽 너머 사람들이 벽에 손을 댔다.

그곳에 수많은 사람들이 있었다. 울렁거림이 심장 깊은 곳에서 시작되어 온몸의 말단으로 퍼져나갔다. 태린은 그들의 존재를 느꼈다.

태린과 같은 일을 겪은 사람들. 변해버린 사람들. 변화를 선택하지 않았고 원하지도 않았지만, 결국은 변한 사람들. 결합되었고 오염된 사람들. 더는 순수한 인간이 아닌 사람들. 그럼에도 그들은 살아 있고 이전과 다르게 세상을 보고 있었다. 태린이 변한 채로 살아가기를 택했듯, 그들 역시 변했지만 살아가기를 선택했다. 삶은 여전히 삶이었다. 어쩌면 이전보다 더 생생한 형태로 존재하는.

그들을 구하러 온 것이 아니었다. 단지 알고 싶어서 왔다. 정말로 이 모든 일이 사실인지 믿을 수 없어서, 직접 보아야 했다. 어떤 확신도 신념도 없었다. 문을 여는 그 순간까지도 도망치고 싫었다. 부정하고 싶었다. 그러나 지금 태린은 알 수 있었다.

그들과 나는…… 다르지 않아.

4

태린은 쏠이 찾은 길을 따라 달려갔다. 복도 끝에서 제어판을 찾아냈다. 아침에 이제프를 만났을 때 몰래 복제한 생체 인증 칩을 장치에 가져다 대자 개방 버튼이 활성화되었다. 망설임 없이 그 버튼을 눌렀다.

굉음이 울리며 격리실과 복도를 나누는 문이 차례차례 열렸다. 철컹 소리와 함께 문이 올라갈 때마다 발현자들이 걸어나왔다. 태린은 그들을 보았지만 그들은 태린을 보지 않았다. 그런데도 다른 감각이 그들과 태린을 이어주고 있었다. 거대한 연결망이 존재했다. 그리고 태린은 자신이 그 연결망에 편입되고 있음을 느꼈다.

복도는 어두웠지만 그들은 충돌 없이 앞으로 나아갔다. 갑자기 풀려나 혼란스러워하는 발현자들도 있었지만 이 순간을 이미 준비해온 것처럼 보이는 이들도 있었다. 국지적인 혼란을 조정하며 그들은 계속해서 나아갔다. 태린은 쏠이 의식을 제어하도록 했다. 그러면 앞을 볼 수 없을 때도 그들이 어디로 향하는지 감지할 수 있었다. 처음에는 서로 엇갈리던 방향이 점차 질서를 찾았다.

구획마다 제어판이 있었다. 태린이 세번째 구획의 제어판을 찾아냈을 때 격리실이 열리며 날벌레들이 우수수 쏟아져 나왔다. 태린은 움찔하며 몸을 피했다. 날벌레들은 무리를 이루며 천장과 복도 구석을 향해 날아갔다. 곧 날벌레들이 감시 카메라들을 완전히 감쌌다.

발현자들의 목적지는 해저 통로로 향하는 트램이었다. 그들은 치안 유지대가 도착하기 전에 트램을 타고 대륙으로 향하려고 했다. 대륙은 범람체가 가득해 대부분의 인간은 물론이고 기계들도 함부로 접근할 수 없었다. 일단 그곳으로 가면 도시에서도 그들을 무작정 뒤쫓을 수는 없을 터였다.

태린은 발현자들을 거슬러 반대로 뛰었다. 맨 위층에 있는 컨트롤 룸을 찾아야 했다. 해저 통로로 연결되는 길은 컨트롤 룸에서 개방할 수 있었다. 그리고 선오가 갇힌 독방의 개방 버튼도 그곳에 있었다.

복도를 뛰어가는 태린을 쏠이 멈춰 세웠다.

―앞에 맹수가 있어.

코너를 돌기 전에, 태린은 슬럼버 건을 들었다. 그르렁거리는 소리가 들려왔다. 이런 곳에 왜 맹수가 있을까.

맹수에게서 범람화된 개체 특유의 숨소리가 났다. 발현자들처럼 실험을 당한 개체일지도 모른다. 몹시 흥분한 상태 같았다. 이렇게 흥분한 상태라면 마취가 통하지 않는다. 태린은 슬럼버 건의 살상 수치를 최대로 올리고, 이것을 쏘게 되지 않기를 바라며 앞을 조준한 채 코너를 돌았다.

이를 드러낸 구름표범이 보였다. 철창 안에 격리되어 있었다. 태린은 슬럼버 건을 내렸다.

"미안, 너도 풀어주고 싶은데……"

맹수를 다룰 줄 아는 늪인들과 달리 태린은 아직 다른 생물과 소통하는 방법을 알지 못했다. 섣불리 풀어줄 수는 없었다.

태린은 구름표범을 지나쳐 다시 컨트롤 룸을 향해 달리기 시작했다. 시간이 부족했다. 치안 유지대가 오기 전에 모든 것을 끝내야 했다. 태린은 맨 위층을 향해 계단을 오르고 또 올랐다.

갈림길을 마주쳤을 때 쏠이 오른쪽을 가리켰다. 오른쪽으로 크게 돌아서자 복도 끝에 빛이 새어나오는 문이 보였다. 태린은 전력으로 달려 문을 열었다. 환한 빛이 쏟아졌다. 커다란 제어 스크린이 보였다. 이제프의 생체 인증 칩을 가져다 대자 안쪽 유리문이 열렸다. 순간 이 모든 실험을 기획한 사람이 정말 이제프라는 것이 실감나서 심장이 내려앉았지만, 태린은 고개를 저어 생각을 떨쳐버렸다. 그러곤 안으로 뛰어들었다.

제어 장치를 살피기 시작했다. 처음 다뤄보는 장치여서 파악이 쉽지 않았다. 아직은 쏠이 범람체를 통해서 받은 불완전한 정보만 있었다. 태린은 신중하게 장치를 살폈다. 연구소 안을 실시간으로 감시하는 수십 개의 스크린이 분할된 화면 위에 떠 있었다. 대부분은 날벌레들이 만들어낸 노이즈로 잘 보이지 않았다. 다만 해저 통로와 연결된 쪽으로 수많은 발현자들이 이동하고 있다는 것은 알 수 있었다. 태린은 아직 닫혀 있던 나머지 격리실을 모두 열었다. 아마 그중 한곳에 선오가 갇혀 있을 터였다.

그러나 모든 문이 제대로 개방되었는지 확신할 수 없었다. 화면이 전부 날벌레들로 가려져 있어 선오를 찾을 수 없었다.

태린은 헤드셋을 쓰고 격리실에 연결된 마이크를 전부 켰다.

"선오, 들리면 대답해!"

격리실에서는 태린의 목소리가 들릴 것이다.

"나갈 수 있어?"

대답이 없었다.

"선오? 내 말 들려?"

태린은 다시 소리쳤다.

"지금 못 나가는 상황이면……"

갑자기 격리실을 비추던 스크린 하나가 밝아져서 태린은 화들짝 놀랐다. 날벌레들이 만들어낸 노이즈가 사라지고 사람의 실루엣이 나타났다. 선명하게 보이지는 않았지만 선오 같았다.

선오가 화면을 향해 양팔로 크게 오케이 사인을 그렸다. 헤드셋에서는 아무런 소리도 들려오지 않는 것으로 보아 마이크가 작동하지 않는 듯했다. 선오는 이어 밖으로 나간다는 손동작을 해 보였다. 태린에게도 곧바로 해저 통로로 오라고 말하는 것 같았다.

화면이 깜빡이더니, 곧 다시 날벌레들로 가려졌다.

"됐어. 선오를 빼냈어. 그럼 이제……"

태린은 제어판을 다급히 살폈다. 마지막으로 해야 할 중요한 일이 남았다. 이중에 분명 통로 입구와 연결된 레버가 있을 텐데.

마음이 조급해졌다. 당장이라도 치안 유지대가 올 것 같았다. 태린은 호흡을 가다듬으며 레버를 하나씩 살폈다. 수많은 제어 버튼들 사이에, 적갈색의 긴 레버가 하나 보였다. 전달받은 정보에 따르면 이 레버였다. 몇 번이나 확인한 끝에 레버를 올렸다. 어디선가 쿵, 하는 소리가 들리더니 컨트롤 룸까지 울리는 광범위한 진동이 시작되었다. 오른쪽 하단의 감시 스크린 화면이 마구 흔들렸다.

해저 통로의 트램으로 연결되는 문이 열리고 있었다. 이제 발현자들이 트램으로 가는 길이 열렸다.

그와 동시에 미친듯이 경보음이 울리기 시작했다. 컨트롤 룸 뿐만 아니라 연구소 전체에서 울리는 소리였다. 침입자를 향한 경고였다.

"아, 안 돼."

들키는 건 시간문제라고 생각했지만 예상보다 빨랐다.

이제 태린도 가야 했다. 해저 통로로 내려가 그들과 합류해야 했다. 선오를 만나야 했다. 치안 유지대가 오기 전에, 누군가 태린을 막기 전에. 그전에 빠져나가야 하는데.

다급히 제어실 유리문 밖으로 뛰쳐나오다가 생체 인증 칩을 떨어뜨렸다. 반사적으로 손을 뻗어 주워 들었다가, 태린은 칩을 움켜쥔 채로 우뚝 멈춰 섰다. 이상하게도 걸음이 떨어지지 않았다. 별안간 부정할 수 없는 어떤 사실이 머리를 쾅 치고 지나갔다.

정말로 이제프가 이 모든 일을 했다.

그리고 태린은 그것을 전부 망치려 하고 있었다.

귓가에 따갑게 경보음이 울렸다. 비로소 태린은 자신이 저지른 짓이 실감났다. 지금 태린은 이제프를, 아니, 도시 전체를 적으로 돌렸다. 발현자들은 원래라면 지상의 범람체를 절멸시키기 위한 생체 무기가 되었을 운명이었다. 태린이 그것을 막았다. 태린은 인류 전체를 다시 범람체의 위협 속에 몰아넣은 것이다.

─지금 나가야 해!

쏠이 소리쳤다. 그런데도 태린은 무언가에 발목을 붙잡힌 것처럼 움직일 수 없었다. 스크린에 가득찬 발현자들의 움직임들이 그저 아득하게만 느껴졌다. 그들이 태린과는 아주 먼 존재들처럼 느껴졌다. 이제 그들은 그들의 삶을 살게 될 것이다. 하지만 태린은 어디로 가야 할까. 다른 발현자들처럼 지상으로? 늪인들이 살고 있는 늪으로? 그곳은 태린이 속한 곳이 아니다. 태린이 사랑하는 이들은 도시에 있으니까. 그러면 다시 도시로? 하지만 도시 역시 더이상 머물 수 없게 되었다.

태린은 어디로도 갈 수 없었다.

─멈춰 있으면 안 돼……

쏠이 애타게 외쳤다. 태린도 멈춰서는 안 된다는 것을 알았다. 하지만 마음이 무너지고 있었다. 떠나야 할 이유도, 남을 이유도 없었다. 발현자들을 따라 지상으로 가면 다시는 이제프를 볼 수 없을 테니까. 그는 태린이 위험한 임무에서 살아남아 도시로 돌아오고 싶었던 가장 큰 이유였는데. 그렇지만 바로 그 이제프가 이 모든 끔찍한 일을 주도한 사람이기도 했다. 아이들을 실험체

로 썼고 발현자들을 무기화하려 했다. 태린은 이제프를 용서할
수 없었다. 그런데도 왜.

어째서 떠나지 못하는 것일까.

침입 경보음이 점점 더 커졌다. 귀가 터질 것 같았다. 태린은
그저 귀를 막고 여기에 주저앉고 싶었다. 비틀거리며 스크린을
짚었다.

힘겹게 몸을 일으켜 세운 순간, 시간이 정지한 것처럼 경보음
이 뚝 멎었다.

태린은 휙 고개를 들었다. 스크린에는 아무것도 없었다. 누군
가 스크린을 멈춘 것 같았다. 뒤에서 익숙한 목소리가 들려왔다.

"그만. 이쯤 하면 됐어."

현실인지 환청인지 구분이 되지 않았다.

"아직 늦지 않았어. 지금이라도 멈추면 돼."

현실이라기에는 지나치게 꿈결 같았고, 환청이라기에는 너무
선명해 가슴을 찔린 것처럼 아팠다.

"너도…… 나를 떠나려던 건 아니었잖아."

발소리가 천천히 다가오더니 가까운 곳에서 툭 멈췄다. 바로
등뒤에서 다정한 목소리가 나지막이 태린을 불렀다.

"정태린, 그렇지?"

가장 그리웠고 사랑했던, 그리고 지금은 가장 증오하는……

태린은 슬럼버 건을 겨눈 채로 돌아섰다. 하지만 돌아서는 순
간에도 알고 있었다. 자신은 그 총을 결코 쏠 수 없으리라는 것을.

이제프가 슬픈 눈을 하고 그곳에 서 있었다.

*

정적이 두 사람 사이를 감돌았다.

숨이 막혔다. 화가 났다. 너무 많은, 해야 할 말이 있었고 하고 싶은 말이 있었다. 하지만 그래서 아무 말도 할 수 없었다. 왜 이런 짓을 저질렀는지. 왜 이렇게 해야만 했는지. 이럴 줄 알고 태린을 가둬놓았는지. 따져 묻고 싶은 것이 한두 가지가 아니었는데, 그중 어떤 것도 입 밖으로 낼 만한 의미가 없었다. 태린을 바라보는 이제프의 시선이 다정하고도 슬퍼서, 태린에게 그저 모든 것을 내려놓기만 하면 된다고 말하는 것 같아서 태린은 입을 열 수가 없었다.

왜 그 많은 결심이 이 사람 앞에서는 의미가 없어지는 걸까.

이제프는 가만히 태린을 바라보고 있었다. 태린에게 무슨 짓을 저지른 것이냐고 묻지도 않았다. 마치 언젠가 이런 일이 벌어질 줄 알았던 사람처럼. 그 시선에 어떤 분노도 담겨 있지 않아서 태린은 더 화가 났다.

"이제프, 도대체 왜……"

태린은 입술을 달싹이다 겨우 말을 이었다.

"왜 그래야 했어요? 알고 있었잖아요. 저에게도 범람체가 있어요. 당신이 그렇게 절멸시키기를 바라는 범람체가 저에게도 있다고요. 그 사람들도 나와 같아요. 전부 나와 같은 존재들이에요. 그런데 왜 이런 짓을……"

이제프가 어쩔 수 없었다고 말해주기를 바랐다. 자신도 사실은 이 일을 원치 않는다고, 위에서 시킨 것뿐이라고, 거부할 수 없었다고 말해주기를 바랐다. 그러면 이제프를 아주 조금은 용서할 수 있을 것 같았다. 하지만 이제프의 입에서 나온 말은 전혀 다른 것이었다.

"넌 그들과 같지 않아. 네가 왜 그들과 같겠어?"

"어떻게 그런 말을 해요? 저의 뇌 안에 범람체가 있는 걸 가장 가까이서 관찰한 사람이 바로 당신이었잖아요!"

"정태린, 난 너를 알아. 범람체가 있을 때도, 사라졌을 때도 너는 너였지. 네가 지닌 고유한 자아. 빛나는 눈빛. 그런 것들은 범람체에 의해 오염되지 않아. 그들은 다르지. 그들은……"

이제프의 눈빛이 순간 차가워졌다.

"그들은 오염되었고."

"저도 그래요."

태린이 이제프를 똑바로 노려보았다.

"증오에 미친 당신에겐 보이지 않겠지만, 부정하고 싶겠지만 저도 그렇다고요. 전 범람체와 분리될 수 없어요. 이미 오염됐어요. 그럼 이제는 날 죽일 건가요? 저 사람들에게 했던 것처럼?"

이제프가 미소 지었다.

"아니, 난 증오에 미친 게 아니야."

"그럼 뭐 때문인데요! 대체 뭐가 이렇게 끔찍한 일을 하게 만들었어요? 얼마나 대단한 이유여야, 이런 짓을 저지르게 되는데요. 도대체 얼마나 엄청난 이유이길래—"

"네게 지상을 돌려주고 싶었던 거야."

태린은 말문이 막혔다.

"오래전, 언젠가 네 눈빛이 나에게 알려줬지. 증오가 아니라 환상이 동력이 될 수도 있다고…… 그래서 나는 다른 꿈을 꾸게 됐어. 네가 지상을 말할 때 반짝이는 눈빛이 좋아서, 너를 먼 곳까지 데려다주고 싶었어. 네게 세계를 돌려주고 싶었어. 어쩌면 이 행성 전체가, 네가 마땅히 거닐었어야 할 곳이니까."

"전 이런 걸 바란 적이 없어요!"

"아니, 너는 원했어. 태린. 넌 나와 지상에 가고 싶어했잖아? 그리고 지금도……"

이제프가 태린을 빤히 보며 말했다.

"지금도 그렇지."

그게 아니라는 말이 목 끝까지 차올랐지만 태린은 입을 열 수 없었다. 왜냐하면 정말로 그랬으니까. 태린은 이제프와 지상을 걷고 싶었다. 그와 함께하고 싶었다. 아름다운 것들을 보고 싶었다. 그럼에도 지금은, 마음이 무너지는 아픔을 견디며 말해야 했다.

"이런 방식으로는 아니에요. 나와 무관하지 않은, 수많은 사람들을 도구 삼아 가겠다는 게 아니에요. 나는 그냥…… 그곳으로 갈 거예요. 변이를 감수하고. 고통을 감수하고. 이전과 같이 살아갈 수 없다는 사실을 받아들이고 갈 거예요. 이제프, 당신의 방식에는 동의할 수 없어요. 날 보내주세요."

이제프가 대답하지 않았으므로 태린도 입을 다물었다. 이제프는 그 자리에 가만히 서 있었다. 손에 총을 들지도, 다른 무기를 꺼내지도 않은 채. 그저 슬픈 얼굴을 하고 있었다.

"그래, 너도 쉬운 결심으로 여기에 온 건 아니겠지."

그렇게 말하며 이제프가 무언가를 하려는 듯 손을 들어올렸고, 태린은 슬럼버 건을 고쳐 쥐었다. 그걸 본 이제프는 마음을 다친 듯한 미소를 지었다. 태린은 그 표정에 무심코 경계를 풀고 말았다.

그 찰나의 방심이 문제였다.

이제프가 한 걸음 가까이 다가오는 동시에, 태린의 뒤에서 삑 소리가 났다. 엄청난 굉음이 울리기 시작했다.

등뒤에서 느껴지는 무언가에 고개를 돌렸을 때, 차가운 금속 끈이 태린의 등을 덮쳤다. 순식간에 손목이 앞으로 묶였다. 벗어나려고 했지만 버둥거릴수록 손목을 더 꽉 죄어왔다.

굉음과 함께 해저 통로로 향하는 문이 다시 닫히고 있었다. 컨트롤 룸의 스크린에 알아볼 수 없는 숫자들이 떠올랐다. 붉은 글씨가 화면을 채웠다.

[전환 프로세스 준비]

격벽이 내려졌다. 빠져나가지 못한 발현자들이 복도에 갇혔다. 카운트가 올라가기 시작했다.

1, 2, 3……

"안 돼!"

화면 너머에서 적보라색 연기가 피어올랐다.

"당장 멈춰요!"

태린은 팔을 휘두르며 저항하려 했지만 묶여 있어서 소용이 없었다. 온몸을 던져서 이제프를 막아보려고 했지만 이제프가 단숨에 태린의 다리를 꽉 눌러 제압했다. 밀어도 보고, 몸을 비틀어 넘어뜨리려고도 해보았지만 힘이 들어가지 않았다. 태린에게 대인 전투를 가르친 건 이제프였고, 그래서 이제프는 태린의 움직임을 꿰뚫고 있었다. 무의식을 쏠에게 넘겨보려고 했지만 근육에 잔뜩 힘이 들어간 상태라 그것조차 잘되지 않았다.

"멈추라고요!"

안간힘을 다해 벗어나려고 했지만 부정할 수 없는 사실이 태린을 짓눌렀다. 이제프는 강했다. 그가 지상에서 살아남은 시간만큼.

한참을 저항하다 결국 힘이 빠졌다. 사력을 다해보았지만 손목의 금속 끈을 느슨하게 만드는 것이 고작이었다. 힘을 주면 풀 수 있겠지만 이 상태로는 이제프를 막기는커녕 곧바로 제압당하고 말 터였다. 도저히 그를 이길 수가 없었다.

태린은 스크린을 살펴보았으나 지금 어떤 일이 일어나는지 정확히 파악하기 어려웠다. 그러나 확실한 건 발현자들의 탈출 계획이 저지되었고, 저 프로세스가 끝나면 그들이 생체 무기화될 것이라는 사실이었다. 괴로웠다. 이제프를 멈출 수가 없어서. 순간의 감정에 흔들린 것이 한심했다.

이제프가 태린을 내려다보았다. 눈빛에 많은 감정이 담겨 있었다.

"나를 미워하는구나."

"네. 미워해요."

사실은 미워하지 않는다. 이런 상황에서조차 이제프를 미워할 수 없는 자신이 무력하게 느껴졌다.

"이제프, 제발. 그들은 살아 있어요. 나와 같은 존재예요. 당신이 그들을 도구 취급할 거면, 나에게도 그렇게 해야 해요."

"살아 있다고 아름다운 건 아니야."

이제프가 나지막이 말했다.

"난 네게 좋은 삶을 주고 싶어. 최선을 주고 싶어. 죽음은 모두에게 찾아와. 우리의 삶은 잠깐 반짝였다 스러지는 불꽃이지. 그렇다면 가능한 한 가장 아름다운 빛을 내야 해. 그렇지 않니?"

그가 진심을 담아 말하고 있다는 것이 태린을 고통스럽게 했다. 태린에게 세상을 알려주었고, 세상으로 나가도록 손을 내밀어준 사람이 지금은 태린에게 세상을 주겠다고 말하고 있었다. 그것은 순수한 진심이었고, 순수한 만큼 태린을 아프게 했다.

스크린의 전환 준비 카운트가 점점 차오르고 있었다.

"정태린. 생각해봐. 넌 지금 네 머릿속의 그 녀석이 신경 쓰이겠지. 그 범람체가 네 영혼에 깊이 결합되어 있다고 믿고 있겠지. 하지만 태린, 내가 그 녀석을 삭제하지 않고 분리할 방법을 찾아내줄게. 평생 다른 자아와 묶여 살아갈 수는 없어. 난 널 위해 방법을 찾을 거야. 매개체가 있겠지. 그 녀석을 너와 분리해서 담을 매개체가. 그러면 너는 너로, 그 녀석은 그 녀석으로 살아갈 수 있어. 지금과 같은 방식으로는 지속되지 못해. 너도 알고 있잖아?"

이제프가 다정하게 말했다. 태린은 이를 악물었다. 불행히도 이제프의 말은 달콤했고 태린의 마음을 건드렸다.

"상상해봐. 고통은 순간이고 기쁨은 지속될 거야. 네가 마음을 주었던 늪은 우리의 새로운 기지가 될 거야. 그곳을 시작으로 이전에는 갈 수 없었던 곳들로도 가게 될 거고. 너와 난 이 도시에서 지구의 가장 먼 곳까지 가본 사람이 될 거야. 누구도 보지 못한 세계로 가장 먼저…… 난 늘 그 순간을 상상하고 있어."

어떤 장면들이 펼쳐졌다. 발현자들이 모두 늪을 향해 걸어가고 있었다. 그들은 기꺼이 범람체들에 뒤덮여 썩어 분해되고, 그들 안에 투입되었던 장치가 작동하면, 범람체들은 소멸되기 시작할 것이다. 그들이 집어삼킨 것에 의해서 늪은 무너지고 사라진다. 대신 숲에 둘러싸인 인간의 기지가 생겨난다. 환하게 내리쬐는 태양빛. 햇살을 반사해 빛나는 푸른 잎들. 이따금 비가 쏟아지고 안개가 끼겠지만 그곳은 인간의 땅일 것이다. 평화롭고 아름다울 것이다. 그곳에서 인간은 서서히 지상을 되찾으며, 지구를 점령해갈 것이다. 다시 인간의 마을과 도시를 만들 것이다. 범람체들을 소멸시켜갈 것이다……

전환 준비 카운트가 끝을 보이고 있었다.

어느 순간 초조함이 사라졌다. 이제프의 말이 태린의 마음을 어지럽히다 완전히 잠식하고 있었다. 이제프가 약속하는 미래는 달콤했다. 태린은 그가 무슨 짓을 저질렀는지 알고 있다. 그를 용서할 수 없다는 것도 안다. 하지만 왜 이 순간에는, 그저 이제프의 말을 듣고 싶어지는 것일까. 눈앞에 떠오르는 장면들에 그대로 마음을 내맡기고만 싶어지는 걸까.

태린은 답을 알고 있었다. 아직도 그를 원하는 마음을 지울 수 없어서. 모든 걸 내려놓고 싶었다. 그의 말을 믿고 싶었다.

"그러니까, 이제프."

태린은 이제프의 눈을 바라보았다.

"모든 상상 가능한 미래에서, 당신이 바라는 건, 저와 함께 지상으로 가는 건가요. 단지 그것뿐인 거죠."

이제프가 태린을 내려다보았다. 눈빛은 여전히 슬픔과 죄책감으로 젖어 있었다. 낮은 목소리로 이제프는 속삭였다.

"그래. 그것뿐이야."

이해할 수 있었다. 이제프의 마음을, 진심을 알 것 같았다.

"알겠어요, 그러면⋯⋯"

태린은 온 힘을 다해 이제프를 밀어냈다. 느슨해진 금속 끈 사이로 손목을 빼낸 후 옆에 떨어진 슬럼버 건을 손에 쥐어 즉시 쏘았다.

탕, 소리와 함께 뜨거운 피가 사방으로 튀었다. 너무 많은 피가. 끔찍한 사실을 깨닫자 태린은 비명을 지르고 싶었다. 구름표범을 만났을 때, 살상 수치를 최대로 높여두었던 것이 뒤늦게 생각났다. 그런 줄 알았다면 절대로⋯⋯ 하지만 더는 지체할 수 없었다. 태린은 울면서 바닥을 짚고 일어났다. 제어판 앞에 섰다. 해저 통로와 연결된 레버를 더듬거리며 찾았다. 길을 다시 열었다. 내려진 격벽들을 올렸다. 아래에서 시작된 거대한 진동과 굉음이 컨트롤 룸 전체를 울렸다. 전환 프로세스를 중단해야 해⋯⋯ 제발. 지금 당장. 바닥에 내팽개쳐진 생체 인증 칩을 찾아 제어판에 가져다 댔을 때 겨우 스크린의 카운트가 멈췄다.

태린은 칩을 바닥에 내던지고 정신없이 이제프의 옆으로 갔다. 바닥이 피로 물들어 있었다. 슬럼버 탄이 이제프의 옆구리를 관통한 것 같았다……

"아, 안 돼. 제발."

태린은 컨트롤 룸 어딘가에 있을 응급 키트를 찾아 미친듯이 서랍을 뒤지고 벽을 더듬었다. 스크린에 비친 발현자들이 갈 길을 찾지 못해 서로 부딪히고 있었다. 전환 프로세스가 시작되었을 때 누가 불을 질렀는지 까만 연기가 가득했다. 연기가 조금씩 안으로 새어들고 있었다. 연구소 외부에서 총을 든 사람들이 진입하고 있었다. 태린은 다급히 마이크를 켜고 외쳤다.

"당장 뛰어요! 당장 떠나라고! 늪으로 가요!"

응급 키트가 도무지 보이지 않았다. 당장 도움을 줄 사람도 없었다. 태린은 컨트롤 룸 밖으로 나가 연기가 가득한 복도 벽을 더듬어 살폈지만 결국 응급 키트를 발견하지 못했다. 이미 컨트롤 룸 안으로도 매캐한 연기가 들어오고 있었다. 숨을 쉬기가 힘들었다. 태린은 정신없이 기침하며 자신의 옷을 찢어 이제프의 부상 부위를 지혈했다. 피가 너무 많이 흘렀다. 여길 나가야 했다. 이제프를 데리고 연기가 없는 곳으로 가야 했다. 다친 곳을 처치해야 했다. 하지만 소용이 없어 보였다. 상처가 너무 깊었다.

"아아, 안 돼. 이제프. 제발……"

바닥이 피로 점차 흥건해졌다. 연기가 짙어졌다. 이제프가 기침을 했다. 이제프는 정신을 잃어가고 있었다. 출혈 때문인지 연기 때문인지 알 수 없었다. 태린은 이제프의 뺨을 만졌다. 아직은 온기가 남아 있었다. 하지만 언제까지 버틸 수 있을까. 눈물이 너무 많이 흘러서 앞이 보이지 않았다. 멈추지 않고 울리는 침입 경보음 사이로, 지하 어디에선가 엄청난 진동과 굉음이 또다시 들려왔다. 태린의 신경은 오직 이제프에게 향해 있었다. 너무 많은 피를 흘린 이제프. 중독되어 의식을 잃어가는 이제프……

태린의 의식도 점차 희미해졌다. 무언가를 말하고 싶었는데 목소리가 제대로 나오지 않았다. 미안해요. 저도 당신과 함께하고 싶었어요. 차마 말할 수 없었다. 이제프의 눈빛에 원망과 증오가 담겨 있을까봐 두려웠다.

눈앞이 흐려졌다. 태린은 남은 힘을 쥐어짜내서 이제프의 손을 잡았다. 미지근한 손이 태린의 손을 맞잡는 것이 느껴졌다. 하지만 그 힘은 곧 풀려버렸다.

"미안해요……"

마지막 힘을 다해서 꺼낸 그 말이 이제프에게 닿았는지 미처 알 새도 없이, 태린의 의식도 아득한 어둠 속으로 추락했다.

5

그리고……

끊임없이 움직이고 또 움직여서 지하로부터 달아났을 때. 그 모든 소음과 진동을 벗어나 지상에 다다랐을 때. 우리는 우리가 와야 할 곳에 도착했음을 알게 되지. 차가운 공기, 발에 닿는 축축한 진흙, 피부 위로 떨어지는 시원한 빗물은 어쩌면 부수적인 것. 우리는 우리를 근본적으로 바꾸어놓은 그 존재들이 이 행성 전체에 손을 뻗치고 있다는 사실을, 지표면 전체를 감각하고 있다는 사실을 알게 돼. 그리고 우리가 이 지상에 발 딛고 있는 한 그 모든 감각은 우리와 이어져 있다는 것도. 이 삶은 이전과는 다를 것이고 앞으로도 계속 달라지리라는 것도. 그러나 그 모든 것에 앞서, 우리는 지표면에 선 우리와 같은 존재가 우리뿐이라는 것을 알게 되지. 너희는 미쳤고, 이미 죽은 것이나 다름없는 존재이고, 그래서 죽어 마땅하다고, 그렇게 말하는 이들이 없는 곳. 고독해서 자유로운 곳. 아무것도 없어서 살아갈 수 있는 곳.

그 서늘한 감각이, 우리에게 말해주고 있어.

너희는 범람체들의 행성에 온 것이라고.

6

리포터 속보입니다. 바투마스 지역에서 대형 화재가 발생했습니다. 원인은 파악 중이며, 진화에 시간이 걸리고 있습니다. 화재가 발생한 폭약 제조 시설은 안전을 위해 기밀로 관리되고 있었으나 이번 화재를 통해 외부에 알려졌습니다. 폭발로 인한 굉음이 지속되는 중입니다. 인근 시민들에게 대피령이 내려졌습니다.

또한 지상의 뉴클락키 기지에서도 예상치 못한 소식이 들어왔습니다. 범람화된 맹수 무리가 기지로 접근하고 있다는 보고입니다. 도시에서는 기계 전력을 총동원하여 방어하겠다고 합니다. 아직 접근만 보고될 뿐 공격 기미는 없으나 팽팽한 대치 상황입니다. 만일에 대비하여 기지 근처의 환기구 및 채광창이 폐쇄될 예정입니다. 화재와의 직접적인 관련성은 확인되지 않았지만, 현장 상황은 매우 긴장감이 높아져 있습니다.

시민 여러분들은 안전을 위해 실내에 머물며 외출을 자제하시기 바랍니다. 바투마스 지역은 현재 완전히 통제되고 있으며, 접근이 허용되지 않고 있습니다.

다시 한번 안내드립니다. 긴박한 상황이 지속되고 있습니다. 시민 여러분들은 공식 지시에 따라주시기 바랍니다. 다시 한번 안내드립니다. 긴급 상황입니다. 상황이 안정화될 때까지 유의하시기 바랍니다.

(비프음)

라라라 라라라 라부바와 수다쟁이 루벅스 ♬

루 청취자 여러분 안녕하세요! 루벅스입니다!

벅스 어라라, 이상한데요? 루벅스가 등장할 시간이 아닌데 왜 우리가 등장했을까요?

루 그렇습니다. 수다쟁이 루벅스의 루와 벅스가 오늘은 속보를 전하러 왔습니다!

벅스 맞아요, 루! 바로 지금, 바투마스 지역에서 큰 굉음이 이어지고 있죠. 청취자 여러분도 아침부터 소식 들으셨을 텐데요. 다행히도 불이 바투마스 거주 지역까지는 퍼지지 않아 대피령은 해제되었지만, 아직 매캐한 연기가 가득합니다.

음, 여전히 사이렌이 시끄럽게 울리고 있네요. 그런데 우리 루벅스가 여기 나타난 이유! 단지 화재 소식을 알리기 위해서만은 아니고요.

루 물론이죠. 사실 우리가 여기 온 이유는……

벅스 이 화재에 대한 무시무시한 제보! 바로 제보자 데비님의 놀라운 제보를 확인하기 위해서랍니다. 루, 그 제보가 도대체 뭐였죠?

루 세 시간 전, 우리는 도저히 믿기 힘든 제보 하나를 입수했습니다! '데비'라는 가명으로 제보해주신 제보자님은 라부바와의 환경미화원입니다. 이 도시에 총 네 군데가 있는 해저 통로, 그러니까 도시와 대륙을 지하로 연결하는 설비를 청소하신다는데요. 제보가 들어온 건 화재 발생 직후, 바투마스 전체에 연기가 퍼지고 굉음과 진동이 울려 다들 무슨 일인가 우왕좌왕하던 그 무렵이었습니다! 제보 전체를 읽어드리겠습니다.
'오늘 오전 그 무시무시한 화재가 발생하기 직전이었습니다. 저는 평소 폐쇄되어 있던 바투마스 해저 통로에서 심상치 않은 움직임을 감지하고, 확인을 위해 터널로 들어섰습니다. 그건 정말 뭐랄까, 직감이라고밖에 할 수 없었습니다. 이상한 느낌이 드니 얼른 들어가서 확인해보아야겠다, 그런 생각만 들었죠.
처음에 제가 마주친 것은 어둠과 퀴퀴한 냄새, 그리고 고요함이었어요. 착각했나, 하고 다시 나가려는데…… 순간 뒤에서 철컹 소리가 들려왔습니다. 돌아본 저는 경악할 수밖에 없었습니다. 분명 폐쇄되었다고, 오랫동안 쓰지 않았다고 알려진 터널이 깨끗하게 청소되어 있고 심지어 선로 위에 당장이라도 출발 가능한 트램이 있는 게 아니겠어요? 도대체 이 트램은, 어디서 무엇을 실어나르려는 것이었을까요? 트램을 잠시 살펴보던 저는 어디선가 들려오는 굉음을 듣고 또다시 놀라 황급히 몸을 숨겼습니다…… 정비용 좁은 통로에 몸을 숨긴 다음, 문 뒤에서 쏟아져 나오는 그것들을 저는 보았어요. 처음에 저는 괴물이 나타난 줄 알았습니다. 도시에 늘 돌던 소문, 지하 도시의 아주 깊은 곳에 범람화된 괴수들을 가둬 기른다는 그 소문이 진짜였구나!

그런데 다시 보니 그게 아니었습니다. 그들은 모두…… 사람이었습니다! 어린아이도, 노인도, 여성도, 남성도 모두 섞여 있었지만 전부 광증 발현자 같았어요. 그렇게 달려 트램에 올라타면서도 그들 중 누구도 입 밖으로 목소리를 내어 대화하지 않았어요. 하지만 그들 사이에서만 통하는 또다른 소통 방식이 있는 것 같았습니다. 지금도 그것을 무어라고 해야 할지 모르겠어요. 그들은 우르르 트램에 올라탔습니다. 그런데 그 순간 갑자기…… 쾅! 엄청난 소리를 내며 터널 안쪽 문이 닫힌 겁니다. 문에 깔려 팔이 부러진 사람도 있었습니다. 더 충격적인 건 문 안쪽에서 새어나오기 시작한 적보라색 연기였어요…… 그런데도 그들은 서로를 도와 트램에 올라타고 있었습니다. 결코 멈추지 않았어요. 그 이후의 일은 잘 기억이 나지 않습니다. 저는 이 연기를 계속 마시다간 목숨이 끝장나겠구나, 직감하고 뒤도 돌아보지 않고 제가 알고 있던 통로를 통해 도망쳤거든요. 그런데 밖에 나와보니, 이 무시무시한 사건이 그저 바투마스 폭약 제조 시설의 화재로 둔갑해 있는 게 아니겠어요?

저는 확신합니다. 그건 단순한 화재가 아니었어요. 그 사람들에게는 무언가 끔찍한 일이 일어났던 것이 분명합니다. 문에 깔려 팔이 부러진 사람조차도, 비명 하나 지르지 않고 다시 일어서 트램에 올라탈 정도로요…… 도망쳐야 했던 겁니다. 어떻게든 도시를 떠나야 했던 겁니다. 그들이 겪은 일이 무엇인지 저는 감히 짐작을 못하겠습니다. 하지만 이 일을 차마 그냥 두고 볼 수 없었습니다. 그건 화재가 아니라 비장한 탈출이었습니다. 그들에게는…… 어떤 결의가 느껴졌어요. 이것이 제가 목격한 바입니다.'

벅스 와, 고마워요. 루! 그리고 귀한 제보를 저희에게 보내주신 제보자 데비님께도 깊은 감사를 드립니다. 청취자 여러분, 정말 충격적이지 않습니까? 그냥 폭약 제조 시설에서 발생한 화재라고 해도 충격적인데, 사실은 그게 폭약 시설이 아니었다니…… 어쩌면 광증 발현자들을 가두어놓은 끔찍한 시설이었을지도 모른다니! 우리 루와 벅스는 이 제보를 접하고 즉시 도시의 해저 통로에서 감지된 움직임을 조사했습니다. 어떻게 조사했는지는 묻지 마세요! 그건 루벅스의 영업 비밀이니까요. 그리고 한 가지 놀라운 사실을 발견했습니다. 데비님이 말한 트램은 바투마스 해저 통로에서 출발해 누탄다라 대륙으로 향하는 것인데, 그 트램이 조금 전 대륙에 도착했다는 사실이었죠!

루 아, 세상에. 그들은 정말 탈출해 지상으로 간 걸까요? 하지만 지상은 정말로 위험한 곳인데 어쩌죠?

벅스 두 가지 해석이 가능할 겁니다. 하나는, 그들이 갇혀 있던 바투마스의 시설이 지상보다 더 위험했기에 차라리 지상으로 도망쳤다는 겁니다. 또 다른 하나는, 그들이 어쩌면 범람체가 가득한 지상에서 살아갈 방법을 알아낸 것인지도 몰라요! 그러니까 제 말은, 그들은 발현자잖아요. 이미 범람체에 감염된. 뭔가 보통의 몸과 다르겠죠.

루 둘 다일 수도 있겠군요.

벅스 그래요, 루! 둘 다일 수도 있어요.

루 이와 같은 유사한 제보들이 오늘 화재 직후 우리에게 계속해서 들어오고 있습니다. 언제나 그렇듯, 못 믿을 제보들도 있죠! 하지만 신뢰의 상징 루벅스는 제보의 신빙성을 가려내는 대단한 전문성을 발휘하여, 이 제보들에 일관성이 있다는 점을 확인했습니다. 루벅스의 청취자 여러분, 우리 결론은 이렇습니다. 바투마스의 깊은 곳에서는 지금까지 발현자들을 대상으로 한 끔찍한 실험이 이루어져왔어요. 발현자들이 그 자체로 뇌사 상

태라거나 숨만 쉬는 시체라거나 하는 말은, 청취자분들은 아시
겠지만 당연히 거짓입니다! 그들은 소통이 안 될 뿐이지 살아 있
어요! 심지어 데비님의 제보대로라면, 그들은 그들의 방식대로
말을 할 수 있는 거잖아요. 게다가 벅스, 청취자분들이라면 더
놀라실 소식이 있죠?

벅스 맞습니다. 여러분이라면 우리 루벅스가 거리의 실종자들
을 알리는 데에 힘써왔음을 아실 겁니다. 도시의 치안 유지대는
눈 하나 깜짝하지 않지만, 모두 우리의 소중한 가족이고 이웃이
었던 실종자들이지요. 그리고 바로 우리가 그중 하나가 될 수도
있었고요. 그런데 우리가 받은 놀라운 제보에 따르면, 트램을 타
고 탈출한 발현자들 중에 바로 그 실종 신고된 이들이 다수 있었
다고 합니다! 그러니까 그들은 납치되어, 바투마스 깊은 곳에 갇
혀 있었던 거예요.

루 그런 비극이 도시 아래에서 일어났다는 사실에 화를 내야
할까요, 아니면 지금이라도 그들이 탈출했다는 사실에 기뻐해야
할까요?

벅스 저 벅스의 의견으로는, 이번에도 둘 다입니다! 하지만 역
시, 비극에 대한 분노가 앞서네요.

루 저도 마찬가지입니다. 화가 나네요. 특히 울면서 실종 제보

를 하셨던 우리 루벅스 청취자들을 생각하면, 정말 화가 나요!

벅스 그런데 이 사실을 알아챈 건 우리만이 아니었습니다. 소문이 퍼지기 시작했어요. 아주 빠른 속도로요! 평소라면 이런 실망이다, 우리가 최초가 아니라니! 라고 생각했겠지만 이번에는 다르죠.

루 벅스, 지금 어디에 있나요? 엄청 시끄러운 곳에 있는 것 같네요.

벅스 네, 저는 베누아의 행정 구역 현장에 와 있습니다. 이 충격적인 소문이 퍼지자 수십 명의 사람들이 항의하기 위해 몰려들었습니다. 이들은 대부분 실험의 희생자 혹은 희생자가 될 뻔한 광증 발현자의 가족인 것 같아요. 하지만 가족 외에도 사람들이 더 몰려들고 있어요! 화가 난 시민들로 인해 항의 규모가 점점 커지는 중입니다. 누군가 추격 중단을 요구합니다! 동의하는 사람이 늘어나고 있습니다. 추격을 중단하라! 사람들이 소리를 지릅니다. 치안 유지대원과 기계들이 쏟아져 나왔어요. 모인 시민들과 대치하고 있습니다! 여기 남아 계속해서 상황을 전해드리겠습니다.

루 현재 라부바와의 공식 방송은 이 사실을 보도하고 있지 않습니다! 그러나 언제나 그랬듯 우리 루와 벅스는 청취자 여러분께 깨끗한 진실을 전합니다. 현재 이 모든 상황은 실시간입니다. 또 새로운 소식이 들어오면 바로 알려드리겠습니다. 추격을 중단하라! 추격을 중단하라!

*

"그치들 말이, 경계 지역을 만들자더군요."

문을 열고 들어온 덴테르가 기가 찬 듯 내뱉으며 의자를 신경질적으로 당겨 앉았다.

회의실 안의 시선이 한순간 덴테르를 향했다가 흩어졌다. 의자 끌리는 소리를 끝으로 회의실에는 다시 침묵이 찾아들었다. 분위기는 낮게 가라앉아 있었다. 먼저 도착한 사람들은 답답한 표정으로 자료를 넘기거나, 홀로그램 스크린을 띄워 뉴스를 노려보거나, 허공을 뚫어져라 보고 있었다.

덴테르는 화가 난 듯 씩씩거렸지만 다음 할 말을 찾지 못한 것 같았다. 이제 와야 할 사람들은 대부분 모였다. 여기 모인 사람들 모두가 제각기 다른 이유로 화가 나 있었기에, 누구도 선뜻 입을 열지 않고 있었다. 카탈리나 역시 굳은 얼굴로 자료를 들여다보고만 있었다.

라실레가 짧은 침묵을 깨고 물었다.

"경계 지역은 어디서 들은 이야기인가요? 지금 받은 자료에는 없는데요."

덴테르가 퉁명스럽게 대꾸했다.

"들어오는 길에 붙잡혔습니다. 시민들의 공식 요구 사항이라고 하는군요. 발현자 가족들을 중심으로 모인 것 같습니다만."

"말은 바로 해요. 시민들이 아니라, 극히 일부의 시민이겠지요."

누군가의 투덜거림을 시작으로 불만이 쏟아져 나오기 시작했다.

"경계 지역이라니. 그게 말이 됩니까? 순진한 놈들이 하는 말을 곧이곧대로 들어선……"

"그랬다간 인류 전체가 범람체에 잡아먹힐 겁니다. 절대 안 될 말이에요."

"다들 한심해빠졌어요. 비판은 감수해야죠. 하지만 범람체를 들이자니, 그런 멍청한 소리를 그냥 듣고 있어야 하나요?"

또 다른 불만의 목소리가 끼어들었다.

"하지만 실험체들, 아니, 발현자의 가족들이 매우 화가 나 있습니다. 자극적인 자료를 뿌리며 도시 전체를 부추기고 있어요. 보이는 대로 저지하고는 있지만 반감이 만만치 않아요. 추격을 중단해야 했던 것도 그 때문입니다. 그들은 추격의 완전 중단, 연구소의 폐쇄, 그리고 경계 지역의 설정을 요구하고 있습니다. 경계 지역은 탈출한 발현자들 쪽에서도 제안했습니다."

"비밀 실험이 지나치게 잔혹했던 건 사실입니다. 유출된 그 자료가 조작이 아니라면요."

"그 프로젝트의 내용은 지금까지 기밀에 부쳐졌으니, 여기서 처음 들은 사람들도 있을 거요. 하지만 그게 어떻게 범람체에 대적한다는 도시의 기본 원칙을 바꾸겠소? 결국 옳은 방향으로 가는 과정에서 벌어진 실수라고 봐야 할 텐데, 요구 사항이 너무 과한 것 같소."

"그렇습니다. 발현자들은 이미 한번 죽은 사람들이잖아요. 범람체에 감염되어 돌이킬 수 없게 변해버린, 시체나 다름없는 존재들입니다. 물론 죽은 이들을 대상으로 실험하는 것도 끔찍한 일이긴 합니다만, 범람체와의 전쟁에서 꼭 필요해 벌어진 일인데 그렇게 도시가 뒤집힐 일은……"

"죽은 사람들이 아니에요."

누군가 무뚝뚝하게 대꾸하며 말을 끊었다.

"통상적인 대화가 불가능할 뿐 엄연히 살아 있는 사람들입니다. 그 사실은 인정해야 해요."

잠깐 회의실의 분위기가 싸해졌다. 방금 그 말에는 동조하지 않는 듯한 눈짓이 잠시 오가다가, 라실레가 다시 입을 열었다.

"도대체 그들이 어떻게 탈출을 모의한 겁니까? 분명 격리해두었다고 알고 있었는데, 기밀 유지를 이유로 감시를 너무 소홀히 한 것이 아닙니까?"

"감시에는 문제가 없었습니다. 다만 외부의 도움이 있었던 걸로 보입니다. 추정하기로는, 늪인들이 그들만의 소통 방식을 이용해서 격리된 발현자들에게 정보를 전달한 것 같습니다. 도시 바깥에 범람체로 변이된 인간들이 살고 있다고 말입니다. 그 소통 방식은 아직 정체를 파악하지 못했습니다만, 범람체로 인해 변이된 인간은 원래의 인간과는 다르게 세상을 감각하는 것 같습니다. 시각은 상대적으로 약해지지만, 예민한 청력이나 촉각을 이용했을 수 있습니다."

나이 지긋한 남자가 화를 내며 말했다.

"늪인들을 진작에 다 없애버렸어야 했어. 그때 온정적인 태도를 취한 파견자들 때문에 결국 이 꼴이 났잖소. 불온 파견자들을 색출해냈어야 해. 범람체와 공생할 수 있다느니, 그런 미적지근한 생각을 가진 이들이 씨앗을 심어 이런 일로 번진 게 아니겠소."

젊은 여자가 미간을 찌푸리며 대꾸했다.

"늪인이나 불온 파견자가 이 일을 주도한 것은 아닙니다. 그들은 도시에서 멀리 떨어져 있거나, 혹은 도시 내에서 힘을 못 쓰는 상황이니까요. 어떻게 가능했는지 파악 중이지만, 아마도 연구소에 갇힌 발현자들 사이에서 자발적인 모의가 있었던 것 같습니다. 이후 외부인들의 협조가 실행에 결정적인 도움이 되었고요. 발현자들이 늪으로 향한 것은 정황상 맞지만, 당장 지상에서 살아가기에 적합한 곳이 이미 늪인들이 살고 있는 그곳이라고 판단한 것 같습니다."

"놈들이 보내온 메시지가 있습니까? 늪인이든, 발현자들이든."

"먼저 공격하지 않는다면, 그들도 이쪽을 공격하지 않겠다. 이것이 최초의 메시지입니다. 이후 메시지들은 내용을 좀더 확인해봐야 하지만, 비무장 상태로 오지 않으면 맹수들을 동원하겠다고 해서……"

잠시 회의장에 소란이 일었다. 욕설을 내뱉고 격한 반응을 보이는 사람들도 있었다. 카탈리나가 한차례 소란을 잠재웠다. 그런 다음, 발현자들과의 소통을 담당하는 여자에게 물었다.

"일단 들어온 메시지들 전부를 해석된 데까지라도 브리핑해 줄 수 있습니까? 그들이 말하는 경계 지역이라는 게 어떤 것인가요?"

"가능합니다. 제 생각에는, 범람체와 인간의 공존 구역을 설정하자는 것 같습니다. 그 구역에서 범람체와 결합된 인간들이 모여 마을이나 도시를 이루어 살아가겠다고 합니다. 범람체들은 인간의 자아가 가급적 유지될 수 있도록 하겠다는군요. 이미 결합된 인간들은 지상에서 나는 것을 먹어도 광증이 더 심각해지지 않으므로, 식량은 자급자족하겠다고 합니다. 추가 요구 사항은 이렇습니다. 더는 늪인들과 광증 발현자들을 죽이지 말고, 도시에서 발현자가 나올 경우 경계 지역으로 보낼 것. 그리고 범람체들이 지하를 인간의 영역으로 존중하듯이 도시의 인간들 역시 지상의 영역을 존중할 것. 이것이 그들이 전해온 요구 사항입니다."

"말도 안 됩니다. 애초에 지상은 인간의 것이었잖소! 그런데 마치 그것들은 양보라도 하듯이…… 애초에 범람체와 인간 사이의 소통도 가능하고, 범람체가 그렇게 행동하는 것이 가능하다면, 왜 지금까지는 그렇게 하지 않았던 거요?"

"범람체를 우리 인간의 관점으로 이해하기는 어렵습니다. 그들 역시 인간을 천천히 오랜 시간에 걸쳐 학습했다는군요. 늪과 밀림 지역의 일부 범람체들은 인간과 소통이 가능한 지성을 가지고 있고, 따라서 그들에게 '인간을 파괴하지 않는다'와 같은 규율을 따르게 하는 것도 가능하지만, 지구 전체에 퍼진 범람체 모두에게 따르게 하는 건 어렵다고 합니다. 아시다시피, 그들에게는 중심이 되는 통치 체계가 없습니다. 국지적으로는 소통 가능한 존재이지만, 낱낱이 흩어진 개별 존재들을 보았을 때는 바이러스나 박테리아와 같습니다. 파견자들이 이제껏 범람체가 지성 생명체라는 것을 이해하는 데에 시간이 걸렸던 이유이기도 하지요."

웅성거리는 소리가 여기저기서 들렸지만, 이야기의 심각성을 모두가 깨달았기 때문인지 언성을 높이는 사람은 없었다. 대신 노인 한 명이 혀를 차며 말했다.

"결국 인류 전체를 저들의 숙주로 삼으려는 게 아닌가 싶군."

브리핑했던 여자가 그 말에 대꾸했다.

"사실 그들 입장에서 우리를 굳이 숙주 삼을 이유는 없어요."

"그게 무슨 말입니까?"

여자가 냉정한 어조로 답했다.

"우리를 숙주 삼지 않아도, 지구는 이미 수백 년 전부터 범람체들의 행성이었으니까요."

무거운 침묵과 탄식이 회의실을 채웠다.

"망할 경계 지역, 그런 걸 만든다고 해도 대체 어떻게 그곳을 관리하겠습니까? 애초에 지금까지 누구도 성공 못한 범람체들과의 대화를 누가 맡는다는 거요? 그냥 다 지어낸 상상 속의 이야기가 아닙니까?"

"중간에서 전달자의 역할을 해줄 사람이 있을 거라는군요."

"그게 누구죠?"

"정태린입니다."

회의실 분위기가 순간 싸늘해졌다. 침묵 속에서 사람들은 각자의 생각에 잠긴 것 같았다. 하고 싶은 말이 있는데 꺼내지 못하는 이들이 보였다. 한 여자가 탄식하듯 입을 열었다.

"지금 오가는 이 이야기가 너무나 이상하게 느껴져요. 다른 누구도 아닌 그 녀석을 범람체와 인간의 중간 협상자로 삼자니요. 파견자로서 사고를 친 그 애가 아니었다면 이런 상황도 오지 않았겠지요. 무엇보다 그 애는 파로딘을 죽게 만들었어요. 자신을 가장 아끼고 편애했던 사람을, 제 손으로 죽였다고요."

무거운 분위기 속에서 사람들의 시선이 한곳을 향했다. 회의실 중앙, 이제프 파로딘의 자리는 비어 있었다. 미처 명패를 치우지 못한 자리였다. 그 이름을 바라보던 사람들이 금기를 저지르기라도 한 듯 다급히 고개를 돌렸다.

"하지만 그것이 누구보다도 고통스러울 사람은 태린 그 녀석이라오."

한 노인이 가라앉은 목소리로 말했다. 회의실에 감돌던 태린에 대한 반감과는 달리 안타까움과 동정이 묻어나는 어조였다.

그러나 그 말에는 모두 침묵할 뿐, 아무도 반론하지 않았다.

7

축축한 바람이 불어왔다. 범람 산호들이 붉은색 아포를 아래로 떨어뜨렸다. 공기에 달콤한 꿀 냄새가 섞여 있었다. 오전 내내 고요하기만 하던 늪에서 첨벙 소리가 들려왔다. 아이들 세 명이 늪을 헤엄치고 있었다. 바위에 앉아 무언가를 기록하던 태린은 먼 곳에서 미세하게 움직여 자신을 부르는 지반 가까이의 기류에 고개를 들었다. 늪에 들어가 있던 아이가 태린을 부르는 것이었다.

근처로 걸어가자 아이가 목소리를 냈다. 몇 걸음 떨어진 곳에서는 잘 들리지 않았다. 태린이 좀더 가까이 다가가서 아이에게 바짝 귀를 대자, 아이가 속삭이듯 말했다.

"늪이 할말이 있대요."

"네가 듣고 나에게 말해주는 건 어때?"

태린이 제안하자 아이가 고개를 마구 저었다. 물이 튀었다.

"들어봤는데 무슨 말인지 모르겠어요. 너무 어려워요."

옆에서 다른 아이들이 한마디씩 거들었다.

"맞아요. 늪은 말이 너무 많아요."

"아니야, 목소리가 많다고 해야지."

아이들은 뭐가 재밌는지 깔깔 웃으며 늪 건너편으로 헤엄쳐 갔다. 아이들의 등은 범람체의 푸른 그물망으로 덮여 있었다.

태린은 늪 가장자리로 다가갔다. 오늘은 들어갈 생각이 없었는데. 아무리 자주 몸을 담가보아도, 이 느낌이 좋아지지는 않았다. 날 때부터 축축하고 끈적한 것들과 뒤섞인 채 자라는 늪의 아이들과는 달리, 태린은 여전히 절반은 건조한 땅에 속해 있었다. 부패하는 것들을 끊임없이 접해도 본능적인 거부감은 지울 수가 없었다. 그래도 어쩔 수 없지, 할말이 있다는데. 태린은 심호흡을 한 뒤, 아예 옷을 벗어던지고 속옷만 입은 채 늪으로 걸어 들어갔다.

"으, 차가워."

쏠이 머릿속에서 반응했다. 태린의 투덜거림에 쏠은 킬킬 웃는 것처럼 뾰족뾰족한 심상을 만들어냈다. 태린이 물었다. 이제 네가 할래? 쏠이 비웃었다. 왜? 늪이 부른 건 내가 아니라 너잖아. 태린이 퉁명스레 목소리로 말했다.

"그게 그거지. 구분하는 의미가 없잖아."

―뭐, 그렇긴 해. 좋아, 그러면……

시야가 자글자글 조각나며 흩어졌다. 피부에 닿던 불쾌한 끈적거림, 썩어가는 것들의 냄새가 곧 다른 감각으로 바뀌었다. 좋거나 나쁜 감정은 사라지고 촉각과 후각의 풍경이 들어찼다. 그리고 피부를 둘러싼 물과 공기, 물질과 파동의 이동은 언어가 되었다. 가까운 곳에서 먼 곳까지 이어진 연결망 속에서 부분 부분들이 서로 다른 목소리를 만들어내기 시작했다. 태린의 목까지 물에 잠기자, 온몸에 맞닿은 늪의 범람체들이 목소리를 쏟아냈다.

〈늦었어.〉〈너무 늦었어.〉〈이번엔 왜 늦게 온 거야?〉〈아이들은 귀찮아.〉〈어쩔 수 없어.〉〈맞아, 아이들이니까.〉〈귀찮아.〉〈어쩔 수 없어.〉〈그래도 귀찮아.〉

"다들 조용히 좀 해봐."

질색하며 말했지만, 태린의 목소리는 주위의 범람체에 약간의 진동만 남기고 다시 묻혔다.

쏠이 몸을 대신 움직여 늪에 파동을 일으키더니 물었다.

〈그래, 할말부터 해봐. 또 무슨 일이야?〉

그러자 이번에는 범람체들의 언어로 수많은 말들이 쏟아져 들어왔다. 태린은 눈을 감고, 약간의 불편함을 견딘 채 그 말들을 들었다. 범람체들은 인간의 언어를 이해했지만, 인간은 아직 범람체의 언어를 완전하게 이해하지 못했다. 머릿속에 독립적으로 자리잡은 쏠과 같은 존재들이 범람체의 사고 언어를 통역해줄 수 있었다. 늪 표면의 범람 그물망이 잘게 떨리고 있었다.

─전할 이야기는 두 가지야.

잠시 기다린 끝에 쏠이 말했다.

─일단 하나는, 북쪽 지역을 확장할 수 있을 것 같대.

쏠의 말에 태린은 감은 눈을 떴다. 경계 지역으로 점점 더 많은 사람들이 들어오고 있었다. 지역은 활기 넘쳤지만, 좁은 늪 인근에 많은 사람들이 살면서 충돌이 생겼다. 원래 숲의 먼 곳까지 흩어져 살던 사람들을, 가급적 연결망에서 떨어져 나가지 않게 모으려다보니 생겨난 일이었다.

범람체의 연결망을 이루는 늪은 인간과 비파괴적으로 결합하는 법을 아는 범람체가 살고 있다는 점에서 중요했다. 늪 인근의 범람체들은 인간의 자아가 흐트러지지 않도록 천천히 침투하는 법을 배운다. 하지만 늪에서 멀어져 연결망이 끊어진 곳에서는, 여전히 범람체가 인간에게 너무 빠르게 침투했고 그러면 그들은 서로 길들여질 기회를 잃었다.

태린은 경계 지역의 인구를 신중하게 관리하고 있었다. 도시에서 범람체에 노출된 이들이 경계 지역으로 오는 것은 대부분 받아들이되, 지상에서 새로운 아이들이 태어나는 것은 규칙을 따르도록 했다. 이렇게 수많은 사람들을 범람체 연결망이라는 체계로 잇는 것은 지하와 지상을 통틀어 어느 누구도 해본 적 없는 일이었고, 그래서 태린은 변화의 속도를 조절하고 싶었다. 그렇지만 지난 몇 년간 많은 아이들이 태어나면서 좀더 넓은 거주지가 필요하게 되었고, 태린은 그 방법을 고심하던 참이었다.

"당분간은 어려울 거라고 했었잖아. 어떻게 한 건데?"

—일일이 설득했대. 그쪽으로 그물을 뻗고, 연결망을 늘려서. 그 지역에는 흐르는 물밖에 없지만 어쩌면 이곳의 늪이나 크레이터 호수 같은 공간을 만들 수도 있을 거래. 그러면 새로운 연결망의 중심이 되겠지. 이곳과 구분되는 다른 마을이 될 수도 있을 거고.

"아, 하나씩 설득했다니. 고마운 일이네."

태린은 잘게 진동하고 있는 늪을 향해 〈고마워〉라고 표현했다.

"그리고 두번째는?"

─이건 아직 확실한 건 아닌데, 누탄다라 대륙 건너 큰 섬에…… 지하 도시가 또 있는 것 같대.

"정말? 어떻게 알았대?"

─너도 알다시피 바다에도 아주 적은 범람체들이 분포하잖아. 거기에서 희미한 신호, 기류가 포착됐대. 어쩌면 해저 지반을 타고 온 진동일지도 모르고.

"더 구체적인 정보는 없어?"

─기다려봐. 얘네들, 너무 들떠서 말이 지나치게 많아……

태린은 픽 웃으며 쏠이 마저 긴 대화를 마치기를 기다렸다. 늪의 범람체들이 나누고 싶은 이야기가 꽤 많았는지 대화는 오래 지속되었다. 다른 도시가 존재하리라는 건 라부바와에 살 때도 했던 생각이지만, 막상 정말로 있을지도 모른다고 하니 머리가 복잡했다. 그 도시의 사람들도 범람체를 적대할까. 그곳에서도 범람체와 결합된 사람들은 어딘가에 갇혀 죽어갈까. 그렇다면 그들에게 메시지를 보내야 할까. 여러모로 어려운 문제였지만, 이번에는 태린 혼자 풀어야 할 문제는 아니었다. 연결망 전체에 함께 생각해보자고 전달해야 할 것 같았다.

태린은 아직 희미한 구름처럼 느껴지는 범람체들의 언어를 헤아려보려고 노력하다가, 마침내 쏠이 이렇게 말하는 것을 들었다.

─좋아. 이제 끝. 늪 밖에서 마저 이야기해줄게.

　지난 칠 년간 태린은 경계 지역의 전달자로 살아왔다. 삶의 절반은 지상에 있고, 나머지 반은 지하에 속한 고달픈 일이었다. 인간과 범람체의 경계 지역을 만들겠다는 계획은 시작부터 어마어마한 반발에 부딪혔다. 그러나 라부바와 시민들의 항의로 발현자들을 격리 수용하는 연구소와 치료소가 전부 폐쇄된 탓에, 도시의 광증 발현자들을 더는 보낼 곳이 없음을 깨달았을 때 도시 당국은 이 일을 거의 떠넘기듯 태린에게 맡겼다.

　경계 지역에서 범람체들은 인간의 자아를 침범하지 않는 법을 습득하고, 이곳의 인간들은 모두 범람화된 채로 살아간다. 새로운 삶의 방식을 받아들인 이들은 스스로를 '전이轉移자'로 칭했다. 신체가 변하는 만큼 물질대사 체계도 변이해서, 예전보다 느리게 움직이지만 그만큼 에너지를 덜 필요로 했다. 지상의 일부에는 범람체가 침범하지 않은 식물을 재배하지만 혼합된 식물을 먹어도 문제가 없었다. 범람화되지 않은 식물은 주로 도시와 거래를 할 때 이용했다. 어떤 이들은 예전 문명에서 그랬듯 집을 짓고 살아가기도 했지만, 그보다 거대한 범람 산호 안에 공간을 마련해 살아가는 이들이 더 많았다. 범람 산호는 범람체에 의해 분해되지 않아 유지하는 데에 힘이 덜 들었다.

　늪인들이 경계 지역을 만드는 일을 도와주었지만 새롭게 할 일이 많았다. 늪인들은 지금까지 개별적으로 흩어져서, 공동체라고 하기에는 너무 느슨한 연결망만을 이룬 채 지내왔다. 하지만 이미 수천이 넘는 사람들, 그리고 언젠가 수만 명을 넘길지도 모르는 사람들이 지상에서 충돌하지 않고 살아가려면 질서가 필요했다. 지상의 사람들은 범람체와 혼합된 사람들이지만 여전히 어느 정도는 인간이었기에, 중심이 없고 위계가 없는 범람체의 방식을 완전히 똑같이 따를 수는 없었다.

그럼에도 경계 지역은 도시와는 달랐다. 경계 지역은 범람체들이 이루는 부분들, 뭉치를 닮아 있었다. 소규모 공동체, 강한 위계를 이루지 않는 작은 뭉치들이 여럿 모여 전체를 이루었다. 뭉치들끼리는 따로 떨어져 사는 경우가 많았다. 태린은 이 뭉치들 사이의 조율, 그리고 범람체와 전이자들 사이의 조율을 맡았다. 날 때부터 범람체와 같이 살아가는 아이들은 범람체의 언어를 그럭저럭 구사했다. 이중의 세계를 통역하는 아이들이 생겨났다. 뿐만 아니라 어른들도 범람체와의 삶에 익숙해지며 그들과 대화가 점차 가능해졌다. 그럼에도 아직도 태린이 할 일은 많았다.

지하 도시 라부바와는 여전히 범람체를 적대해야 한다는 입장과 그들과 공존하는 것을 받아들여야 한다는 입장, 두 개의 진영으로 나뉘었다. 아직 우세한 쪽은 전자였지만, 후자에 동조하는 사람들도 점점 늘어났다. 처음에는 경계 지역에 대해 언급하는 것만으로도 금기를 어기는 것으로 여겨졌다. 그러나 도시의 발현자들이 모두 경계 지역으로 떠나자 가족들 역시 함께 지상으로 따라갔고, 심지어 별다른 연고 없이도 스스로 전이자가 되기를 선택하는 이들이 생기면서 금기의 힘은 점점 약해지고 있었다. 가족, 친구, 지인 등 어떤 관계로든 도시 사람들이 경계 지역에서 살아가는 이들과 직간접적으로 얽히게 되었기 때문이다.

범람체의 연결망에 전이자들이 유입되면서, 이들은 행성 전체를 아주 느리지만 연결된 형태로 감각할 수 있게 되었다. 범람체는 이 행성 전체에 퍼져 있었다. 인간이 개체 중심적인 존재이기만 했을 때, 그들은 개인 혹은 작은 집단만을 생각했을 뿐, 행성 전체를 고려하지 않았다. 하지만 범람체와 결합된 인간은 연결망 속에서 사고하고, 그렇기에 자신이 행성 전체의 일부라는 점을 직관적으로 받아들였다. 지상의 일부를 인간의 터전으로 삼더라도, 지금 늪과 연결된 이들에게는 무작정 뻗어나가고 싶은 욕망이 없었다. 연결망을 통해 생각한다는 것은, 의식하지 않더라도 전체로 이어진 생각 체계에 끊임없이 영향을 받고 스스로의 생각을 재검토하는 일이었다. 부분적인 충돌이 있었고 그 부분이 전체에 영향을 미쳤지만, 전체와 무관하게 존재하는 부분은 없었다. 범람체와 결합된 인간이 된다는 건 그런 의미였다.

이즈음 지하에서 살아가기를 원치 않는, 이전과 다른 방식으로 살더라도 지상에서 살고 싶어하는 사람들이 늘어났다. 몇 년 전이라면 상상도 할 수 없던 일이었다. 하지만 경계 지역에서 새롭게 살아가는 전이자들의 삶을 목격하자, 도시 사람들의 생각도 바뀌었다. 그것도 삶이라는 것. 단지 다른 방식의 삶일 뿐이라는 것을 직접 보았으니까.

물론 경계 지역은 불완전했다. 범람체와 인간은 너무 달랐고, 여전히 경계 지역 밖에서 범람체는 인간을 파괴했다. 그러나 사람들은 계속해서 더 멀리 가고 싶어했다. 앞으로도 그 균형이 지금처럼 유지되리라는 법은 없었다. 그렇다면 이 불균형하고 불완전한 삶의 형태는 어떻게 지속될 수 있을까. 태린은 경계 지역에서 자라나는 아이들이 그 답을 찾아내주기를 바랐지만, 어쩌면 아이들도 명확한 답에는 다다르지 못할지도 모른다. 단지 불균형과 불완전함이 삶의 원리임을 받아들이는 것, 그럼에도 끊임없이 움직이며 변화하는 것, 멈추지 않고 나아가는 것만이 가능한 방법일지도 모른다. 어느 쪽이든 태린은 그것이 계속해서 다음 세대로 이어질 질문이라고 생각했다.

선오와 스벤은 경계 지역에 머물며 아이들을 가르치는 일을 맡아주었다. 새로운 세계에서 이전의 지식들은 대부분 쓸모가 없어졌지만, 그럼에도 사람들이 보존되기를 원하는 지식은 남아 있었다. 태린 역시 지하에서 배웠던 불완전한 지식의 파편들을 모아 지상에 대한 꿈을 꾸었으니까. 범람체로 가득한 크레이터가 일종의 학교가 되었다. 그곳의 범람체들은 인간의 지식을 흡수하는 한편, 사람들에게 범람체에 대한 것을 알려주었다. 또 먼 곳까지 뻗은 범람체의 가지를 감각해, 이전과 달라진 행성 생태계의 여러 모습들을 알려주기도 했다. 인간이 알던 극지도, 사막도 이제는 이전과 다른 모습이었다. 가보지 않고도 그 세계의 새롭고 낯선 풍경들을 범람체를 통해 그려볼 수 있었다. 아이들은 크레이터 위의 그물망 위에서 뛰놀다 가끔은 땅에 귀를 대고, 범람체들이 하는 말을 들었다.

지상을 궁금해하면서도, 여전히 두려움 때문에 경계 지역에서 사는 일을 망설이는 사람들이 존재했다. 그들은 하라판 거리의 자스완 식당으로 갔다. 그곳에 가면 자스완이 가이드를 해주었으니까. 자스완은 범람체를 받아들이는 것은 원하지 않았지만, 경계 지역의 가이드 일을 하며 사람들을 도왔다. 식당의 뒷문을 열면, 지하 도시에서 경계 지역까지 가는, 아주 길지만 안전한 통로 하나가 나 있다. 어떤 사람들은 경계 지역을 구경하고는 혐오감이 가득한 표정으로 돌아간다. 하지만 어떤 사람들은 눈빛이 반짝이고, 얼마 후 자스완에게 아주 조심스럽게 묻기도 한다. 지상에서 살아가기 위한 특별한 조건이 있냐고. 그러면 자스완은 미소 지으며 대답한다.

"그야 당신이 오직 당신만으로 이루어져 있다는 환상을 버린다면, 얼마든지 가능하지요."

*

태린은 북부 지역으로 향하고 있었다. 늪의 범람체들이 그쪽으로 가지를 더 많이 뻗치고 연결망을 새로 만들어서, 그곳 범람체들의 성질을 변화시켰다고 들었지만 정말로 거주지를 만들어도 될지는 태린이 직접 확인해봐야 했다. 숲을 가득 뒤덮은 범람 기둥의 드넓은 갓들 때문에 조사용 드론을 보내보아도 소용이 없었다.

험하지 않은 길은 구름표범에게 이동을 부탁하기도 했지만, 걸어서 가야 하는 길이 많았다. 파견자들조차 그동안 한 번도 탐사한 적 없는 지역이라더니 사실인 것 같았다. 한참을 걸어 이동한 곳에서 태린은 강을 만났다. 북쪽이어서인지 공기가 좀더 차가웠다. 흐르는 물이 햇빛을 반사해 윤슬이 반짝였고 강 인근의 나무들은 범람화 정도가 크지 않았다. 유속이 빠른 탓에 범람체가 많이 증식하지는 않은 것 같았다. 화려한 유화 같은 늪지의 풍경과 달리 이곳은 수백 년 전, 범람체가 오기 전 원형의 지구를 조금 더 닮은 것 같기도 했다. 초록색 잎 위로 부서지는 태양빛을 보며 태린이 중얼거렸다.

"범람체가 그리 많지 않아서 설득하기가 쉬웠나봐."

─그렇지만 사람들이 여기 살면, 금세 범람체가 늘어나겠지.

태린은 흐르는 강에 손을 살짝 담갔다. 물이 아주 찼다. 손끝에서부터 퍼지는 찬 기운이 정신을 들게 했다.

바위와 땅, 조그맣게 형성된 범람 산호들에 귀를 대며 태린은 이곳의 범람체들이 어떤 생각을 하고 있는지 살펴보았다. 늪지와 같이 광범위한 연결망을 형성하는 밀집 지역이 없어서 이곳의 범람체들은 제각각이었고, 주로 범람 산호 위주로 생각의 뭉치를 이루고 있었다. 하지만 범람체들답게 호기심이 많아서, 곧 이곳에 범람화된 인간이 올 것이라는 말에는 꽤 즐거워하는 반응을 보였다. 범람체들과 대화를 나누던 쏠이 태린에게 전했다.

─그럼 자기들도 인간을 조사할 수 있는 거냐고 묻는데?

"응, 그럴 수 있지. 대신 완전히 먹어버리면 안 돼."

그 말에 쏠이 키득키득 웃었다.

태린은 헛간이나 움막을 지을 만한 구역을 살피고, 사람이 머물 수 있는 크기의 범람 산호들을 확인한 후 조사 데이터를 손목 디바이스에 저장했다. 드론에 담아 늪지로 먼저 보낼까 싶었지만, 북쪽 지역으로의 확장은 당장 급한 일이 아니니 서두를 필요는 없었다.

강 인근의 조사를 마친 태린은 나침반을 확인하고 북서쪽을 향해 걸어갔다. 쏠이 이상하다는 듯 물었다.

―더 가보려고? 여기서부턴 아직 범람체들과 조율되지 않았대.

"가보고 싶은 곳이 있어."

길이 더욱 험해졌다. 가파른 언덕을 몇 번씩 오르내려야 했다. 한참을 걸어 목적지를 찾아냈을 때는 해가 지고 있었다.

그곳은 북쪽의 바다였다. 주황색 노을이 하늘을 가득 채웠다. 녹색 파도가 치며 희게 부서졌다. 숨을 들이쉴 때마다 찬 공기가 폐를 얼어붙게 했다. 지하 도시의 공기는 사고로 시스템이 고장 났던 때를 제외하고는 늘 미지근했고 정체되어 있었다. 이처럼 차가운 바람을 직접 맞는 건 처음이었다.

"이렇게 추운 곳에서도 사람들이 살았다니."

―아무렴, 여기보다 더 추운 곳에도 살았지.

"꼭 사람처럼 말하네. 그때 살아본 것처럼."

태린은 웃으며 쏠에게 대꾸하고는, 가져온 배낭을 자갈 위에 내려놓았다. 배낭 안에서 태린이 무언가를 꺼내자 쏠이 물었다.

―그게 뭔데?

"여기 오고 싶었던 이유."

황동색 지구본과 이제프의 은목걸이였다.

얼마 전 태린은 학술원 직원의 연락을 받고 이제프의 유품을 정리하러 갔다. 이미 다 정리된 줄 알았는데, 학술원 창고를 이전하는 과정에서 이제프의 물건들이 발견되었다고 했다. 직원은 태린에게 상자 두 개를 건네주었다. 한쪽엔 이제프가 소장 중이던 책들을, 다른 한쪽엔 개인적인 물건들을 담아두었다고 했다.

태린은 책들을 학술원에 기증하고, 상자 하나만 챙겼다. 그 안엔 이제프의 기록이 담긴 디바이스와 노트, 작은 주머니 등이 담겨 있었다. 낡은 천 주머니를 열자 오래된 은목걸이가 나왔다. 그 순간, 과거의 어떤 날이 떠올랐다.

태린과 이제프가 함께 살았던 때, 베누아의 한 골동품 가게를 구경하다 태린은 이 은목걸이를 직접 골라 이제프에게 선물했다. 태린의 눈에 이제프의 붉은 머리칼과 하얗게 빛나는 은목걸이는 참 잘 어울릴 것 같았다. 이제프는 그때 어떤 표정이었더라. 기뻐했던가, 무덤덤해 보였던가. 다만 그의 깨끗하고 긴 손가락만 떠올랐다. 목걸이의 줄이 얇은 데다, 오래되어 끊어질 것 같았는지 그는 목에 걸어보지도 않고, 소중한 걸 조심스럽게 감싸듯 손으로 쥐고만 있었다.

그날 태린은 유품을 챙겨와, 이제프가 남긴 개인 기록들을 읽었다. 중요한 기록은 디바이스에 담겨 잠긴 상태였고 태린도 그것을 풀 생각은 없었다. 하지만 자필로 남긴 노트가 있었다. 혼란과 고민의 소용돌이 속에서 중심을 잡으려 애썼던 이제프의 필체가 종이 위에 고스란히 남아 있었다.

태린은 여전히 이제프를 생각했다. 너무도 생생하게 미워했고, 그러면서도 변함없이 사랑했다. 그가 저지른 일은 지울 수 없는 잘못이었지만, 그럼에도 태린은 이제프와의 마지막 순간을 자주 떠올렸다. 꼭 그 선택밖에는 없었나. 그를 쏴야만 했을까. 이제프가 태린의 손을 가만히 쥐었던 것이 어떤 의미인지를 생각했다. 미안하다는 말을 이제프도 들었을까. 괜찮다고 말해주려고 했을까. 아니면 원망하는 마음이 들었던 걸까. 그래도 이제프가 맞잡아 힘을 주었던 그 손에는, 분명히 온기가 깃들어 있었는데…… 그러면서도 그것이 태린 자신의 합리화, 이제프의 죽음에 대한 합리화가 아닐까 의심했다. 어떤 해석이 옳은지 대답해줄 사람은 더는 남아 있지 않았고, 태린은 흘러가는 시간 속에서 그 고통을 낱낱이 헤아렸다. 날카로운 통증은 이제 시간의 물살을 맞아 이 바다의 둥근 자갈처럼 마모되어 있었다.

태린은 지구본과 은목걸이를 품에 안고 바다를 향해 걸어갔다. 지구본은 태린이 어디를 가든 함께해온 이제프의 선물이었고, 은목걸이는 이제프가 소중히 간직해온 태린의 선물이었다.

태린에게 세상을 보여주고 싶어했던 이제프처럼, 태린도 아주 먼 곳으로 그를 데려오고 싶었다. 그리고 이렇게 먼 곳으로 와서야 태린은 알았다. 증오하는 것들이 처음부터 분리될 수 없는 자신의 일부임을 받아들이면, 더 멀리까지 올 수 있다고. 이제프도 그걸 알아주었더라면 더 좋았을 거라고.

차가운 바닷바람이 또다시 뺨을 스치고 지나갔다. 범람체가 증식해 녹색으로 빛나는 바다는 끝을 알 수 없을 만큼 넓었다.

"바다로 보낼까 싶었지만, 그것보다는……"

태린은 발치를 살펴보다, 녹색 범람 그물망에 뒤덮인 모래 앞에 쪼그려 앉았다.

"이게 낫겠지."

지구본과 은목걸이가 범람 그물망 위에 놓였다. 처음에는 잠잠한가 싶었는데, 곧 여기저기서 실끈 같은 가지들이 두 물건을 뒤덮기 시작했다. 얼마 지나지 않아 지구본도, 은목걸이도 전부 범람체에 덮여버렸다. 이제프와 태린을 이어주던 물건들은 이제 분자 단위로 분해되어, 한동안은 범람체로, 그리고 또 다른 물질들로 거듭 변해가며 이 행성의 마지막까지 남을 것이다.

태린은 다시 자리에서 일어났다. 해가 거의 다 저물어가고 있었다. 하늘이 검붉게 물들며 바다의 녹색조차 검게 지워버렸다. 태린의 눈앞에 펼쳐진 풍경은 이제 어둡고 적막했다. 하지만 태린은 그게 다가 아니라는 걸 알았다. 머릿속에서 파도처럼 움직이는 쏠에게 물었다.

"네가 보는 이 풍경은 어때?"

그렇게 물으며 태린은 눈을 감았다.

시야가 변했다. 바다는 수많은 소리와, 움직임과, 열기와 재잘거림으로 가득차 있었다. 파도를 따라 입자들이 흩어졌다가 다시 만났고, 그 표면에서 공기의 흐름이 변했다. 기류가 무수한 원을 그렸다. 원들이 합쳐지고 일그러지고 다시 흩어졌다. 부드러움도 날카로움도 서늘함도 따듯함도 모두 그 안에 있었다. 밤의 바다는 많은 색깔들을 품고 있었다. 온몸으로 감각되는 빛의 조각들을.

―보다시피.

그 세계는 여전히 낯설고 아름다웠다.

에—필
로—그

늪이 부글부글 끓었다. 오랫동안 잠잠하다가 갑자기 새로운 물질들과 연결된 탓이었다. 그 물질들은 이미 예전부터 이 늪에 가라앉아 있었지만, 평범한 방식으로 늪의 범람체들과 연결되기를 거부했기에 흡수되는 데에 아주 오랜 시간이 걸렸다. 〈정말 고집이 세잖아.〉 범람체의 일부가 마치 인간을 일컫듯 말했다. 〈맞아, 고집이 세.〉 이상한 일은 아니었다. 방금 새로운 연결을 만든 그 뭉치, 그것의 물질들은 한때 인간을 이루던 것이니까. 그러나 이제 그 물질들은 늪의 일부로서, 범람체들이 만든 거대한 연결망의 일부로서 존재하게 될 터였다. 늪의 범람체들은 즐겁게 새로운 물질 뭉치를 탐색했다. 낯설고 흥미롭고 재미있는 이야기를 잔뜩 품고 있는 뭉치였다.

하지만 범람체의 어떤 일부는, 새로운 뭉치를 이미 알고 있었다. 그것이 품고 있던 이야기들마저도. 오웬이 새로운 뭉치의 존재를 깨닫고는, 마치 인간이었을 때처럼 웃으며 말했다.

〈그래. 정말 오래 걸렸네.〉

그들은 더는 인간의 모습이 아니었다. 그것은 영혼이라고 말할 수도 없는 무언가였다. 끈적하고 길게 연결되어 있으며, 원래의 형태를 전혀 찾아볼 수 없는. 아름답지도 않고 영적이지도 않은 모습.

하지만 그들은 다시 만났고 이제 연결되어 있었다. 때로는 그것만으로 충분했다.

바람을 타고 한 장의 쪽지가 늪 위에 내려앉았다.

잘 자요, 마일라.

범람체들이 실끈 같은 손을 뻗었고 종이는 늪 안으로 가라앉았다. 종이는 범람체들에 의해 빠르게 분해되기 시작했다. 거품이 잘게 일다 수면 위로 떠오르며 톡 터졌다.

어디선가 아득한 곳에서, 가벼운 웃음소리가 들려왔다.

작 — 가
의 — 말

몇 년 전 한 미술 전시에서 발표한 짧은 이야기가 이 소설의
씨앗이 되었다. 그때 나는 인간이 물질로 이루어져 있다는, 그래
서 인간은 물질적으로 바깥 세계와 뒤얽혀 있고 그 사실은 우리
의 세포와 단백질, 분자 하나하나에 새겨져 있다는 생각에서 출
발했다. 게다가 인간의 몸속에는 수많은 '외부에서 온 존재들'이
같이 살고 있으며, 어느 정도는 실제로 우리를 구성한다. 인간이
'우리'라고 말할 때 그것은 꼭 인간만으로 이루어져 있다고 말할
수 없는 것이다.

그 짧은 이야기는 범람체의 모티브가 된 균류, 곰팡이에 관
한 책들을 만나며 긴 이야기로 발전했다. 하나의 개체가 어디에
서 시작되어 어디서 끝나는지, 그 질문을 던지는 것조차 혼란스
럽게 만드는 이상한 존재들이 이 행성에 같이 살고 있다니. 그러
자 다음 질문이 따라왔다. '범람체가 된다는 것은 무엇일까?' 개
체에 속해 있지 않은 존재, 인간과 다른 감각으로 세상을 느끼는

존재를 상상하기 위해, 지구의 다른 생물들의 감각 세계를 조사한 책을 살폈다. 인간의 감각적 자원이 그것을 상상하기에 얼마나 모자란지를 새삼 느꼈지만, 꼭 한 번쯤은 도전할 가치가 있는 작업이었다.

인간이 외계로 가는 것이 아니라 지구를 낯선 행성으로 바꾸어보자는 생각으로 쓰게 된 이 소설에는, 어쩔 수 없이 내가 늘 마음을 쏟게 되는 인물들이 있다. 그들의 호기심, 앞으로 나아가는 힘, 자신을 직면하는 용기를 들여다보고 긴 모험을 함께할 수 있어서 행복했다.

범람체도 인간도 하나의 개체가 시작되고 끝나는 지점에 선을 그을 수 없는 것처럼, 이 소설도 독립적으로 존재하지 않는다. 소설의 초고에서부터 여러 의견을 내주시고 오랜 여정의 소중한 동행자가 되어주신 황예인 편집자님, 데뷔 직후부터 지금까지 늘 응원하며 기다려주셨던, 또 출간 과정에 정성을 다해주신 박선영 대표님께 특히 감사하다. 이 책의 제작과 홍보에 힘써주신 많은 분들께도 감사드린다. 이야기를 처음 구상할 때 서브플롯에 대해 밤새 토의해준 완선님 덕분에 초고를 더 즐겁게 쓸 수 있었다.

늘 다음 페이지를 넘겨주시는 독자님께, 아마 이제 우리의 생각 일부는 범람체들처럼 느슨하지만 이상하게 얽혀 있을 것이다. 그것이 조금은 즐거우셨기를.

2023년 가을
김초엽

✻ 이 책을 쓰며 다음의 책들을 주요하게 참고했다.

멀린 셸드레이크, 『작은 것들이 만든 거대한 세계』(아날로그, 2021)

아닐 세스, 『내가 된다는 것』(흐름출판, 2022)

스티븐 샤비로, 『탈인지』(갈무리, 2022)

에드 용, 『이토록 굉장한 세계』(어크로스, 2023)

김초엽 장편소설
파견자들
ⓒ김초엽

1판 1쇄 발행 2023년 10월 13일
1판 6쇄 발행 2024년 10월 30일

지은이 | 김초엽
펴낸이 | 박선영

편집 | 황예인
영업관리 | 박혜진
마케팅 | 김서연
디자인 | 933015디자인
발행처 | 퍼블리온

출판등록 | 2020년 2월 26일 제2022-000096호
주소 | 서울시 금천구 가산디지털2로 101 한라원앤원타워 B동 1610호
전화 | 02-3144-1191
팩스 | 02-2101-2054
전자우편 | info@publion.co.kr

ISBN 979-11-91587-52-4 03810

※ 책값은 뒤표지에 있습니다.

이 책을 저작권자의 허락 없이 무단 복제 및 전재(복사, 스캔, PDF 파일 공유)하는 행위는 모두 저작권법
위반입니다. 저작권법 제136조에 따라 5년 이하의 징역 또는 5천만 원 이하의 벌금을 부과할 수 있습니다.
무단 게재나 불법 스캔본 등을 발견하면 출판사나 한국저작권보호원에 신고해 주십시오(불법 복제 신고
https://www.copy112.or.kr)